Le Brochet

« Échangerais volontiers petite baie bien située sur golfe Persique contre livraison d'armes très sophistiquées ». Pour le faire, le Brochet, conseiller militaire d'un émir un peu hystérique et Halliday, célèbre « nègre » de la littérature américaine, projettent un rendez-vous secret en Suisse, entre le souverain arabe et un général de l'OTAN. L'émir est manipulé par l'Arabie saoudite, le Brochet est traqué par une organisation sœur de Septembre Noir et Halliday est un peu honnête pour ce genre d'activité.

Impasses, fausses sorties, rebondissements, stupeurs, le lecteur ne sort pas non plus indemne de ce très étonnant et très actuel roman.

Eric Ambler est né à Londres en 1909. Entre 1936 et 1940, il écrit six romans qui deviendront des classiques ; parmi eux, Frontières de ténèbres, La Croisière de l'angoisse, Épitaphe pour un espion, Le Masque de Dimitrios. *Après un intermède de six années passées dans l'armée britannique, suivies de quelques autres à écrire des scénarios et à produire des films, son ami Noël Coward réussit à le convaincre de revenir au roman d'espionnage, genre dont il demeure le maître incontesté. Une quinzaine de titres ont été publiés depuis 1951 et salués unanimement par le public et la critique. L'auteur a également publié son autobiographie,* Ci-gît Eric Ambler.

Du même auteur

AUX MÊMES ÉDITIONS

L'Héritage Schirmer
roman, 1984

dans la collection «Points Roman»

Le Masque de Dimitrios, n° 136

N'envoyez plus de roses, n° 153

Épitaphe pour un espion, n° 169

Les Trafiquants d'armes, n° 186

L'Affaire Deltchev, n° 197

Frontière des ténèbres, n° 217

Énergie du désespoir, n° 237

Complot à Genève, n° 261

Le Levantin, n° 317

L'Héritage Schirmer, n° 376

Les Visiteurs du crépuscule, n° 478

Topkapi, n° 540

Sale Histoire, n° 551

Eric Ambler

Le Brochet

roman

TRADUIT DE L'ANGLAIS
PAR ROSINE FITZGERALD ET RICHARD MATAS

Éditions du Seuil

Toute ressemblance
avec des personnages existant ou ayant existé
ne serait que pure coïncidence.

TEXTE INTÉGRAL

EN COUVERTURE : illustration Floc'h

Titre original : *The Care of Time*
Éditeur original : George Weidenfeld & Nicolson, Londres

La première édition en langue française de cet ouvrage
a été publiée par les Éditions Jean-Claude Lattès en 1982.

ISBN : 2-02-018249-1

Parmi les femmes de nos grands penseurs, celles qui ont tendance à veiller trop jalousement sur la sensibilité et la réputation de leur époux ne sont généralement pas aimées. Il arrive aussi qu'on les craigne. A en croire Michel B., il en était ainsi de l'épouse de A. I. Herzen. Tout commérage concernant un jeune homme ayant quelque nouvelle idée, même insignifiante, susceptible de troubler le confort intellectuel de son mari, la dérangeait profondément. Il s'ensuivait immédiatement la condamnation du parvenu. Elle utilisait toujours les mêmes mots, qui ressemblaient à une incantation maléfique.

Le temps, *lançait-elle fielleusement,* s'en chargera.

Le temps, bien sûr, se chargera de nous, mais on comprend que cette dame ait pu éveiller la peur. Et pas seulement chez les jeunes. Les hommes âgés craignent que la main du temps ne s'abatte sur les causes auxquelles ils ont cru, tout comme ils redoutent que la main de la mort ne s'abatte sur leurs enfants. Pour les optimistes béats qui n'ont pas encore appris à vivre, comme nous le faisons, dans le royaume du désespoir, ce premier et bref aperçu de l'échec doit ressembler à une vision de la mort même.

(Extrait d'un Mémoire attribué
à S. G. Netchayev, 1848-82.)

CHAPITRE I

La lettre d'avertissement arriva le lundi, la bombe le mercredi. Ce fut une semaine chargée.

La lettre se trouvait dans une enveloppe commerciale ordinaire, envoyée de New York, et sur laquelle ne figurait pas l'adresse de l'expéditeur ; elle était pliée en trois — une de ces gigantesques cartes postales que certains établissements offrent aujourd'hui aux touristes. Celle-ci représentait un hôtel entouré de palmiers et annonçait, en lettres fantaisie : HOTEL MANSOUR, *Bagdad, République d'Irak.* Une feuille de papier dactylographiée était collée au verso.

Cher monsieur Halliday,

Vous allez recevoir par la poste un paquet enveloppé dans du papier brun ordinaire. Afin, toutefois, de le distinguer de tout autre paquet que vous pourriez recevoir durant la même période, sachez qu'il est fermé avec du chatterton noir. Si jamais vous tentiez d'ouvrir vous-même ce paquet, les conséquences seraient désastreuses, pour vous comme pour moi. Vous mourriez instantanément, et je perdrais quelqu'un dont j'espère qu'il sera bientôt d'abord mon collaborateur, ensuite mon ami. Vous devriez apporter ce paquet au service de déminage le plus proche de chez vous et leur laisser le soin de s'en occuper. Cela ne devrait pas leur poser de problème, à condition qu'ils soient suffisamment compétents.

Vous vous demandez pourquoi j'envoie une bombe à un homme dont je souhaite l'amitié et dont les compétences me sont utiles ? Eh bien, pour trois raisons. La première : pour faire comprendre que je suis quelqu'un qu'il faut prendre très au sérieux. La seconde : pour démontrer mon honnêteté. La troisième : pour m'assurer, par cette prise de contact peu orthodoxe, que vous considérerez avec la plus grande attention les propositions qui vous seront faites ultérieurement de ma part.

Je signe d'un nom de guerre. Un nom que j'ai peu utilisé par le passé, assez souvent tout de même pour lui avoir donné, je crois, une place dans les archives des journaux auxquels vous vous adresserez sans doute pour obtenir davantage de renseignements sur ma personne. Vous n'en trouverez d'ailleurs pas beaucoup, mais ce que vous risquez d'y trouver devrait vous mettre en appétit, puisque vous avez le goût de la vérité et de la justice.

Bien à vous,

Karlis ZANDER

En fait, il n'avait pas signé, simplement écrit son nom au stylo feutre, en capitales d'imprimerie.

Je suis toujours irrité quand on utilise le mot « nègre » pour définir la façon dont je gagne ma vie. Je le trouve désobligeant, car il est inexact, ce qu'il m'arrive de regretter. Par exemple, lorsque je lis les épreuves que m'envoie l'éditeur d'une de mes « autobiographies », après que « l'auteur » les ait révisées en y incorporant de nouvelles idées et sa syntaxe personnelle. Alors, l'anonymat de la « négritude » dont jouissent certains de mes confrères me paraît enviable. Mon nom figure toujours soit avant, soit après celui de l'auteur prétendu, et en plus petits caractères. « Entretien avec Robert Halliday », ou « X... et Robert Halliday », voilà ce qu'on peut lire d'habitude sur la couverture. Ce n'est pas uniquement pour flatter mon amour-propre, cela signifie que je détiens une partie des droits d'auteur. Eventuellement, cela peut aussi assurer la publicité de mes talents professionnels. Certains éditeurs ont été jusqu'à me dire, avec une sincérité apparente, que mon nom sur un livre, étant synonyme d'une certaine qualité, pouvait aider à vendre l'édition cartonnée et rehausser l'à-valoir sur l'édition de poche. Personnellement, j'en doute. Si, d'habitude, les livres auxquels je participe se vendent bien, c'est sans doute à cause de l'attention extrême que j'apporte au choix de mes sujets. Les ouvrages faciles à lire qui ne sont pas des romans ont une vie éphémère. Etant donné que je touche presque toujours, en plus de mes honoraires, un pourcentage sur les droits d'auteur, je m'efforce de choisir des sujets qui semblent avoir au moins une chance de conserver quelque temps leur intérêt.

Les vedettes de cinéma ne retiennent mon attention que si elles ont derrière elles une longue carrière, si elles travaillent encore et se maintiennent en assez bonne forme, tant sur le plan physique que mental, pour se voir interviewer à la télévision à propos du livre. J'ai appris à me tenir à l'écart des comédiens. Trop souvent, il s'agit de maniaco-dépressifs, et leurs souvenirs ne sont que jérémiades. Par contre, les musiciens peuvent être rentables, tout comme les capitaines d'industrie, les généraux en retraite et les hommes politiques. Avec les généraux, il convient, cependant, de prendre certaines précautions. Ils ont, pour la plupart, quelques comptes à régler et peuvent se montrer excessivement indiscrets en matière de renseignements *top secret*. Les généraux ont également tendance à s'imaginer que, une fois à la retraite, ils sont libres de ne pas tenir compte des lois sur la diffamation. Dans l'ensemble, je préfère les hommes politiques. Certes, avec eux, il y a souvent des problèmes de signature. Ils veulent vraiment que leur livre soit écrit par un nègre. Des hommes qui, tout au long de leur carrière politique, utilisaient ouvertement les services de rédacteurs de discours semblent juger déshonorant d'avouer qu'ils ne peuvent écrire un livre sans se faire aider. Il existe, bien sûr, des moyens « agréés » de surmonter cette difficulté. On peut, sans vraiment perdre la face, reconnaître la participation d'un « rédacteur adjoint ». Si des lettres et des documents, jusqu'alors inédits, sont inclus dans le livre, même s'ils n'ont pas le moindre intérêt, l'édition cartonnée se vendra bien en librairie, et l'ouvrage figurera dans bon nombre de bibliographies. Certains mémoires politiques ont été souvent réédités. De plus, comme la politique et les hommes politiques m'intéressent, j'aime, le plus souvent, le travail que je fais.

J'obéis, cependant, à des règles précises quand il s'agit de choisir un sujet. Pour moi, pas question de toucher aux vedettes pop, aux boxeurs, aux entraîneurs d'équipes de base-ball ou à ceux qui prétendent avoir été agents secrets. J'évite aussi les gens qui ont des problèmes de boisson ou de drogue, car, même s'ils ont été, jadis, ou sont encore des gens très distingués, je considère qu'ils représentent toujours un risque inacceptable. Ce n'est pas seulement parce qu'ils me feront perdre beaucoup de temps. Le plus gros risque de mon métier est la tentation de jouer les psychiatres amateurs. Si l'on veut éviter cela, il faut s'inventer des règles et les respecter.

A cette époque, je n'avais toutefois pas établi de règles concernant les rigolos qui prétendaient m'avoir adressé une bombe par la poste. Le cas ne s'était jamais présenté.

Ma première impression, lorsque je reçus cette lettre, fut, bien sûr, de croire qu'il s'agissait d'un canular perpétré par une de mes connaissances douée d'un sens de l'humour douteux (la carte postale de l'*Hôtel Mansour* était une allusion méchante), mais je ne voyais pas de qui il pouvait s'agir. Ensuite, je me demandai quel genre d'homme pouvait s'imaginer que le meilleur moyen d'établir son honnêteté et des liens d'amitié avec un étranger était de lui expédier une bombe par la poste et de le prévenir qu'il ne fallait pas ouvrir le colis. S'il y avait vraiment une bombe, il fallait que ce type soit complètement dingue.

Complètement ? A la troisième lecture de la lettre, je commençai à en douter. Il n'y avait rien de dingue, mais plutôt une curieuse assurance chez ce type qui, dans le troisième paragraphe, montrait qu'il était bien renseigné. Il en savait assez non seulement pour deviner la façon dont un journaliste comme moi s'y prendrait pour se renseigner sur lui, mais aussi pour choisir un nom d'emprunt qui me permettrait de trouver les renseignements qu'il voulait que j'eusse si je les cherchais, car il ne doutait pas un instant de ma curiosité. Il était donc bien informé, beaucoup trop malin et pas complètement dingue.

Soudain, en relisant les deux premiers paragraphes, je compris. Le style traduisait l'homme. C'était la lettre d'un homme vaniteux, manifestement une sorte de combinard, mais un combinard qui aimait le son de sa propre voix et avait des prétentions aristocratiques. Un homme plus simple aurait écrit : « Halliday, je pourrais facilement te tuer, au lieu de quoi je te dis comment éviter d'être tué. En échange, je veux que tu fasses quelque chose pour moi. Alors, quand tu apprendras ce que c'est, ne cherche pas à discuter. Fais ce que je demande, et vite. »

Si l'on m'avait vraiment adressé une bombe par la poste, et si le colis fermé par du chatterton ne contenait pas un objet idiot qui me ridiculiserait quand je l'apporterais à la police, il me fallait tenir cet avertissement bavard pour une menace.

Ma curiosité, qui n'était pas exempte d'inquiétude, eut vite triomphé de mes projets de travail pour la journée, et je me mis à téléphoner à New York. Je ne tardai pas à obtenir des renseignements sur Karlis Zander, mais, comme il me l'avait lui-même annoncé, je n'appris pas grand-chose. Il ne me fut d'ailleurs pas facile de les avoir, ces renseignements. Le documentaliste d'agence de presse que je connaissais le mieux se montra d'abord peu désireux de rendre service à un vieux copain.

— Bob, me dit-il d'un ton ennuyé, c'est ce que tes négrillons de collègues pourraient appeler un sujet délicat.

— Je n'ai pas de collègues négrillons. Tu veux dire que, chez toi, un supérieur hiérarchique s'y est intéressé ? Que c'est son domaine réservé ?

— Non, ce n'est pas ce que je veux dire. Pour le moment, ce n'est pas un domaine réservé, mais ça ne veut pas dire que je peux refiler le tuyau comme ça. Pourquoi cet intérêt soudain pour Zander ? Qu'est-ce qui se passe ?

— Il vient d'envoyer une lettre de menaces parlant de colis piégé. Ça te va ?

— Tu ne peux pas m'en dire plus ? Des menaces contre qui ? Le maire ? Le président ?

— Contre moi.

— Toi ? (Il toussa pour cacher son rire.) Des menaces contre toi ? C'est arrivé quand ?

— Ce matin. Il dit qu'il a besoin de mon amitié et de ma collaboration.

— Bob, il y a quelqu'un qui te fait marcher, mon vieux. (Comme je ne répondais pas, il poursuivit :) D'accord... Et si tu me lisais cette lettre ?

Je lui lus la lettre, sans lui parler de la carte postale qui l'accompagnait. Il y eut un long silence. Pour finir, il dit en soupirant :

— Bob, est-ce que tu me croiras si je te dis que tu es la dernière personne au monde dont ce Zander souhaiterait la collaboration ?

— Je te croirai. Mais pourquoi ?

— Eh bien, pour commencer, il ne reste plus, de Zander, qu'un nom d'emprunt parmi bien d'autres.

— Il est mort ?

— Non, il n'est pas mort, mais je parie qu'il aimerait bien qu'on le *croie* mort. Quand c'était un jeune clandestin, plein d'avenir, au service d'une cause révolutionnaire, il voulait bien que tout le monde sache à quel point il était subtil, intelligent, dynamique. Mais les temps ont changé. Il préfère de loin l'anonymat.

— Que fait-il ?

— Il est conseiller en gestion d'entreprises. Oui, c'est ce qui est écrit là, et c'est ainsi que ses clients ont dû lui conseiller de décrire ses services. En termes moins délicats, c'est un intermédiaire de haut niveau, un gérant de fonds secrets qui traite d'affaires portant sur des millions de dollars, grâce à trois porte-documents, à des suites louées en permanence dans les hôtels de luxe de toutes les grandes capitales. Tu veux signer un contrat pour construire des installations portuaires à l'est de Suez ? Tu veux que ton groupe fournisse à des tiers-mondistes surexcités le tout nouveau système de défense aérienne dont ils sont sûrs d'avoir l'usage. Eh bien, c'est ton homme. Ou plutôt ton intermédiaire. C'est lui qui sait précisément qui doit être soudoyé, et combien vaut chacun. Par-dessus le marché, il effectuera les paiements si habilement qu'on n'a pas encore créé, au Congrès, la commission qui pourrait désigner le coupable de son doigt potelé en criant : « Corruption ! » Tu vois ce que je veux dire ?

— Comment s'appelle sa société de conseil, et où est-elle domiciliée ?

— Eh bien, ses sociétés ont plusieurs noms et sont domiciliées dans tant d'endroits que je t'en épargne la liste. Il voyage, ou plutôt voyageait, sous différents passeports, surtout libanais. Quant à sa base, elle se trouve là où se trouvent ses porte-documents. Tu comprends pourquoi cette menace de bombe est forcément une plaisanterie ? Tu es la dernière personne dont un type comme ça pourrait avoir besoin. Toi non plus, d'ailleurs, tu n'as pas besoin de lui. Je ne vois vraiment pas en quoi il pourrait t'intéresser. N'y pense plus.

— Tu dis que Zander est un de ses anciens noms d'emprunt ? On dirait un nom d'Europe du Nord.

— Effectivement. Il est né à Tallin, en Estonie. D'une famille de langue allemande. Quand l'Union soviétique a envahi les pays Baltes, après l'attaque de la Pologne par les nazis, il était étudiant. Evidemment, les archives ne sont plus accessibles : mais il devait avoir dans les dix-huit ans. Dans ces pays-là, on devient vite adulte... et coriace. Les Russes ont coincé sa famille, mais lui il a pu s'échapper. Il faisait partie d'un groupe de réfugiés qui sont parvenus à Danzig par bateau. Là, il s'est porté volontaire pour entrer dans la Wehrmacht, et, après une période d'entraînement, on l'a envoyé dans une école d'infanterie, puis dans un service de transmission. Mais on ne l'a pas envoyé sur les champs de bataille. Comme il parlait couramment le russe et avait des antécédents anti-soviétiques, on le gardait en réserve. Quand Hitler a envahi la Russie, on a muté le jeune Zander dans l'Abwehr. L'Abwehr, tu sais ce que c'est ?

— Services secrets et contre-espionnage de l'armée, hein ? A ne pas confondre avec la Gestapo.

— C'est ça. Des gars réglo... enfin, plus ou moins. N'empêche qu'on ne se vantait pas, surtout en mars 45, d'avoir servi dans l'Abwehr, et particulièrement sur le front russe. De toute façon, à la fin de la guerre, il faisait partie des personnes déplacées qui n'avaient plus de pays natal. L'Estonie faisait définitivement partie de l'Union soviétique. Alors, il s'est servi de ce qu'il avait appris dans l'Abwehr, et il s'est débrouillé pour gagner l'Algérie, en passant par la France et l'Espagne.

— Très débrouillard, en effet. Pourquoi l'Algérie ?

— Il ne connaissait que le métier de soldat. Figure-toi qu'il s'est engagé dans une unité de paras de la Légion étrangère stationnée en Algérie.

— Ça ne m'étonne pas. Il y avait beaucoup d'Allemands parmi les légionnaires qui se sont battus à Diên Biên Phu.

— Diên Biên Phu, oui, c'est là qu'il a été blessé. Mais il a eu de la chance. Il a été blessé pendant les premières semaines de la bataille. Il a été de ceux qu'on a pu évacuer. Il a passé sa dernière année dans la Légion, à Sidi-bel-Abbès, en tant qu'officier instructeur... Ah, j'oubliais, il s'était engagé sous le nom de Carl Hecht.

— Quand avez-vous ouvert un dossier sur lui ?

— Pas à ce moment-là. Pas avant...

Il s'interrompit. Peut-être se demandait-il s'il m'en disait trop en échange de pas grand-chose ? Mais non ; archiviste dans l'âme, il aimait énoncer les faits dans l'ordre chronologique.

— Nous sommes *à peu près* sûrs qu'il a passé les deux

années suivantes soit au Liban, soit en Jordanie, soit dans les deux pays. Après son engagement dans la Légion, sa blessure, ses bons états de service, il pouvait demander la nationalité française. Alors, il a encore changé de nom. Il est devenu Charles Brochet. En tant qu'officier instructeur français, parlant un arabe de cuisine appris en Algérie, il aurait été accueilli à bras ouverts dans les camps d'entraînement de l'O.L.P.

— Tu dis que vous en êtes à peu près sûrs, rien qu'à peu près ?

— C'est ce qu'il a raconté ensuite. Il ne nous était pas facile de vérifier. C'est un menteur adroit. Il est très doué pour deviner l'histoire à laquelle on s'attend, celle qu'on espère entendre. Tu m'as demandé quand nous avions ouvert un dossier sur lui, eh bien, c'était plus tard, en 59, quand il a commencé à se faire un nom en Tunisie. J'entends un nom de clandestin.

— Que faisait-il ?

— Il dirigeait une affaire d'import-export pour le compte du F.L.N. Les Français avaient mis l'embargo, en Afrique du Nord, sur tout ce dont les rebelles avaient besoin pour continuer à se battre. L'entreprise de Zander, appelée C. Brochet Transports S.A., leur servait d'agent clandestin pour l'achat des marchandises et leur transport par voie de terre jusqu'à la frontière tunisienne.

— Des armes ?

— Surtout des produits pharmaceutiques — des médicaments, des antibiotiques. C'est pour ça qu'il était important. Pour éviter l'embargo français, il achetait par l'intermédiaire d'une société bidon, Zander Pharmaceuticals, domiciliée à Miami, en Floride.

— Avec de l'argent arabe ?

— Ce qui est sûr, c'est qu'il n'utilisait pas le sien. Ses commanditaires étaient certainement arabes, mais nous n'avons jamais découvert précisément qui ils étaient. Pourtant, nous avons cherché. A cette époque-là, les Français n'étaient pas populaires, et tout ce qui venait d'Algérie était jugé important. Nous avions là-bas un correspondant ; il a passé pas mal de temps sur l'affaire Brochet-Zander-Hecht. Bien sûr, la première chose qu'il a faite a été de chercher Zander dans les ouvrages de référence. Et devine ce qu'il a trouvé ?

— Il a trouvé *zander*. C'est une sorte de poisson. Comme *hecht* en allemand et *brochet* en français.

— Exactement. Zander, Hecht et Brochet, ça veut dire la même chose.

— Pas très malin d'utiliser des faux noms aussi transparents. Je parie que ce n'est pas dans l'Abwehr qu'il a pris cette habitude.

— C'est ce que notre correspondant a pensé. M. Brochet lui a dit qu'il ne comprenait pas la mentalité arabe. Un homme considéré comme un héros, faisant courageusement fi des menaces de mort et de torture, était plus en sécurité que le premier venu. En fait, disait-il, les services secrets français n'ignoraient rien de lui et avaient essayé plus d'une fois de le faire tuer. El Brochet le courageux, le bien-aimé, avait toujours bénéficié de la protection d'amis arabes pleins de sollicitude. Mais revenons à ta charmante petite bafouille : qu'attend-il de toi ?

— Mon amitié, ma collaboration. S'il me fait une offre ferme concernant l'une ou l'autre, je te préviendrai. Et sa vie amoureuse ?

— D'après ce que j'ai là, il a eu une vie tout ce qu'il y a de normal, mais pas de détails récents sur la question.

Notre conversation se poursuivit encore un moment, puis je le remerciai et raccrochai. Presque aussitôt, mon téléphone sonna. C'était Barbara Reynolds, mon agent.

— Robert, votre ligne a été occupée tout l'après-midi.

— Je suis en train de revoir le manuscrit de Williams ; je compte le remettre cette semaine à l'éditeur.

— J'en suis ravie, mais ce n'est pas pour ça que je vous appelle. Nous avons reçu une proposition assez intéressante d'un éditeur de Milan, la Casa Editrice Pacioli.

— Quel livre veulent-ils ?

— Aucun livre en particulier. Je veux dire qu'ils ne demandent pas des droits de traduction. C'est *ça* qui est intéressant. Ils veulent vous demander d'écrire un livre sur un sujet de leur choix. Pas en italien, bien sûr. Ils s'occuperont ensuite de le faire traduire. Ils veulent les droits pour le monde entier, et commenceraient par publier la version anglaise ici, puis en Angleterre ; après ça, la version en italien, en allemand, en espagnol, et cetera. C'est plutôt curieux.

— Sur quel sujet ?

— Ils veulent vous en parler personnellement. Je suppose que c'est pour éviter que l'affaire ne s'ébruite dans le milieu de l'édition, tant que les contrats ne seront pas signés et le livre en chantier. Si c'est le genre d'idée qui peut être volée, je les comprends. Ils n'ont même pas voulu m'en parler.

— A Milan ?

— Non, ici, à New York. Ils sont représentés par un cabinet d'avocats.

Elle m'en cita le nom. C'était une de ces respectables firmes de Wall Street, avec trois ou quatre noms prestigieux sur une plaque et une bonne douzaine d'autres associés, plus jeunes et très distingués également, dont le nom figurait sur le papier à en-tête. Celui qui s'occupait de la Casa Editrice Pacioli s'appelait McGuire. Il était, selon Barbara, le numéro trois dans la hiérarchie du cabinet.

J'étais rassuré par ces renseignements, et je me demandai pourquoi. Il me fallut deux ou trois secondes pour trouver la réponse. Des gens tels que McGuire ne représentaient pas des types comme Karlis Zander.

— Vous avez déjà eu affaire à Pacioli ?

— Par l'intermédiaire de notre correspondant en Italie, oui, bien sûr. Un éditeur sérieux qui a un important département pédagogique et un solide fonds littéraire. Je crois me rappeler qu'ils appartiennent maintenant à un conglomérat, ce qui explique peut-être pourquoi ils n'hésitent pas à faire une telle proposition. (Elle adopta le ton de calme étudié qu'elle avait toujours quand elle parlait gros sous.) Vous savez, Robert, ils proposent une somme forfaitaire à titre d'honoraires, plus quatre-vingt pour cent sur les ventes en livre de poche, *plus* quarante pour cent des ventes en feuilleton. Les honoraires seraient de cinquante mille dollars, payables en deux temps : la moitié à la signature du contrat, la moitié à la remise du manuscrit. Les honoraires ne seraient pas, je dis bien ne seraient *pas* un à-valoir sur les droits d'auteur. Ce serait simplement un paiement en échange de votre travail. La moitié non payée à la signature serait déposée ici en compte bloqué, ainsi que cinq mille dollars supplémentaires pour vos frais de déplacement. C'est une affaire en or.

— Eblouissante.

— Ecoutez, Robert, la seule façon de savoir si le sujet vous convient est d'aller interroger McGuire sur la question. Je lui ai promis de le rappeler mercredi au plus tard.

— Y a pas le feu ! Je ne veux plus faire de bouquins marathon.

— Mon cher, je vous signale qu'il n'y a pas d'autre

affaire en vue et que ces cinquante mille dollars seront les bienvenus.

— Je vais y réfléchir.

— Eh bien, réfléchissez-y en terminant le manuscrit de Williams, puis rappelez-moi mercredi matin pour que je puisse vous prendre un rendez-vous avec McGuire. D'accord ?

— D'accord.

Je ne l'appelai pas le mercredi matin, car c'est le mercredi matin que la bombe arriva.

Elle avait à peu près la taille et le poids d'un livre ordinaire à reliure cartonnée. Le papier d'emballage brun avait été soigneusement fermé avec du chatterton noir tel qu'on peu en acheter au rayon bricolage de tout supermarché. Sur l'étiquette, mes nom et adresse étaient dactylographiés, tout comme l'adresse de l'expéditeur, un numéro de boîte postale à Miami, d'où le colis avait été envoyé. Pas de nom.

Dès que le livreur qui me l'avait apporté fut reparti et que j'eus fini de rester planté là, bêtement, à regarder le colis comme si je m'attendais à ce qu'il se mette à parler, j'allai le déposer précautionneusement sur la table la plus proche. Puis je m'assis et fus surpris de constater que j'avais, littéralement, des sueurs froides. La femme de ménage devait arriver d'une minute à l'autre. Je l'attendis près de la porte d'entrée, et, dès qu'elle fut là, je lui dis de ne pas toucher au colis. Après quoi je retournai dans mon bureau.

Les demandes de déminage sont probablement assez rares en Pennsylvanie. En tout cas, je ne trouvai rien dans l'annuaire où je cherchais parmi les différents services de police. Alors j'appelai ma secrétaire — que j'emploie à mi-temps et qui s'intéresse à la politique locale —, et je lui demandai le nom d'un gradé de la police. Je ne lui parlai pas du colis. Je lui dis que je voulais me renseigner sur certains aspects de la procédure policière, pour les corrections du manuscrit de Williams. Comme Williams était un meurtrier acquitté, l'excuse était convaincante. Elle me dit de consulter le capitaine Boyle ; un nouveau venu extrêmement serviable.

Après une bagarre avec un sergent de garde plein de zèle, je finis par avoir Boyle au bout du fil. Il commença par se montrer plus hostile que serviable. Il s'abstint délibérément de me demander en quoi il pouvait m'être utile, manifestement persuadé que je voulais faire sauter une contravention. Il avait sans doute l'intention de m'avertir que, depuis son arrivée, les choses avaient changé dans notre comté. Ce fut donc de ma voix la plus calme que je lui fis part de mes doutes : sans doute était-ce le F.B.I. et non lui que j'aurais dû appeler, puisque j'avais reçu une menace de bombe. Comme cela semblait l'intéresser, je lui lus la lettre. Puis, sans lui laisser le temps de faire un commentaire, je l'informai de la réception de la bombe.

— Ce matin, vous dites, monsieur Halliday ?

Il se montrait à présent extrêmement cordial.

— C'est ça. Elle fait tic tac dans la pièce à côté.

J'avais tort de plaisanter.

— Tic tac, vous dites ?

— Non, capitaine, ce n'est que façon de parler. Elle ne fait pas de bruit. Ecoutez, je ne voudrais pas monter cette affaire en épingle, je voudrais simplement qu'un spécialiste du déminage vienne voir s'il s'agit ou non d'une plaisanterie.

— Nous n'avons pas de service de déminage, monsieur Halliday, pas ici. Mais je crois qu'il y en a un à Allentown. Donnez-moi votre numéro, je vous rappelle dans un instant.

Il me rappela cinq minutes plus tard.

— La police d'Allentown a, effectivement, un service de déminage, monsieur Halliday. Ils nous envoient tout de suite deux inspecteurs munis de tout leur matériel. Ils voudront, bien sûr, voir la lettre ainsi que le colis. Vous avez reçu ce colis par la poste, je crois ?

— C'est ça.

— Est-il en bon état, ou le papier d'emballage est-il déchiré ?

— L'emballage n'est pas abîmé. Pourquoi ?

— Eh bien, monsieur Halliday, voulez-vous que nous vous envoyions une voiture de patrouille, ou voulez-vous gagner du temps en nous apportant vous-même le colis et la lettre ?

Je fus tenté de refuser cette proposition peu courtoise, mais, faute d'avouer que j'avais une peur bleue du colis, je ne voyais pas d'argument raisonnable pour justifier un refus.

— Très bien, capitaine, je vais vous l'apporter. Mais au cas où quelque chose d'imprévu se produirait, je vais laisser la lettre ici, sur mon bureau. Je vais en faire une photocopie, et je vous l'apporte.

Il émit un petit gloussement.

— Si ce colis est arrivé, sans incident, par la poste, je pense qu'il voyagera sans problème dans le coffre de votre voiture, monsieur Halliday.

Effectivement, le colis arriva sans encombre ; je n'en remarquai pas moins que les inspecteurs spécialistes de déminage qui la sortirent de mon coffre, une heure plus tard, prenaient la chose avec beaucoup moins de désinvolture. Ils portaient de lourdes tenues de protection qui leur descendaient jusqu'aux genoux et des casques d'acier avec deux fentes pour les yeux, qui reposaient sur leurs épaules comme les heaumes des chevaliers du Moyen Age. Ils transportèrent le colis dans un panier métallique capitonné, suspendu à une longue perche.

De loin, nous les regardâmes déposer leur fardeau dans un camion blindé. Je pénétrai ensuite dans un bureau en compagnie de Boyle et d'un de ses inspecteurs. Là, je fis une déposition, disant simplement que j'avais reçu la lettre et le colis par la poste avant de les remettre à la police.

Cela fait, on me donna une tasse de café et l'on me demanda si cela ne m'ennuyait pas d'attendre que les spécialistes du déminage aient obtenu un début de résultat grâce à leur appareil radiologique portatif. J'appris que lorsqu'une bombe, envoyée par la poste, franchissait la frontière entre deux Etats, il fallait prévenir non seulement les services postaux, mais aussi le F.B.I. Avec la police locale, l'agence fédérale participerait à l'enquête sur les crimes et délits, incroyablement nombreux, commis par Zander. Quant à moi, je servirais de témoin numéro un. J'acceptai poliment d'attendre le verdict de l'équipe de déminage. Il ne servait à rien de leur dire que la curiosité dévorante que je sentais monter en moi était telle qu'il leur aurait fallu utiliser la force pour me faire partir.

J'attendis près d'un heure pendant laquelle les rapports furent tous négatifs. Le numéro de boîte postale à Miami n'existait pas. Le F.B.I. n'avait pas de Zander dans ses archives. Enfin, le capitaine Boyle me fit appeler pour que j'entende le rapport de l'équipe de déminage.

Le chef de l'équipe était l'inspecteur de première classe Lampeter. Ce grand Noir au visage mélancolique m'adressa un signe de tête négligent quand Boyle fit les présentations. Il tenait avec des pinces un radiogramme qui semblait le dégoûter autant que notre présence l'ennuyait. Je me demandai si cet état d'esprit allait de pair avec son métier. Il avait un collègue blanc dont je ne saisis pas le nom.

— Voilà votre bombe, monsieur Halliday, me dit-il en indiquant le radiogramme.

Je ne vis, sur la feuille, qu'une tache grisâtre, une ombre rectangulaire un peu plus foncée et quelque chose qui ressemblait un peu à un vieux modèle de tapette à souris.

— Il y avait un explosif ? demandai-je.

Lampeter désigna le rectangle plus foncé.

— De la dynamite ordinaire, répondit-il. Le genre qu'utilisent les fermiers pour faire sauter les souches d'arbres. Six bâtons attachés ensemble par du ruban adhésif. Aucune empreinte digitale sur le ruban ou ailleurs. Capsules standard. Un travail professionnel exécuté par ou selon les instructions de quelqu'un qui connaît les techniques de déminage. Vous voyez ça ?

Il me montra la forme qui ressemblait à une tapette.

— On dirait une tapette à souris.

— C'en est une, en quelque sorte. Le principe est le suivant : quand le colis arrive, la personne à qui il est adressé l'ouvre en déchirant l'emballage. Cela libère la pression sur le carton qui comprime le ressort placé en dessous. Alors le ressort se détend, clac, comme celui d'une tapette. Seulement, ce qu'il percute n'est pas une souris mais un détonateur. Et bang ! vous perdez deux bras, un œil ou pire. Dès que nous voyons, sur un radiogramme, ce genre de gadget, nous savons comment ouvrir le colis et le rendre inoffensif. Nous nous y prenons comme ça... Pardon, capitaine.

Il prit un ouvrage juridique sur l'étagère située derrière le fauteuil du capitaine et le posa sur le bord du bureau.

— Disons que c'est le colis. Je pose la main gauche à plat, juste au-dessus de l'endroit où je sais que se trouve le ressort piège. J'appuie très fort. Puis, de la main droite, je prends un couteau à pointe recourbée, bien tranchante, comme ceux dont on se sert pour couper le linoléum ou le cuir. Je découpe complètement un des côtés de l'emballage. Ensuite, graduellement, je peux faire glisser hors du colis ce qui se trouve à l'intérieur, tout en maintenant la pression sur le dessus pour éviter que le ressort ne se détende. Quand le tout est suffisamment sorti pour que je puisse bien voir, j'attrape le ressort. Il ne me reste plus qu'à retirer le détonateur. A l'époque où nous avions des ennuis avec le syndicat des mineurs, les gens passaient leur temps à s'envoyer des bombes par la poste et nous avons, en une semaine, neutralisé plus d'une douzaine de ces engins.

— Et c'est comme ça que vous avez fait cette fois-ci ?

Le capitaine Boyle s'agitait. Il ne semblait pas tenir à écouter la suite sur le B.A. ba du déminage.

Lampeter secoua énergiquement la tête.

— Non, capitaine, c'est ainsi que le salaud qui l'a envoyée ou fait envoyer m'a *laissé croire* qu'il fallait faire. Je vous ai dit qu'elle a été montée par quelqu'un qui s'y connaît, quelqu'un qui savait que le colis serait radiographié et ouvert, comme je vous l'ai montré, avec un couteau à lame recourbée. Alors, il s'est amusé à rajouter un petit bidule, pour m'avoir. Dans l'armée, c'est la façon courante d'opérer pour les mines et les bombes à retardement. Dès que le gars qui avait mis un de ces trucs au point se doutait que l'ennemi savait désamorcer ses engins, il modifiait un petit quelque chose. Résultat : la fois d'après, quand chez l'ennemi un petit malin essayait de désamorcer un truc en suivant les instructions à la lettre, le truc lui explosait en pleine poire.

— Comme vous semblez très bien vous porter, Lampeter, dit le capitaine Boyle, j'en déduis que vous avez repéré la modification.

— Non, capitaine. Elle m'a complètement échappé. Le type a mis un détonateur électrique en plus du détonateur normal. Ça ne se voit pas à la radio parce qu'il est placé derrière le principal gadget. Le fil de la petite batterie passe autour du bord extérieur du colis. Quand j'ai enfoncé le couteau et commencé à ouvrir le côté, ça aurait dû déclencher le truc en court-circuitant les fils jumelés, soit tout de suite, soit dès que j'aurais manœuvré la lame recourbée.

— Mais ça n'a pas marché ? Un coup de pot ? un défaut de fabrication ?

Lampeter respira profondément avant de répondre :

— Non, capitaine, pas de pot et pas de défaut. Le type qui a fabriqué la bombe avait fixé les fils du détonateur avec du ruban adhésif pour les tenir écartés, afin que je sache que, cette fois, il plaisantait. Il aurait pu me faire sauter la tête, mais il m'a épargné. Un vrai petit amour. Les gars du labo du F.B.I. vont l'adorer, eux aussi.

Son collègue blanc ouvrit enfin la bouche :

— Si jamais je mets la main sur ce fumier, dit-il calmement, je le tue.

— On dirait que vous prenez ça comme une atteinte personnelle, messieurs. Mais c'est *moi* qui étais visé. C'est à *moi* que la bombe était adressée. Je suis ravi de savoir que le gars plaisantait.

Lampeter me scruta de son regard mélancolique, puis il répondit :

— Vous êtes un civil, monsieur Halliday, et ce n'est pas *vous* dont il s'est payé la tête. Il paraît que vous êtes écrivain. Biographies de vedettes de cinéma, dit-on. Ce genre de travail a dû vous apprendre des choses redoutables. Je parie que vous vous êtes fait pas mal d'ennemis.

— Le gars qui m'a envoyé cette bombe prétend que c'est un témoignage d'amitié. Il veut me convaincre de son honnêteté.

— Sans blague.

— C'est vrai, Lampeter, dit Boyle. Regardez.

Il poussa la photocopie de la lettre de Zander glissée dans une enveloppe en plastique transparent de l'autre côté du bureau. Les deux inspecteurs de l'équipe de déminage la lurent ensemble. Quand Lampeter eut terminé, il avait l'air presque joyeux.

— Eh bien, capitaine, dit-il, autant que ce soit vous que nous. Quand vous avez parlé d'une lettre de menace, j'ai cru que c'était le truc habituel. Ce que vous avez là est une lettre de dingue. Et un dingue qui sait fabriquer des colis piégés aussi parfaits que ça devrait pouvoir vous causer pas mal d'ennuis, à vous et aux services postaux. (Quand il se leva pour partir, il tourna vers moi un visage beaucoup plus amical.) Vous savez ce que je ferais, à votre place, monsieur Halliday ? Eh bien, pendant six mois je n'ouvrirais jamais un colis si je ne pouvais pas voir à travers en le tenant à la lumière. Et si le capitaine m'y autorisait, je prendrais de très longues vacances, aussi loin de chez moi que possible. Enchanté d'avoir fait votre connaissance. Capitaine, ce colis est maintenant désamorcé, donc sans danger. Vous voulez toujours que nous l'apportions au F.B.I., ou quelqu'un de chez vous peut-il s'en charger ?

Quand l'équipe de déminage fut partie, le capitaine Boyle me regarda.

— Vous avez l'intention de suivre quelques-uns de ces conseils, monsieur Halliday ? demanda-t-il.

— Concernant les vacances, par exemple ?

— Je préférerais que vous ne les preniez pas si loin que nous ne puissions plus vous joindre par téléphone. Il est possible que le F.B.I. veuille vous parler, ne serait-ce que pour entendre, eux aussi, la déposition que vous m'avez faite ; ils ont tendance à devenir mauvais quand les témoins ne sont pas à leur disposition. Evidemment, vous ferez attention en ouvrant votre courrier. Vous avez une secrétaire, je suppose ?

— A mi-temps, oui. C'est d'ailleurs elle qui m'a indiqué votre nom.

— Ah bon ? Eh bien, il vaudrait mieux la prévenir. Même si les postes passent au crible tous les colis qui vous sont adressés. N'oubliez pas de m'apporter l'original de cette lettre, monsieur Halliday. On ne sait jamais, les gars du labo pourraient découvrir quelque chose qui nous a échappé.

— Je vous l'enverrai par la poste.

Il était en train de relire la photocopie.

— Plutôt anglais qu'américain, le style de ce Zander, hein ? Et que pensez-vous du dernier paragraphe ? Il sait que vous êtes journaliste. Avez-vous suivi son conseil à propos des archives d'un journal ?

Il m'était facile de mentir.

— J'ai été journaliste, oui, mais je ne suis plus dans le coup. Je vais téléphoner à droite et à gauche, mais si, au F.B.I., ils disent qu'ils ne connaissent pas ce Zander, il devient improbable que je puisse trouver quelque chose.

Il insista :

— Mais vous allez quand même essayer ?

— Bien sûr.

— Et vous me préviendrez la prochaine fois que Zander donnera de ses nouvelles ?

Le capitaine Boyle, un grand bel homme, exhibait un sourire de politicien de la vieille école. J'avais eu tort de le sous-estimer.

— Je vois que vous ne croyez pas à la théorie du cinglé, capitaine.

— Mais si, j'y crois. Quiconque envoie une bombe par la poste est forcément cinglé. Mais, dans le cas présent, je pense qu'il ne s'agit pas du genre de cinglé auquel croit Lampeter. Qu'en pensez-vous ?

— Je suis d'accord. Cette bombe est un préambule, une démonstration de force, si vous préférez. Je ne pense pas qu'il en enverra d'autre. D'ailleurs je ne pense même pas qu'il ait envoyé celle-là. Pas de ses propres mains. Tout comme vous, j'ai tendance à croire que l'auteur de cette lettre veut dire exactement ce qu'il écrit. Il veut faire quelque chose ; il pense que je peux le faire. Et il s'agit d'une chose qu'il me plairait tout particulièrement de faire. Il a simplement choisi une drôle de manière pour me le demander.

— Et quelle est votre réaction, monsieur Halliday ; maintenant que vous savez ce qu'il y avait dans ce colis. Ça vous fait rire ?

— Non, capitaine, pas du tout. Je suis aussi furieux que l'inspecteur Lampeter. Mais je suis aussi extrêmement curieux et bien décidé à en savoir plus. Malheureusement, cela me rend encore plus furieux, car la curiosité et le désir d'en savoir plus sont, me semble-t-il, ce que Zander souhaite éveiller en moi. Toujours est-il que, s'il me contacte à nouveau, je ne refuserai pas de l'écouter. Je n'en serais pas capable.

Le capitaine hocha la tête.

— Je vois ce que vous voulez dire. Eh bien, si vous apprenez autre chose, je suis sûr que vous nous tiendrez au courant. Je sais bien que les gens comme vous préfèrent protéger leurs sources, mais, ici, nous aimons fermer les dossiers, chaque fois que nous le pouvons.

— Je m'en souviendrai.

— Autre chose, monsieur Halliday. Disons qu'il s'agit d'un conseil amical. Si Lampeter dit que c'est du travail professionnel, je le crois. Cela signifie que l'auteur de la lettre est aussi un professionnel, à sa façon, bien entendu. Alors, attention, hein, monsieur Halliday ? J'ai pris des renseignements sur vous. Vous avez vécu des moments pénibles dont vous n'aimez pas parler. L'heure est peut-être venue de les oublier une fois pour toutes. D'accord, cela ne me regarde pas, mais un simple conseil amical : vous n'êtes pas aussi jeune que vous en avez l'air, et la curiosité peut être dangereuse.

Je conduisis au retour comme à l'aller, lentement, précautionneusement, à croire que le colis était toujours dans le coffre de ma voiture. J'avais mangé un sandwich au rosbif et bu plusieurs tasses de café quand j'étais au commissariat. Deux heures après les avoir ingurgités, je commençai à avoir des crampes d'estomac.

Quand j'ouvris ma porte d'entrée, le téléphone était en train de sonner. Je ne m'en occupai pas et me servis à boire. Dès que le téléphone se tut, je m'assis et je réfléchis à la meilleure façon de prévenir ma secrétaire et la femme de ménage : il ne fallait surtout pas essayer d'ouvrir les colis qui m'étaient adressés.

Si je leur disais la vérité, elles en parleraient à leurs maris qui, très raisonnablement, ordonneraient ou conseilleraient à leurs épouses de cesser de travailler chez moi. Je m'efforçai d'inventer une bonne raison pour justifier mon ordre, mais n'en trouvai aucun qui fît l'économie du mot « bombe » pour être convaincant. Fallait-il vraiment que je les prévienne ? Boyle m'avait assuré que les services postaux contrôleraient les paquets qui m'étaient adressés. Même si Zander envoyait une autre bombe — et ni Boyle ni moi ne pensions cela —, elle serait interceptée. Alors, pourquoi me tracasser ?

Le téléphone se remit à sonner et, cette fois, je répondis.

Barbara était en colère.

— Comme vous le savez, mon cher, puisque vous n'êtes pas une de ces personnes qui oublient tout, *bêtement*, , j'ai promis à M. McGuire de l'appeler ce matin et vous m'aviez promis de me téléphoner. Etant donné que je fais tout mon possible pour vous représenter efficacement dans une affaire avec une société qui, je viens de l'apprendre, fait partie intégrante de l'empire financier Syncom-Sentinel, je considère, mon cher, que la moindre chose que vous puissiez faire, la *moindre* des choses, serait de me consacrer suffisamment de votre temps pour me passer un coup de téléphone.

— Désolé Barbara. J'ai perdu un plombage et il m'a fallu aller chez le dentiste. Je souffrais.

— Il faut toute une journée pour vous faire remplacer un plombage ?

— Je vous ai dit que j'étais désolé, et je le suis. Que disiez-vous à propos des pétroles Syncom ?

— Il ne s'agit pas de leur pétrole, mais de leurs intérêts dans l'édition. J'ai appris que Pacioli est une filiale de Syncom-Sentinel. En fouillant un peu plus, pour vous faciliter la tâche, j'ai découvert que McGuire et ses associés sont les représentants juridiques de Syncom-Sentinel dans toutes leurs opérations outre-mer — investissements divers, intérêts pétroliers, du golfe Persique jusqu'à l'Arctique. C'est pourquoi, soucieuse de ne pas agacer ou même légèrement incommoder un puissant avocat qui, entre parenthèses, garde pour vous cinquante mille dollars sur la table, sans compter les milliards de dollars qu'il représente, je l'ai rappelé comme promis. Je lui ai raconté que vous n'étiez pas très satisfait des conditions préalables. Vous compreniez, bien sûr, que l'éditeur veuille que l'affaire soit traitée de façon confidentielle, mais vous étiez, en ce moment, très pris par les dernières corrections d'un manuscrit. Vous ne souhaitiez pas interrompre votre travail pour affronter le dur trajet qui vous sépare de New York aux seules fins de discuter d'un projet dont vous ne saviez rigoureusement rien et qui risquait de ne pas vous intéresser.

— Bravo, Barbara. Magnifique !

— Le résultat, mon cher, est qu'après quelques réticences de sa part j'ai obtenu ceci : le livre — je cite — doit être, essentiellement, l'histoire d'un mouvement politique. Il consistera, d'une part, en un mémoire du dix-neuvième siècle, encore inédit, et, d'autre part, en un commentaire rigoureux, rédigé par un expert, sur les origines et la vie de ce mouvement. Votre travail serait surtout rédactionnel. Le titre envisagé est, je cite : *Enfants du Crépuscule.*

— On ne peut pas dire que ça vous prenne aux tripes, hein ?

— Ça sonne peut-être mieux en italien. Quoi qu'il en soit, on peut toujours changer un titre. Ce que je dois vous dire, c'est qu'après avoir obtenu cette concession je me suis sentie obligée de lui accorder quelque chose en échange.

— C'est-à-dire, Barbara ?

— Je vous ai pris un rendez-vous avec M. McGuire demain à quinze heures. Avant que vous commenciez à râler, permettez-moi de vous rappeler qu'on vous fera une offre que vous êtes libre d'accepter ou de refuser. Si vous me lâchez en n'allant pas à ce rendez-vous, je ne vous le pardonnerai pas. Si vous décidez de ne pas y aller, j'espère quand même que vous aurez la bonté de bien vouloir prévenir la secrétaire de M. McGuire. Puis, quand tel sera votre bon plaisir, vous pourrez me faire savoir ce qui s'est passé, d'une façon ou d'une autre. Au revoir, mon cher.

Je finis mon verre et allai voir ce que la femme de ménage m'avait laissé dans le réfrigérateur.

Plus tard, lorsque j'eus terminé de travailler sur le Williams afin que ma secrétaire puisse le taper au propre, j'essayai de prononcer *Enfants du Crépuscule* à voix haute. Après l'avoir déclamé plusieurs fois, je m'aperçus que cela devenait de plus en plus difficile à prononcer. Ce n'est qu'au moment de me mettre au lit que je me demandai quelle était la signification de ce titre, a supposer qu'il en eût une.

Quel gentre d'êtres humains y avait-il eu, ou y avait-il encore, que l'on pût, raisonnablement, qualifier d' « Enfants du Crépuscule » ? Un mouvement politique ? sûrement pas. Cela faisait plutôt penser aux membres de quelque lointaine tribu de la forêt amazonienne, découverte par un anthropologiste en mal de sensationnel. J'imaginai leur photographie dans la revue *National Geographic.* De petits êtres fragiles aux cheveux raides, au regard vide et terrifié, dont la main se crispait autour d'une lance longue et mince. Si ces lances devaient servir à tuer quelque chose de plus gros ou de plus dangereux qu'un cochon d'Inde, il fallait que la pointe fût enduite de poison.

Avant de sombrer dans le sommeil, je songeai que la photo de la carte postale de Zander avait dû être prise récemment. Les grands lauriers-roses que l'on voyait sous les palmiers, de part et d'autre de l'allée de l'*Hôtel Mansour,* avaient été plantés lorsque j'y étais allé pour la dernière fois.

CHAPITRE II

Rares sont les vieilles firmes de Wall Street situées, de nos jours, à proximité de cette rue. Je trouvai celle dont McGuire était un associé à quelque six cents mètres, dans l'immeuble neuf de Syncom-Sentinel. La société occupait deux étages entiers et, par je ne sais quel miracle du décorateur et quelles sommes gigantesques consacrées à l'achat de cuir teint, ces deux étages avaient le charme confortable de l'ancien temps.

McGuire avait une cinquantaine d'années ; c'était un homme trapu, aux joues roses et aux sourcils broussailleux. Sa lèvre supérieure en forme de bec ne lui permettait que de très petits sourires. Il semblait absolument sûr de lui et avait un comportement détendu, bienveillant, protecteur.

Il me reçut dans son bureau où il y avait une sorte de table de conférence près de laquelle il me fit asseoir en me disant, d'un ton jovial :

— On m'a prévenu qu'il fallait que je fasse très attention de ne pas offenser votre amour-propre en vous présentant la proposition des Editions Pacioli.

— Qui vous a dit ça ? Certainement pas Mme Reynolds.

— Evidemment, j'interprète ce qu'elle m'a dit. En fait, je crois qu'elle a utilisé le terme « difficile » — est-ce le terme qu'elle aurait employé ? — en parlant du genre de sujets que vous acceptiez de traiter. J'en ai déduit que vous aviez une éthique et certains préjugés. C'est ce que, personnellement, j'appelle de l'amour-propre professionnel. Les règles et les préjugés ne sont-ils pas une question d'amour-propre ?

La signification de son petit sourire était claire : *Halliday, nous savons tous les deux ce que je suis en train de faire : j'engage un écrivain, moyennant cinquante mille dollars, afin qu'il noircisse du papier pour un client important. Ne perdons donc pas notre temps à disséquer vos prétentions littéraires.*

Je répondis donc à cette invitation muette, ainsi qu'à la question posée.

— J'ai probablement des préjugés contre certaines choses. *Conseiller* et parler de façon imprécise en fait partie. C'est un préjugé que j'aurais cru que vous partagiez.

Je fus content de voir que le mot « conseiller » le faisait tiquer. Quand on a eu affaire aussi souvent que moi, du fait de ma profession, à des avocats, on finit par savoir que nombreux sont les bons avocats, même les bons avocats d'assises, qui n'aiment pas s'entendre appeler « conseiller ». L'un d'eux m'a dit que cela lui donnait toujours l'impression d'être un personnage de feuilleton télévisé. Cette épithète honorifique est désormais très dépréciée.

McGuire changea légèrement de ton sans, pour autant, perdre contenance. Quand les gens se montrent susceptibles, se disait-il sans doute, il faut leur laisser croire qu'ils ont marqué un point.

— Evidemment, me dit-il, je n'ai pas besoin de vous signaler que je n'ai pas souvent l'occasion de traiter avec des écrivains. Si vous le voulez bien, nous partirons du principe que le choix d'un sujet est, pour vous, soumis à toute une série de critères, et que cinquante mille dollars d'honoraires n'y changeront rien. C'est cela ?

— C'est à peu près ça, oui. Pour le moment, tout ce que je sais, c'est que ce livre pour Pacioli doit être l'histoire d'un mouvement politique. Il a, pour point de départ, un manuscrit du dix-neuvième siècle, encore inédit ; il contiendra en outre un commentaire bien étayé et rédigé par un spécialiste. Je suppose que ce spécialiste n'est pas un homme très cultivé.

— Qu'est-ce qui vous fait supposer ça ?

— Un homme ayant la culture requise ne saurait accepter le genre d'aide rédactionnelle qu'on me demande d'apporter. Il s'estimerait, à tort ou à raison, capable de faire tout le travail lui-même.

— Vous ne voyez donc pas d'objection à la proposition de base ?

— Si. A mon avis, le titre proposé ne veut rien dire ; il est déroutant. Je pourrai, cependant, mieux juger la validité de cette objection quand je saurai qui est l'auteur du mémoire et de quel mouvement politique il s'agit.

— Alors, cartes sur table. Il me faudra vous exposer tout cela de mon mieux, puis essayer de répondre aux questions qui vous seront dictées par votre expérience professionnelle. (Il avait, devant lui, un dossier dont il lissa la couverture avant de poursuivre :) Comme vous le savez peut-être, nous avons, parmi nos clients, une société multinationale aux intérêts très étendus dans certaines des régions les plus stables et politiquement conservatrices du Moyen-Orient, telles que l'Arabie Saoudite et certains Etats du Golfe. Evidemment, notre client, quand il le peut, aime rendre service à ses amis du Moyen-Orient. Ainsi, quand il apprit qu'il existait un livre qu'un haut personnage considérait non seulement digne d'être édité en Occident, mais également susceptible de servir les intérêts des leaders occidentaux, notre client s'y est intéressé. Vous me suivez ?

— Je crois. Quant votre client a mis les gens de Pacioli sur l'affaire, ils lui ont rapporté la mauvaise nouvelle qu'une bonne partie du mémoire et l'essentiel du commentaire n'existaient qu'à l'état de fragments épars. En d'autres termes, le livre n'est actuellement guère plus qu'un projet.

McGuire eut un petit rire.

— J'entends là la voix d'une expérience amère. En fait, la situation n'est pas si mauvaise que ça. (Il ouvrit le dossier et s'y référa constamment par la suite.) Avez-vous entendu parler d'un terroriste du dix-neuvième siècle du nom de Netchayev ? Sergei Gennadiyevitch Netchayev ?

— Je connais un anarchiste de ce nom.

— Vous le connaissez probablement, parce que c'est lui qui a fait en sorte que l'anarchie ait mauvaise réputation. Je sais que la doctrine anarchiste classique croyait pouvoir faire avancer la société en détruisant le pouvoir centralisé, mais elle soutenait également que l'homme est un être essentiellement raisonnable, éventuellement perfectible par des méthodes de persuasion pacifique. Les premiers anarchistes étaient cinglés, mais c'étaient des cinglés idéalistes. C'est Netchayev qui a collé l'étiquette du terrorisme sur le mouvement et inspiré aux caricaturistes du dix-neuvième siècle le symbole qui s'est imposé jusqu'à maintenant : la bombe noire et ronde à l'aspect sinistre, avec sa mèche enflammée. Quant à Netchayev, non content d'être un escroc, c'était un fanatique, un voleur, un menteur et un assassin. De nos jours, on le qualifierait de criminel psychopathe. (Il jeta un coup d'œil à son dossier.) Quoi qu'il en soit, ce sont ses relations avec Mikhaïl Bakounine que je dois maintenant vous rappeler. Si vous connaissez Netchayev de nom, je suppose que vous en savez assez sur Bakounine, n'est-ce pas ?

— Je pense que je ferais mieux d'écouter les instructions que vous avez à me donner.

Son sourire indiquait qu'il appréciait ma prudence, quand il commença à lire la première page du dossier :

— Dès 1865, après la mort de Proudhon, Bakounine était le plus en vue des théoriciens anarchistes. Tout comme Herzen avant lui, il choisit Genève pour son premier exil. Mais, à la différence d'Herzen, en plus du penseur et du militant peu ou prou romantique, Bakounine était aussi un activiste. Il était, par exemple, l'ami de Garibaldi. Aussi devint-il le point de ralliement non seulement des intellectuels russes en exil, mais aussi d'aventuriers aux prétentions intellectuelles. Ses jugements étaient souvent hâtifs, mais on ne peut guère lui en tenir rigueur. A cette époque, la Suisse accueillait un flot constant de réfugiés sortis des prisons et de la police tsaristes. C'est en 1869 que Netchayev arriva.

McGuire accompagna l'événement d'une moue dédaigneuse et envoya une pichenette agacée à son dossier tout en levant les yeux.

— Vous voyez ça d'ici, monsieur Halliday ? Netchayev était sans doute le type même de l'enfant prodige révolutionnaire et vindicatif. Avec ses histoires de réseaux secrets, de conspirateurs dans la mère patrie, son fanatisme et ses flatteries, il eut tôt fait de mettre le grand homme dans sa poche. Quand il était encore en Russie, l'enfant prodige avait collaboré à la rédaction d'un effroyable cathéchisme révolutionnaire que Bakounine admirait, et maintenant, ils travaillaient ensemble à une série de manifestes qui mettaient en avant le programme même de Netchayev, la révolution par la terreur. Vous voyez, Netchayev croyait à la violence pour la violence.

— Et le grand homme s'était rallié à ses thèses ?

— Oui, jusqu'à ce qu'il comprenne où l'emmenait réellement la rédaction de ces manifestes. Il tenta alors de faire machine arrière. Il dit que la passion devait être l'alliée de la raison et que Netchayev était comme un homme qui vit dans un rêve. Mais quel rêve ! C'est Netchayev qui inventa la doctrine terroriste moderne de « la propagande par l'action ». Tout ce que Bakounine pouvait dire était inutile. Il était bien trop tard. Dans un tel mouvement, il y aura toujours une poignée de fous qui attendent, qui *espèrent* la violence, sans même le savoir. Il est possible que Mikhaïl Bakounine et le professeur Marcuse aient changé d'avis, mais il était trop tard, pour l'un comme pour l'autre. C'est toujours pareil. Quand le mal est fait, on ne peut y remédier avec d'autres paroles.

— Que vient faire Marcuse là-dedans ? demandai-je.

Il récompensa ma question d'un sourire fugitif.

— J'ai ici quelques slogans et maximes forgés par les terroristes de la Nouvelle Gauche quand Marcuse était leur gourou. La prospérité matérielle devient, par exemple, « le terrorisme de la consommation » quand vous désirez justifier l'incendie d'un grand magasin. Et quand vous n'avez d'autre excuse pour un acte de violence que votre désir de le perpétrer, vous déclarez simplement que « parler sans agir revient à se taire ». Voilà les pseudo-paradoxes de pacotille que Netchayev se plaisait à inventer. Mais il ne faut pas prendre de telles inepties trop à la légère. Les âneries, même grossières, peuvent être dangereuses. La première grande vague terroriste des années 1870 fut l'œuvre de ceux qui croyaient pouvoir détruire la société européenne à coups d'assassinats. En 1914, à Sarajevo, un minuscule groupe de terroristes faillit y réussir. Certains historiens disent même qu'ils réussirent *vraiment*.

— Ils ne cherchaient pas à déclencher la Première Guerre mondiale, monsieur McGuire. Ce n'étaient pas des anarchistes. Leur but était la libération de la Bosnie et de l'Herzégovine.

— De même que le but de l'O.L.P. est la libération de la Palestine. Ces gens pourraient bien déclencher la Troisième Guerre mondiale par erreur.

Il balaya mes tentatives d'objection en élevant la voix :

— Oui, je sais. Les chefs de l'O.L.P. considéreraient une telle erreur comme la plus grande des catastrophes. Mais là n'est pas la question. Le vrai pouvoir appartient à ceux qui détiennent la capacité de provoquer une réaction disproportionnée. Ce qu'il nous faut envisager maintenant, avec cette deuxième grande vague terroriste, c'est une menace contre notre civilisation, d'une tout autre nature et sur une tout autre échelle que ce que nous avons pu connaître jusqu'à présent. Et l'Occident se trouvera encore complètement désarmé devant cette nouvelle menace. A moins que les institutions politiques de l'Ouest ne soient prêtes à repayer le prix effrayant de la montée du fascisme et d'un Etat policier, elles se révéleront vite incapables de fonctionner. On aura *provoqué* leur impuissance.

C'était, bien sûr, de son dossier qu'il tirait tout cela, mais il était juste assez comédien pour ponctuer ses assertions d'un doigt menaçant. Il enchaîna :

— Vous croyez que j'en rajoute, ou même que je plaisante ? Ecoutez donc le père de ce mouvement. Je cite. « Nous avons, écrivait Netchayev, un plan entièrement négatif que personne ne peut modifier : la destruction totale. » Cela parle de soi, n'est-ce pas ? Et nous savons ce qu'ont fait ses premiers disciples. Pouvez-vous imaginer ce que nos petits fous d'aujourd'hui pourraient faire dans un proche avenir avec tous les accessoires techniques dont ils disposent ?

Même un McGuire devait s'interrompre de temps à autre pour reprendre sa respiration, et cette fois je parlai assez fermement pour obtenir son attention :

— Monsieur McGuire, fis-je d'une voix forte, je suis sûr que vos clients et vous-même vous sentez très concernés par le terrorisme international, mais je dois vous avertir que vous ne m'avez rien dit jusqu'à présent qui n'ait été dit une douzaine de fois. Cela représente un bon nombre de livres, dont beaucoup sur un ton aussi indigné que le vôtre. Les fusillades d'Entebbe et Mogadiscio ont même suscité une pléthore de films. A l'heure actuelle, le terrorisme international n'est, au mieux, qu'un sujet d'étude suspect que je trouve vieillot et plutôt ennuyeux.

Un éditeur aurait mis fin à l'entretien. Sa réponse aurait été polie mais sèche. Si le terrorisme m'ennuyait au point que je n'étais même pas curieux de savoir comment et pourquoi quelques semaines de rédaction pouvaient m'être payées cinquante mille dollars, ce n'était pas la peine qu'il me fasse perdre mon temps. J'avais été très aimable de passer le voir.

A l'inverse, M. McGuire capitula. Il m'accorda un long regard insistant, puis il hocha la tête.

— Vous avez raison, dit-il. Je me suis laissé emporter. Revenons à Netchayev.

— Est-ce que le mémoire est de lui ?

— J'y viens. Serez-vous étonné si je vous dis que, pour les femmes, c'était un danger public. Une de ses liaisons fit beaucoup de bruit. Vous en avez peut-être entendu parler. Non ? Eh bien, Alexander Herzen, doyen de l'intelligentsia russe en exil, avait une fille. Après la mort de son père à Paris, elle retourna vivre à Genève de la petite fortune dont elle avait hérité. Netchayev, qui était toujours à cours d'argent, essaya de se remplir les poches en la séduisant. Il échoua, mais cette pénible histoire est restée dans les mémoires. Ce qu'on a par contre *oublié,* surtout parce que la famille a étouffé l'affaire, c'est l'autre liaison qu'il eut, à peu près à la même époque, avec la fille d'un docteur italien du nom de Luccio. Le Dr Luccio faisait partie du corps des volontaires de Garibaldi. Il avait combattu aux côtés du libérateur de l'Italie et restait avec lui entre deux campagnes. Quand Garibaldi se fixa sur la petite île de Caprera, au large de la côte nord de la Sardaigne, la famille Luccio s'y fixa aussi. C'est alors que le malheur les frappa. En 1870, Garibaldi se rendit en Suisse pour assister au Congrès de la paix et de la liberté, à Berne. Le Dr Luccio emmena sa petite famille. Arrive Netchayev, qui assiste lui-même au congrès. Il y rencontre et courtise la fille du docteur. Quand Garibaldi repart brusquement à la tête de ses volontaires pour combattre les Français, le docteur le suit tout naturellement. Sa femme et sa fille s'attardent à Berne, imprudemment, avant de rentrer à Caprera. Et c'est en 1871 qu'y naît l'enfant illégitime de Netchayev. (Il haussa ses sourcils broussailleux.) Où se trouvait Netchayev ? On l'ignore. Il y eut sans doute un échange de lettres, mais elles sont perdues. Tout ce dont nous sommes sûrs, c'est que l'année suivante, en 1872, les Suisses ont extradé Netchayev pour des motifs de droit commun et non politiques. Les Russes voulaient le juger pour le meurtre d'un étudiant. Reconnu coupable, il mourut plus tard dans un cachot de la forteresse de Saint-Pierre-et-Saint-Paul. Pour tout héritage, il laissait derrière lui les doctrines du terrorisme moderne, un fils illégitime et un mémoire sur sa vie et ses idées, vraisemblablement écrit à Genève, qu'il avait remis ou envoyé à la jeune femme pour qu'elle le lui garde. Ce manuscrit a survécu et se trouve entre les mains de son arrière-petit-fils. Pacioli en possède maintenant un exemplaire.

— Dans quelle langue est-il écrit ? En russe ?

— Essentiellement un mélange de russe et de français. Une partie du texte français est rédigée en sténo du dix-neuvième siècle. Il y a aussi un peu d'italien. Les dernières lignes du mémoire sont dédiées à la jeune femme dans l'espoir d'un mariage à Caprera qui n'eut jamais lieu.

— Le mémoire appartient maintenant à l'arrière-petit-fils ?

— Oui. Avant qu'il n'en hérite, personne n'avait jamais su exactement de quoi il retournait, faute d'avoir pu le déchiffrer.

— L'arrière-petit-fils lit le russe ?

— Suffisamment, j'imagine, pour se faire une idée des passages en russe et en saisir l'importance. Il s'appelle également Luccio, et c'est lui qui a suggéré la forme que le livre devrait prendre. Je reviendrai à sa contribution présente dans un moment. Le mémoire de Netchayev est court, moins de trente mille mots, mais son importance, en tant que document historique, est évidente. A propos, l'expression « Enfants du Crépuscule », sur laquelle vous faites des réserves, monsieur Halliday, est de la main même de Netchayev. Il en désigne ceux qui partagent ses idées sur la purification par l'atrocité.

— Etes-vous sûr de l'authenticité du mémoire ? A-t-il été expertisé par quelqu'un n'appartenant pas à la famille ?

— Il est en cours d'expertise, mais il semble que les spécialistes en manuscrits russes du dix-neuvième siècle résidant hors de l'U.R.S.S. ne soient pas encore d'accord sur les critères d'appréciation. Ceux qui vivent en U.R.S.S. et à qui ont été soumis des extraits de l'ouvrage n'ont pas encore donné leur avis. Ils auront sans doute cherché des directives idéologiques auprès des autorités avant de formuler une quelconque opinion. Pour le Dr Luccio, l'origine du manuscrit constitue une preuve en soi. Il en avait déjà entendu parler quand il était jeune. Une de ses tantes est morte récemment en Sardaigne, en lui laissant tout ce qu'elle possédait. Le manuscrit se trouvait parmi ses effets personnels.

— Vous dites qu'il est aussi docteur. Docteur en médecine, comme son arrière-grand-père ?

— En génie civil. Il y a des docteurs en tout, en Italie. Ce qui est important, c'est que le Dr Luccio est conseiller militaire auprès d'un des souverains du golfe Persique. A ce que j'ai compris, il était parti pour construire un aéroport, et c'est plus ou moins par accident qu'il s'est engagé dans la lutte antiterroriste et les services de renseignement. Il semble qu'il y ait fait preuve de dons manifestes. Il s'est occupé de collecter des renseignements sur les différentes organisations terroristes en activité et, surtout, sur leurs protecteurs au sein de certains gouvernements. Aussi, quand le Dr Luccio prévoit, en raison de sa connaissance du terrorisme international, que le prochain demi-siècle sera à coup sûr une répétition du dernier en dix mille fois pire, nous tendons l'oreille. Quand il nous rappelle que nous ne pouvons plus penser en termes de vieilles bombes noires et sphériques, parce que la nouvelle vague utilisera certainement le nucléaire, nous lui demandons ce que lui, l'expert, peut nous conseiller. Vous me suivez ? Eh bien, sa réponse est que la seule solution, la solution Luccio, est de révéler à l'opinion internationale les noms des gouvernements compromis. D'après lui, la Libye, le Sud Yémen et l'Irak sont parmi les principaux responsables, en tant que pays d'accueil des camps d'entraînement, du terrorisme international. Les noms de ceux qu'il appelle les « maîtres de la terreur », et qui appartiennent aux services de la police secrète de chacun de ces pays, devraient être rendus publics, ainsi que le récit détaillé de leurs crimes contre l'humanité.

— Il croit vraiment qu'une telle mesure embarrasserait des hommes de cet acabit ?

— Apparemment plus que nous pourrions le croire.

— Vous présentez le Dr Luccio comme un homme bien naïf, monsieur McGuire.

Il eut un mouvement d'humeur.

— La façon dont je le présente a peu d'importance. Ce sera à vous de vous faire une opinion. (Il revint à ses instructions.) Le Dr Luccio veut faire passer un message. A ceux qui mettent en doute la pertinence de Netchayev, quand il s'agit de traiter avec la bande Baader-Meinhof, les Brigades Rouges, Septembre Noir et leurs émules, il propose cette réflexion de Santayana : « Ceux qui refusent de se souvenir du passé sont condamnés à le revivre. »

— On dirait qu'il a pensé à tout.

— A peu près, oui. Cependant, je ne crois pas qu'il ait

fait appel, de lui-même, à Pacioli. Si notre client Syncom-Sentinel avait possédé une maison d'édition américaine, vous auriez sans doute eu cet entretien avec une personne s'y connaissant beaucoup plus en livres que moi.

Il me gratifia d'un sourire presque modeste, appelant les compliments.

— Parler de livres ne requiert aucune aptitude spéciale, monsieur McGuire, répondis-je. Savez-vous quel est ce souverain du Golfe, ce haut personnage arabe qui croit de façon si touchante que le mot imprimé fera rougir de honte et changer d'attitude les hommes de la police secrète ?

— On ne nous a pas donné de nom. On nous a simplement prié de vous demander de collaborer avec le Dr Luccio pour que ce livre puisse être diffusé dans le monde entier.

— Moi, précisément ?

— Ce sont les instructions du Golfe, via Rome et Milan. Ils ont dû faire des recherches et penser que, grâce à votre expérience du Moyen-Orient, vous faisiez parfaitement l'affaire. Si vous acceptez d'aller à Milan, vous pourrez le leur demander vous-même.

— Peut-être. Cependant, monsieur McGuire, je vais sans doute vous décevoir. Mais mon accord est subordonné à des conditions et elles devront être consignées dans le contrat.

Notre entretien était devenu assez amical. Son sourire, pourtant, redevint vite condescendant.

— Eh bien, il n'y a aucun mal à ce que vous m'énonciez les conditions que vous voudriez imposer. Autant que je sache, vos droits — ceux dont a parlé votre agent en tout cas — sont pleinement protégés.

— Mon agent ne connaissait pas la nature du travail. Ma première condition concerne le mémoire de Netchayev. Vous l'ignorez peut-être, mais la fabrication de faux est une véritable industrie en Italie. Mon accord sera lié à l'authentification du mémoire.

— Je vous l'ai dit. Les experts ne sont pas d'accord entre eux.

— Les experts ne sont jamais d'accord quand il s'agit d'évaluer des manuscrits holographes. Il y a quelques années, ils n'étaient pas d'accord à propos d'un manuscrit que l'on supposait être le journal intime de Mussolini. Il y en avait qui étaient absolument certains de son authenticité. En fait, il avait été fabriqué de toutes pièces par deux vieilles Italiennes qui vivaient dans un tout petit village. Je sais que vous ne pouvez garantir d'avance l'authenticité du mémoire, mais je ne peux pas me permettre de voir mon nom lié à une affaire de faux. Je veux donc me réserver le droit de tout lâcher si l'expertise ne s'avère pas formellement positive.

— Avant la publication ?

— Bien sûr. Dans ce cas, je renoncerais à la seconde partie de mes honoraires.

Il soupira.

— Bon, je pense que ce n'est pas déraisonnable.

— L'autre condition n'est pas aussi simple. Je veux qu'il soit écrit dans le contrat que, une fois le texte dactylographié lu et approuvé par les auteurs, il ne pourra plus être modifié.

— Par les éditeurs, vous voulez dire ?

— Par qui que ce soit, *sauf* les éditeurs. Je ne veux pas que le Dr Luccio ou son protecteur puissent en changer la teneur.

— J'aurais pensé que, lorsqu'un auteur écrivait un livre dans le but d'influencer les dirigeants politiques du monde entier, il devait pouvoir apporter autant de modifications qu'il le souhaitait.

— Je suis d'accord, si c'est avant la remise du manuscrit à l'éditeur. C'est la période entre cette étape et la publication qui me préoccupe.

— Expliquez-moi ça. Je ne connais rien à ce genre de choses.

— Dans ce projet de livre, il y a en fait deux livres dont l'un, je l'espère, est un document d'intérêt historique. Il sera traduit mais pas réécrit, si ce n'est pour éviter des redites ou clarifier des passages obscurs. Le problème n'est pas là, mais dans la contribution du Dr Luccio. Apparemment, il va tout révéler de A jusqu'à Z. Il va commenter le rôle de son arrière-grand-père à l'aube du mouvement terroriste, en signaler les prolongements dans l'histoire contemporaine, mais il s'attachera surtout à prouver l'engagement direct de certains gouvernements dans les activités terroristes. Et d'une manière qui peut ébranler le monde sur ses fondations, c'est bien ça ?

— Vous exagérez, quand même.

— Pas tant que ça. Si, comme vous l'avez dit, ce livre doit influencer les gouvernements dans leur politique, il va d'abord secouer les fondations de *quelqu'un.* Le mémoire de Netchayev, s'il est authentique, donnera à l'ouvrage sa respectabilité, mais son impact éventuel ne sera dû qu'à la contribution du Dr Luccio. Alors, que vaut le Dr Luccio ? Est-ce que ses révélations sont vraiment sensationnelles et quelle est la valeur de son témoignage ?

— La question mérite d'être posée.

— Je vais même la poser plus brutalement. Comment être sûr que les motifs du Dr Luccio et de son protecteur sont ceux que vous avez exposés ? Dans mon travail, je rencontre des gens qui ont des tas de raisons différentes pour écrire un livre. Quelques-unes sont très étranges.

— La vanité et l'enthousiasme doivent être assez courants, je suppose.

— Oui, tout comme le désir de se justifier, de polémiquer ou de rallier des adeptes à une secte religieuse. Quelquefois, c'est pour commencer une nouvelle carrière ou en soutenir une à coups de publicité. Il y a ensuite le besoin de rétablir une vérité, de perpétuer un mensonge, d'accomplir une obligation morale envers l'Histoire, de remettre le monde dans le droit chemin, par des remèdes appropriés. La vengeance est aussi un motif très banal.

McGuire me souriait presque.

— Vous devez vraiment vous amuser en travaillant. Je n'imaginais pas toutes ces possibilités. Lequel de ces motifs s'applique au Dr Luccio, selon vous ?

— Un que je n'ai pas encore mentionné. Le système est fort simple. J'écris, par exemple, une autobiographie bourrée de faits, de demi-vérités et d'anecdotes qui pourraient vous discréditer ou menacer votre vie si ces pages étaient publiées. Ensuite, je vous fais savoir que, moyennant arrangement, pas forcément financier, je supprimerai les passages en question.

— Ah oui ! Comme Harriett Wilson.

Il n'attendit pas de savoir si j'avais compris l'allusion pour me l'expliquer.

— C'était une dame anglaise de petite vertu qui vivait au dix-neuvième siècle. Quand, avec l'âge, sa clientèle se mit à diminuer, elle entreprit de rédiger ses mémoires en citant des noms. L'un de ceux qu'elle essaya de faire chanter fut le duc de Wellington qui lui répondit, si je ne m'abuse : « Publiez et allez au diable. »

— C'est effectivement la réponse qu'on lui attribue. Mais bon nombre de ses anciennes relations ont racheté leur « omission » dans ses mémoires. Harriett a continué, pendant des années, de faire chanter ses anciens clients.

— Les lois sur la diffamation sont plus strictes, maintenant.

— Mais les victimes de ce genre de chantage ont toujours hésité à faire appel à la justice, monsieur McGuire. La menace des mémoires est toujours efficace, croyez-moi.

— Pourquoi pensez-vous que le Dr Luccio soit un maître chanteur ?

— Je ne pense rien. Ce que je sais du Dr Luccio, c'est ce que vous m'en avez dit. A savoir un expert en matière de terrorisme. Il connaît sans doute personnellement bon nombre de terroristes. Comme je vous l'ai dit, l'avantage qu'il espère peut ne pas être financier. Son prix, en échange du silence sur certains noms, pourrait être une protection *contre* ceux qu'il nomme. Je ne sais pas. Je n'accuse personne. Je dis simplement ceci : je veux bien être engagé, mais je ne suis pas disposé à favoriser un racket. Si cela peut vous aider, mon agent vous énoncera une clause de sauvegarde que beaucoup d'éditeurs ont jugée acceptable.

Il en prit note dans son dossier.

— Très bien. Nous verrons ce qu'en pense Pacioli. Mais je peux leur dire que, sous réserve d'inclusion de ces deux clauses, vous êtes prêt à signer le contrat ?

— Oui, c'est bien ça.

J'avais garé ma voiture dans un parking à quelques centaines de mètres de Holland Tunnel, mais, au lieu de rentrer tout de suite chez moi, je me fis conduire en taxi au bureau de Barbara. Je n'éprouvais pas seulement un sentiment de culpabilité envers elle, j'avais une petite affaire à régler d'urgence.

Elle sembla assez contente de me voir et s'épanouit quand je lui racontai l'entretien avec McGuire. Cependant, comme je m'y attendais, l'abandon de la deuxième partie de mes honoraires, en cas d'expertise non probante, ne l'enchanta guère.

— Je comprends votre inquiétude quant à l'authenticité du mémoire de Netchayev. Mais pourquoi *vous* pénaliser si le manuscrit se révèle être un faux ?

— Ça m'a échappé. Je voulais jouer les grands seigneurs devant McGuire.

— Il en faut plus pour impressionner un homme comme lui.

— Est-ce que vous ne pourriez pas arranger les choses en soutenant que j'aurais très bien pu faire *tout* le travail *avant* que les experts ne tirent le signal d'alarme ?

— Peut-être, mais vous compliquez souvent inutilement les choses, Robert.

— J'en suis navré.

— Bon, qu'avez-vous conclu ?

— McGuire téléphonera dès demain matin à Milan, et, s'ils sont d'accord, il vous appellera pour avoir la formulation exacte des deux clauses.

— C'est entendu. Donnez-moi quelques minutes pour débarrasser mon bureau, et je vous offre un verre.

— Je dois passer chez Brentano, de toute façon.

— Alors je vous rejoins en bas dans un quart d'heure.

La section des ouvrages de référence est en général un des endroits les plus calmes des grandes librairies. On y trouve rarement plus d'un ou deux acheteurs. Cet après-midi-là, j'y étais seul.

Je cherchais un gros dictionnaire italien-anglais. Je le trouvai immédiatement.

Je trouvai aussi facilement le mot que j'avais à moitié espéré ne pas y trouver !

lùccio n. m. brochet (*Esox lucius*) et autres poissons de la même famille.

Je n'achetai pas le dictionnaire. Zander écrivait très bien l'anglais. J'étais assuré qu'il le parlait aussi bien.

CHAPITRE III

On m'avait dit que je serais attendu à l'aéroport de Milan-Linate ; je pensais que cette mission serait confiée à un adjoint des Editions Pacioli. A ma surprise, je fus accueilli par le directeur littéraire, Renato Pacioli en personne. S'étant présenté, il me demanda mon passeport, qu'il examina attentivement avant de me le rendre.

— Merci, monsieur Halliday, dit-il. Je vous expliquerai la raison de ce manque de courtoisie, inhabituel chez nous, pendant le trajet jusqu'à votre hôtel. Nous vous avons réservé une suite au *Duchi*. Cet hôtel étant un peu éloigné du centre, il vous sera sans doute utile de louer une voiture. Faites-moi signe quand vous verrez apparaître vos bagages, nous appellerons un porteur.

Je lui avais parlé, deux jours plus tôt, au téléphone ; j'avais essayé de tracer son portrait d'après les intonations de sa voix. Comme d'habitude, je m'étais trompé. Sa voix m'avait parue « basanée et plutôt corpulente ». L'homme était grand, mince, et avait le teint clair. Le poids que j'avais imaginé venait de l'assurance tranquille avec laquelle il parlait. Il était âgé d'une quarantaine d'années et, d'après Barbara, il avait six enfants.

Un jeune chauffeur musclé nous attendait au volant d'une voiture imposante. Dès que nous fûmes installés sur les sièges arrière, Pacioli appuya sur un bouton pour relever la glace qui nous séparait de la banquette avant.

— C'est un de nos chauffeurs spécialement entraînés, fit-il. Je ne l'ai jamais entendu prononcer un seul mot d'anglais, mais nous ferons comme s'il le comprenait. Comment s'est passé le voyage ?

— J'ai dormi jusqu'à Paris. La correspondance fut un peu fatigante.

— Je ne pense pas que l'on vous importunera ce soir. Je ne peux rien affirmer, bien sûr. La femme qui sert d'intermédiaire a préféré ne pas m'annoncer ses intentions. Elle vous contactera directement.

Le temps était toujours nuageux, et il avait plu à verse. Les phares, les lampadaires fluorescents, se reflétaient sur la chaussée mouillée. Pacioli avait la tête à demi tournée vers moi, mais la lumière était assez forte pour que je puisse voir qu'il guettait attentivement ma réaction.

— Un intermédiaire ? Le Dr Luccio a un agent, maintenant ?

— Non, dit-il, une intermédiaire. Je comprends que vous fronciez les sourcils, et je serai franc avec vous. Si j'avais eu les mains libres, vous ne seriez pas ici.

Il eut aussitôt un geste d'apaisement.

— Surtout, n'y voyez aucun grief personnel. Nous connaissons et respectons la qualité de votre travail. Mais les Editions Pacioli sont une maison sérieuse. Jamais, auparavant, nous n'aurions accepté de conditions aussi absurdes, ou même de conditions tout court.

— Vous ne m'avez pas encore dit de quoi il s'agissait.

— En effet. Quand mon père nous a proposé, à mes frères et moi, d'accepter la participation de Syncom-Sentinel dans notre société, nous avons tous été d'accord. Avec l'introduction de l'électronique, nous avons pu réaliser la plupart des livres de notre collection éducation dans notre propre imprimerie. Nous avons également fait de bonnes affaires avec nos ouvrages commerciaux. Nos expositions de ces deux dernières années à la Foire de Francfort ont eu un réel succès. Nous sommes en tête dans notre branche, et, soudain, Syncom-Sentinel nous oblige à nous conduire de façon aussi humiliante que peu professionnelle.

— Ils ont fait pression sur vous ?

— Pression n'est pas le mot. On peut résister à une pression. Ils nous ont donné des ordres, tout simplement. Ils avaient des amis arabes à qui ils se devaient de rendre service en publiant un livre. Alors, ils nous ont choisis. Et ça se passe ainsi : peut-on lire ce livre ? Non, parce qu'il n'est pas totalement rédigé. Vous le commanderez au Dr Luccio et vous ferez appel à un conseiller littéraire américain, Robert Halliday, pour l'aider dans son travail. Peut-on rencontrer le Dr Luccio et discuter du livre avec lui ? Non, ce n'est pas nécessaire. Nous vous enverrons un synopsis en temps utile. Il s'agit d'un ouvrage sur le terrorisme, qui contiendra un mémoire inédit de Sergei Netchayev. Il vous appartiendra tout d'abord, sans regarder à la dépense, de faire authentifier ces vieux feuillets comme étant de la main de Netchayev. Nos avocats à New York engageront M. Halliday en votre nom. Le Dr Luccio a pour intermédiaire Mlle Simone Chihani, qui est autorisée à prendre toutes les décisions courantes. Le Dr Luccio est une personne fort discrète et les ordres de Mlle Chihani en matière de sécurité doivent être exécutés sans poser de questions. (Il s'interrompit un instant.) En demandant à voir votre passeport, tout comme en vous réservant une suite au *Duchi,* je lui obéissais, monsieur Halliday.

Pendant un moment, j'envisageai de lui parler de Karlis Zander et du colis piégé. Je choisis plutôt d'entendre la suite.

— Au début, monsieur Pacioli, comment avez-vous réagi à ces ordres inhabituels concernant un projet de livre ?

— Très violemment, je vous assure.

— Quel est le dirigeant de Syncom-Sentinel qui a pu agir avec autant de maladresse ? Pourquoi donner des ordres, alors qu'il aurait pu demander votre aide sans que vous puissiez réellement la refuser ?

— C'est leur agent à Rome. Nous le connaissons bien, et l'avons toujours apprécié. Je crois que ce livre lui fait peur. Nous avons eu des conversations orageuses, et il m'a semblé qu'il ne disait que ce qu'on lui avait ordonné de dire.

— Est-ce qu'on peut faire peur à une société aussi importante que Syncom-Sentinel ?

— Je crois que c'est lui qui se sentait personnellement menacé.

— Vous voulez dire qu'il craignait pour sa situation ?

— Possible. En tout cas, c'est ainsi que je l'ai compris au début du moins.

— Parce que vous avez changé d'avis ?

— Nous avons répondu à ces exigences de façon raisonnable et avec fermeté. Nous avons dit qu'après avoir lu le livre nous pourrions décider si nous voulions le publier. Si Syncom voulait profiter de notre expérience en nous chargeant du travail préliminaire, nous le ferions avec plaisir. Si, cependant, nous décidions de ne pas publier le livre nous-mêmes, nous souhaitions que Syncom nous rembourse les frais engagés en leur nom.

— Et ils ont accepté ça ?

— Je ne sais pas si Syncom a accepté. Nous n'avons pas encore obtenu de réponse. Mais quelqu'un, le protecteur arabe du Dr Luccio peut-être, a choisi une méthode lâche et détestable pour nous punir de notre indépendance.

J'observai son visage, éclairé par intermittence par les phares des voitures, pendant qu'il cherchait ses mots. Finalement, il tapota la vitre de son côté.

— Du polycarbonate vitrage, dit-il. A l'épreuve des balles. La carrosserie est blindée. La raison ? Eh bien, notre famille n'est pas ce qu'on appellerait riche aux Etats-Unis, mais en Italie on peut la considérer comme telle. En d'autres termes, avec notre part des éditions, nous pourrions obtenir suffisamment d'argent de nos banquiers et de Syncom pour tenter un gang de kidnappeurs professionnels. Aussi, nous ne lésinons pas sur les mesures de sécurité. Notre personnel domestique a été trié sur le volet. Nous louons les services d'un organisme de sécurité, et tous nos chauffeurs ont reçu, dans une école spécialisée, un entraînement de garde du corps et de techniques de conduite leur permettant d'échapper aux embuscades. C'est Alfredo qui nous conduit ce soir. S'il voyait ne serait-ce qu'un ralentissement devant nous, nous aurions intérêt à nous accrocher, parce que nous pourrions très bien repartir en marche arrière à l'allure où nous roulons maintenant, ou bien foncer sur l'obstacle. Avec le blindage des pare-chocs avant, nous n'aurions d'autres dommages qu'un peu de peinture éraflée. Nous avons ainsi trois chauffeurs qui travaillent à tour de rôle et conduisent les hommes à leur bureau, les enfants à l'école, etc. Les itinéraires sont régulièrement modifiés. Ma femme a suivi les mêmes cours de conduite pour avoir un peu d'indépendance en conduisant sa voiture. Mais ce sont surtout Alfredo, Franco et Bernardo qui conduisent. En tout cas cela se passait encore ainsi il y a deux semaines.

Il marqua un temps d'arrêt pour regarder la ville. Puis il haussa légèrement les épaules et continua :

— Entre Milan et Rome, nous utilisons un service de courriers pour notre correspondance. Nous savons donc que Syncom a reçu notre lettre un mardi. Le vendredi suivant, Bernardo, qui venait de finir son service, prit sa Lambretta dans mon garage et partit. Juste avant d'arriver à son appartement, il fut renversé par une voiture et légèrement commotionné. Avant même qu'il ne se relève, deux personnes sortirent de la voiture, qui s'était arrêtée, et se mirent à le rouer de coups. Des témoins les ont vus utiliser de lourdes matraques et lui donner aussi des coups de pied ; l'un des attaquants était peut-être une jeune femme, c'est elle qui a dû glisser la chose dans une poche de l'anorak de Bernardo avant de s'enfuir. A l'arrivée de l'ambulance, Bernardo n'avait pas encore repris connaissance. Il souffre en particulier d'une mâchoire brisée. Nous espérons qu'il se rétablira complètement.

— Qu'est-ce qu'ils ont glissé dans sa poche ? demandai-je.

Il posa sur moi un regard pénétrant.

— Vous ne voulez pas savoir qui a fait le coup, ou si l'un d'eux a été pris ?

J'aurais pu répondre que je commençais à être rompu aux méthodes bizarres qu'utilisait Zander pour s'assurer de l'attention des gens. Je répondis cependant d'une manière moins brutale car j'étais non seulement désolé pour Bernardo, mais soulagé de n'avoir pas raconté à mon interlocuteur l'incident de la bombe.

— Les auteurs de ce genre d'attentat se font rarement arrêter. La voiture utilisée était probablement volée et on l'a retrouvée abandonnée. C'est une sale histoire, mais, hélas ! elle est courante.

Pacioli soupira.

— Je remarque que vous concluez, tant la chose paraît évidente, que les agresseurs n'étaient pas des ennemis personnels de Bernardo. La police a mis plus longtemps pour en arriver là. Et vous avez raison, bien sûr. C'est une enveloppe qu'ils ont mise dans sa poche. Une enveloppe contenant une feuille jaune pâle à en-tête de la Syncom, réservée aux notes internes et confidentielles. On y avait dactylographié une seule phrase, en lettres capitales :

LES DIRECTIVES NE DEVRONT PLUS ÊTRE TRAITÉES COMME DES REQUÊTES NÉGOCIABLES.

— En anglais ?

— Non, en italien. La police s'en est saisie et l'a envoyée à Rome. Les bureaux de Syncom ont pleinement coopéré avec la police. Il se trouve que la feuille de papier, bien que parfaitement authentique, était d'une qualité qui n'avait pas été utilisée depuis deux ans. Les dirigeants lui reprochaient son manque de main. Le dernier lot avait été expédié à la succursale de Syncom au Mozambique. La police a été intriguée par l'énoncé du message. Pourquoi ce langage bureaucratique et adressé à Bernardo ? Nous avons eu beaucoup de peine à les convaincre que le message nous était destiné.

— Avez-vous demandé à l'intermédiaire, cette Mlle Machin, pourquoi elle n'avait pas elle-même délivré ce message de la part du grand homme ?

Il esquissa un léger sourire.

— Vous voulez dire Mlle Chihani ? Comme vous le verrez bientôt, cette jeune femme esquive très bien les problèmes embarrassants. Elle les ignore purement et simplement. Au fait, elle se prétend libanaise. Quelqu'un de chez nous, qui connaît un peu l'arabe et l'a entendue parler dans cette langue au Dr Luccio, prétend qu'elle à l'accent algérien, un accent très différent, semble-t-il, de l'accent libanais.

Il scruta la route et abaissa la glace qui nous séparait du chauffeur.

— Nous sommes presque arrivés. Si votre installation ne vous convient pas, avertissez-moi personnellement, je vous prie.

Je ne pense pas qu'il ait cru pouvoir me faire taire aussi facilement. Simplement, il n'avait pas envie de s'étendre sur le travail qu'on attendait de moi. J'insistai tout de même.

— En ce qui concerne le manuscrit de Netchayev, monsieur Pacioli, l'expertise a d'ores et déjà dégagé certains points ! C'est très important pour moi.

— Vous songez à la clause de votre contrat qui vous permet de tout lâcher si ce manuscrit est un faux avéré.

Il dit cela sans aucune animosité, mais d'un ton un peu las.

— Je pensais que cela vous intéressait aussi.

— Vous oubliez, monsieur Halliday, que faux ou pas nous avons des ordres. De toute façon, je vais sans doute vous décevoir. Nous avons déjà deux avis qui se contredisent à peu près sur tous les points. Et ne gaspillez pas votre salive en vaines questions : j'*ignore,* tout comme vous, pourquoi ils ont tellement insisté pour que ce soit vous qui exécutiez ce travail. Je pense que vous serez le premier à reconnaître qu'il y a d'autres personnes compétentes dans ce domaine.

— C'est évident. Mais dans ce cas...

— Tout ce que je peux dire, déclara-t-il, c'est que lorsque j'ai posé la question à Mlle Chihani, elle m'a répondu que le Dr Luccio vous avait vu à la télévision.

— Vous dites ?

— Oui, cela m'a surpris aussi. Elle a dû mal comprendre. Vous avez mon numéro de téléphone au bureau ? Bien. Alors, gardons le contact.

J'avais eu des premiers entretiens plus féconds avec d'autres éditeurs.

Quelques minutes plus tard, alors que j'attendais que l'on monte mes bagages, un enchaînement de pensées désagréables gâcha la découverte de la salle de bains en marbre. Le mot « télévision » avait provoqué ces dégâts.

Ma brève carrière à la télévision fait partie des échecs professionnels que je m'applique à oublier. Elle commença curieusement par un minuscule triomphe. J'étais passé dans plusieurs émissions, sur des chaînes locales, à des heures tardives, pour promouvoir un livre que j'avais corédigé. A l'instar des débats télévisés alors en vogue sur les plus grandes chaînes, et animés par des célébrités, ces émissions étaient tournées en direct, fréquemment interrompues par des messages publicitaires, et moins onéreuses que les films de série B. Les présentateurs étaient le plus souvent des journalistes du cru, soucieux de prouver leur esprit, leur profondeur de vue, leur bonne mine, leur aptitude à lire un téléprompteur. L'un d'eux me fit perdre patience, et pendant près d'une minute, avant qu'une annonce hâtivement insérée ne me coupe la parole, je lui dis ce que je pensais de lui en termes assez tranchants pour parvenir aux oreilles d'un important programmateur. Il demanda à visionner une bande de l'incident, apprécia ma gamme de grossièretés et me proposa un marché.

C'était une année électorale, et il avait besoin d'une émission sur l'actualité pour boucher un trou chaque lundi soir.

L'émission devait s'appeler « L'Homme de la semaine ». Mon rôle théorique était d'interviewer les leaders politiques de certains Etats où les sondages d'opinion laissaient prévoir un scrutin serré. Dans la pratique, je devais être aussi agressif et désagréable envers ces politiciens respectables que je l'avais été vis-à-vis du présentateur local. On espérait ainsi que je leur ferais perdre leur calme, qu'ils s'emporteraient et révéleraient des détails croustillants. La chaîne aurait donc l'air d'éduquer et d'informer le public, tout en respectant ses engagements envers ses annonceurs publicitaires : distraire les faibles d'esprit.

Ce que ni le programmateur ni moi n'avions envisagé, c'est qu'un fossé sépare un imbécile qui confond « conjoncture » et « conjecture » et un orateur confirmé qui connaît son métier, qui a une grande habitude des interviews à la radio comme à la télé. Même si ses arguments sont spécieux, ses preuves fabriquées de toutes pièces, il arrive toujours à marquer des points.

Mon expérience de la politique ne m'avait préparé en rien à ces joutes impitoyables, et mes tentatives pour m'imposer étaient balayées avec la plus grande facilité. Ils excellaient aussi bien à écraser leur questionneur qu'à se parer de tous les faux-semblants de la vertu.

Après l'enregistrement de la troisième émission, le producteur me convoqua.

— Bob, me dit-il, tu laisses ces types te ratatiner. Tu leur fais la part trop belle. Tu sais parfaitement que la plupart sont des escrocs, qu'au moins deux d'entre eux sont accusés de faux témoignage. Tu sais sur eux des choses qu'ils veulent à tout prix garder secrètes. Il faut que tu t'en serves pour les désarçonner et les pousser dans les cordes. Nous savons ce qui va faire vendre l'émission : du sang à la une et en direct. Alors, fais en sorte que ce soit *leur* sang, pas le tien. D'accord, terreur ?

C'était facile à dire. J'essayais de faire un travail pour lequel je n'étais pas doué, et même des coupes savantes ne pouvaient le cacher.

En effet, le téléspectateur voyait défiler des hommes politiques affables qui ménageaient un interviewer irascible, parfois insolent, incapable d'étayer par des preuves ses allégations d'irresponsable. Tous s'en tiraient avec les honneurs. L'interviewer, que l'on voyait de moins en moins, avait l'air penaud ou colérique, en pleine crise de démence. Le sang versé était toujours le mien et il coulait à flots.

Je ne perdis pas de temps à imaginer comment Zander-Luccio avait pu voir ces interviews. S'il pouvait contacter des fabricants de bombes à Miami, il pouvait sans doute visionner les bandes d'une chaîne américaine, mais les raisons de son intérêt pour ma personne n'étaient pas très flatteuses. Mon incompétence en tant qu'interviewer avait très bien pu séduire une personne cherchant un collaborateur assez obtus pour servir ultérieurement de bouc émissaire.

J'entendis frapper à la porte du salon, puis le bruit de la porte qui s'ouvrait. Une voix fit « Prego ». Je supposai que l'on m'apportait mes bagages. J'étais dans la salle de bains, en train de me sécher les mains et d'admirer la veinure des marbres, aussi criai-je « in camera da letto, per favore ». Devant l'absence de réponse, je posai la serviette, pris ma veste dans laquelle j'avais un peu de monnaie italienne, pour le pourboire, et passai dans le salon.

En plus de mes bagages, il y avait un grand chariot à linge, ainsi que deux personnes en uniforme de portier sur lequel étaient brodés le nom et les armoiries de l'hôtel. Ils étaient peut-être italiens, mais n'avaient pas l'air de porteurs. L'un d'eux était un jeune homme mince et souriant, l'autre une adolescente trapue. Une troisième personne était en train de fermer, de l'intérieur, la porte donnant sur le couloir. Cette femme était grande, brune et remarquablement belle. Quand elle se retourna, je vis qu'elle braquait un revolver sur moi.

— Bonsoir, monsieur Halliday.

Elle parlait dans un anglais châtié, avec une trace d'accent.

— Ne bougez surtout pas, s'il vous plaît, vous ne risquerez rien.

En même temps qu'elle rangeait son revolver dans son sac, les deux autres se jetèrent sur moi. Avant même que j'aie ouvert la bouche, le jeune homme me fit basculer en avant d'une clé de bras, pendant que la fille trapue me fauchait les jambes d'un coup de pied. Je tombai tête la première sur le plancher, gargouillant un cri de douleur et d'impuissance. L'expert en clé de bras, assis sur mon dos, s'empara immédiatement d'un de mes pieds et, s'aidant du genou, il m'immobilisa complètement. Aux ordres qu'elle donna à la fille, je sus que la jeune femme s'était agenouillée près de moi. Elles parlaient dans une langue qui, sans être de l'arabe, s'en approchait, mais je dois reconnaître que je n'écoutais pas avec la plus grande attention. Ce qui me préoccupait, c'était cette sensation de petits doigts épais en train de relever ma manche gauche.

Une nouvelle série d'ordres, et une seringue hypodermique apparut dans mon champ de vision, suivie d'une fiole en plastique et d'une petite bouteille dont la jeune femme dévissa le bouchon. Une odeur d'éther se répandit aussitôt.

Au prix d'un effort, je réussis à emmagasiner assez d'air dans mes poumons pour croasser :

— Qu'est-ce que c'est que ça ?

— Ceci, monsieur Halliday ? (Elle saisit la fiole). Du penthotal.

— Si c'est un kidnapping, je peux vous dire tout de suite que vous faites fausse route. Personne ne paiera un centime pour me faire libérer.

La jeune femme sortit un morceau de coton de son sac et l'imprégna d'alcool.

— Je m'appelle Simone Chihani, dit-elle. Vous savez qui je suis parce que M. Pacioli a dû vous le dire. Vous avez le choix : soit vous nous accompagnez de votre plein gré et vous coopérez avec nous, soit nous vous endormons et vous faisons descendre les escaliers recouvert de draps sales, avant de vous conduire à votre rendez-vous avec le Dr Luccio. Nous n'avons pas de temps à perdre. Décidez-vous vite. Coopération ou sales draps ? Que choisissez-vous ?

CHAPITRE IV

Coopérer signifiait marcher, coincé, entre Mlle Chihani et le catcheur jusqu'à l'ascenseur de service, descendre au sous-sol et sortir par la porte réservée au personnel. A l'abri dans sa cage vitrée, juste à côté de la pointeuse, un portier suivait un match de football à la radio. Il nous regarda passer sans intervenir.

— Un de vos amis, ou bien est-il aveugle ? demandai-je en désignant le concierge.

— Un de nos aides rétribués dans cet hôtel. Son épouse surveille les femmes de chambre à votre étage. Son frère est l'un des plus anciens porteurs.

— Je commence à comprendre pourquoi *vous* avez choisi l'hôtel.

— J'en suis heureuse, monsieur Halliday. Plus vous serez attentif aux problèmes de sécurité, plus cela facilitera les choses.

Nous étions maintenant dans la salle de livraison. Devant nous, une rampe d'accès à forte pente et bordée d'un trottoir étroit débouchait sur la rue. Un minibus Volkswagen était garé à cheval sur ce trottoir. La porte latérale coulissante était ouverte.

— Montez vite, s'il vous plaît.

Ce que je fis, et elle me suivit. La faible lumière du plafonnier révélait qu'à l'exception d'une rangée tous les sièges arrière avaient été enlevés, que les vitres étaient masquées par des rideaux en cretonne et que le même tissu était tendu derrière les sièges avant. Un passager voyageant à l'arrière ne pouvait donc voir où on le conduisait.

— Asseyez-vous au milieu, monsieur Halliday.

Mlle Chihani s'assit à droite. Le garçon referma la porte derrière lui et s'assit à ma gauche. Il m'était donc impossible de jeter un coup d'œil derrière les rideaux.

— Il y en a pour longtemps ? demandai-je.

— Le voyage ? Moins d'une heure. Si vous êtes fatigué, vous pouvez faire un petit somme.

Je ne relevai pas la suggestion. Mes jambes étaient très douloureuses, tout comme mon épaule droite. Et le parfum coûteux dont elle s'était aspergée commençait à me coller la migraine.

La porte latérale se rouvrit et l'adolescente monta. Elle avait mon imperméable et me le jeta avant de refermer la porte et de s'adresser au chauffeur qui démarra. Dès que le minibus fut engagé dans la circulation, les deux gangsters en herbe ôtèrent leur livrée de porteur et endossèrent chacun une chemise à fleurs et un blouson en matière synthétique. Tout en mangeant une plaquette de chocolat fourré, ils se mirent à bavarder tranquillement dans leur langue maternelle. Ils avaient tous deux le regard innocent et impassible que l'on rencontre souvent chez ceux qui font facilement preuve de violence. Expression qui tend à s'adoucir avec l'âge, mais qui peut donner à ceux qui l'arborent une dangereuse illusion de gentillesse et de bonne humeur.

Je regardai Mlle Chihani et désignai mon imperméable.

— Pour quoi faire ?

Ma question sembla lui faire plaisir.

— Qui sait combien de temps vous serez absent de votre chambre, monsieur Halliday ? Quelqu'un pourrait vous demander. Pacioli peut-être. Alors vos bagages ont été défaits et vos vêtements suspendus dans la penderie. Votre brosse à dents est humide. Un des lits indique que vous avez essayé de dormir. La clé de la chambre est dans la poche de votre imperméable. Il se peut que vous soyez sorti faire un tour. Vous voyez, j'essaie de prévoir toutes les éventualités.

Mon ahurissement se mua en colère. Je rétorquai :

— Il y a une éventualité que vous n'avez pas prévue.

— Laquelle ?

— D'être obligée de m'administrer du penthotal. Vous ne vous y attendiez pas.

— Qu'est-ce qui vous fait croire ça ?

— Vous étiez prête à me frotter le bras avec de l'alcool, et pourtant vous n'aviez pas encore rempli la seringue. Vous ne l'aviez même pas sortie de l'emballage. C'était du bluff.

Elle eut l'air ravie.

— Parfait. Vous commencez à vous poser des questions. Pourquoi n'avez-vous pas dénoncé ce bluff plus tôt ? Je vais vous le dire. L'alcool isopropyle dégage une odeur très particulière que l'on associe toujours aux injections. Ainsi, quand vous l'avez senti, vous y avez cru et vous avez eu peur ; c'était tout ce que je désirais. Je ne voulais pas vous faire perdre connaissance, à moins d'y être absolument contrainte. Trop de risques. Vous auriez pu avaler votre langue pendant votre voyage dans le chariot à linge. Cela aurait été fort dangereux.

— C'est le mot. Vous auriez eu un cadavre sur les bras. De la sorte, c'est un écrivain en possession de tous ses moyens que vous conduisez à votre patron. J'espère que vous ne vous formaliserez pas quand je lui dirai, en termes plus choisis bien sûr, d'aller se faire foutre.

Elle haussa les épaules.

— C'est parce que vous êtes fâché que vous dites ça.

— Fâché, oui, et encore plus surpris.

— Surpris ? Vous êtes un homme d'expérience. Qu'y a-t-il qui puisse vous surprendre ?

— Aussi étrange que ça puisse vous paraître, mademoiselle Chihani, je n'ai pas l'habitude d'être assailli, à mon arrivée dans un hôtel, par des gangsters déguisés en grooms. En outre, je ne suis venu ici que pour aider le Dr Luccio à écrire un livre sur le contre-terrorisme. Quand je découvre qu'il commande en personne une bande de terroristes, je trouve ma surprise légitime.

Cela la fit rire.

— On vous a terrorisé, monsieur Halliday ? Quelle horreur. Mais est-ce bien vrai ? Je dirais plutôt que ce que vous appelez dignité a été légèrement blessé. Vous finirez par vous y faire, vous verrez.

— Vous croyez ? Où allons-nous ?

— Voir le Dr Luccio dans sa planque.

— Planque fait partie du jargon des services secrets. Luccio en fait partie ?

— Les planques sont utilisées par tous groupes, organisations engagés dans des opérations clandestines, particulièrement les organisations qui ont à se protéger contre l'infiltration ennemie.

Elle avait l'air de réciter un manuel d'instruction.

— Dans le cas de Luccio, qui est l'ennemi ? L'O.L.P., les Brigades Rouges, le F.P.L.P. ?

— Le Dr Luccio vous en informera s'il le juge nécessaire.

Elle donna un ordre bref au chauffeur dans cette langue inconnue de moi, et le plafonnier s'éteignit ; mes questions ne l'imitèrent point !

— C'est à cause de cet ennemi que j'ai dû quitter l'hôtel par la porte de service ? Il aurait essayé de me neutraliser ?

— Ils savent que vous êtes ici et ils savent pourquoi. Ils vous auraient certainement suivi, que je sois présente ou pas. Notre planque aurait été menacée. En agissant dès votre arrivée, nous ne leur avons pas donné le temps d'assurer une surveillance efficace. Dans la clandestinité, il faut saisir la moindre occasion de prendre son rival de vitesse.

Une autre citation.

— Ecrire un livre en Italie serait-il un travail clandestin ?

— Le livre du Dr Luccio devra être rédigé dans des conditions de sécurité maximales, monsieur Halliday. Pacioli ne vous l'a pas fait comprendre ?

— Il m'a expliqué que vous-même, mademoiselle Chihani, serviez d'intermédiaire et étiez la responsable en matière de sécurité. Je n'ai jamais dit que je me soumettrais à vos ordres. Et vous ne m'avez toujours pas fourni la moindre explication concernant mon agression. Si vous aviez besoin de ma coopération, pourquoi ne pas l'avoir demandée, tout simplement ?

— Il aurait fallu des explications.

— N'est-ce pas là le rôle des intermédiaires ? Communiquer, expliquer ? Si vous me l'aviez demandé gentiment, je vous aurais suivie dans l'ascenseur de service. Pourquoi ne l'avez-vous pas demandé ? Parce que vous aimez utiliser la force ?

— Vous faites les demandes et les réponses, monsieur Halliday, fit-elle calmement. Si je vous l'avais demandé, vous auriez discuté, exigé des explications. Exactement comme vous le faites maintenant. Je n'avais pas de temps à consacrer à ces petits jeux. Maintenant, peu importe ce que vous dites ou faites. L'opération se déroule selon le plan.

— Votre plan ?

— Oui, mais je ne fais qu'exécuter les ordres du Dr Luccio : vous conduire à sa planque sans en compromettre la sécurité. Après, quand le Dr Luccio vous aura parlé, qu'il saura comment vous réagissez dans des situations spéciales, s'il peut vous faire confiance, nous établirons des procédures de sécurité moins draconiennes.

Nous étions en plein dans les embouteillages. Le minibus redémarra brutalement, et mon épaule m'élança à nouveau. Je repris :

— Supposons que j'en aie plus qu'assez des situations spéciales, et que, si l'on ne me reconduit pas immédiatement à mon hôtel, je considère le contrat me liant au Dr Luccio comme nul et non avenu. Quel est votre plan dans ce cas, mademoiselle Chihani ?

Elle prit le temps d'allumer une cigarette avant de me répondre :

— Je dirai plusieurs choses, monsieur Halliday. Premièrement, vous avez déjà reçu une forte somme, et vous n'avez encore rien fait pour la justifier. Deuxièmement, le Dr Luccio souhaite vous voir ce soir, et il n'est pas question de le décevoir. Troisièmement, vous êtes un homme d'expérience, vous savez donc que les menaces ne vous mèneront nulle part. Vous acceptez donc la situation !

Je remarquai que c'était la deuxième fois qu'elle m'appelait « un homme d'expérience ». J'allais lui demander ce qu'elle entendait par là, mais elle se mit à tirer délibérément sur sa cigarette, décidée à ne plus poursuivre la conversation.

Je sais d'expérience que l'estimation du temps écoulé, de la distance parcourue, lorsqu'on est assis dans l'obscurité, sont généralement inexactes. Je pensai cependant m'approcher de la vérité en calculant que nous avions roulé pendant une heure et quart et parcouru une centaine de kilomètres. C'est mon sens de l'orientation qui fut pris en défaut. Après vingt minutes de circulation dense, nous commençâmes à rouler plus vite, puis, après un court arrêt où quelques mots furent prononcés à l'extérieur du véhicule, à rouler très vite. Je supposai que nous venions de franchir le péage d'une autoroute. Au bout d'une demi-heure, nouveau péage et nouvelle voix à l'extérieur. Quelle était donc cette autoroute où il fallait payer à la fois pour entrer et pour sortir ? Est-ce que, par mesure de sécurité, nous avions fait demi-tour, à un moment donné, sans que je l'aie remarqué ?

A partir de ce moment je fus perdu. J'avais d'abord été sûr que nous nous dirigions vers le nord, puis vers le nord-nord-ouest. Je pensais maintenant que nous allions vers l'est. Vers Monza peut-être ? Ou Bergame ? Ou bien Milan, dans l'une de ces somptueuses suites d'hôtel que Zander se réservait lors de ses voyages intercontinentaux, avec ses porte-documents sous le bras ? A la sortie d'une petite ville, nous nous engageâmes dans ce qui semblait être une de ces pistes en rondins que le génie militaire construisait chaque fois que la boue, la montée des eaux interdisaient tout acheminement. Notre vitesse copia soudain celle des escargots, tandis que les amortisseurs étaient mis à rude épreuve. Puis la chaussée redevint égale, et nous reprîmes une bonne allure, malgré les virages à quatre-vingt-dix degrés. Au bout de dix minutes, nous nous arrêtâmes dans un village ; un feu rouge, pensai-je. Quand il passa au vert et que le chauffeur eut redémarré, Chihani sortit de son sac une radio C.B. compact dont elle déploya l'antenne.

Après deux « allô », une voix de femme répondit quelque chose comme « Qui batula ». Chihani prononça alors deux phrases courtes, totalement dénuées de sens pour moi, et les répéta en articulant chaque syllabe avant de couper le contact. Elle venait sans doute de donner notre position.

Une petite ville encore, puis un virage à gauche et des gravillons, suivis d'une montée à la pente assez raide. Au bout de quelques mètres, virage à gauche puis virage sec à droite. Le minibus ralentit, buta contre ce qui devait être un trottoir et s'arrêta. Chihani se leva.

— Nous sommes arrivés, monsieur Halliday, mais vous feriez mieux de me laisser vous guider, dit-elle en se munissant d'une grosse lampe torche. Il faut faire attention.

Sortant d'une obscurité complète, je n'eus aucun mal à me repérer dans la pénombre, et je vis que ses recommandations étaient justifiées. Nous étions dans une petite cour dallée où quelques marches en demi-cercle menaient à une entrée. Juste au-dessus, il y avait une lanterne dont la faible puissance ne permettait guère de déceler les inégalités entre les dalles et une marche endommagée.

Chihani prit les devants, me guidant avec la torche.

— Suivez-moi, s'il vous plaît.

— Où sommes-nous ?

— C'est un ancien hôtel.

Je m'en rendis compte une fois à l'intérieur. Un de ces petits hôtels minables qui avaient eu la faveur des représentants de commerce soucieux de grappiller sur leurs notes de frais. Une grosse fille aux longs cheveux bruns et aux lunettes à verres bleus était assise près de l'ancien bureau de réception, à côté du casier à clés avec ses crochets en cuivre numérotés de un à vingt-deux. Le hall sentait fort le vieux savon et les tapis poussiéreux, avec un soupçon de désinfectant à base de phénol. La grosse fille leva les yeux de son livre quand nous entrâmes et sur un claquement de doigts de Chihani, elle actionna un interrupteur derrière elle.

Face au bureau, il y avait un escalier. Chihani, me précédant, m'avertit à nouveau.

— Ici aussi, il faut faire attention. Vous pourriez facilement tomber.

C'était parfaitement exact. Dans ce genre d'hôtel, presque tout l'intérieur avait été modifié au cours des ans par des propriétaires essayant, sans grand succès, de coller à l'évolution des normes de confort et de commodité. Traditionnellement, l'espace pour les aménagements des salles de bains et des canalisations a toujours été rogné sur les cages d'escalier. Celle-ci semblait avoir été remodelée à l'usage des chèvres. Les marches étaient en spirale, et beaucoup trop hautes pour leur espacement. Indépendamment des craquements qui accompagnaient chacun de vos pas, vous atteigniez le sommet avec un soulagement tempéré par la pensée que la descente serait pire encore. Je ne fus pas surpris, vu l'endroit, de voir qu'au bout d'un ou deux mètres le couloir zigzaguait, et qu'au milieu du zigzag se trouvait une porte : le numéro dix-sept.

Chihani y frappa légèrement.

Quand j'avais demandé, à mon ami de l'agence de presse, une description physique de Zander, il m'avait répondu qu'il ne pouvait guère m'aider. Ils n'avaient que quelques photos, prises à Alger en 1962, lors des fêtes pour l'indépendance. Zander avait été identifié comme l'un des visages souriants dans un groupe d'hommes politiques posant près d'un DC-3 d'Air France, sur la piste de l'aéroport de Maison-Blanche. Qui l'avait identifié ? Dieu seul le savait. Les photos, en noir et blanc, étaient de qualité médiocre, et la plupart des visages souriants se ressemblaient. Après tout ce temps, une description par ouï-dire serait sans doute plus utile. Dans un des articles sur l'opération Zander-Brochet, le journaliste comparait sa tête à celle des statues de l'île de Pâques.

Si l'on ne s'attachait qu'aux formes évidentes, l'homme qui ouvrit la porte de la chambre dix-sept avait bien ce genre de tête. Un long visage étroit et basané, un menton saillant et des lèvres minces. Il n'y avait cependant rien de sévère, de hautain ou de menaçant dans son apparence, à première vue du moins. Il était petit, trapu et ne portait qu'un peignoir de bain bleu et des sandales. Il avait d'épais cheveux blancs, et des touffes de poils gris sur la poitrine. Les lèvres, qui auraient pu si facilement lancer des avertissements, arboraient un petit sourire pincé dont elles ne se départirent que pour prononcer des voyelles ouvertes. Il me fallut plusieurs minutes pour comprendre que ce masque ne laissait rien voir de ses sentiments et qu'il fallait apprendre à lire dans les yeux d'un gris-vert pâle.

Ils souriaient, tout comme sa bouche, lorsqu'il m'accueillit.

— Soyez le bienvenu, monsieur Halliday, soyez le bienvenu.

Il s'effaça pour me laisser entrer. Nous ne tendîmes la main ni l'un ni l'autre. Chihani prit mon imperméable.

Je le voyais mieux maintenant. Agé d'une cinquantaine d'années, il était bien conservé, en homme qui fait attention à ce qu'il mange et boit, qui prend beaucoup d'exercice, consulte un bon dentiste, des manucures et pédicures, et utilise en abondance une eau de toilette onéreuse. Son léger accent, lorsqu'il parlait en anglais, ne dévoilait rien, sinon que ce n'était pas sa langue maternelle. Il avait une voix de ténor léger.

— Cela vous ennuie-t-il, monsieur Halliday, que je reste habillé de façon si décontractée pendant notre entretien ? Vous n'y voyez pas d'objection ?

Le ton était moqueur.

— La façon dont vous vous habillez, répondis-je, est jusqu'à présent la seule chose dans notre entretien à laquelle je ne voie pas d'objection. Est-ce que cela répond à votre question ?

— Oh, oui.

Il hocha aimablement la tête, comme si ma réponse avait été polie et pertinente.

— Mettez-vous donc à l'aise.

En pénétrant dans la chambre dix-sept, j'aperçus une autre pièce, séparée par une porte à double battant. On l'avait transformée en salle de gymnastique, avec un matelas, un jeu de poids et haltères, une bicyclette fixe, une table de massage et une lampe à ultraviolets. La chambre dix-sept était elle-même meublée d'un bureau, d'un télex, d'un bar et de fauteuils confortables. Le tapis était pour le moins cossu.

— Asseyez-vous, monsieur Halliday ; asseyez-vous, je vous prie.

Quand je fus assis, il m'examina de façon si attentive que je me demandai s'il ne cherchait pas les symptômes d'une maladie contagieuse. Un homme assez préoccupé par sa santé pour soulever des haltères, à son âge, pouvait très bien craindre une épidémie ravageant sa planque. En fait, il était simplement curieux.

— Je ne vous voyais pas si jeune, monsieur Halliday. La télévision vous faisait paraître plus vieux, et pourtant c'était il y a deux ans.

— J'étais plus vieux à ce moment-là.

— Naturellement. Vous avez tant payé de votre personne... Savez-vous que parmi ceux que vous interviewés à « L'Homme de la Semaine » pas moins de trois ont été traduits en justice ?

— Pas grâce à moi.

— Pourtant, vous les avez si bien passés au gril. Vous les avez fait paraître si vulgaires et maladroits ! Vous avez si bien utilisé contre eux le pouvoir des mots ! Ce Halliday, me suis-je dit, sait manier les mots.

— A en croire les critiques, c'est la raison pour laquelle l'émission a fait un bide.

— Les critiques ! (Il les balaya d'un revers de main.) Vous est-il jamais arrivé de lire des comptes rendus si contradictoires sur un livre ou une pièce que vous aviez du mal à croire qu'il s'agissait bien de la même œuvre ? J'en suis absolument sûr : vous ne vous rendez pas justice.

Il s'adressa à Chihani, immobile sur le pas de la porte.

— Vous pouvez entrer, Simone. Rendez-vous utile. Servez-nous à boire.

Il s'assit à son tour. Son peignoir s'entrouvrit, révélant

des cuisses musclées et une profonde cicatrice qui remontait vers l'aine gauche.

— Il paraît que votre boisson préférée est le whisky. Que choisissez-vous, monsieur Halliday ? Scotch ou bourbon ?

— J'ai déjà refusé votre penthotal. Pourquoi devrais-je accepter votre whisky ?

Je ne pris plus la peine de contenir ma colère et ajoutai :

— Et puis cessons de plaisanter, vous voulez bien ?

Ses mains esquissèrent un geste de capitulation.

— Vous n'aimez pas les compliments ?

— Quand ils sont une insulte à mon intelligence, non. Alors, oublions cette cochonnerie d'émission et venons-en à votre nom. Quel est votre nom favori en ce moment ? Zander, Hecht, Brochet ou Luccio ? Ou bien préférez-vous un de ces noms arabes poético-exotiques ?

Il ferma les yeux à demi, et soudain son regard perdit toute sa bonne humeur. C'était la première fois que j'assistais à cette transformation, et je fus déconcerté. Son sourire affecté resta inchangé, mais sa signification devint tout autre. Ce simple jeu des paupières changea cette grimace aimable en un signe d'avertissement.

Sa réponse ne fut cependant guère plus qu'un reproche.

— J'ai bien peur, monsieur Halliday, que vous ne soyez mécontent de nous.

— Cela vous surprend ?

— Je le regrette. Il est évident que nous avons commis des erreurs. Mais je m'attendais à plus de compréhension de la part d'un homme de votre expérience.

— Compréhension de quoi ? Du judo ?

Il soupira.

— Simone, voulez-vous donner à notre hôte un scotch avec de l'eau et beaucoup de glaçons. Je prendrai la même chose. (Il s'adressa à moi.) Il semble qu'il y ait eu quelques problèmes d'interprétation. Permettez-moi de vous poser quelques questions. Tout d'abord, vous étiez sain et sauf après avoir reçu ma lettre, puis la bombe. Exact ?

— Exact.

— Et vous vous êtes immédiatement adressé à la police et au F.B.I. ?

— Je me suis adressé à la police et c'est eux qui ont fait

intervenir le F.B.I. Si vous vouliez m'impressionner, vous avez réussi. Ma curiosité a été éveillée, c'est évident. Autrement, je ne serais pas ici.

— Mais vous vous êtes d'abord renseigné sur le nom de Zander. Auprès de qui ?

— Auprès d'un ami qui travaille dans une agence de presse. Je ne vous dirai pas laquelle.

— Si c'est une agence de presse, je la connais. Les noms importent peu. Vous apprenez donc que j'ai de la fortune et mauvaise réputation. On vous donne d'autres renseignements...

— Que je commence à trouver très fantaisistes. Par exemple, je ne pense pas me trouver ici dans une suite d'un hôtel de luxe.

Il écarta mes propos d'un geste.

— Ceci n'est qu'une planque. Revenons-en à vous, monsieur Halliday. Votre curiosité chatouillée, vous ne pouviez pas refuser le contrat, financièrement intéressant, de Pacioli. Cela s'est bien passé ainsi ?

— Presque, répondis-je.

— Vous aviez eu des nouvelles de la police ou du F.B.I. à ce moment-là ?

— Non.

— Ou d'autres personnes ? Avec qui d'autre étiez-vous en contact ?

— J'ai, bien évidemment, parlé à mon agent littéraire.

— En citant mon nom ?

— Seulement celui du Dr Luccio. Si j'avais mentionné Karlis Zander, il m'aurait fallu lui parler de la bombe. Elle aurait eu une attaque et annulé l'affaire. Nous avons discuté du contrat Pacioli comme d'une affaire normale. Mais pourquoi ces questions ? Que voulez-vous savoir ?

— Vous avez reçu la bombe, la lettre et la carte postale voilà près de quatre semaines. Si vous n'avez eu aucune nouvelle de la police, du F.B.I. ou d'une autre source officielle, c'est que vous avez dû les éviter, monsieur Halliday.

— Bien sûr que je les ai évités. Je leur ai donné ce qui, d'après moi, leur revenait : le colis piégé plus une photocopie de votre lettre. C'est tout. Je leur ai promis de leur envoyer l'original, mais je n'en ai rien fait parce que la carte postale y était collée. Je ne les ai pas non plus informés de votre relance par l'intermédiaire de Pacioli et McGuire. Je leur avais dit que je les avertirais s'il y avait des suites, mais j'ai changé d'avis. J'ai ensuite prévenu mon agent que je l'appellerais dans une quinzaine de jours, pour voir si le contrat était prêt pour la signature. Puis j'ai pris des vacances.

— Des vacances ? (Il avait l'air ébahi.) Où ça ?

— Vous ne connaissez pas. (Il me regardait toujours du même air incrédule, aussi je poursuivis :) Un de mes amis possède une maison à Long Island. Il est souvent absent. Je l'ai appelé à Londres. Nous avons un accord, c'est très simple. Mon agent a reçu le contrat de Pacioli il y a trois jours. Dès que je l'ai su, j'ai débarqué à New York, j'ai signé, je me suis muni de chèques de voyage, d'argent italien et j'ai pris l'avion. Je n'ai pas perdu mon temps.

— Mais vous vous êtes caché. Vous avez aussi dissimulé au F.B.I. la carte postale de l'*Hôtel Mansour*. Pourquoi ?

— Pour deux raisons. Quand l'Administration entre en jeu, je sais d'expérience qu'il vaut mieux garder ses distances. Et surtout, monsieur Zander, j'ai considéré la carte postale comme un message privé de vous à moi. J'avais tort ?

— Non, certainement pas. Vous aviez raison. C'était bien un message privé.

— Un message disant qu'il y avait, dans cette proposition, quelque chose de plus que cinquante mille dollars d'honoraires. Autre chose que de l'argent. C'est bien ça ?

Son regard se fit circonspect.

— Vous êtes sous contrat pour m'aider à écrire un livre, monsieur Halliday. S'il y a des bénéfices supplémentaires dans cette affaire, vous ne manquerez pas de les découvrir.

Je le dévisageai un moment en me demandant d'où venait cette soudaine inhibition. Je me sentis brusquement envahi par la fatigue, et ma colère reprit le dessus.

— Monsieur Brochet, lui dis-je, le fait que j'aie accepté de venir ne doit pas être mal interprété. N'allez pas croire, par exemple, que l'enrichissante expérience de mon kidnapping par Mlle Chihani et son équipe de psychopathes juvéniles m'incitera à modifier les termes de notre contrat.

— L'action de Simone était une erreur. Pourtant, j'étais d'accord, aussi je vous présente mes excuses.

Il dit cela d'un ton froid et peu convaincant. Ma réponse fut d'une froideur égale.

— Me voilà réconforté. Pendant que nous parlons du contrat, je vous rappelle qu'il ne mentionne nulle part que je doive recevoir des ordres. Aussi, à l'avenir, quand Mlle Chihani voudra m'en donner, pour des raisons de sécurité ou autres, il faudra que je sache *pourquoi* je devrais m'y soumettre.

Chihani ricana.

— Je peux tout de suite vous donner la réponse, répliqua-t-elle. Pour votre propre sécurité et pour la nôtre. Voilà ce qu'on vous dira, monsieur Halliday. Tenez. (Elle tendit un plateau sous mon nez.) Prenez donc un whisky, ça vous calmera les nerfs.

— Cela suffit, Simone ! fit mon hôte d'un ton ferme. (Il attendit que j'aie le verre en main pour prendre le sien.) Allez me préparer des sandwiches.

Elle posa le plateau et sortit immédiatement. Le bureau était suffisamment éloigné pour que je puisse m'apercevoir, avec le recul, qu'elle avait une démarche de danseuse... ou d'athlète.

Quand elle eut fermé la porte, mon hôte leva son verre comme pour me signifier que nous pouvions maintenant boire librement.

— Quelle impression vous fait-elle ? me demanda-t-il. Je veux dire en laissant de côté votre hostilité et votre rancune du moment.

— Ma première impression à l'hôtel a été qu'elle avait l'air d'un comédien en travesti. C'est-à-dire...

— Je connais l'expression. (Il but un peu de whisky.) Ce qui m'intéresse, c'est de savoir ce que vous pensez de son efficacité sur le terrain.

— A la tête d'une bande de voyous, pour opérer dans un hôtel où personne ne lèvera le petit doigt contre eux, elle est parfaite. Elle semble avoir l'habitude de faire des piqûres aux patients récalcitrants. Si elle a été infirmière, ce doit être dans un genre d'hôpital où j'espère ne jamais mettre les pieds. Un tantinet paranoïaque, aussi. Elle a parlé d'ennemis mystérieux qui voulaient attenter à votre vie. De quoi s'agit-il, monsieur Brochet ?

— Vous me surprenez beaucoup. Je veux bien qu'il y ait eu des problèmes d'interprétation. Mais vous n'avez quand même pas oublié l'exposé que vous a fait McGuire à New York. Vous comprenez certainement qu'un livre révélant le fonctionnement interne du terrorisme international constitue une grave menace pour ces terroristes professionnels. Ils feront tout pour empêcher sa rédaction. Et quel meilleur moyen que d'en tuer les auteurs ?

— L'un de ses prétendus auteurs est déjà mort. Comment savent-ils que quelqu'un d'autre y travaille ? Je suis sûr que vous n'êtes pas à l'origine de cette fuite.

Il me fusilla du regard.

— Par « prétendu auteur », vous voulez dire Nechayev ?

— Bien sûr, monsieur Brochet.

— L'auteur de ce mémoire, Netchayev, n'a rien de « prétendu ». Son existence est reconnue et son message est parfaitement clair. L'authentification définitive est attendue d'un moment à l'autre. J'ai ici la traduction en anglais, pour que vous puissiez la lire. D'autre part, ne m'appelez pas M. Brochet. Ce n'est plus mon nom.

— Quand je vous ai demandé comment je devais vous appeler, cela vous a offensé.

— Ce sont vos manières qui m'ont offensé.

— Alors, très poliment : comment dois-je vous appeler ?

— Vous pouvez m'appeler docteur, ou bien Zander.

— D'accord docteur, ou plutôt Zander. Vous devez aussi comprendre mon problème. Par exemple, votre carte postale de Bagdad est signée Karlis Zander.

— C'était pour que vous puissiez vous renseigner sur moi, suivre mes traces, monsieur Halliday.

— Je comprends. Mais sous quel nom va paraître le livre ? Est-ce que ça ne *doit* pas être Luccio ?

— Oh, non.

— Alors, que devient l'histoire que McGuire m'a racontée sur le mémoire, je veux dire que Luccio en avait hérité parce qu'il était l'arrière-petit-fils de Netchayev ? Ça aussi, c'était pour piquer ma curiosité ?

— Cette partie de l'exposé de M. McGuire doit être tenue pour vraie.

— Qu'entendez-vous par « tenue pour vraie » ? Elle *est* vraie, ou bien nous allons seulement le *prétendre,* pour mon confort intellectuel par exemple ?

— Disons simplement que le mémoire est parvenu à un descendant de Netchayev et que je lui ai acheté le manuscrit ainsi que le droit de le publier.

— Vous *pourriez* donc écrire un commentaire en tant que propriétaire légal de ce document historique, longtemps disparu. C'est déjà ça. Travaillons là-dessus. Vous m'embauchez pour mettre le livre en forme. Pourquoi ne pas le signer de votre vrai nom ? Attendez, monsieur Zander, laissez-moi finir. D'après McGuire, vous espérez influencer la politique de plusieurs gouvernements, avec ce livre. Vous ne cherchez pas uniquement un gros tirage. Vous voulez être pris au sérieux. D'accord ? Je dois vous dire qu'en vous cachant derrière un pseudonyme, avec ce genre de sujet, vous supprimez toute crédibilité à l'ouvrage. Si vous espérez être *entendu* à propos du terrorisme international, à défaut d'être écouté et cru, il faudra que vous disiez tout et citiez des noms.

Zander resta silencieux un moment, puis parla dans l'interphone sur le bureau. Je ne compris qu'un seul mot : « sandwiches ». Il s'écoula encore plusieurs secondes avant qu'il ne se décide à me répondre.

— Monsieur Halliday, c'est précisément parce que je *suis* prêt à tout dire et à citer des noms, et parce que cette intention est *connue,* que mes ennemis veulent me tuer.

— En d'autres termes, docteur, vous êtes prêt à citer leur nom mais pas le vôtre. Ne serait-ce pas parce que vous devriez vous accuser vous-même ?

Il garda à nouveau le silence, comme s'il s'apprêtait encore à marcher sur des braises. Le soupçon de mélancolie qu'il réussit à mettre dans son petit sourire était parfaitement maîtrisé.

— Monsieur Halliday, les petits détails insignifiants que vous avez dû trouver sur moi, aux Etats-Unis, vous ont sans doute appris qu'il me fallait être prudent. Ma place, ajouta-t-il, est dans l'ombre.

— Partons alors sur des bases strictement commerciales. Qui sera sur la photo de couverture du livre ? Vers qui va se tourner l'éditeur quand ses avocats l'avertiront que tout dire, citer des noms peut lui valoir un procès en diffamation ? Qui viendra à la barre plaider en sa faveur ?

Son visage s'éclaira immédiatement.

— Voilà qui est parlé, monsieur Halliday. On en vient aux choses sérieuses, hein ? Je vais vous répondre. Premièrement, aucun de ceux que je nommerai n'osera montrer le bout du nez. Deuxièmement, si notre éditeur est du genre à se laisser effrayer par ses propres avocats, eh bien, nous en trouverons un autre. Il y a bien des éditeurs qui ont les nerfs plus solides.

— Monsieur Zander, il y a toujours d'autres éditeurs, mais...

— Ah ! Voilà de quoi nous restaurer.

Chihani était revenue avec un plateau de sandwiches au salami. Je n'en pris pas, mais ne soulevai pas d'objection quand Zander lui demanda de me resservir à boire. Je pensai que la préparation de mon whisky pourrait les occuper le temps que je prenne une décision. Est-ce que je devais rompre le contrat ici même, ou bien devais-je attendre de voir Pacioli ?

Tout en entamant son sandwich, il déclara une chose surprenante :

— M. Halliday, dit-il à Chihani, a émis une suggestion intelligente.

— C'est un homme intelligent.

Elle avait presque l'air convaincue.

— Oui, c'est vrai. Il suggère que nous ajournions toute décision concernant la parution du livre tant que nous n'avons pas terminé notre manuscrit. Je pense que c'est une approche très professionnelle.

— Excellent.

Je me demandai pourquoi elle paraissait tout à coup si détendue.

Zander mordit à nouveau dans son sandwich.

— Comment pensez-vous organiser le travail, monsieur Halliday ?

— Il est évident que ma première tâche est de lire le mémoire de Netchayev. S'il constitue notre texte de référence, plus vite je le connaîtrai, mieux ce sera. J'aimerais aussi étudier vos travaux préliminaires, docteur.

Il fit semblant de considérer ma proposition avant de secouer la tête.

— Monsieur Halliday, je pense qu'il est préférable de ne pas en venir à mon travail tout de suite. Ce sont surtout des notes éparses. Mieux vaut commencer par le commencement.

J'ai entendu de nombreuses variations sur ce thème, de la part de clients paresseux ou bidon. Ils font presque toujours allusion à des notes qui n'existent pas. Ils n'ont souvent rien écrit, mais simplement un peu rêvé. Les clients timides ou modestes sont rares. Pourtant, Zander réussit à rendre son mensonge crédible.

— Je comprends tout à fait, docteur. Vous m'aviez dit que vous aviez une traduction en anglais du mémoire.

— Pacioli en a fait faire une. Elle n'était pas très bonne,

et je l'ai un peu améliorée. Vous savez sans doute que les anarchistes qui vivaient à Genève écrivaient non seulement en russe, mais encore en français. C'était une sorte de patois. Quelques-uns écrivaient aussi en sténo, pour ne pas être compris. Il y a des passages en fayet, un système inventé en France.

— Je vois.

— Les passages en français n'ont pas été traduits.

— Ça va. Je comprends le français.

— Simone, c'est dans le bureau, le tiroir du milieu. L'enveloppe porte le numéro trois.

Elle lui tendit une enveloppe épaisse de grand format. Il la soupesa d'un air songeur puis me dit :

— Nous en revenons au problème de la sécurité, monsieur Halliday.

— J'en conviens.

— Les ennemis qui pensent vous avoir mis sous surveillance à l'hôtel ne savent pas encore que vous leur en avez échappé.

— Sans doute. Vous voulez que je remonte par l'ascenceur de service, comme je suis descendu ?

— Cela ne servirait à rien. Ils doivent déjà surveiller tous les accès de l'hôtel. Le problème est : quelle que soit la manière dont vous regagnerez votre chambre, ils se rendront compte de leur erreur.

— Alors ?

Pendant un instant désagréable, je me demandai ce que je pourrais dire ou faire s'ils décidaient, au nom de la sécurité, de me garder au frais dans leur planque.

— Alors, dès votre retour, ils vous considéreront comme un ennemi. Ils renforceront leur dispositif, et nos risques ici même seront considérablement augmentés. Je dois donc vous demander si vous êtes maintenant d'accord, afin d'obéir aux consignes de sécurité, pour retourner à Milan ce soir et revenir ici demain. Etes-vous d'accord ?

— Bien sûr, maintenant que je sais pourquoi.

— Alors, disons que nous nous reverrons demain, à une heure qui sera fixée par téléphone selon une procédure arrêtée à l'avance.

Il fit un signe à Chihani qui m'enleva le verre des mains.

— Assez de whisky pour ce soir, dit-elle. Nous repartirons comme nous sommes venus ?

— Dans le minibus ?

— Oui, mais pas jusqu'au bout. Il y a une station-service sur l'autoroute, près de Milan. Nous pourrons vous y appeler un taxi pour vous conduire à votre hôtel. Vous avez assez d'argent italien, je pense.

— Oui.

— Pour revenir ici, les dispositions sont les suivantes : demain à midi, je téléphonerai à votre hôtel ; je vous demanderai si vous avez lu le mémoire et ce que vous en pensez. Puis, selon vos réponses, je vous dirai si vous pouvez ou non quitter l'hôtel en toute sécurité. Si c'est non, je vous rappellerai à une heure donnée. Vous avez compris ?

— Oui.

— Très ingénieux, Simone, dit Zander.

— Lorsque je vous dirai que la voie est libre, vous quitterez immédiatement votre chambre et prendrez une voiture ou un taxi pour vous rendre à l'aéroport de Malpensa. Pas celui de Linate, où vous êtes arrivé, mais Malpensa. Compris ?

— Compris.

— En arrivant à Malpensa, vous irez au guichet des bus pour Milan, dans le hall principal. Vous ne pouvez pas vous tromper. Vous attendrez alors l'arrivée de la jeune fille qui était avec nous ce soir. Vous la suivrez et obéirez à toutes ses instructions. Elle vous conduira à un moyen de transport. Compris ?

— Cela me semble assez clair.

Ils avaient l'air si contents d'eux-mêmes et de mon humble obéissance que je décidai de jouer les mauvaises têtes.

— C'est clair, ajoutai-je, sauf sur un point.

— Lequel ? s'inquiéta Chihani.

Je regardai Luccio.

— Docteur, vous devez savoir que la plupart des grands éditeurs américains appartiennent à des conglomérats économiques. Syncom, par exemple. Vous devez aussi savoir que des gens comme eux ne se laissent pas facilement impressionner. Vous croyez vraiment pouvoir les convaincre de publier un livre qui, selon leurs avocats, leur vaudrait des poursuites en diffamation ?

— Pour moi, ils feront n'importe quoi, répondit-il d'un ton léger.

— Docteur, qui est donc votre commanditaire ?

— Mon commanditaire ?

Son regard s'était fait glacial, et le timbre de sa voix s'était curieusement altéré. Je me rendis compte que j'étais allé trop loin, mais je me dis aussi qu'il était probablement encore plus dangereux de faire machine arrière.

— Vous avez parfaitement entendu, docteur. Je parle de ce haut personnage du Golfe qui transmet vos ordres à Syncom.

— Qui a pu vous mettre des idées aussi absurdes dans la tête ? Pacioli ?

— J'ai appris que vous jouissiez de la protection d'un haut personnage du Golfe, pendant l'exposé qu'on m'a fait à New York — en fait, un des aspects qui ont particulièrement éveillé ma curiosité pour toute cette affaire. Est-ce que l'identité de cette personne doit rester secrète ?

Il attendit plusieurs secondes avant de me répondre, en détachant les mots :

— Il se peut que vous soyez lié à moi en un certain sens, monsieur Halliday, mais je ne peux pas encore vous faire *confiance*. Ne l'oubliez pas. (Il sembla se rappeler le mémoire et me tendit l'enveloppe qu'il avait gardée en main.) Vous feriez mieux de repartir. Vous avez des somnifères ?

— Oui, merci.

— Prenez-en ce soir. Vous devrez être parfaitement reposé demain.

Sur ces paroles, il se leva et gagna la salle de gymnastique.

— Allons-y, dit Chihani.

Avant de quitter la pièce, je jetai un coup d'œil dans la salle de gymnastique. Le maître était nu et se préparait à une séance de bronzage. La longue cicatrice sur sa cuisse semblait avoir été provoquée par un éclat d'obus.

Le retour fut silencieux. Pour m'occuper dans l'obscurité, je passai intérieurement en revue, clause par clause, mon contrat avec Pacioli, pour voir si je pourrais repérer celle qui permettrait à Barbara de me sortir de là et de me faire prendre le premier avion pour New York. Fait étrange, cet exercice eut le même effet que compter les moutons pour un insomniaque. Je m'endormis et, arrivés à destination, Chihani dut me réveiller.

— Décalage horaire plus whisky, commenta-t-elle.

Elle ordonna d'éteindre les phares et m'accompagna à

la station-service pour appeler un taxi. Elle attendit à l'extérieur pendant que je me rendais aux toilettes. Elle attendit aussi l'arrivée du taxi. Comme elle me le fit remarquer, ce n'était pas par simple courtoisie. Les consignes de sécurité étaient de ne jamais négliger les petits détails.

— Rentrez à votre hôtel et restez-y jusqu'à ce que je vous ordonne de le quitter, me dit-elle en guise d'au revoir, tout en claquant la porte du taxi.

Il était presque onze heures quand j'arrivai à l'hôtel. Je demandai à la réception un horaire Alitalia. On me répondit que j'en trouverais un dans ma chambre.

Ce que j'y découvris, à la place, fut un nuage de fumée de panatellas et une délégation composée de trois personnes.

CHAPITRE V

L'homme au cigare était un compatriote que je n'avais pas vu depuis plusieurs années. Tandis que l'effet de surprise diminuait et que les circonstances de notre dernière rencontre me revenaient en mémoire, je me rendis compte que le temps n'avait rien changé et, à en juger par l'expression de son visage, que notre antipathie réciproque était toujours aussi vive.

Renaldo Pacioli était également là, ainsi qu'un homme qui portait des lunettes en demi-lune et un costume de tweed ; il semblait tout disposé à jouer le médecin de famille dans une pub pour de l'aspirine.

Seul Pacioli paraissait se préoccuper du fait que je n'appréciais peut-être pas cette visite inopinée. Avant qu'ils aient fini de s'extraire de leur fauteuil, je me dirigeai vers les fenêtres et les ouvris en grand.

L'homme au cigare dit : « Salut, Bob » et écrasa son mégot dans un cendrier qui débordait déjà. Tandis que je jetais mon imperméable et l'enveloppe de Luccio sur le bureau, Pacioli s'approcha de moi.

— Je vous prie d'excuser cette intrusion, dit-il, et j'espère que vous en comprendrez les raisons. Vous avez, bien sûr, reconnu votre compatriote. Il m'a dit être actuellement en poste à l'ambassade des Etats-Unis, à Rome. Je l'ai trouvé dans mon bureau avec cet autre monsieur, Herr Schelm, en rentrant de mon rendez-vous avec vous. Cet après-midi, ils sont venus tout exprès de Rome, en avion, pour vous voir. Comme nous n'arrivions pas à vous joindre par téléphone pour vous prévenir, nous sommes venus ici directement. Herr Schelm s'inquiétait déjà à votre sujet, mais, quand nous avons découvert que vous n'étiez toujours pas là, bien que, de toute évidence, votre lit fût défait, nous avons été encore plus inquiets. Cependant, sur les conseils de Herr

Schelm, nous avons décidé de ne pas appeler la police mais d'attendre.

— Eh bien, dis-je, ce que je faisais, ça, je peux vous le dire. J'avais rendez-vous avec le Dr Luccio. L'idée n'était pas de moi et l'on ne m'a pas demandé mon avis. On m'y a emmené. Où ? Ça, je ne peux pas vous le dire, parce que je n'en sais rien. Comme j'ai été engagé pour rencontrer Luccio et l'écouter, je suppose que je ne saurais me plaindre sans risquer d'être traité de râleur. (Je fixai le visage connu.) Est-ce pour cela que vous vouliez me voir ? A propos du travail que je suis censé faire ici ?

Comme toujours, il feignit d'ignorer mon hostilité envers lui.

— Bob, dit-il, je suis ici pour deux raisons. La première est pour vous dire qu'on a ressorti votre dossier.

Comme il l'avait imaginé, je fus piqué au vif et le rembarrai sur-le-champ.

— Et pourquoi, bon Dieu ? Je n'ai rien à voir avec vous et j'entends que cela reste en l'état. S'ils ressortent des noms sur leurs listes de gogos, ils feraient mieux d'oublier le mien, je ne suis pas disponible.

— Du calme, Bob. La plaisanterie du colis piégé a suscité tant de commentaires que fatalement nous devions en entendre parler. Et, quand nous avons appris que vous posiez un tas de questions sur Zander, cela nous a mis la puce à l'oreille.

— Vous connaissez Zander ?

— Nous le connaissons depuis longtemps, mais pas autant que nous le souhaiterions. A l'heure actuelle, il est ce qu'on pourrait appeler un « colis fragile ».

Il avait toujours eu un penchant pour le jargon commercial.

— Ce qui veut dire ?

— Ce qui veut dire qu'il fait partie de ces individus avec lesquels nous préférons n'avoir aucun rapport direct, quel qu'il soit. Il y a des gens que nous préférons tenir à distance. Lorsque l'équipe de Dieter Schelm se trouve confrontée à ce genre de problème, elle fait appel à nous ou aux Anglais. Dans le cas présent, c'est nous qui avons demandé un coup de main à Dieter.

— Pour s'occuper d'un livre ?

— Pas n'importe quel livre, Bob. Avez-vous lu ce mémoire ?

— Et vous ?

— Pas moi personnellement, mais apparemment ce charmant M. McGuire possédait une photocopie de l'original russe, qu'il était tout disposé à remettre à nos hommes. Ce qu'il a rapporté de votre affaire avec Zander nous a cependant inquiétés. D'autres choses, également.

— Quelles choses ?

— Le fait, par exemple, que vous ayez dissimulé des preuves, Bob. Le F.B.I. et le capitaine Boyle étaient, eux aussi, inquiets à votre sujet. Votre agent littéraire ne savait pas où vous joindre. Nos services ont dû faire appel à votre secrétaire pour trouver la fameuse lettre de Zander dans votre bureau, où ils ont également trouvé la carte postale de Bagdad. Nous avons compris que vous vous étiez engagé, par mégarde, dans une affaire dont vous ne pouviez saisir les conséquences ; nous avons donc décidé de vous tendre une main secourable.

— Mon cul.

Il continua, avec un vague sourire :

— Naturellement, nous espérons également qu'en échange de nos bons offices — nous nous chargerons en effet de calmer le mécontentement compréhensible du F.B.I. devant votre tentative d'entraver le cours de la justice —, nous pourrons compter sur une certaine coopération de votre part dans l'affaire Zander.

— Merci. Je me chargerai en personne du mécontentement du F.B.I. Je prierai le capitaine Boyle de bien vouloir m'excuser. C'est un homme raisonnable. Quant à votre main secourable et autres bons offices, je n'ai pas besoin de vous dire où vous pouvez vous les mettre. Vous trouverez sûrement l'endroit adéquat.

— Je suis ici parce que votre dossier insiste sur votre tempérament méfiant et sur votre excellente mémoire. J'ai convaincu notre ami Dieter Schelm que vous êtes bien le Robert R. Halliday que nous connaissons et aimons tous, je vais vous le présenter ; je réponds de lui. C'est un haut fonctionnaire des services secrets d'Allemagne de l'Ouest, bien qu'il soit actuellement détaché auprès de l'O.T.A.N., où il est directeur du bureau de liaison de tous leurs services secrets. Dieter Schelm parle parfaitement l'anglais d'Oxford. Vous n'avez donc pas à vous inquiéter, vos bons mots seront compris.

Schelm me tendit la main.

— Enchanté, monsieur Halliday.

L'image du médecin de famille disparut au moment où

nos mains se touchèrent. Il aurait pu être médecin, mais pas de ceux qu'on se représente remontant le moral des malades, mettant les enfants au monde ou faisant des visites à n'importe quelle heure de la nuit. Avec ces yeux-là, c'était exclu. On y trouvait une grande intelligence, de l'humour même, mais pas une ombre de compassion. Seules ses lunettes en demi-lune lui donnaient par moments un curieux air de bienveillance professionnelle.

Il regarda l'Américain et commenta :

— Merci, mon ami.

On aurait dit qu'il le congédiait, et c'était bien ainsi qu'il voyait la chose. L'Américain répondit quelque chose en allemand que je ne compris pas très bien, puis se tourna vers moi.

— Eh bien, Bob, dit-il, ma mission s'arrête là. Je suis content de vous avoir trouvé en pleine forme. J'ai appris que vous aviez cessé d'absorber tout ce que déconseillent les écolos. Cela se voit. Si nous pouvons faire quoi que ce soit pour vous, vous savez où me trouver.

Il nous salua d'un geste de la main, ramassa un fourre-tout en toile et partit.

Dès que la porte se fut refermée, je me dirigeai vers le téléphone.

— La première chose que je propose de faire, c'est d'appeler la réception et voir ce qu'ils peuvent nous servir à manger. Vous devez aussi avoir soif. Que puis-je vous commander à boire ?

Ils demandèrent tous deux de l'eau minérale. Tandis que j'attendais la réponse, je griffonnai « Attention, micros cachés » sur le bloc-notes du téléphone et le fit voir à Schelm.

Il sourit aimablement et hocha la tête. Quand j'eus terminé avec la réception, il dit :

— Vous avez raison, il y avait des micros cachés dans la chambre. Mais la personne que vous connaissez à l'ambassade des Etats-Unis avait amené un engin de détection, et il s'est occupé des micros pendant que nous vous attendions. Nous n'aurions jamais parlé aussi franchement. Qu'est-ce qui vous fait penser que cette chambre n'est pas sûre ?

Je leur racontai comment j'avais été enlevé et les mis au courant de ma soirée avec Chihani et Zander. Je m'interrompis à l'arrivée du garçon d'étage.

C'est grâce à Pacioli que je résolus le problème de l'autoroute où l'on paye deux fois.

— Il s'agit sans doute de l'A8 et A9 en direction du nord. Au début, elles ont un tronçon commun. Vous payez à l'entrée de cette première partie parce qu'il y a de nombreuses sorties sans péage tout le long. Mais, si vous poussez jusqu'à Varèse, par exemple, sur l'A8 ou jusqu'à Côme sur l'A9, vous devez payer de nouveau. Vous auriez également pu prendre la bretelle de gauche qui mène jusqu'à Arona. N'avez-vous vraiment rien vu de l'itinéraire que vous avez suivi ?

— Rien, monsieur Pacioli. C'est ce que je m'efforce de vous dire. De l'intérieur du minibus, je ne pouvais rien voir, ni à l'aller ni au retour.

— Je suis désolé. Tout cela est tellement regrettable. Et vous êtes notre hôte ! Je vous en prie, poursuivez. Vous dites que l'homme qui se fait appeler Luccio vous a reçu dans cet hôtel, vêtu d'un peignoir de bain ?

Schelm était un auditeur plus attentif. Il ne m'interrompit pas une seule fois.

— Honnêtement, je dois vous prévenir, dis-je finalement à Pacioli, que je vais appeler mon agent à New York pour lui annoncer que notre contrat ne tient plus.

Son long visage s'allongea encore.

— Puis-je connaître les raisons que vous lui donnerez et comment vous justifierez la rupture de ce contrat ?

— Eh bien, pour commencer, dissimulation de la vérité. Je ne vous en accuse pas ; selon McGuire, mon travail — je veux dire, l'essentiel de mon travail — consistait à remanier les documents de Luccio. Mais le document Luccio n'existe pas. Luccio n'a fait preuve que de violence, de duplicité. Quant à sa propre version de la traduction anglaise du mémoire de Netchayev, elle est bien là, dans une enveloppe. Seulement, McGuire m'a dit que Luccio croyait à l'authenticité de ce mémoire parce qu'il en connaissait personnellement l'origine. Luccio, a-t-il dit, en avait hérité. Luccio lui-même reconnaît que c'est faux. Il l'a acheté. Cela, je veux bien le croire. Il l'a acheté à celui qui l'a falsifié et contrefait.

— Jusqu'ici vous ne nous avez pas fourni la preuve de la falsification et de la contrefaçon, monsieur Halliday.

— Ce n'est pas à moi de le prouver, dis-je. Vous n'avez pas rencontré cet homme, vous me l'avez dit vous-même.

Moi, je l'ai rencontré et je prétends que c'est à vous qu'il incombe d'apporter la preuve.

— Selon moi, vous n'avez, ni l'un ni l'autre, à prouver quoi que ce soit, dit Schelm sur un ton joyeux. Vous dites, monsieur Halliday, qu'il vous a donné sa version de la traduction du mémoire. Puis-je la regarder ?

— Allez-y, répondis-je. Je voudrais quand même bien savoir pourquoi la C.I.A. et les services secrets de l'O.T.A.N. s'excitent tellement sur un faux mémoire du dix-neuvième siècle et sur un combinard estonien. Mais je suppose que tout cela trouvera sa conclusion dans un dossier ultra-confidentiel.

Il sourit poliment, mais ne répondit pas à ma question.

— Sans doute, dit-il, Luccio n'est-il pas au courant de votre décision de rompre le contrat ?

— Non.

Mais il avait senti mon hésitation et il en profita.

— Peut-être y avez-vous fait allusion ? Je vous en prie, parlez franchement. C'est très important.

— Je ne voulais pas qu'on me prenne pour un dégonflé. D'accord, je serai franc avec vous. J'ai pensé le lui dire, mais je ne l'ai pas fait. Premièrement, parce que lui et sa petite bande me faisaient peur. Deuxièmement, je ne savais pas où j'étais. Cela aussi me faisait peur. Troisièmement, j'ai un contrat avec la maison d'édition Pacioli, pas avec Zander. Quatrièmement, Syncom-Sentinel est mieux placé que moi pour faire protéger M. Pacioli par la police quand il dira à Zander que la fête est finie. Cinquièmement,... vous voulez vraiment une cinquième raison ?

Pacioli fit « non » de la tête, mais Schelm agita l'enveloppe pour attirer mon attention.

— Monsieur Halliday, je voudrais connaître toutes vos raisons. Cela m'aidera.

— D'accord. Cinquième raison. J'ai rencontré beaucoup de gens qui voulaient se faire éditer, ou avoir leur nom sur la couverture d'un livre, et j'ai maintenant une idée assez précise de la manière dont leur tête travaille. Je ne prétends pas connaître la manière dont fonctionne un cerveau aussi complexe que celui de Zander, mais il y a une chose dont je suis certain : je ne sais pas ce qu'il veut, mais en tout cas ce n'est pas un livre.

— Parfaitement exact. Avez-vous une autre idée ?

— Ce n'était pas facile de lire assis à l'arrière du taxi,

mais en rentrant en ville, aidé par l'éclairage urbain et les enseignes lumineuses, j'ai feuilleté le manuscrit. L'exemplaire du mémoire de Netchayev qui est entre vos mains est, en principe, une traduction en anglais où seuls les passages en français n'ont pas été traduits. Il y a plusieurs longs passages non traduits qui ne ressemblent ni a du russe ni à du français. Peut-être s'agit-il d'un des codes utilisés par les ordinateurs. J'en ai signalé un ou deux en cornant les pages.

Schelm sortit le manuscrit de l'enveloppe et le feuilleta pour arriver à une page cornée.

— Veuillez m'excuser, dit-il. Il déplia le coin et regarda attentivement la page.

— De quel langage s'agit-il ? demandai-je.

Il ne répondit pas à ma question, mais regarda sa montre.

— Je pense, monsieur Halliday, qu'à cette heure-ci les bureaux sont fermés, à New York.

— J'ai le numéro personnel de mon agent.

— Pourriez-vous envisager de reporter encore votre appel de quelques minutes ?

— Pourquoi donc ?

— Vous êtes curieux de savoir pourquoi Zander insistait tellement pour que ce soit vous, et personne d'autre, qui travailliez avec lui sur ce livre. J'en ai l'explication. Cela vous intéresse toujours ?

— Oui.

— Ça ne vous gêne pas que je fume ? demanda-t-il.

— Pas du tout.

— Merci, monsieur Halliday. Il suffit parfois de peu de chose pour faire naître l'antipathie. Vous n'avez pas du tout semblé apprécier la présence de votre vieille connaissance de l'ambassade des Etats-Unis. Il fume beaucoup, vous pas du tout. Il se pourrait que...

— Non, Herr Schelm. Mon antipathie n'est pas née de *peu de chose.* Simplement, toute cette fumée de cigare bon marché n'a fait que m'en rappeler les vraies raisons.

— Je comprends. (Il se pencha en avant.) J'aurais dû vous expliquer que nous échangeons souvent des renseignements avec son service à l'ambassade. Quand je lui ai parlé de vous, monsieur Halliday, il m'a dit que les gens de la C.I.A. ne voyaient aucune objection à ce que je vous demande de collaborer, mais qu'il était peu probable que vous acceptiez de le faire.

— Cela ne m'étonne pas.

— Vous avez été journaliste, correspondant à l'étranger et correspondant de guerre.

— Oui.

— Vous penserez peut-être que cela ne me regarde pas, mais je sais que, dans le temps, il arrivait à la C.I.A. de demander un petit coup de main aux correspondants de presse.

— Cela arrivait, en effet.

— Excusez-moi de vous poser des questions aussi personnelles, monsieur Halliday, mais je soupçonne ce fumeur de cigare, qui vous est tellement antipathique, d'avoir été votre supérieur lors de cette regrettable affaire. (Il m'observait avec beaucoup d'attention.) Je me trompe ?

— Regrettable, vous dites ?

Je commençais à le trouver sympathique et gardai pour moi la vacherie que je lui avais réservée.

Il comprit quand même.

— Non monsieur Halliday, je ne choisis pas toujours très bien mes mots. Les prisons ne sont jamais des endroits agréables, mais, huit mois dans une cellule de sécurité de la police irakienne, ce doit être une expérience particulièrement pénible. Vous ne seriez pas enclin à pardonner à la personne que vous tenez pour responsable.

— Vous semblez très bien informé. Qui vous en a parlé ? Ce n'est certainement pas lui.

— L'affaire a été publiée dans les journaux du Caire, à l'époque. C'est le premier élément du dossier que nous possédons sur vous.

— Les journaux disaient que j'étais accusé de tentative de corruption de haut fonctionnaire et de contrebande d'or pour compromettre un membre des Frères Musulmans. Ne me dites pas que vous y avez cru ?

— Et vous, croyez-vous à tout ce que vous lisez dans les journaux ? dit-il en souriant. D'ailleurs, une partie de la presse arabe, en dehors de l'Irak, rapportait l'affaire en ajoutant que vous étiez un agent de la C.I.A. Cette information a été censurée par les Irakiens eux-mêmes. Nous nous sommes demandés pourquoi. Habituellement, ils accusent la C.I.A. de tous les maux, alors pourquoi ne pas saisir cette bonne occasion de la compromettre ?

— Certains pontes craignaient d'avoir l'air ridicules. Ils

s'étaient donné tellement de mal pour attraper le menu fretin — c'est-à-dire moi — qu'ils avaient laissé filer le gros poisson. Les huiles avaient fait une énorme gaffe, et il fallait sauver la face. Je n'ai guère apprécié. Ils étaient obligés de faire comme si j'étais, moi, le gros poisson, jusqu'à ce que tout ce vacarme cesse et qu'ils puissent me rejeter à l'eau.

Je m'interrompis. Cet homme savait vous tirer les vers du nez, et moi je bavardais...

— Quel rapport entre cette histoire et Zander ? demandai-je brusquement.

— Il vous a choisi pour travailler avec lui parce que vous êtes un journaliste et un écrivain respectable, et que vous avez l'oreille de la C.I.A.

— C'est ridicule. Jamais de la vie.

— Cela ne vous plaît peut-être pas, monsieur Halliday, mais c'est la vérité. (Il essaya, sans grand succès, d'avoir l'air de savoir exactement ce que je ressentais, et de compatir.) Il vous est arrivé d'accomplir une mission pour la C.I.A. Malheureusement, tout le monde le sait. Vous en parlez comme de l'histoire ancienne, mais réfléchissez : en utilisant des méthodes tout à fait inhabituelles, Zander est capable d'attirer à nouveau sur vous l'attention de la C.I.A. Résultat, votre ancien supérieur reprend contact avec vous et fait en sorte que vous me rencontriez dans des conditions sûres. Sans doute avez-vous une certaine antipathie pour lui et pour *ses* supérieurs, peut-être fondée, mais moi je les respecte. Si vous pensez que Zander n'a pas tablé sur tout cela, vous le sous-estimez. J'admets que ces méthodes peuvent paraître étranges, mais cela n'est vrai qu'en fonction des critères occidentaux. Un contact prolongé avec la culture arabe produit souvent cet effet. Les hommes d'affaires européens les plus fermés peuvent être contaminés par ces habitudes mentales étranges et tortueuses.

Pacioli s'agitait. Il intervint brusquement :

— Herr Schelm, la raison pour laquelle cet homme nous a entraînés dans cette situation, par le chantage, est d'entrer en rapport avec vous par l'intermédiaire de la C.I.A. C'est insensé ! Pourquoi un gangster de cette sorte voudrait-il entrer en contact avec une organisation gouvernementale telle que la vôtre ?

— Question très pertinente, répondit Schelm sans me quitter des yeux. Qu'en pensez-vous, monsieur Halliday ?

— Vous avez peut-être raison en ce qui concerne sa volonté de recruter une sorte d'envoyé spécial, dis-je, mais quel message peut-il bien vouloir transmettre ? Un homme qui a quelque chose à vendre à l'O.T.A.N. ou à la C.I.A. — quelque chose qu'elles aient vraiment envie d'acheter, j'entends — n'a pas besoin d'envoyés spéciaux. S'il s'agit de quelque chose qui vaut la peine d'être acheté, cet homme sera sûrement un professionnel qui a déjà des contacts. De toute façon, d'après ce que l'on m'a dit, Zander a l'habitude de compter en milliards. S'il a quelque chose à vendre, ce doit être quelque chose de tout à fait exceptionnel.

Schelm acquiesça.

— Exceptionnel pour lui. De même que le prix qu'il en demande.

Il se retourna brusquement pour faire face à Pacioli.

— Monsieur, dit-il, pendant que nous attendions le retour de M. Halliday, j'ai suggéré qu'il vous serait peut-être agréable de prendre congé dès l'instant où vous auriez pu vous assurer qu'il était sain et sauf. Je suis certain que vous comprendrez que nous avons à discuter de choses confidentielles.

Le visage de Pacioli se durcit.

— Me donnez-vous l'ordre de partir ?

— J'essaye de ménager votre émotivité, cher monsieur. Vous avez entendu la description qui a été faite des personnes qui ont attaqué M. Halliday dans sa chambre. Vous n'avez rien dit, mais l'expression de votre visage m'a fait comprendre que cette description correspondait également aux personnes qui ont attaqué votre chauffeur et l'ont si honteusement blessé. Vous êtes donc certain qu'ils travaillent pour Zander. Naturellement, vous voudriez fournir cette preuve à la police pour qu'elle recherche Zander. Il est de mon devoir de vous avertir que vous perdriez votre temps. Pour le moment, nous n'avons nullement l'intention de déranger ce monsieur dans son repaire, même si nous arrivions à le découvrir. Vous comprenez ? Tout ce que vous entendrez ici ne pourra que vous affliger.

Pacioli hésita puis se leva. Sans plus faire attention à Schelm, il s'adressa à moi :

— Au moment où je quittais mon bureau, ma secrétaire m'a remis la traduction anglaise de tous les avis des experts dont nous disposons actuellement sur le mémoire de Netchayev.

Il sortit de sa poche une liasse de feuillets pliés et me la tendit.

— Ils pourront peut-être vous apprendre quelque chose. Bonsoir, monsieur Halliday.

Je l'accompagnai jusqu'à la porte, l'aidai à mettre son pardessus et lui dis que je l'appellerais dans le courant de la matinée. Il était trop bien élevé pour me dire de ne pas me déranger.

Herr Schelm était en train de couper le bout d'un petit Corona quand je revins près de lui.

— C'est un brave homme, dit-il. Il a bon cœur. Malheureusement, dans mon métier, la bonté n'est pas une qualité très recherchée. C'est un obstacle plutôt qu'un atout.

— Voulez-vous boire quelque chose ?

— Non merci. Permettez-moi de faire le point sur Zander.

Il s'interrompit pour allumer son cigare et sans doute aussi pour chercher la façon la plus plate possible d'exposer ce qu'il avait à me dire. Finalement, il pointa son cigare en direction des papiers que Pacioli m'avait donnés.

— Commençons par cela, dit-il, par les avis plus ou moins pertinents sur le mémoire de Netchayev. Grâce à ce mémoire, Zander faisait d'une pierre trois coups. Grâce à lui, le livre qu'il prétendait écrire sur l'histoire du terrorisme devenait vraisemblable. Grâce à lui, Syncom-Sentinel et M. McGuire avaient quelque chose de concret, quelque chose qui semblait théoriquement intéressant et qui permettait de vous contacter par l'intermédiaire de votre agent littéraire. Et surtout, grâce à ce mémoire, il avait le moyen de faire une proposition — complexe et tout à fait secrète — au gouvernement des Etats-Unis sans passer par l'intermédiaire du Département d'Etat et sans se compromettre.

— Ce mémoire est donc bien falsifié et contrefait ?

— Certains passages sont certainement des faux, d'autres des contrefaçons. Le papier, l'encre et le style utilisés sont bien ceux de l'époque à laquelle ils prétendent appartenir. Cela, on l'a su dès le début, grâce aux amis de M. Pacioli et aux examens de laboratoire. Mais ceci vaut également pour les passages dont on sait qu'ils sont des faux. Il est probable que le texte a été écrit sur des feuilles de garde prises dans des livres anciens. C'est un procédé très courant dans ce genre d'affaire. Mais ni la falsification ni la contrefaçon ne sont du travail d'amateurs. Les gens que Zander a employés connaissaient leur métier. Quant à la partie principale du mémoire, j'ai eu du mal à m'en faire une idée. Je pense que vous en aurez aussi, si jamais il vous arrive de la lire.

— Comment cela, du mal ?

— Eh bien, tout cela est tellement ennuyeux... C'est sans doute ce qui le rend plausible. Si c'est un faux, c'est génial. Du moins, c'est ce que je pensais, mais je ne suis pas un littéraire. Vous savez, sans doute, que Dostoïevski, dans *les Possédés,* s'est inspiré de la vie de Netchayev et des minutes de son procès pour meurtre. Selon les experts de la C.I.A., le travail du faussaire a consisté à paraphraser Dostoïevski, à faire des emprunts aux écrits de Bakounine et d'Ogaref, à mélanger tout cela à une histoire d'amour crypto-romantique. Toujours selon la C.I.A., le premier expert s'est laissé abuser parce qu'il n'a pas accordé assez d'importance à la fascination bien connue de Dostoïevski pour Netcháyev et qu'il en a trop accordé au fait que la collaboration entre Bakounine et Netchayev s'étendit sur plusieurs mois. Le deuxième expert s'est montré plus prudent. Il n'a pas dit qu'il s'agissait d'un faux, mais la sauce n'arrivait pas à le convaincre. Alors il a appelé cela un « pastiche d'époque ». Seul l'expert de la C.I.A., auquel on a fait appel pour examiner la photocopie que détenait M. McGuire, a décelé le truquage : six passages écrits en sténographie Fayet qui constituaient le document à l'intérieur du document, le message caché. Ce sont les morceaux que vous n'avez pas pu lire.

— Ils sont écrits dans une sorte de code ou de chiffre.

— Non, ils sont en espéranto. La méthode Fayet est parfaite pour restituer les phonèmes du latin qui sont du même genre que ceux qu'utilise l'espéranto. Naturellement, on peut dire que l'espéranto transcrit dans une ancienne méthode de sténographie française est, en fait, un code ; oui, mais tellement facile à déchiffrer...

— Les deux premiers prétendus experts n'y sont pas arrivés.

— Ne soyez pas injuste. Si vous étiez un expert en manuscrits russes du dix-neuvième siècle, que l'on presse d'authentifier quelque chose qui semble être — et aurait pu réellement être — une découverte très intéressante, pourquoi commenceriez-vous par penser à l'espéranto ? La tâche de l'expert de la C.I.A. était différente. On lui avait dit de considérer l'ensemble du document comme suspect et de rechercher le message caché. La première chose qu'il a remarquée, c'est l'anachronisme.

— Excusez-moi, je ne comprends pas.

— L'espéranto n'a existé en tant que langue qu'à partir de 1887, cinq ans après la mort de Netchayev en prison. Il n'a donc pas pu le connaître. Alors, on prend tous les passages sténographiés, on les met bout à bout, on les transcrit, on les traduit et on obtient un long message de Karlis Zander.

— Que dit-il ?

— Dans l'exemplaire que Zander a choisi de vous donner ce soir, pas grand-chose d'intéressant. D'après le peu d'espéranto que j'ai pu apprendre ces jours derniers, je crois bien que votre exemplaire est bourré de comptines. Les passages contenus dans celui de M. McGuire étaient tout à fait différents. A notre avis, il est plus que probable que son exemplaire était le seul à contenir le texte du vrai message.

— Et quel était ce vrai message ?

— Eh bien, voyons... Il commençait par ce que les soldats appellent une évaluation, c'est-à-dire une analyse d'une situation militaire ; il continuait par des propositions visant à résoudre les problèmes dont l'existence est prouvée.

— Vous ne pourriez pas être un peu plus précis ?

Il sourit aimablement.

— Cela dépend ; selon que vous téléphonerez ou non à votre agent pour lui dire que le contrat est rompu. Mais, avant que vous ne preniez une décision, je voudrais attirer votre attention sur une ou deux choses. Selon votre contrat actuel, Syncom devait vous payer cinquante mille dollars pour un travail rigoureusement inutile. Maintenant, on vous demande un tout autre travail, utile celui-là. Je dois également vous dire que vous occupez une position clé, pour des raisons qui doivent maintenant vous paraître évidentes, et ce pendant les quelques jours où nous vous demandons de nous aider. C'est Zander qui vous a choisi, pas nous. Si nous nous étions adressés à vous, vous auriez refusé. Mais c'est Zander qui s'est adressé à vous — de façon détournée et en vous trompant

—, et vous avez accepté. Maintenant, vous pouvez toujours invoquer l'usage de faux dans votre contrat, hausser les épaules et vous en aller. Nous espérons que vous ne le ferez pas. Je ne vais pas vous supplier de bien vouloir collaborer avec nous, car je pense que cela nous gênerait l'un comme l'autre, mais je vous demande très sérieusement d'accepter.

Le sourire que je lui rendis était poli, il me semble.

— Je ne nourris guère de sentiments élevés, Herr Schelm. Vous ne pouvez pas faire appel à mon sens du devoir. Qu'est-ce qui pourrait bien m'empêcher de partir ?

Pendant un court instant il fixa sur moi un regard sans expression, puis il dit :

— Je vois. Cinquante mille dollars et les remerciements de ceux que l'expérience vous a appris à haïr et à mépriser, cela ne vous suffit pas. Malheureusement, nous n'avons rien de plus à offrir.

— Vous pourriez déjà essayer de me donner quelques petits renseignements. Non, pas un renseignement secret. Disons, une description du travail. Par exemple, est-ce un travail dangereux ? Et, si vous prétendez qu'il ne l'est pas du tout, quels sont les ennemis dont Chihani se préoccupe tant ?

Avant de répondre, il hésita, se demandant jusqu'à quel point il pouvait me révéler la vérité.

— Très bien. Je vais vous parler des gens qui se sont engagés à tuer Zander. Ils se font appeler Mukhabarat Zentrum. Vous savez mieux que personne, certainement, que *mukhabarat,* en arabe, signifie « service secret ». Quant à « zentrum », je suppose qu'il n'est là que pour faire croire qu'il s'agit d'un groupe légal, ayant un quartier général officiel. Par souci de commodité, la plupart des forces de police européennes et les bureaux d'Interpol utilisent un nom de code : « RASMUK ». Comment décrire Rasmuk ? Eh bien, c'est en quelque sorte un service secret. En réalité, c'est un gang international qui ne travaille que sous contrat et se fait payer très cher dans des domaines tels que l'extorsion de fonds, la menace et le meurtre. Quand vous travailliez comme journaliste au Moyen-Orient, n'avez-vous jamais entendu parler d'une organisation violente qui s'appelait RASD ?

— Vous voulez parler de la maffia palestinienne ?

— A l'origine elle était palestinienne. Rasd est issue

directement des camps de réfugiés. Au début, c'était un service d'ordre clandestin, mis en place par des fanatiques pour traquer et punir ceux qui, ayant été envoyés en mission à l'étranger, avaient trahi la cause. La plupart de ces trahisons s'accompagnaient du vol, du détournement des fonds fournis par les sympathisants. Certains traîtres étaient exécutés, d'autres étaient contraints à rembourser plus qu'ils n'avaient volé. Puis, en bonne logique, RASD s'est chargée elle-même de collecter les fonds. Finalement elle a, elle aussi, succombé à la corruption. Elle a investi dans des boîtes de nuit, des casinos et des bordels. Et tout cela dans les pays occidentaux « décadents », vous comprenez. Très vite, elle a réalisé des bénéfices énormes et les a dépensés en menant grand train. Finalement, RASD a été discréditée.

— Mais pas entièrement démantelée, si je me souviens bien.

— Pas entièrement, en effet. Après la purge, elle ne fut plus reconnue comme groupe palestinien ; la plus grande partie de l'argent liquide fut saisi par les comptables de l'O.L.P. Quant aux biens mobiliers, ils restèrent aux mains de l'élite — si on peut dire — des non-Palestiniens chargés du sale boulot. Au cours des années soixante-dix, RASD était parvenue à recruter des indésirables de différentes nationalités. Il ne leur manquait plus que des dirigeants compétents. Mon pays leur a fourni cette nouvelle équipe.

— Est-ce que cela vous ennuie ?

Il sourit.

— J'aurais dû dire qu'elle est passée par mon pays. Les deux hommes en question sont croates. Ils sont venus en Allemagne de l'Ouest, il y a quelques années, pour chercher du travail. D'après leurs papiers, c'étaient des soudeurs spécialisés. En fait, ils étaient surtout spécialisés dans le marché noir et la contrebande. Au début, la vie a dû leur paraître facile dans mon pays. Lorsque les choses ont changé, ils sont partis vers le sud, emmenant avec eux leurs compagnes allemandes. A Rome, ils ont trouvé les rescapés de RASD qui ne demandaient qu'à être pris en main par des hommes habiles et dynamiques. Les deux comprirent que c'était une affaire en or. RASD se transforma en Mukhabarat Zentrum et commença à explorer de nouveaux champs d'activité.

— Au Moyen-Orient ?

— C'est là que se trouvent non seulement le marché mais également l'argent nécessaires pour de telles activités. En réalité, ils ont changé deux fois de nom. Pendant un certain temps, ils se sont fait appeler « Organisation démocratique de libération », mais on a dû leur dire, où ils se sont rapidement rendu compte, que ce nom teinté d'idéalisme pouvait rebuter la clientèle qu'ils voulaient toucher. Ils décidèrent alors de s'appeler Mukhabarat Zentrum. Nous préférons utiliser le nom de code Rasmuk. Je peux vous dire que, pour tuer Zander, Rasmuk va toucher vingt millions de francs suisses.

— Qui paye ? demandai-je.

— Hélas ! nous l'ignorons.

— Pourtant, vous connaissez le montant du contrat.

— C'est exact. Les Italiens ont pu noyauter le groupe, mais pas autant qu'ils l'auraient souhaité. Ce genre d'opération prend du temps. Moi, monsieur Halliday, je ne puis vous promettre toutes les satisfactions auxquelles Zander faisait allusion lorsqu'il vous a envoyé la carte postale de l'*Hôtel Mansour*.

— Je ne vous suis pas.

— Je pense que si. L'*Hôtel Mansour* ? C'est là que les forces de sécurité irakiennes vous ont arrêté, n'est-ce pas ?

— Mais vous, que pouvez-vous m'offrir, alors ?

— Les têtes irakiennes sur un plateau, naturellement. Le savoureux plaisir de vengeance dont parlait Zander dans sa lettre, et que McGuire devait vous offrir de façon plus explicite au cours de votre entretien. (Il me lança un sale regard, tandis qu'il s'extrayait de son fauteuil.) Je n'ai pas la naïveté de croire, monsieur Halliday, que ce sont les cinquante mille dollars d'honoraires qui vous ont amené à accepter l'offre de Zander aussi rapidement. Vous avez quelques vieux comptes à régler. Vous avez dû voir dans le livre de Zander une occasion rêvée, celle que vous attendiez, peut-être ? Tout le monde sait, depuis des années, que le gouvernement irakien soutient les mouvements terroristes. Votre rencontre de ce soir avec Zander a dû vous décevoir.

— Ce n'est pas la première fois que je suis déçu.

— Sans aucun doute. Mais pour Zander il s'agira de tout autre chose : il devra revoir entièrement son plan de retraite, et je ne pense pas qu'il dispose pour cela du temps nécessaire.

— Vous avez dit « retraite » ? (J'avais cru que son anglais laissait enfin à désirer.) Vous parlez de l'affaire qu'il essaie de mettre sur pied ?

Il avait saisi la bouteille dans laquelle il y avait encore de l'eau et remplissait son verre. Un mouvement trop brusque lui fit renverser de l'eau sur la table. Il reposa la bouteille avec un soin excessif.

— J'ai bien dit « retraite », monsieur Halliday. Et je ne parle ni de pensions ni de pavillons de banlieue. Cette retraite-ci concerne le champ de bataille sur lequel il a combattu victorieusement pendant des années, et elle est loin d'être volontaire. Pourquoi, subitement, doit-il se retirer ? Pourquoi, subitement, quelqu'un est-il prêt à payer le prix demandé par Rasmuk pour le faire tuer ? C'est sans doute parce qu'il est resté trop longtemps sur le champ de bataille. Il s'est fait trop d'ennemis. Ceux-ci, finalement, sont parvenus à s'associer, contre lui. Impossible de le savoir avec certitude. Tout ce qui nous intéresse, c'est qu'il est fini, et il le sait. Il recherche — pour lui et sa famille — un refuge sûr que seul l'Occident peut lui offrir durablement. En échange, il nous offre une chose qui pourrait avoir un intérêt militaire. Si elle existe vraiment, l'offre est intéressante.

— S'il est aussi riche qu'on le dit, j'aurais cru qu'il était capable d'acheter lui-même sa sécurité.

Il haussa les sourcils.

— Dans une forteresse enterrée au fin fond de la jungle sud-américaine ? Ce n'est pas un criminel de guerre. D'ailleurs, est-ce un criminel ? Je pourrais difficilement me prononcer. Est-il plus criminel qu'un homme d'affaires peu scrupuleux ou qu'un mercenaire ?

— Cela pourrait être l'avis du F.B.I. Quant à la police italienne, je ne sais pas.

Il ricana.

— Oh, voyons, monsieur Halliday. Vous n'êtes pas naïf à ce point. Dans votre métier, vous avez sûrement rencontré des tas d'hommes qui, partis de rien, ont fait fortune et qui sont aussi riches ou même plus riches que Zander. Ils ont tous tendance à se considérer au-dessus des lois, n'est-ce pas ? Et Zander n'est pas différent. Ce qui est particulier, chez lui, c'est sa vulnérabilité. C'est, dit-on, un bon père de famille. Il s'est marié trois fois. Sa première femme est morte de maladie, la seconde a été tuée pendant la guerre d'Algérie. Toutes deux lui ont donné des enfants qu'il aime beaucoup, sans compter ceux qu'il a adoptés. Selon votre vieil ami de l'ambassade, sa troisième femme se trouve actuellement en Amérique et y vit clandestinement avec leurs deux enfants. Ils se cachent pour éviter d'être pris comme otages. Il y a maintenant cinq mois qu'il est lui-même en fuite — depuis que Rasmuk a accepté le contrat. Croyez-vous qu'un homme tel que lui puisse accepter cette situation ? La proposition, l'affaire qu'il est arrivé à monter à distance, en utilisant d'anciens associés, est pour lui le moyen de retrouver sa liberté et sa famille. Du moins le croit-il. C'est ainsi qu'il faut comprendre son message. Vous me demandez quel est le danger. En ce qui concerne Zander, les prochains jours seront décisifs. Pour nous remettre ce qu'il nous a promis, il doit se montrer à découvert, prendre certains risques. De toute façon, c'est ce qu'il avait prévu. Bien entendu, il supposait que vous alliez automatiquement donner une réponse favorable à toute demande officielle de coopération. (Il haussa les épaules.) Puisque vous ne vous sentez pas en mesure de...

Je lui coupai la parole.

— Non, Herr Schelm. Vous n'arriverez pas à me faire pleurer sur le sort de la famille Zander. Ce que je vous demandais, c'était de me dire les risques que je pourrais encourir personnellement.

Il me dévisagea, se rassit et but une gorgée d'eau.

— D'accord, dit-il. Je ferai de mon mieux. Vous n'intéressez Rasmuk que pour une seule raison. Vous êtes ici pour rencontrer l'homme qu'ils sont payés pour tuer. Ils n'ont aucune raison de ne pas croire à votre histoire. Vous êtes un écrivain professionnel, envoyé ici aux frais de Pacioli pour rencontrer Zander à propos du livre qu'il est en train d'écrire. Il est donc évident qu'ils essaieront de se servir de vous pour le trouver. Le travail de Mlle Chihani est de veiller à ce qu'ils n'y parviennent pas. Tout ce que nous vous demandons, c'est d'assurer le contact entre Zander et les gens de l'O.T.A.N., d'être notre agent de liaison auprès de lui et de son client, pendant ces quelques jours critiques, une semaine au plus. Mlle Chihani semble très compétente. Comment vous a-t-elle expliqué son action de ce soir ici ?

— Elle voulait me savoir « disparu » avant que la surveillance ennemie puisse être complètement mise en place. C'est ce qu'elle m'a dit plus ou moins.

Il acquiesça.

— Cela aurait très bien pu marcher dès la première rencontre, si vous aviez été mis au courant aux Etats-Unis, comme ils l'avaient souhaité. Si tel avait été le cas, Zander saurait maintenant comment sa proposition a été reçue et si tous ses projets allaient aboutir.

— Tandis que, maintenant, il devra attendre jusqu'à demain ou après-demain.

Il me jeta un regard perçant.

— Ne plaisantez pas, monsieur Halliday.

— Je ne plaisantais pas. Si ce n'est pas plus dangereux que cela, je peux aussi bien prendre les cinquante mille dollars.

— Et vous ne changerez pas d'avis ?

— Je ne pense pas, mais je suis toujours curieux de savoir pourquoi la C.I.A. ne veut pas traiter directement avec Zander.

— Je sais que vous ne faites pas confiance à votre vieil ami de la C.I.A., mais ce qu'il vous a dit était tout à fait exact. Depuis quelque temps, on est très susceptible, dans le golfe Persique. Même les petits potentats ont un ego chatouilleux. Si vous saviez combien d'entre eux seraient offensés à l'idée qu'un organisme américain officiel puisse prêter la moindre attention aux propositions de Zander, vous verriez pourquoi il faut agir ainsi. En effet, de cette façon, la C.I.A. et les instances supérieures pourront jurer, la main sur le cœur, qu'ils ne sont au courant de rien. N'oubliez pas, pourront-ils dire, que le flanc sud de l'O.T.A.N. se situe très au sud, sur le tropique du Cancer. Si certains de nos alliés de l'O.T.A.N. ont décidé en secret de s'entendre avec l'homme connu sous le nom de Karlis Zander pour préparer secrètement les bases navale et militaire qui selon lui devraient les aider à protéger leurs routes d'approvisionnement en pétrole, comment pouvions-nous les en empêcher ?

— Je vois. Est-ce cela que Zander a à vendre ?

Alors il m'expliqua en quoi consistait la proposition. Ensuite il me dit ce que devait être notre première réponse à la proposition de Zander et comment il voulait qu'elle lui parvienne. Si l'affaire se poursuivait, après cette première étape, on pourrait s'occuper de préparer la rencontre à laquelle Zander tenait tellement.

Il était fort tard lorsque notre entretien se termina, mais, l'accompagnant à la porte, je me souvins d'une chose et m'arrêtai.

— Dans la mesure où vous êtes mon nouveau supérieur, dis-je, il vaudrait peut-être mieux que je sache ce que le précédent pense de moi actuellement.

Il sembla étonné.

— Je ne suis pas sûr de...

— Il vous l'a dit, en allemand, au moment où il partait. Je n'en ai saisi que deux ou trois mots. J'aimerais bien savoir.

— Ah, oui. Je m'en souviens. (Il fit la moue et réfléchit bien avant de poursuivre :) En allemand, c'est très différent, vous comprenez. Mais je vais faire de mon mieux pour traduire : « Dieter, vous ne direz pas que je ne vous avais pas prévenu. Cet enfant de salaud n'a pas du tout changé. »

CHAPITRE VI

Chihani m'appela à midi pile. Elle ne s'embarrassa pas de politesses superflues.

— Les téléphones ne sont pas sûrs, monsieur Halliday, surtout celui que vous utilisez en ce moment. Etes-vous seul dans votre chambre ?

— Oui.

— Avez-vous lu le manuscrit ?

— Oui.

— En entier ?

— Tout ce que je ne pouvais lire moi-même m'a été expliqué en détail.

— *Quand* vous l'a-t-on expliqué ?

— Hier soir, quand je suis rentré à l'hôtel. Voulez-vous savoir qui me l'a expliqué ?

— *Non !* Ne donnez pas de renseignements. Contentez-vous de répondre à mes questions et d'écouter attentivement. Je n'ai qu'une instruction à ajouter à celles que vous avez déjà reçues. Il vous faudra vous munir de votre passeport et de la clé de votre chambre. Pour le reste, conformez-vous aux instructions déjà reçues. Vous m'avez compris ?

— Oui, je crois.

Elle raccrocha.

Malpensa, le plus ancien aéroport de Milan, celui aussi où il y a le moins de brouillard ; il est situé à quarante-cinq kilomètres au nord de la ville. A en croire le portier de l'hôtel, les taxis étaient rares à cette heure de la journée. Par bonheur, il obtint le concours du chauffeur d'une grande Mercedes qui, pour lui faire plaisir, remit son déjeuner à plus tard afin de me conduire.

Le prix de la course était exorbitant, mais je n'y opposai qu'une protestation de principe. J'avais besoin d'un peu de luxe pour me réconforter. Cinq heures de sommeil et un bon petit déjeuner m'avaient éclairci les idées, en clarifiant aussi mon souvenir de l'adresse et de la patience avec lesquelles Schelm m'avait persuadé d'accomplir une folie. Les doutes n'avaient pas tardé à m'assaillir.

La description que Schelm avait faite de la bande du Rasd à ses origines était relativement exacte, mais je savais que cette organisation n'avait jamais été vraiment aussi innocente et inexpérimentée qu'il semblait le croire. J'en avais entendu parler pour la première fois lorsque je travaillais au Liban et que Beyrouth était encore le Paris du Moyen-Orient. Rasd venait de transférer sa base à Rome, et ses brigades d'exécution commençaient à faire parler d'elles avec respect et avec crainte. Leur façon très particulière de traiter les affaires consistait à accepter un « contrat » puis de contacter la victime désignée pour voir si elle acceptait de payer plus cher que son ennemi, afin de rester en vie.

Il était aussi peu probable que ces Croates pleins d'expérience et d'habileté, ces escrocs rusés qui avaient transformé Rasd en Rasmuk, aient décidé de ne plus proposer de tels choix aussi lucratifs qu'avares de main-d'œuvre, et que Zander ait refusé cette option si elle lui avait été offerte. Les plans de défense de Zander avaient forcément pour raison qu'il n'avait justement pas le choix, et, s'il se terrait en Italie dans un asile sûr qui lui servait de base, c'est qu'il n'avait pas d'autre moyen de rester en vie et de poursuivre ses affaires sans compromettre la sécurité de sa famille cachée aux Etats-Unis.

Le prix du contrat Rasmuk était également troublant. Quand j'étais au Liban, tout le monde savait qu'on avait proposé au Rasd l'équivalent or de vingt millions de francs suisses pour assassiner le colonel Kadhafi, chef de l'Etat libyen. Si les brigades d'exécution du Rasd avaient refusé le contrat, ce n'était pas parce que le prix était trop faible, mais parce que le colonel était un de leurs meilleurs clients, utilisant constamment leurs services et payant toujours rubis sur l'ongle. Bien sûr, les temps avaient changé ; cependant, même en tenant compte de l'inflation, vingt millions de francs suisses, pour ce genre de travail, c'était quand même très bien payé — et Zander n'était pas chef d'Etat. Si c'était le prix convenu pour l'exterminer, quelqu'un devait vraiment tenir à ce qu'il meure, tout en étant assez puissant pour convaincre les dirigeants de Rasmuk qu'il n'était pas question de proposer à la victime désignée la possibilité d'enchérir pour annuler le contrat. Qui pouvait être ce quelqu'un ?

Je ne croyais pas à la théorie du vieil ennemi, exposée par Schelm qui ne semblait d'ailleurs pas trop y croire lui-même. La revanche peut être douce, à condition que son prix ne soit pas trop exorbitant. Non, ce contrat avait forcément un mobile politique. Par exemple, la soi-disant « charte » des pays arabes, établie par les Irakiens, qui interdisait spécifiquement le type même de programme de défense pour lequel Zander faisait du racolage au nom de son client. Mes anciens geôliers, le *mukhabarat* de Bagdad, n'auraient certainement pas hésité à le faire assassiner pour y mettre fin.

Schelm s'était montré patient mais ferme envers moi. Il aurait préféré que j'aie raison ; car si Zander et moi avions eu un ennemi commun, cela lui aurait simplifié la tâche. Malheureusement, j'avais raison. J'avais raison de chercher un mobile politique à ce contrat, mais il ne fallait pas que je cherche du côté de Bagdad. Si les services secrets irakiens avaient eu vent de ce qui se passait, ce n'est pas Zander qu'ils auraient essayé d'éliminer, mais son client, le personnage que nous étions convenus d'appeler respectueusement, mais discrètement, « le Souverain » quand nous parlions de lui. D'autre part, les Irakiens n'auraient pas fait les frais de recourir à Rasmuk. Ils avaient leurs propres brigades d'exécution bien entraînées et brûlant d'accomplir leur travail pour la gloire, exclusivement.

Force m'était de reconnaître que cela était vrai. Alors, qui donc n'avait pas hésité à payer ces vingt millions pour faire assassiner Zander ? Il n'y avait plus qu'une réponse possible. Il fallait commencer à chercher du côté des princes, amis du Souverain.

L'Etat connu maintenant sous le nom d'Emirats arabes unis est une fédération de sept émirats, situés dans le golfe Persique. Avant d'être une fédération, ils étaient placés sous la tutelle de la Grande-Bretagne et s'appelaient les Etats de la Trêve. Dans le temps, avant la découverte du pétrole, Doubaï, alors le plus riche d'entre eux, vivait surtout de la contrebande de l'or en Inde pour le compte de marchands étrangers. A l'heure actuelle, grâce au pétrole, tout a changé, et même des petites populations de nomades, de pêcheurs et de fermiers des oasis qui, par le passé, avaient à peine de quoi vivre ont, désormais, du moins sur le papier, un revenu individuel supérieur à celui des Allemands de l'Ouest ou des New-Yorkais. Ils ont désormais beaucoup d'autres choses, y compris certaines dont les gens d'ailleurs qui cherchent la petite bête affirment qu'ils n'ont ni envie ni besoin — quatre aéroports internationaux et cinquante banques, un système de communications par satellite et un entraîneur européen de football, des gratte-ciel abritant des bureaux et des stades de dimensions olympiques, une fonderie et un grand nombre d'hôtels modernes — les pires et les plus chers du monde.

Et puis, bien sûr, ils ont sept souverains princiers.

Certains d'entre eux sont des hommes instruits qui s'efforcent d'employer leurs milliards de dollars annuels pour le bien de leurs sujets. Mais ils n'ont pas la vie facile. Leurs ancêtres étaient des pirates, et, bien souvent, leur propre père se procura le titre dont ils ont hérité en assassinant des parents et des amis intimes, ainsi que des voisins envieux et ambitieux. Ce type de comportement a tendance à survivre, en pensée sinon en actions, et la maîtrise de l'arabe classique, la lecture du *Wall Street Journal* et l'emploi de la calculatrice de poche ne l'ont que légèrement modifié. Si l'assassinat d'un confrère souverain afin d'exprimer le désaccord avec sa ligne politique ou sociale est désormais considéré comme une solution inconvenante, assassiner à sa place son homme d'affaires préféré pourrait être une alternative acceptable. Le recours à une équipe d'assassins bien connue pour ses tarifs exorbitants pourrait passer pour l'expression délicate et fraternelle de regrets pour le dérangement occasionné.

Je ne perdis pas mon temps à essayer de repérer les types de Rasmuk qui m'avaient pris en filature dans la circulation milanaise de l'heure du déjeuner, mais, dès que nous fûmes sur l'autoroute, j'en remarquai tout de suite trois. Deux dans une voiture, un sur une motocyclette. Ils restaient à la même distance et ne semblaient pas avoir d'équipe de renfort. Ils ne semblaient pas voir d'inconvénient à ce que j'aie remarqué que j'étais filé, mais ils ne faisaient rien pour m'aider à connaître leur visage.

Comme tous les vendredis, l'aéroport de Malpensa connaissait une affluence exceptionnelle. Rester planté près du guichet de vente des tichets d'autobus Malpensa-

Milan n'était pas aussi facile qu'avait semblé le croire Chihani. Il fait partie d'un petit groupe de guichets installés au beau milieu d'un hall qui n'est pas particulièrement spacieux. Si je restais près du guichet, le préposé essayait, à juste titre, de me vendre un ticket d'autobus, ou bien quelqu'un qui voulait prendre l'autobus m'écartait d'un bon coup de coude. Si je m'approchais du guichet voisin, il me fallait repousser les attentions de l'employé d'une agence de location de voitures. Si je me tenais à l'écart du guichet, je devenais un barrage que s'empressaient d'enfoncer ou de bousculer des passagers pressés au regard terne et aux bagages à main meurtriers.

Le motocycliste fut le premier de mes suiveurs à pénétrer dans le hall. Je le reconnus à son casque. Un des deux hommes de la voiture avait dû entrer après lui, car le casque faisait sans cesse l'aller-retour entre moi et quelqu'un que je ne voyais pas parce qu'il était au-delà de la file de passagers qui se présentaient à l'enregistrement. Je venais d'éviter pour la deuxième fois un petit garçon qui tournait en rond en poussant un chariot à bagages, quand j'aperçus l'assistante potelée de Chihani qui se dirigeait rapidement vers moi.

Elle portait un incroyable chapeau en paille à larges bords, un gilet en toile et une chemise rouge sur un jean. Un sac en cuir repoussé complétait sa panoplie. On aurait dit une fillette empâtée, déguisée pour une représentation donnée par son école. Au moment où elle passait près de moi, je me tournai pour la suivre et elle me lança à mi-voix et du coin de la bouche une série d'ordres que je ne compris que parce qu'elle eut la bonne idée de les accompagner d'un geste :

— Fec moi. Fit-fitte. Fec moi. Fitte.

Elle voulait que je me hâte de marcher à côté d'elle et répéta :

— Fit-fitte.

Elle était déjà pratiquement au pas de course. Je me retournai pour voir le casque se mettre à ma poursuite. Il n'alla pas loin. Un fauteuil d'invalide inoccupé, poussé par un jeune gaillard coiffé de la casquette Alitalia, le frappa dans les creux poplités et l'envoya s'étaler par terre. Je ne le vis plus. Ma compagne continuait de piailler « Fit-fitte », mais sur un ton encore plus insistant. Baissant les yeux, je m'aperçus qu'elle essayait de me coller une carte d'embarquement dans la main. Nous étions presque arrivés devant une pancarte qui annonçait le contrôle des passeports et priait les passagers de présenter aussi leur carte d'embarquement. Je vis que la mienne était pour une compagnie aérienne britannique juste avant de la montrer en même temps que mon passeport.

N'ayant pas de bagages, je me contentai de passer sous le portique de contrôle. Ma compagne me rejoignit de l'autre côté, après avoir récupéré son sac de voyage.

— Et maintenant ? lui demandai-je. Londres ?

— Nous pougeons pas.

Elle regardait d'un air inquiet du côté du contrôle des passeports. Au bout d'un moment, nous vîmes arriver le jeune gaillard au fauteuil roulant. Il nous adressa un petit signe discret, puis se dirigea vers une porte sur laquelle était dessiné le symbole des fauteuils roulants.

— Il a passe. Nous allons fous suivre. Fitte.

Elle se mit en marche, tout en ôtant son chapeau de cow-boy. En face de nous se trouvaient les portes d'embarquement. Elle sembla se diriger tout droit vers les boutiques hors taxes puis, soudain, elle fit un quart de tour et s'approcha d'une porte sur laquelle était écrit, en quatre langues, RESERVE AU PERSONNEL DE L'AEROPORT. Elle donna une petite poussée et la porte s'ouvrit toute grande. Le gaillard en uniforme Alitalia attendait de l'autre côté, le passe dans la main, prêt à refermer la porte à clé dès que nous l'aurions franchie.

— Suivez, dit-il.

Nous nous trouvions dans un couloir avec, d'un côté, des portes de bureaux et, de l'autre, les réserves des boutiques hors taxes. On entendait des ronflements atténués de moteurs d'avions, des sonneries de téléphone et le crépitement de machines à écrire. Au bout du couloir, il y avait quelques marches que nous descendîmes, puis une porte que le passe nous ouvrit.

Nous nous retrouvâmes à l'air libre avec, sur notre droite, une zone bitumée, marquée de lignes jaunes, qui devait servir de parking pour le personnel.

Nous nous avançâmes entre les rangées de voitures en direction d'une grille ouverte. Pour l'atteindre, nous allions être obligés de quitter l'abri des voitures, et je craignais fort que l'uniforme Alitalia du jeune gaillard ne suffise pas à nous éviter des ennuis quand nous serions repérés par les gens du service de sécurité. Mais j'avais été injuste envers Chihani. Nous étions encore dans le parking lorsqu'une Alfasud rouge sortit d'un emplacement à l'autre bout et, toujours en marche arrière, accéléra pour nous rejoindre. Chihani était au volant.

Quand elle arriva près de nous, elle avait déjà ouvert la portière droite ; les deux jeunes gens se hâtèrent de monter et de se caser à l'arrière. Je pris place à l'avant. En roulant doucement sur la route qui contournait l'aéroport, Chihani écoutait le rapport volubile émanant de l'arrière. Elle hochait la tête avec satisfaction.

Nous approchions du poste de contrôle. La barrière était baissée, et deux hommes en uniforme nous examinaient attentivement par les vitres de leur guérite. La voiture s'arrêta presque, et Chihani, un sourire enjôleur aux lèvres, brandit un bout de plastique d'aspect officiel. La barrière s'éleva et les gardes nous firent signe de passer.

Je désignai le bout de plastique :

— C'est un vrai ?

— Non, c'est une copie Polaroid d'un passe que nous avons emprunté à un commerçant de la zone hors taxes. J'ai pensé que ça pourrait nous servir. Nous lui avons aussi emprunté sa clé.

Ayant franchi le poste de contrôle, Chihani accéléra en s'éloignant de l'autoroute. Nous passâmes bientôt devant une vieille usine en brique rouge avec, sur la façade, de gigantesques lettres annonçant CAPRONI. Quelques centaines de mètres plus loin, elle tourna dans une petite route secondaire et s'arrêta sur le bas-côté en lançant vers le siège arrière une série de commandements. Puis elle se tourna vers moi :

— Descendez, monsieur Halliday.

J'obéis promptement aux ordres.

— Et maintenant ?

— Changement de plaques, répondit-elle en allant ouvrir le hayon arrière.

Ils étaient bien entraînés. Le gamin, qui s'était déjà débarrassé de son déguisement Alitalia, souleva la voiture avec un cric et fit semblant de changer une roue. La jeune fille changea les plaques, masquée par Chihani qui s'était appuyée contre la voiture et prétendait étudier une carte routière entièrement déployée. Les numéros d'immatriculation, en Italie, commencent par deux lettres indiquant la ville où la voiture a été enregistrée. Nous avions maintenant GE pour Gênes au lieu de TO pour Turin.

— A quoi ça sert ? demandai-je.

— Les gens qui essaient de vous suivre obéissent à une discipline très stricte. Ils n'oseront pas rentrer sans pouvoir expliquer la raison de leur échec. Comme ils ne sont pas idiots, ils ont dû comprendre par où nous étions partis. Ils ont dû aussi apprendre que les agents du poste de contrôle de l'aéroport notent le numéro de toutes les voitures qui entrent et qui sortent. Pour ces agents, c'est une obligation très ennuyeuse — et, de plus, ils sont mal payés. Croyez-vous qu'ils refuseront de jeter un œil sur leur registre si l'homme qui le leur demande agite un billet de dix mille lires sous leur nez ?

— Non. Bien sûr. (Il me semblait peu vraisemblable que l'ennemi ait une telle rapidité de réaction, mais je ne le dis pas. Elle avait su, grâce à son plan, semer les gars qui me filaient depuis Milan. Je ferais mieux de la féliciter, au lieu de lui trouver à redire.) Les deux jeunes gens se sont bien débrouillés, lui dis-je. Les ordres que vous leur avez donnés ne devaient pas être faciles à exécuter. Ils ont dû faire travailler leur cervelle.

Elle acquiesça d'un signe de tête.

— C'est le patron qui les a formés. Il m'a formée aussi. Nous avons la même façon de penser. Nous sommes pareils, tous les trois.

— Le patron ? Vous voulez dire M. Zander ?

— Bien sûr. Il vaut mieux que vous connaissiez leur nom. C'est Mokhtar qui change la roue, et la fille s'appelle Jasmin.

— Mais ce n'est pas son vrai nom ?

— Oh, nous n'utilisons jamais nos vrais noms.

— La langue que vous parlez, c'est une forme d'arabe ?

— Vous devriez savoir que non. (Elle haussa les épaules.) Je ne vois pas pourquoi ça vous intéresse, mais c'est une langue berbère.

Cinq minutes plus tard, nous repartions, d'abord en direction de Busto-Arsizio, puis par l'autoroute A8 en direction de Sesto C et Arona — à en croire les panneaux indicateurs.

— C'est dans cette partie du trajet qu'ils nous repéreraient si nous avions toujours les plaques de Turin, dit

Chihani. Il leur suffirait d'avoir un peu de chance et de bien ouvrir les yeux.

Je ne discutai pas.

— Où allons-nous ? Où se trouve l'abri de M. Zander ?

Je m'attendais un peu à ce qu'elle me dise que je n'avais pas besoin de le savoir et fus donc surpris de l'entendre répondre :

— Stresa, sur le lac Majeur.

— Qui a choisi cet endroit ?

— Un choix collectif. Les communications sont excellentes. Près d'un aéroport international. Les frontières suisse et française assez vite atteintes en voiture. Il y a même des trains rapides, au besoin. C'est une petite ville bourgeoise et prospère. Mais ce qui a surtout plu au patron, c'est que ça l'a fait rire. Le nom.

— Désolé. Je ne vois pas. La plaisanterie...

— C'est à Stresa qu'ont eu lieu deux des conférences internationales les plus absurdes des années trente. Une en 32, l'autre en 35. Celle-ci, organisée par la France, la Grande-Bretagne et l'Italie — qui s'étaient baptisées les Trois Grands ! —, avait pour but d'empêcher le réarmement de l'Allemagne par les nazis. Il pense qu'avec Mussolini pour président cette conférence a dû être la plus absurde de toutes.

— Il considère toujours que les conférences internationales sont des plaisanteries ?

— Il pense que le monde se porterait mieux si les relations diplomatiques étaient secrètes.

— Beaucoup de diplomates professionnels pensent comme lui.

— Vous croyez qu'ils ont tort ?

— Non. Mais je crois que les secrets n'ont plus beaucoup de chances d'être gardés. Pas longtemps, en tout cas. Vous qui êtes experte en sécurité, qu'est-ce que vous en pensez ?

— Certains secrets peuvent être gardés assez longtemps. Ils *doivent* l'être, ajouta-t-elle en pinçant les lèvres.

— Oui, sans doute. Et Stresa, comment c'est ?

— Oh, c'est pittoresque, répondit-elle avec indifférence.

Sesto C (en fait, Sesto Calende) n'avait rien de pittoresque. Arona non plus. Je reconnus la route « en rondins » de la veille. C'était un vieux pont à caissons qui franchissait un petit cours d'eau près d'Arona.

Les cahots étaient dus soit à de mauvais joints de dilatation, soit, plus vraisemblablement, à des bosses métalliques placées là exprès pour obliger les voitures à rouler très lentement.

Nous ne tardâmes pas à apercevoir, sur notre droite, des bouts de bleu entre les hauts murs des grandes villas qui bordent le lac Majeur. En arrivant à Belgirate, Chihani sortit la radio C.B. de la boîte à gants, la fit passer à Mokhtar et le laissa annoncer notre arrivée à sa place. La seule différence avec la veille fut que la voix qui répondit à l'autre bout était celle d'un homme et non d'une femme.

Stresa ressemble un peu à Cannes avant ses festivals et ses tours d'habitation. Bien qu'elle ait subi une ou deux pénibles épreuves architecturales, le style dominant de Stresa est encore *Belle Epoque à l'italienne*[1]. Juste avant de tourner à gauche, je pus entrevoir Isola Bella une dernière fois. Nous étions entrés dans un quartier résidentiel qui me parut vieillot et pas très reluisant. Je vis plusieurs immeubles en cours de démolition. Ayant tourné juste avant une voie de chemin de fer, nous nous trouvâmes dans une rue où un plombier, un tapissier et un réparateur de télévisions s'étaient installés dans d'anciennes boutiques.

C'était un cul-de-sac. Tout au fond, à l'abri de hautes grilles, se dressait une vieille bâtisse terne. Sur la façade se dessinaient encore les contours des lettres qui avaient formé les mots ALBERGO DORIA et *Senza Ristorante.* Nous étions de retour dans la planque de Zander.

Quand nous entrâmes en cahotant dans la cour pavée, je vis en passant une plaque accrochée à un des battants de la grille, et sur laquelle on pouvait lire qu'il s'agissait maintenant de l'Institut interlingua de communications de la fondation Pax.

— La fondation Pax, qu'est-ce que c'est ? demandai-je. Ça existe vraiment ?

— Bien sûr que ça existe. C'est une association à but non lucratif fondée il y a deux ans dans l'Etat du Delaware. Elle apporte une aide financière à l'institut et

1. En français dans le texte.

accorde des bourses à des professeurs de langues étrangères, originaires de pays en voie de développement, surtout d'Afrique du Nord. Le fondateur estime que l'enseignement des langues modernes, et en particulier celles de l'Occident, est de toute première importance. Les langues d'abord. La science et la technologie suivront plus facilement, car les livres utiles ne resteront plus fermés.

— Quand vous parlez du fondateur, je suppose qu'il s'agit de Karlis Zander ou du Dr Luccio ?

— Pourquoi pas ? Il est tout dévoué à la cause de l'éducation des jeunes. Comme vous avez pu le voir, il a un bureau ici.

— Mais maintenant que l'institut lui sert d'asile, il n'y a sans doute plus ni élèves ni professeurs dans les lieux.

— Non, bien sûr. C'est un autre chef d'accusation contre l'ennemi. Nous avons dû prendre d'autres dispositions pour l'admission des derniers étudiants. Il est dommage que le fondateur ait choisi l'Italie. Nous aurions été plus en sécurité en Suisse.

— Mais aussi surveillés de plus près, n'est-ce pas ? Qu'est-ce qui vous dit que l'ennemi n'établira pas un rapport entre le fondateur et la fondation ?

Nous étions descendus de voiture. Elle lança les clés à Mokhtar et réfléchit avant de répondre :

— Comment le pourraient-ils ? Sur tous les documents officiels, le nom du fondateur n'est aucun de ceux que vous connaissez, l'ennemi et vous-même. Ici, notre statut d'institution charitable étrangère est, depuis longtemps, établi. Nos visiteurs — étudiants et autres — ont toujours été très calmes et bien élevés. Nous ne dérangeons ni n'offensons jamais personne. Nous achetons tout — provisions et services — sur place et nous payons comptant. Mais nous restons entre nous et ne nous faisons pas remarquer. Vous avez vu les vieilles inscriptions sur le mur. Nous pourrions tout repeindre pour les effacer. Mais nous attirerions l'attention et éveillerions les curiosités. Il vaut mieux conserver l'aspect du vieil hôtel minable situé au fond d'une petite impasse, et dont personne ne voulait.

La grosse fille aux lunettes bleues n'était pas de service. Cette fois, à la réception, se trouvait une personne beaucoup plus imposante. Un bel homme d'une cinquantaine d'années, qui avait l'air sévère et qui était vêtu d'un costume gris foncé, d'une chemise blanche impeccable et d'une cravate gris perle. Il me regarda à peine et adressa un petit signe de tête à Chihani.

— Vous ne vous êtes pas pressés, dit-il en français. Il m'a demandé plusieurs fois pourquoi vous n'étiez pas encore là. Le déjeuner a été retardé. Que s'est-il passé ? Vous avez eu des ennuis ?

— Non, Jean-Pierre. M. Halliday a dû louer une voiture avec chauffeur. Il avait vingt minutes de retard. N'oubliez pas que nous sommes vendredi.

Jean-Pierre reporta son attention sur moi.

— Portez-vous une arme blanche ou une arme à feu ?

Son anglais était correct mais un peu laborieux.

— Non. Vous voulez me fouiller ?

Sa lèvre supérieure était boudeuse. L'impatience la contractait.

— Je vous le demande simplement pour éviter que nous soyons gênés l'un et l'autre, monsieur Halliday. Nous avons des détecteurs de métaux à l'entrée de l'appartement. Je crois que vous avez apporté la clé de votre chambre d'hôtel. Voulez-vous bien me la donner ?

Je la lui tendis. Il la fit passer à Chihani qu'il congédia d'un geste désinvolte. Puis, sortant de derrière le comptoir de la réception, il me dit :

— Veuillez me suivre, s'il vous plaît.

Il avait le comportement et l'allure guindée du directeur d'un très grand hôtel qui se charge personnellement d'accueillir un client distingué. La seule chose qui ne cadrait pas avec cette image m'apparut quand il leva l'abattant du comptoir pour passer. Sur l'étagère placée juste au-dessous du comptoir, il y avait un fusil à canon scié et une boîte de munitions, ouverte.

Au lieu de me faire monter l'escalier, il me fit traverser le petit hall, passer sous une voûte masquée par un rideau et entrer dans une pièce qui avait dû être un salon mais avait été convertie en salle de classe, avec des pupitres, un tableau noir et un magnétophone. Au fond de la pièce, il y avait ce qui semblait être la porte d'un petit placard.

Il ouvrit cette porte avec une clé plate. Au lieu d'un placard, je vis une grille en fer forgé et un ascenseur d'un genre que je croyais depuis longtemps disparu, même en Europe. Il avait la forme d'une cage à oiseaux et ne pouvait contenir plus de deux personnes de taille moyenne, dont une devait actionner un grand levier de commande. Il ouvrit la grille et me fit signe d'entrer.

Je le regardai d'un air hésitant et eus droit à un sourire glacial. Il me dit :

— Il a été installé avant que la maison ne devienne un hôtel, car, paraît-il, le propriétaire était cardiaque. L'hôtel s'en servait pour monter les petits déjeuners dans les chambres. Nous l'avons fait réviser. Les techniciens ont été surpris de constater qu'il était sans danger.

J'entrai. Le plancher s'affaissa brusquement. De quelques centimètres à peine, mais l'effet était inquiétant.

— C'est normal, me dit Jean-Pierre. Un dispositif de sécurité.

Il entra à son tour, referma à clé la porte extérieure, puis la grille et actionna le levier. La cabine s'éleva en tremblant, passa devant deux portes métalliques et s'arrêta à la troisième munie d'un judas, de deux serrures et d'un bouton de sonnette qu'on pouvait atteindre à travers la grille à condition de savoir comment s'y prendre.

C'est le bon père de famille qui ouvrit la porte métallique pour nous faire entrer.

CHAPITRE VII

Son allure provoqua mon étonnement. Il s'était débarrassé de son peignoir éponge. Il avait décidé de s'habiller. Il était vêtu d'une chemise de soie bleu foncé dont le col très ouvert laissait voir une chaîne en or avec un louis d'or en médaillon, d'un pantalon en gabardine blanche avec une ceinture assortie en cuir tressé, et chaussé de mocassins noirs en croco. Il avait l'air d'un play-boy vieillissant qui vient de claquer une petite fortune dans les boutiques de la Via Condotti.

Le décor du lieu m'étonna également. Au numéro dix-sept, le bureau et la salle de gymnastique étaient équipés de matériel fonctionnel et de bonne qualité. L'étage supérieur avait été confié à un décorateur qui avait essayé de donner à cet appartement aménagé sous les toits des allures de chalet suisse.

Moyen choisi pour transformer une série de petites chambres mansardées en un seul appartement ; l'idée avait dû sembler bonne, surtout à un homme pressé de se trouver une planque pour un séjour assez long. Pas de murs à démolir ou replâtrer, presque tout pouvait être monté à partir de panneaux de contre-plaqué et d'éléments préfabriqués, puis installé rapidement, facilement, et surtout discrètement. Sur le plan, cela pouvait même avoir un air douillet. En réalité, cela avait tout le charme et un peu l'odeur d'une salle d'exposition de meubles bon marché. La parure coûteuse de Zander avait, dans ce décor, quelque chose de cocasse. Zander semblait s'en rendre compte et, au-dessus du sourire affecté, son regard décourageait tout commentaire.

Son ton aimable et plein d'entrain n'était pas tout à fait convaincant lorsque, levant les bras pour nous accueillir, il s'écria :

— Aujourd'hui, nous n'aurons pas à parler d'un vieux mémoire, hein, mon ami ?

— C'est ce qu'il semblerait. A propos, est-ce un faux du début à la fin ou y a-t-il des parties authentiques ?

— Quand nous nous connaîtrons mieux, je vous le dirai peut-être. Allons, entrez donc tous les deux.

Il nous entraîna sous un châssis de porte qui avait certainement été mis là pour dissimuler les détecteurs de métaux dont avait parlé Jean-Pierre. De l'autre côté, il y avait un bar qui donnait sur une salle à manger.

Il s'arrêta dans le bar.

— Peut-être vaudrait-il mieux déjeuner avant de parler ? Guido a travaillé dur pour nous préparer un osso buco.

— Comme vous voudrez, monsieur Zander.

— Très bien.

Il agita la clochette qui était posée sur le comptoir, puis se dirigea à grands pas vers la salle à manger. La table rustique au plateau vitrifié était mise pour trois.

— Jean-Pierre déjeune avec nous, expliqua Zander. Il est directeur pour l'Europe de la fondation Pax, et il est responsable de toutes nos opérations ici. Vous pouvez parler librement devant lui. Il fait chaud, aujourd'hui, monsieur Halliday. Voulez-vous ôter votre veste ?

— Ça va très bien, merci. (Et c'était vrai. C'était lui qui souffrait de la chaleur. Il avait moins envie de déjeuner que de connaître la réponse que je lui apportais — sans avoir à m'interroger. L'odeur qui émanait de la cuisine me donnait faim.) Je voudrais vous demander le nom de famille de M. Jean-Pierre. S'il est responsable de vos opérations ici, je pense que ce fait devrait être inclus dans le premier télex que je vous demanderai d'envoyer pour mon compte personnel un peu plus tard.

Jean-Pierre, qui se tenait près d'une desserte et débouchait une bouteille de vin, fit aussitôt demi-tour et dit :

— Je m'appelle Jean-Pierre Vielle, mais ce serait une grossière erreur que de mêler le nom de la fondation Pax et de son directeur pour l'Europe à des négociations de cet ordre.

— Oui, oui, bien sûr, dit Zander. Mais je vous en prie, mettons-nous à table. Monsieur Halliday, placez-vous à ma droite.

Le repas nous fut servi par la fille aux lunettes bleues et par le cuisinier, Guido, un jeune homme qui transpirait beaucoup et marmonnait de même. Le service n'était pas très professionnel mais attentif, la nourriture était bonne et le vin buvable. On ne nous servit pas de café. Quand la table eut été débarrassée, Zander dit à Vielle d'ouvrir une autre bouteille de vin et de la placer près de nous. Puis il se carra dans son siège, leva des mains manucurées et attaqua :

— Eh bien, monsieur Halliday, je suppose que vous ne seriez pas là si la réponse à mes propositions était de caractère négatif.

— Non, sans doute.

— Il serait donc intéressant de vous entendre exposer les termes de cette acceptation. Cependant, avant d'en venir à cela, il me faut la réponse à une question essentielle. Avec qui suis-je en train de traiter ? Tant que je ne le saurai pas, il ne servira à rien que vous me disiez quoi que ce soit. D'accord ?

Schelm m'avait mis en garde contre les techniques de négociation de Zander. Apparemment, dans le Golfe, on les jugeait brutales et sans finesse. On les craignait aussi. A l'Ouest, le plus souvent sinon toujours, elles amusaient. Elles étaient prévisibles. Zander commençait toujours, qu'il soit ou non en position de le faire, par prendre l'initiative et bombarder ses adversaires de propos agressifs et de questions inutiles, uniquement pour la forme. La façon d'y parer consistait à ne pas répondre aux questions et à s'en tenir à sa ligne de conduite préalable. Alors, Zander semblait devenir très compréhensif et raisonnable. C'est à ce moment-là qu'il fallait commencer à vraiment se méfier.

Je m'en tins donc à ce que Schelm avait préparé. Je sortis même les notes que j'avais prises — et que Schelm avait appelées un *aide-mémoire*[1] — pour être sûr de ne pas me tromper. Je lui dis :

— Les termes de la réponse que je suis chargé de vous apporter, monsieur Zander, ne constituent pas exactement une acceptation.

— Si ce n'est pas une acceptation, m'interrompit-il d'un ton sec, à quoi bon perdre notre temps ?

— Monsieur Zander, la réponse que je suis chargé de vous apporter est la suivante ; je cite : « Nous sommes

1. En français dans le texte.

suffisamment intéressés par les propositions que vous exposez dans votre mémorandum confidentiel pour en discuter plus avant, à condition que certaines questions qui se posent reçoivent une réponse satisfaisante. » Fin de citation.

Son regard se refit glacial.

— Si ce n'est pas un refus complet et catégorique, cela s'y apparente dangereusement, me dit-il en choisissant ses mots. (Soudain, il haussa le ton.) C'en est assez de ces propos ineptes, hein ? Hein ? *Assez !* Quel est l'imbécile qui écrit de telles absurdités ? A qui ai-je affaire ? Parlez. Derrière quelle façade la C.I.A. s'est-elle abritée pour mener cette opération ? Vous ne le savez pas ?

— La C.I.A. n'a rien à voir dans cette affaire, monsieur Zander. (Je repris mes notes.) J'assure la liaison entre vous et le bureau central des services secrets des pays membres de l'O.T.A.N. Ils ne servent de façade à personne d'autre qu'eux-mêmes. Mais, vous le savez sans doute, les Etats-Unis font partie de l'O.T.A.N.

Vielle émit un petit rire sarcastique et s'écria :

— Tiens ! Mais quel secret ! Nous en avons de la chance !

D'un regard, Zander le fit taire.

— A quel niveau suis-je censé être en contact avec le bureau central des services secrets des pays membres de l'O.T.A.N. ? La femme de ménage ? Le garçon de courses ? Vous le savez, monsieur Halliday ?

— Au départ, il s'agit d'un contact avec le directeur de ce bureau. Si l'entrevue préliminaire envisagée avec le Souverain a bien lieu, le représentant de l'O.T.A.N. sera l'adjoint militaire du commandant des forces sud de l'O.T.A.N. Le commandant est un amiral. Son adjoint militaire est un général de corps d'armée.

— Sera-t-il habilité à prendre des décisions ?

Je me servis un peu de vin pour me donner le temps de réfléchir, puis je me renversai contre le dossier de ma chaise avec un petit soupir d'exaspération.

— Avant de parler de décisions, monsieur Zander, avant même, d'ailleurs, d'en arriver au point de négocier ce qui, éventuellement, donnera lieu à des décisions sur un sujet extrêmement délicat, l'O.T.A.N. attend des réponses claires à des questions très importantes.

A nouveau, Vielle bondit :

— Vous a-t-on donné les pleins pouvoirs ?

— Non, bien sûr.

— Alors ce messager nous donne simplement son opinion sur ce que pensent ses maîtres.

— Mon opinion n'a rien à voir là-dedans. (Je me tournai vers Zander.) On m'a dit de vous transmettre oralement des réponses à vos propositions écrites. Voulez-vous les entendre, oui ou non ?

Ses yeux brillèrent de colère, mais il me répondit en haussant les épaules :

— Les échanges qui se font à bas niveau et portant sur des sujets de haute importance sont, d'habitude, une perte de temps. Cependant, puisqu'on vous a chargé de transmettre des messages, allez-y, nous vous écoutons.

— Très bien. Pour commencer, il a été noté que votre supérieur dans cette affaire — celui que nous sommes convenus d'appeler « le Souverain » — souhaite conclure un pacte de défense d'un genre particulier avec l'Occident, sinon directement avec les Etats-Unis, du moins avec un ou plusieurs de leurs alliés. En l'occurrence permettre à son allié d'installer une base militaire et navale sur un territoire placé sous sa souveraineté princière et personnelle. Ce territoire, contigu au détroit d'Ormuz, est connu sous le nom de baie d'Abra. La construction d'une telle base serait, bien sûr, surveillée par les satellites d'observation soviétiques et par les vols de reconnaissance des avions soviétiques à partir de leurs bases aériennes du Sud Yémen. Selon vous, le Souverain pense que, au moins dans les premiers stades, la vraie nature du projet pourrait être dissimulée par un projet de couverture comportant la construction de docks pour la manutention de conteneurs et d'entrepôts. C'est exact ?

— Il faudrait aussi construire une usine de dessalage.

— C'est entendu. Ce qu'il faut définir clairement, c'est l'étendue de l'accord. Le Souverain considère qu'une telle base, opérant sous la couverture aérienne de la base de la R.A.F. sur l'île de Masira, au large du sultanat d'Oman, ferait beaucoup pour contrebalancer l'accroissement récent des forces soviétiques en Ethiopie, au Sud Yémen et dans l'île de Socotra. Je suis chargé de vous dire que l'opinion du Souverain est partagée, et que ceux des planificateurs de l'O.T.A.N. qui sont concernés sont prêts à répondre de la façon la plus amicale et la plus positive à la suggestion du Souverain. La demande d'une réponse rapide et définitive est également très bien comprise.

Zander examinait, d'un œil critique, les envies de son index droit.

— Au moins, ils ne sont pas complètement stupides.

— Ils ne sont pas du tout stupides, monsieur Zander. Comme je vous l'ai dit, ils veulent quelques éclaircissements. Et, avant de poursuivre, je doit vous signaler qu'ils ont quelques réserves à faire.

— A propos des mesures de couverture, je suppose. Qu'est-ce qui ne leur plaît pas ?

— Ces mesures ne serviraient à rien, et, même dans le cas contraire, elles seraient indésirables. Dans le Golfe, la force doit être exhibée et non cachée.

Il eut un petit sourire.

— Je suis d'accord. J'ai dit au Souverain qu'ils n'aimeraient pas ses projets de couverture. C'est un problème mineur. Y a-t-il autre chose qu'ils n'aiment pas ?

— Quand j'ai parlé de réserves, monsieur Zander, je ne faisais pas allusion à des problèmes mineurs.

— Quelles réserves majeures peuvent-ils bien faire ? Des réserves à quel sujet ?

— D'abord, le fait que *vous* agissiez pour le compte du Souverain dans cette affaire.

Il eut l'air déconcerté.

— Mais je le fais à sa demande expresse.

— C'est entendu. Vous avez agi pour le compte du Souverain à plusieurs occasions, dans des transactions commerciales. Ici, la difficulté — je suis sûr que vous vous en rendez compte — est que toutes discussions concernant l'installation de bases militaires dans la baie d'Abra, ou ailleurs dans les Emirats arabes unis, devraient normalement se dérouler à l'échelon diplomatique, avec les ministres des Affaires étrangères et de la Défense des Emirats arabes unis, puis entre les chefs d'Etat et de gouvernement. Il y a six autres souverains dans les Emirats. Quel serait leur point de vue sur une transaction de cette importance réalisée unilatéralement et derrière leur dos ?

— Ils en seront très satisfaits.

— Quand des pays occidentaux sont venus voir où ils pourraient installer des bases, dans le Golfe, il y a deux ans, la baie d'Abra ne leur a pas été proposée. Aucun territoire du Golfe ne leur a été proposé.

— Les gens du Golfe souhaitaient demeurer en dehors des confrontations entre superpuissances. Rester ce que la presse de chez vous appelle non-alignés.

— Que s'est-il passé pour leur faire changer d'avis ?

Zander leva les bras :

— Comment pouvez-vous me le demander ? Avec les Soviétiques qui achèvent leur encerclement du Golfe ? Avec leurs bateaux lance-missiles qui parcourent toutes les routes maritimes ? Avec des troupes d'assaut cubaines et est-allemandes déployées dans le Yémen ? Ne pensez-vous pas que ces raisons suffisaient à leur faire changer d'avis ?

— Non, monsieur Zander, je ne le pense pas. Ces raisons ne sont pas nouvelles. Elles existaient lorsque l'Iran avait un chah et avant que l'Afghanistan ne devienne une colonie soviétique.

— Vous vous faites des illusions, monsieur Halliday, ou bien vous êtes mal renseigné. Ne savez-vous pas que de nouvelles armes chimiques et biologiques ont été introduites dans la région ? Ne diriez-vous pas qu'il s'agit là d'un changement considérable ?

— Peut-être. Cela dépend. Depuis combien de temps est-on au courant de la présence de ces nouvelles armes ? Et nouvelles pour qui ?

— Nouvelles pour le Souverain, et profondément déplaisantes.

— C'est donc *lui* qui a changé d'avis. Mais l'avis de ses six collègues ? Vous dites qu'ils seront satisfaits de cette opération concernant la baie d'Abra. Alors pourquoi veut-il agir indépendamment ? Nous achetons plus de pétrole aux Emirats que nous n'en achetions à l'Iran. Nos relations avec les Emirats sont très délicates et importantes. Nous voulons donc savoir pourquoi les négociations doivent se dérouler comme vous le proposez. La raison que vous donnez est que la baie d'Abra fait, depuis des générations, partie des territoires du Souverain qui a été délégué pour agir au nom de tous. Très bien. Mais s'il agit au nom de tous, pourquoi devrions-nous nous entretenir avec lui de façon clandestine ? Cela est spécifié dans votre proposition. Qu'y a-t-il à discuter dans sa demeure autrichienne qui ne pourrait l'être plus confortablement dans l'une des ambassades des Emirats ou bien dans une salle de conférence située en pays neutre ?

Il roula les yeux en direction de Vielle.

— Et vos maîtres très sages et très avertis de l'O.T.A.N. se demandent sans doute aussi pourquoi le Souverain a fait appel à moi, un homme dont la tête est mise à prix, pour le représenter dans une affaire aussi délicate ?

— En effet, cela les étonne un peu. Ils se demandent surtout ce que vous pouvez bien avoir à y gagner.

Il eut l'air étonné :

— Ont-ils oublié la demande que j'ai formulée dans la cinquième partie du projet ?

— Ils ont le sentiment que la chose est incomplète. Vous demandez la nationalité américaine ou canadienne.

— Et la protection et l'aide normalement accordées aux transfuges soviétiques. Ne l'oubliez pas.

— Un homme aussi riche ? Est-il vraiment sérieux ? Est-ce là tout ce qu'il demande ? Pour se débarrasser de Rasmuk ? Voilà leurs questions, monsieur Zander.

— Le Souverain, lui, comprend très bien mon désir de paix et de tranquillité. C'est un désir qu'il partage. Vous demandez : pourquoi l'Autriche ? Vous connaissez Judenburg en Styrie ?

— J'y suis passé en voiture, je crois, en allant à Klagenfurt. Je ne peux pas dire que je m'en souvienne comme d'un des sites les plus charmants d'Autriche.

— Au Moyen Age, il y avait, dans cette région, des mines d'argent qui furent exploitées pendant deux siècles. La maison qu'a achetée le Souverain est située au-dessus de l'entrée principale d'une des anciennes mines. Elle a été construite au siècle dernier, par un médecin autrichien qui était aussi archéologue amateur et qui a passé de nombreuses années à explorer le système d'exploitation de cette mine. Il a exposé les outils et les reliques qu'il avait trouvés dans un musée privé. Il est mort en 1914. Celui de ses petits-fils qui avait hérité de la propriété a tout laissé à l'abandon. Les terres n'étaient pas cultivables. Pour des raisons de sécurité, l'entrée de la mine a été fermée. Puis, il y a vingt ans, une importante découverte a été faite dans une autre vieille mine d'argent non loin de là, à Oberzeiring. Dans ces mines, l'air est très pur et ne véhicule pas de pollen. A Oberzeiring, on s'est mis à utiliser la mine pour soigner certaines formes d'asthme, la bronchite et la sinusite. Les malades vont à la clinique située au-dessus de la mine et descendent un certain temps chaque jour pour leur traitement.

Le Souverain souffre lui-même de sinusite. A Oberzeiring, il a trouvé un traitement efficace. Il s'est intéressé à l'autre mine et à la maison au-dessus. Le propriétaire était ravi de pouvoir vendre à quelqu'un ayant les capitaux nécessaires à la réouverture de la mine et la consolidation des puits. A la place de la vieille maison, le Souverain a l'intention de faire bâtir une clinique où les gens du Golfe pourront venir se faire soigner sans payer. (Il s'interrompit un instant, l'air pensif, puis conclut :) Evidemment, le Souverain a beaucoup de problèmes et de sujets d'angoisse. La sinusite n'en est qu'un exemple.

— Oui. On m'a dit de vous interroger au sujet des angoisses du Souverain. Ont-elles pris, récemment, une forme particulière ?

— Comme je vous l'ai dit, l'introduction d'armes chimiques dans le Golfe lui cause de graves soucis. Mais permettez-moi de répondre une fois pour toutes à vos réserves concernant le protocole de cette conférence. (Il leva les mains et les examina comme pour s'assurer qu'elles étaient absolument propres.) Il est, dit-il enfin, une vérité qu'il vous faut assimiler, ne pas oublier. A quelques rares exceptions près, les Occidentaux ne comprennent pas la mentalité arabe. C'est pourquoi vos hommes d'affaires ont besoin de gens comme moi pour leur servir d'intermédiaires. Pour interpréter non seulement les mots mais les attitudes et les états d'esprit. L'anglais que je parle est différent du vôtre. Vous avez dû le remarquer.

— Oui. Vous parlez l'anglais des Britanniques, monsieur Zander, avec une autre sorte d'accent, mais l'anglais des Britanniques quand même.

— Il m'a été enseigné par un officier britannique avec qui j'ai travaillé, il y a bien longtemps, en Jordanie. C'était un bon soldat, mais c'était aussi un érudit, un arabisant. Il m'a appris à connaître l'Arabe du désert, les hommes tels que le Souverain. Je n'avais pas besoin d'apprendre à connaître les hommes de votre sorte. J'avais déjà appris tout ce qu'il me fallait savoir sur l'Occident. Il m'a enseigné la mentalité arabe. On vous a sans doute dit que le Souverain est fou, n'est-ce pas ?

— On m'a dit qu'il se montre parfois excentrique, qu'il se fait beaucoup de souci pour sa santé, qu'il a peur de vieillir.

— Et sa peur obsessionnelle de l'impuissance ? Ils n'en

ont pas fait des gorges chaudes ? Vous ont-ils parlé de ses étranges aventures à la clinique de la Prairie, en Suisse ?

— Non. Ils ne m'ont pas parlé non plus de sa sinusite.

Je lui disais la vérité. Schelm m'avait simplement dit que le Souverain était atteint de schizophrénie, mais qu'il y avait peu de chances pour qu'il devienne aussi dangereux que son père (un excellent tireur et qui avait la gâchette facile).

— C'est un homme extrêmement fier, dit Zander. Ils le sont tous. Ce sont des hommes très susceptibles et pleins de dignité. Le Souverain n'a pas d'importantes ressources minérales sur son territoire. Il partage, bien sûr, la richesse collective de la Fédération, mais sa fortune personnelle ne se compte pas en milliards. Ses frères Souverains le comprennent. Alors, que font-ils ? Venant de ces hommes pour qui la dignité est plus précieuse que la vie, il ne peut y avoir qu'une réponse. Ils expriment leur compréhension fraternelle de façon pratique. Le projet de la baie d'Abra sera avantageux pour tous. Il fournira à la Fédération la protection dont elle a fort besoin. L'équilibre des forces dans le Golfe doit être rétabli en faveur de l'Occident et à l'avantage du Golfe. Vos experts de l'O.T.A.N. le savent aussi bien que moi. Et pourtant, ils soulèvent des problèmes insignifiants à propos du protocole. La compréhension fraternelle, voilà la réponse à leur transmettre. Pourquoi ses frères refuseraient-ils au Souverain le privilège — dont il a hérité, ne l'oubliez pas — de négocier l'avenir de la baie d'Abra ? Hein ? Eh bien, ils sont généreux et sages. Ils ne le lui refusent pas. Il a leur bénédiction et celle de Dieu.

— Et la bénédiction de l'Arabie Saoudite ? Il l'a aussi ?

C'était une des questions les plus importantes aux yeux de Schelm. Selon lui, le Souverain devait avoir au moins l'accord des Emirats arabes unis sur le projet de la baie d'Abra. « Autrement, m'avait-il dit, même cet homme irresponsable et excentrique n'aurait pas eu l'audace de faire une telle proposition. Pourquoi l'ont-ils laissé faire ? Probablement parce qu'ils craignent que les Saoudiens ne soient pas d'accord quand ils en entendront parler. Il est possible que l'idée d'une base étrangère dans la baie d'Abra ne leur plaise pas. Dans ce cas, ils feront pression sur les Américains pour étouffer le projet. Laisser le Souverain se charger des discussions préliminaires est peut-être un moyen de sauver la face. Si tout va bien, les

Emirats se frotteront les mains et prendront les négociations à leur charge. Si les Saoudiens sont mécontents et le disent avec force, le Souverain seul aura l'air ridicule. Si nous pouvions savoir si les Saoudiens ont été ou non consultés, cela nous aiderait à mettre au point notre stratégie, au cas où le Souverain demanderait un prix absolument exorbitant. Alors, je vous prie, monsieur Halliday, essayez de le découvrir. »

J'avais donc essayé. J'avais demandé.

La réponse de Zander fut de se lever brusquement et d'inspirer profondément, comme si l'effort de partager l'atmosphère avec une personne capable de poser une question d'une telle impertinence lui était devenu insupportable.

— Jean-Pierre, dit-il, veuillez emporter le vin au salon. Il nous faut voir si nous pouvons amener notre ami à se rappeler ses propres paroles. Il ne devait pas poser de questions, n'est-ce pas ?

— Non, patron. Il allait nous donner oralement des réponses à nos questions écrites.

— Exactement. Il avait un message à nous transmettre. Par ici, monsieur Halliday.

Il me précéda dans une pièce où je vis une grande cheminée en brique, des fauteuils rustiques garnis de coussins bleus, des lambris de bois particulièrement laids et des lampes en fer forgé avec des abat-jour en papier.

Vielle et Zander continuèrent leur petit numéro comme si je n'étais pas là. Je m'assis dans un des fauteuils les plus inconfortables et attendis.

— Il n'a pas prétendu avoir reçu les pleins pouvoirs, dit Vielle.

— Pas vraiment, non ; il faut lui accorder ça.

— D'autre part, il...

— C'est bien vrai...

Et ainsi de suite jusqu'au moment où ils s'interrompirent comme pour me donner une chance de participer à la conversation. Je les laissai attendre un moment, puis déclarai :

— Cette pièce est d'une laideur !...

Seul Vielle eut l'air surpris. Zander hocha la tête. J'entrevis une lueur d'humour dans ses yeux.

— Je l'utilise aussi rarement que possible, dit-il. J'ai le regret de vous dire que votre chambre est un peu dans le même style. L'employé du décorateur l'a qualifiée de folklorique. Mais il y a des compensations. Ici, à cet étage, toutes les choses mécaniques sont en parfait état de marche — y compris la plomberie. Vos vêtements et effets personnels arriveront très bientôt de Milan. Nous ferons de notre mieux pour que vous soyez confortablement installé.

— Qui se charge de payer l'hôtel ?

— L'hôtel adressera la note à Pacioli. C'était prévu ainsi.

— Alors, je peux commencer à rédiger le télex que vous allez vous charger d'envoyer ?

— Je suppose que vous préféreriez descendre le faire au bureau ?

— Rien ne presse, monsieur Zander. Ils se tiendront prêts à partir de cinq heures. Il n'est que quatre heures. J'aimerais revenir un instant à ces sages et généreux frères du Souverain et à la mission qu'ils lui ont confiée. Il a, m'avez-vous dit, leur bénédiction et celle de Dieu pour déterminer l'avenir de la baie d'Abra. Mais je ne comprends toujours pas ce qui l'oblige à se rendre dans une vieille mine d'argent désaffectée pour y rencontrer les représentants de l'O.T.A.N... si nous allons jusque-là. Ses sinus le font-ils souffrir ? J'aimerais bien connaître ses raisons.

Zander me répondit fermement :

— Il va là parce qu'il y est chez lui et parce que c'est l'endroit le plus approprié. Il s'est rendu plusieurs fois en Autriche pour consulter des ingénieurs chargés de rétablir les conditions de sécurité dans la mine et les architectes qui élaborent les plans de la clinique. La prochaine réunion a été organisée le mois dernier. Ce qui nous paraît le plus important, c'est que la mine et le projet de clinique constituent un excellent prétexte pour que vos supérieurs se rendent là-bas incognito. A mon avis, il serait bon qu'ils aient des papiers attestant du fait qu'ils appartiennent au milieu médical de leur pays. Vous souhaitiez un terrain neutre. Peut-on souhaiter plus neutre que l'Autriche ? En outre, cela convient parfaitement pour justifier l'interview télévisée qui vous servira de couverture.

Je l'interrompis d'un geste :

— Un instant, monsieur Zander. Il me faut quelques éclaircissements. En principe, je dois interviewer le Souverain pour la télévision américaine à propos de son merveilleux centre médical, de sa future clinique. En fait, nous louons l'unité mobile et le nom d'une société de télévision existante pour nous permettre à tous d'arriver sans encombre au lieu de rendez-vous. C'est bien ça ?

— Tout à fait.

— Où trouverons-nous cette société ?

— En France. Mais ne vous en faites pas. Simone s'est bien renseignée. Toutes les unités mobiles des sociétés de télévision européennes sont pratiquement semblables. Dans le petit camion ou la camionnette qui transporte le matériel se trouvent deux techniciens, un pour les prises de vues, l'autre pour le son, plus un aide qui, en général, est aussi le chauffeur. Dans la voiture qui les accompagne se trouvent le réalisateur, un assistant de production et, parfois, une scripte ou un interviewer, si ce n'est pas le réalisateur qui assure l'interview. Certaines de ces unités appartiennent à des chaînes ou des sociétés de production de télévision, mais elles sont souvent indépendantes. Elles font partie d'une nouvelle classe privilégiée. Elles peuvent aller presque partout où elles le souhaitent et franchissent les frontières sans problèmes. Du moment que vous êtes dans un véhicule sur le côté duquel on peut lire le nom d'une station, d'une chaîne ou d'une société de télévision, tout ce qu'un policier ou un fonctionnaire voudra savoir, c'est le nom du programme qui est en cours de réalisation pour pouvoir le rapporter à sa femme. C'est une excellente couverture. Ne trouvez-vous pas ?

— Qui sera dans la voiture ? demandai-je.

— Moi-même en tant que réalisateur, et Simone en tant que chauffeur, photographe de plateau et assistante scripte.

— Jean-Pierre viendra avec nous ?

— Il sera responsable du camion de matériel. Pourquoi me demandez-vous ça ?

— Si vous avez l'intention de le faire passer pour un technicien, il lui faudra exhiber une barbe et un vieux blue-jean.

Ni l'un ni l'autre ne jugèrent bon de commenter. Zander se servit la fin de la bouteille de vin, puis me demanda :

— Avez-vous des observations constructives à faire sur ce plan, monsieur Halliday ?

— Vous risquez d'avoir des ennuis à cause de la presse

et de la radio locales. La nouvelle n'en est peut-être plus une, mais l'arrivée d'une unité mobile pour effectuer un reportage télévisé provoque toujours une certaine curiosité. Et puis, que se passera-t-il si Vienne demande à voir l'interview et souhaite en utiliser une partie ? Comment refuser ? Ils sont chez eux.

— L'interview est en anglais et destinée au public américain.

— Ils peuvent quand même demander à la voir. Et qu'est-ce que ça peut faire qu'elle soit en anglais ? Ils n'ont qu'à utiliser une voix *off* sur dialogue, en allemand. Ce serait gênant qu'ils s'aperçoivent que vous n'avez pas d'interview à leur montrer.

— Nous dirons simplement que la question a été posée à New York qui doit prendre une décision. Quant à la presse locale, l'entourage personnel du Souverain doit avoir l'habitude d'éconduire les journalistes.

— Bon. (Il était évident qu'il ne voulait rien entendre sur ce sujet ; aussi, pour le moment, je laissai tomber.) Où se trouve cette mine d'argent ?

— Dans les collines. A vingt kilomètres de Judenburg. C'est un très beau site. Toutefois, nous logerons à quelques kilomètres de là, dans une *Gasthaus* près de St. Veit. Je veux dire la veille de la réunion. Vos négociateurs devraient loger à Velden, comme je le leur conseille dans mon plan. On y trouve beaucoup de chambres pour touristes et, parmi les touristes, ils ne se feront pas remarquer. Vous pourrez aller les voir là-bas, s'ils le souhaitent. Il vaudrait mieux qu'ils arrivent un peu avant leur audience avec le Souverain. Je suggère mardi prochain à onze heures.

C'était à prendre ou à laisser. Je répondis :

— Oui, monsieur Zander.

J'eus quelque difficulté à rédiger le télex pour Schelm ; pas seulement parce qu'il fallait que je me rappelle les codes et leur emplacement dans les phrases. Le résultat, sur mon bloc, fut le suivant :

BOB A LINDWURM SITUATION TELLE QUE PRÉVUE. QUESTIONS POSÉES MAIS AUCUNE RÉPONSE SANS ÉQUIVOQUE. SEULS ÉCHANGES FRANCS POSSIBLES AU SOMMET. PRIX ARGENT INCHANGÉ. RENDEZ-VOUS PROPOSÉ ONZE HEURES MARDI PROCHAIN SUR CHANTIER. NOTRE GROUPE ARRIVERAIT RÉGION LUNDI SOIR A TEMPS POUR VOUS FAIRE RAPPORT PERSONNEL ; SI D'ACCORD

DEMANDE VITE VOTRE NUMÉRO TÉLÉPHONE HÔTEL LINDWURM. SUGGÈRE FOURNITURE UNITÉ SUPPLÉMENTAIRE 16 MM OU VIDÉO POUR SATISFAIRE INTÉRÊT POSSIBLE CHAÎNE LOCALE OU RÉSEAU NATIONAL.

Je regardai ma montre. Il était presque cinq heures. Je dis à Zander :

— Je suis le seul à pouvoir me relire. Il faut que j'aille taper le texte. J'aimerais descendre au bureau maintenant, si ça ne vous ennuie pas.

Dans l'ascenseur, il n'y avait réellement place que pour deux personnes. Vielle emprunta l'escalier. Pendant que nous descendions, Zander me demanda :

— Aurons-nous le droit de lire votre message ?

C'était vraiment la première chose idiote qu'il disait, la première indication de la tension qu'il avait si bien réussi à cacher. Je répondis de mon ton le plus désinvolte :

— Mais oui, bien sûr. De toute façon, je ne sais pas me servir d'un téléscripteur. Il faudra que quelqu'un s'en charge.

— Jean-Pierre s'en sert souvent. Où le message est-il adressé ?

— Ulm, en Allemagne de l'Ouest. J'indiquerai le numéro de la station en haut.

Quand j'eus dactylographié le message, je le lui donnai et le regardai le lire. Ce que j'avais écrit ne semblait pas beaucoup lui plaire, mais il ne protesta qu'arrivé à la dernière phrase et à ma suggestion.

— C'est complètement absurde et inutile.

Je haussai les épaules :

— Vous avez peut-être raison, mais ça ne peut pas faire de mal de savoir ce qu'ils en pensent, n'est-ce pas ?

Il hésita puis il hocha la tête, et Vielle se mit au travail. Nous nous assîmes.

Tandis que nous le regardions travailler, un changement s'opéra en moi. Je changeai — ou commençai à changer — d'avis sur Zander. J'avais commencé par le craindre. Mais cet après-midi il m'avait déconcerté. Depuis que, dans l'ascenseur, il m'avait posé cette question étrange qui avait, pour ainsi dire, soulevé un coin du voile, je me demandais ce que je trouverais si je parvenais à gratter l'écorce. Je n'avais qu'à lui poser la question que j'aurais dû poser à Schelm :

— Dites-moi, monsieur Zander, comment avez-vous

découvert que le Mukhabarat Zentrum avait pour mission de vous tuer ?

Il haussa les sourcils en me regardant fixement. Il essayait d'avoir l'air un peu surpris, mais ses yeux le trahissaient. La question l'avait pris de court et il s'efforça de gagner du temps avant de répondre :

— Je croyais qu'on vous avait mis au courant des moindres détails.

— On a peut-être omis ce détail-là.

— Ils s'en sont probablement tenus strictement aux données opérationnelles que je leur ai fournies. Ils doivent cependant tout savoir sur les attentats commis contre moi. Le premier, il y a six mois, à Paris — deux jeunes voyous dont le revolver s'est enrayé. J'étais avec Jean-Pierre. Nous venions de sortir de son bureau. J'ai brisé les côtes de celui qui tenait le revolver. Nous avons essayé de faire parler l'autre avant de les remettre à la police ; il nous a raconté l'histoire classique. On leur avait offert de l'argent. On leur avait d'abord remis la moitié de la somme avec le revolver. Ils ignoraient l'identité de la personne pour qui ils travaillaient. Le deuxième attentat, à Rome, aurait pu être plus sérieux. La grenade lancée par la fille a bien explosé, mais la fille tenait trop à s'en débarrasser. J'ai eu le temps de faire un roulé-boulé pour me mettre à l'abri et m'en suis tiré avec le tympan un peu endommagé. Cela se passait devant la porte de mon hôtel. La fille a pu s'échapper. Quinze jours plus tard, le Souverain m'a convoqué. C'est lui qui m'a prévenu que, selon ses agents des renseignements, Mukhabarat Zentrum avait accepté de reprendre le contrat pour une somme exorbitante. Il avait également entendu dire qu'ils avaient l'intention de s'attaquer aussi à ma famille.

— Il savait qui payait ce prix exorbitant ?

— Je n'ai pas pris la peine de le lui demander. Personne, pas même le Souverain, ne pourrait obtenir une réponse à ce genre de question. (Il me jeta un regard fourbe du coin de l'œil.) Mais qu'est-ce que cela peut bien vous faire ? Disons, si vous voulez, que ce sont les Irakiens qui paient... ou paieront s'ils obtiennent des résultats. (Il écarta cette pensée d'un geste.) De toute façon, j'avais des affaires autrement importantes à discuter avec le Souverain.

— La baie d'Abra ?

— C'était la plus importante, oui.

Vielle tourna la tête :

— La réponse arrive, patron.

Nous nous approchâmes de la machine et attendîmes la réponse ainsi rédigée :

LINDWURM A BOB. REÇU VOTRE RAPPORT NUMÉRO UN. DATE ET LIEU RÉUNION APPROUVÉS. NUMÉRO TÉLÉPHONE RÉGION LINDWURM LUNDI CODE PLUS 26557. SUJET VOTRE SUGGESTION ÉQUIPE SUPPLÉMENTAIRE AUTHENTIQUE SOUHAITABLE. EST-IL POSSIBLE MATÉRIEL PLUS PERSONNEL NORMAL LOUÉ VENIR LIEU RENDEZ-VOUS SANS COMPROMETTRE OBJECTIFS ESSENTIELS OPÉRATION LINDWURM. QUESTION RÉPONSE ATTENDUE.

Vielle souleva une objection :

— Lindwurm est le nom codé de l'opération. Pourquoi l'utilisent-ils en tant que numéro de téléphone ?

— Lindwurm signifie dragon, expliqua Zander, et le dragon est l'emblème de la ville de Klagenfurt. L'endroit où ils descendront, Velden, est dans la région de Klagenfurt. Ils utilisent donc Lindwurm pour indiquer le début de l'indicatif téléphonique. Je ne vois rien de déplaisant dans ce message. (Il me fusilla du regard.) Ce qui, par contre, me déplaît, c'est la rapidité avec laquelle ils vous donnent leur accord sur ce changement de plan. En auriez-vous déjà discuté avec eux hier soir, pendant votre briefing ?

— Non. On m'a seulement exposé votre plan dans ses grandes lignes. Maintenant, en l'examinant de plus près, j'y vois une faiblesse. Je pense qu'il faudrait la corriger.

— Il me semble que cette correction n'est pas nécessaire.

— Parce que vous ne connaissez pas les gens de la télévision. Si vous croyez, par exemple, que le producteur d'une émission d'informations télévisées va accepter sans protester que vous lui disiez que quelqu'un, à New York, doit donner son autorisation pour qu'il puisse voir une interview filmée en Autriche, vous vous faites des illusions. Il voudra savoir *qui* doit donner cette autorisation. Si vous mentez, il le saura en l'espace de quelques minutes. Si vous répondez de façon évasive, vous n'aurez rien gagné. Dans un cas comme dans l'autre, il en conclura qu'il a mis la main sur un truc fumant. En moins de deux, votre couverture sera fichue, et le Souverain sera très embarrassé.

— Vous exagérez, monsieur Halliday.

— Certainement pas. Ecoutez, monsieur Zander, il faut au moins considérer la proposition de l'autre camp. Parlez-moi de cette société française à qui vous louez tout le matériel. Qu'avez-vous convenu ?

Il m'examina d'un air méfiant avant de répondre :

— Nous prenons livraison dimanche des deux véhicules et du matériel essentiel.

— Où ?

— A Genève, dit Vielle.

— Pourquoi ne pouvez-vous pas vous entendre avec eux quant au recrutement des techniciens ? Vous les engagez pour qu'ils se rendent séparément en voiture ou en train à Klagenfurt. Vous passez les prendre et les emmenez à la mine mardi après-midi une fois que les pourparlers avec le Souverain sont terminés ou ajournés. Nous mettons tout en place rapidement et tournons réellement quelques mètres de film. Pas des masses. Je pose au Souverain quelques questions idiotes auxquelles il me répond par des propos sublimes. Fin. Votre couverture est increvable. Vous ne risquez absolument rien. Pourquoi pas ?

Vielle secoua la tête.

— Trop tard. Les deux techniciens ne sont plus disponibles. Ils ont pris leur part de la somme que nous avons versée et sont partis en vacances au Mexique. Ce sont les chauffeurs qui me livreront les véhicules à Genève.

— Alors, dis-je, il faut demander à l'autre camp de nous aider.

— Qu'avez-vous l'intention de leur dire ? demanda Zander.

Je réfléchis un moment.

— Que diriez-vous de ça ? « Personnel normal pas disponible. Vous prie organiser interview lieu rendez-vous avec équipe indépendante film ou vidéo, mardi après-midi. » Inutile de parler de sécurité. Ils ont certainement compris la nature du problème.

Il hocha la tête ; alors je tapai le message à la machine et Vielle s'occupa de le transmettre.

Zander s'assit à son bureau et m'observa :

— Vous m'avez favorablement impressionné, monsieur Halliday.

— Ah ?

— Vous avez relevé ce qui, grâce à votre expérience du milieu de la télévision, vous a paru être une erreur dans nos plans. Vous nous l'avez fait remarquer et avez insisté pour qu'elle soit corrigée. Pourquoi ? Vous avez été engagé comme agent de liaison, mais la réussite de notre plan ne vous concerne pas.

— Non, effectivement.

— Serait-ce que vous souhaitez que l'opération réussisse ?

— Comme vous le dites si bien, j'ai été engagé. Et comme Mlle Chihani me l'a si bien fait remarquer hier soir, je suis très bien payé pour effectuer un travail de fourmi.

Je lus de l'amusement dans son regard.

— Ce n'est pas une réponse, monsieur Halliday. Ce qu'on vous demande de faire pour nous ne peut vous apporter aucune satisfaction sur le plan professionnel, et, pourtant, je commence à croire que vous tenez à notre réussite et pas seulement pour infliger une défaite à de vieux ennemis qui peuplent encore vos cauchemars.

— Ah, non ?

— Non. Autrement vous m'en auriez parlé. (Il soupira, examina soigneusement ses mains et poursuivit en parlant lentement :) Je ne sais pas pourquoi, mais j'ai l'impression que vous êtes *avec* nous. Cela est-il possible, monsieur Halliday ? Est-il possible que nous vous ayons enrôlé ?

Je réfléchis un moment. Dans une certaine mesure, Zander avait raison. Je voulais que l'opération réussisse. Mais je n'étais pas vraiment « avec » lui dans le sens où il l'entendait.

Zander commençait à m'intéresser. Outre sa force physique et son courage, il avait réussi, grâce à son intelligence et à sa faculté d'adaptation à des cultures absolument étrangères à celle de son milieu d'origine. J'avais cependant l'impression qu'il était un survivant pour qui il devenait difficile d'oublier qu'en fin de compte le temps se charge de tout. Il s'était mis à trembler sur ses bases. Je voulais voir comment il se débrouillerait et ce qui se passerait s'il trébuchait et tombait. Il attendait toujours ma réponse.

— Non, monsieur Zander, dis-je avec un sourire navré. Vous ne m'avez pas enrôlé. Je dois être devenu ce que votre officier britannique aurait appelé un mauvais perdant. Je n'ai plus aucun penchant pour le camp des vaincus. S'il est possible que je puisse vous aider à ne pas perdre, vous pouvez compter sur moi.

La réponse de Schelm était arrivée :

LINDWURM A BOB. VOTRE NUMÉRO DEUX REÇU ET COMPRIS. UNITÉ MOBILE SUPPLÉMENTAIRE SERA ENGAGÉE ET SE RENDRA PRÈS RENDEZ-VOUS A MOMENT CONVENU ULTÉRIEUREMENT. VEUILLEZ AVISER AU PLUS VITE VOTRE HEURE DÉPART PRÉVU DEMAIN ET NOUS CONTACTER DIMANCHE SOIR DES ARRIVEE HÓTEL POUR COMMUNICATION CHANGEMENTS ÉVENTUELS. ACCUSEZ RÉCEPTION.

CHAPITRE VIII

Le samedi après-midi, nous partîmes pour Genève, voyageant en deux groupes qui quittèrent l'Italie par des itinéraires différents. Chihani, Mohktar et Jasmin se trouvaient dans le minibus conduit par Guido et transportant presque tous les bagages volumineux. Ils devaient passer par les Alpes et prirent la route sitôt après le déjeuner.

Zander et moi montâmes dans l'Alfasud conduite par Vielle. Je fus satisfait de constater qu'ils avaient tous deux suivi mes conseils et s'étaient habillés de façon décontractée.

Notre itinéraire étant plus facile, nous nous mîmes en route une heure plus tard que les autres et entrâmes en Suisse par le tunnel du Grand-Saint-Bernard. Côté italien on examina nos passeports, mais côté suisse on n'en prit même pas la peine. Je vis que Vielle et Zander avaient un passeport français.

Le motel où nous devions passer la nuit se trouvait juste avant Genève, près de Coppet. Chihani et son groupe étaient arrivés avant nous et s'étaient déjà installés. Il y avait un bar-brasserie attenant à l'hôtel, et nous convînmes d'y retrouver Chihani dès que nous aurions fait un brin de toilette. Chihani avait d'abord quelque chose à préciser :

— Les jeunes gens ont remarqué une discothèque en arrivant. Ils demandent l'autorisation d'aller y passer une ou deux heures. Je pense qu'elle devrait leur être accordée. Ils seraient de retour peu après onze heures.

Zander accepta.

— Ils ont bien travaillé, ces derniers jours. Pourquoi ne pas les laisser s'amuser un peu ?

En ce qui concernait les moins jeunes, Chihani appliquait d'autres préceptes. Nous buvions un verre au bar quand les choses se gâtèrent. Vielle parla à Zander d'un bon restaurant qu'ils connaissaient tous deux à Genève. Il m'expliqua d'un ton convaincu :

— Cuisine de minceur; des sauces d'une grande élégance. Je suis sûr que vous aimerez, monsieur Halliday. (Il se retourna vers Zander.) Voulez-vous que je réserve une table, patron ?

J'avais déjà remarqué l'antipathie de Vielle pour Chihani, et me doutais qu'il était jaloux de ses relations (dont j'ignorais la nature) avec Zander, ainsi que de l'autorité que Zander lui avait déléguée en matière de sécurité. Il était clair, d'autre part, que Vielle avait l'intention de réserver une table pour trois et que Chihani n'était pas invitée. Je pense qu'elle ne s'en aperçut même pas. Sa réaction fut instantanée.

— Oh non ! Pas question, patron. Pourquoi prendre des risques absurdes dans le seul but de satisfaire votre gourmandise ?

Zander regarda Vielle, puis regarda autour de lui. Nous étions les seuls clients, et le barman, qui était également serveur dans la brasserie, s'était éloigné pour s'occuper des raclettes. Rien ne nous empêchait de dire ce que nous avions sur le cœur. Vielle s'empressa de le faire :

— Excusez-moi, chère madame, fit-il d'un ton lourd de sarcasme. Je ne m'étais pas rendu compte que je m'étais permis de vous consulter au sujet de quoi que ce soit, et encore moins de solliciter votre avis à propos du restaurant où j'avais l'intention de dîner avec mes amis.

Chihani ne regardait pas Vielle mais Zander, à qui elle s'adressa :

— Patron, vous voyagez sous un faux nom avec un passeport qui n'est pas parfaitement imité. Votre visage est connu à Genève, et particulièrement dans le restaurant en question. Il y a de fortes chances pour que vous soyez reconnu. Je pense qu'il vaudrait mieux faire attendre les sauces élégantes, dîner ici simplement et discrètement, puis monter nous coucher.

— Madame est trop bonne de se préoccuper de notre confort, dit Vielle méchamment, mais Chihani l'interrompit sèchement :

— Il ne s'agit pas de votre confort, mais de la sécurité de l'opération. Si vous tenez à dîner dans ce restaurant, rien ne vous en empêche, Jean-Pierre. Si quelqu'un vous reconnaît, cela n'a aucune importance. Vous avez un passeport à votre nom, et personne ne se demandera ce que vous faites à Genève. Alors, allez-y et bon appétit. Mais ne me demandez pas de compromettre l'opération.

Vielle était rouge de colère.

— Madame, dit-il, je n'attends rien de vous sauf le silence, et...

Il s'étrangla, et Zander en profita pour intervenir.

— Vous savez, Jean-Pierre, je crois quand même que Simone n'a pas tout à fait tort. (Il parlait comme à regret, d'un ton conciliant, mais je voyais très bien qu'il s'amusait. Il se tourna vers moi :) Vous ne dites rien, monsieur Halliday. N'avez-vous pas d'idées sur notre sécurité ?

J'en avais, mais elles ne concernaient pas particulièrement les restaurants. L'analyse, par Chihani, des risques encourus à Genève m'avait fait penser à un autre risque qu'elle n'avait pas encore envisagé. La veille, alors que je persuadais Zander de la nécessité de recruter une équipe supplémentaire pour protéger notre couverture auprès des Autrichiens, elle se trouvait à Milan, en compagnie de Mokhtar et Jasmin, pour récupérer mes bagages à l'hôtel. Le jour même, quand Schelm nous avait prévenus par télex qu'une unité mobile indépendante, hollandaise, qui terminait un tournage en Yougoslavie, nous rejoindrait le mardi au rendez-vous Lindwurm, elle était déjà en route pour Genève. Le changement de programme n'était pas très important, mais il fallait sans doute qu'elle soit prévenue. Vielle ne le ferait pas. Zander le ferait peut-être. En attendant, elle faisait preuve de beaucoup plus de bon sens que Vielle, trop soucieux de ses aises. Je répondis donc fermement :

— Je pense que Mlle Chihani a parfaitement raison, monsieur Zander. Aller dîner dans ce restaurant serait une véritable folie. Je préfère dîner ici, dans la brasserie.

Vielle poussa un soupir excédé, mais Zander l'empêcha de protester. L'incident était clos. Enfin, pas tout à fait...

J'étais couché et me demandais si j'allais prendre un somnifère, car je n'arrivais pas à m'endormir, quand j'entendis qu'on glissait doucement une clé dans la serrure de ma porte. La clé tourna. La porte s'entrouvrit.

J'étais déconcerté, car j'avais fermé la porte à clé de l'intérieur et posé la clé sur la commode. La Suisse avait bien changé, si on pouvait s'y faire agresser dans une chambre de motel. Je me demandai avec quoi, à part mon oreiller, je pourrais bien me défendre, car il n'y avait pas de lampe de chevet et l'intrus était entré. La porte se referma doucement. J'entendis un chuchotement :

— Vous ne dormez pas ?

— Non.

Les volets étaient fermés et les rideaux tirés. Il faisait très sombre. Je la sentis plutôt que je ne la vis s'approcher du lit et s'arrêter.

— Je voudrais vous remercier de m'avoir soutenue tout à l'heure, dit-elle, toujours en chuchotant. Vous m'avez beaucoup aidée.

— J'ai simplement dit ce que je pensais. Vous aviez parfaitement raison. Jean-Pierre était dans son tort — et ridicule, aussi. Vous collectionnez les passes partout où vous allez ?

— Ici, je n'en ai pas eu besoin. Dans ce genre de motel, il y a toujours deux clés en bas pour les chambres pour deux personnes.

Je mis un moment à me rendre compte qu'elle se déshabillait, qu'elle venait de prendre une douche et sentait un savon qui n'était pas celui que fournissait l'hôtel. Puis elle se glissa près de moi dans le lit. Ce fut la fin de la conversation, car nous n'avions pas grand-chose à nous dire. Ma bonne conduite était récompensée.

Il devait être onze heures et demie quand les gamins rentrèrent de leur disco. A les entendre, ils semblaient avoir passé un bon moment, eux aussi. Dès qu'ils se furent tus, elle se leva, se rhabilla et s'en alla. Je n'eus absolument aucun mal à m'endormir.

Le bureau de Vielle à Paris avait tout arrangé pour que nous prenions livraison des véhicules de l'unité mobile française. Cela devait se passer à dix heures et demie dans le parc de stationnement des visiteurs du Palais des Nations. C'est là que le producteur français devait être payé en marks pour la location des véhicules et du matériel, et recevoir un chèque postdaté, en francs suisses, à titre de caution. A dix heures, Vielle se mit en route, muni d'un porte-documents volumineux, dans l'Alfasud conduite par Chihani. Les deux gamins les suivirent en minibus.

L'Alfasud revint à midi, conduite par Vielle qui était de

fort mauvaise humeur. Apparemment, le producteur français avait fait preuve de la cupidité et de la mauvaise foi les plus abjectes. Il avait essayé d'augmenter le prix convenu pour la location et avait eu le culot de mettre en question la validité du chèque postdaté pour essayer d'obtenir plus d'argent liquide. Vielle avait dû lui rappeler qu'il n'avait qu'à dire un mot à un de ses bons amis à Paris pour qu'il soit démoli non seulement en tant que producteur indépendant, mais aussi physiquement, et de façon particulièrement humiliante. Le petit escroc avait fini par entendre raison. L'incident avait fait perdre pas mal de temps, mais les véhicules de l'unité se trouvaient maintenant dans une aire de repos de l'autoroute allant vers l'est, près de Begnins. Le minibus était dans un garage à Cointrin. Il nous fallait faire vite pour rattraper le temps perdu.

Les véhicules étaient une camionnette Citroën et un break Peugeot. Dans la camionnette spécialement aménagée, les trois sièges des passagers se rabattaient en arrière et pouvaient servir de couchettes. A l'arrière, dans des compartiments, des casiers où, tenus par des courroies, se trouvaient tous les éléments composant l'attirail habituel d'une unité mobile de télévision : boîtiers de caméra et de chargeurs, pieds de caméra, lampes survoltées, éclairage sur pied, sac d'accessoires, boîtes de jonction, câbles. Il y avait, sur la galerie du toit, un praticable pliant sur lequel deux escabeaux étaient fixés par des courroies. Une série de bornes lumineuses en plastique rouge était attachée aux escabeaux. Les côtés de la camionnette étaient ornés d'un logo composé d'un oiseau stylisé et des mots ORTOFILM TV, ORTOFILM en noir sur fond orange. Au-dessous, en très petits caractères, se trouvait le nom de la société : Productions Radio-TV Ortofilm S.A., Paris. Les côtés du break arboraient les mêmes légendes. Je songeai que le mot Ortofilm avait été choisi pour la ressemblance de la première syllabe avec l'ancien sigle du Service national français de radiodiffusion et de télévision.

— Qu'en pensez-vous ? me demanda Zander.

— Tout à fait crédible. On dirait du vrai de vrai. Pourquoi pas, d'ailleurs ? C'*est* du vrai de vrai.

— Oui. (Il désigna les boîtes de chargeurs.) Malheureusement, elles sont vides. Espérons que les Autrichiens ne nous examineront pas de trop près.

— Aucune loi n'oblige à avoir tout le matériel de prise de vues. S'ils vous interrogent, dites-leur que vous comptiez le louer à Vienne.

— Nous pourrions le louer ?

— Je ne sais pas. Probablement. Pourquoi pas ? Vos papiers sont en règle ?

— Oui, oui. Nous avons tous des passeports français — sauf vous, bien sûr.

— Où allons-nous passer la nuit ? Vous n'oubliez pas qu'il me faudra disposer d'un téléscripteur ?

— Pas de problème, monsieur Halliday. Et j'espère que vous n'oublierez pas que j'attends qu'on me donne le nom de l'adjoint militaire du commandant des forces sud de l'O.T.A.N. Il faut que je puisse garantir au Souverain, *avant* toute réunion, qu'il n'aura pas affaire à un imposteur ou un sous-fifre.

— C'est parfaitement compris. Le nom vous sera communiqué.

— J'espère que ce sera le bon. Ce soir, je pense que nous nous arrêterons près de Zug. Nous passerons la frontière autrichienne demain matin. En général, la circulation est plus fluide le lundi matin. Ah, voilà Simone.

Elle était allée ranger l'Alfasud dans le garage avec le minibus, à Cointrin, et Guido l'avait ramenée dans le break. Il était alors une heure et demie, et Zander décida que nous nous passerions de déjeuner car nous avions perdu beaucoup de temps. Je voyagerais avec lui dans le break conduit par Simone. La camionnette nous suivrait de près. Nous nous arrêterions peut-être en chemin, entre Berne et Zurich, pour prendre un café et un sandwich.

En fait, nous fîmes deux arrêts mais n'eûmes pas l'occasion de boire ou de manger. Le premier arrêt fut dans une aire de services de l'autoroute où il y avait des pompes à essence, des distributeurs de boissons, une cafétéria libre-service, une boutique de fantaisies et une grande zone de stationnement. Pour quelque raison mystérieuse, l'endroit plaisait beaucoup aux chauffeurs du dimanche et à leur famille. C'était le coup de feu dans la boutique et la cafétéria, mais il y avait aussi beaucoup de gens qui avaient simplement garé leur voiture et se baladaient au soleil, comme s'ils visitaient dans un site pittoresque.

Nous commençâmes par faire le plein. L'opération n'était pas terminée que les deux véhicules étaient entourés d'une foule de curieux qui, s'enhardissant peu à peu, se mirent à jeter des coups d'œil à l'intérieur de la camionnette et à poser des questions. Comme Vielle était allé aux toilettes, Zander fut obligé de répondre aux questions qui étaient, pour la plupart, posées en allemand. Zander ne s'était pas attendu à devenir le centre d'attention et cela lui déplaisait. Quand nous nous dirigeâmes vers la cafétéria, la foule nous emboîta le pas. Dès qu'il s'en aperçut, Zander fit demi-tour. Il en avait assez.

— Nous ne pouvons pas rester là, dit-il à Chihani. Allez prévenir Jean-Pierre. Nous partons tout de suite.

Nous étions à nouveau sur l'autoroute quand il se tourna vers moi et s'écria :

— Les gens sont complètement fous, ici.

— Que vous ont-il demandé ?

— Des choses idiotes : pour quel programme travaillons-nous ? Comment s'appelle l'émission ? D'où venons-nous ? Simone est-elle une actrice ? Et moi ? Et vous ? Pourquoi portez-vous une cravate et moi pas ? Pourquoi ai-je un accent allemand bizarre ? Pourquoi ai-je des employés arabes ? Ça, c'est parce qu'ils ont entendu Mokhtar parler à Jasmin et qu'ils ont cru que c'était de l'arabe. Est-ce que je suis M. Ortofilm ? Les gens sont fous.

— Vous devriez être content.

— Comment ça, « content » ?

— Vous avez convaincu ce public inattendu que vous étiez bien ce que vous prétendez être.

— Je voulais une couverture, pas un interrogatoire serré.

Ce qu'il avait considéré comme les éléments d'une couverture très sûre — le logo d'une société de télévision, les véhicules professionnels — était justement les détails qui attiraient l'attention, même des gens les moins curieux. Une véritable équipe de télévision était au courant de l'intérêt qu'elle ne manquait pas d'éveiller et y était indifférente. Notre groupe de professionnels bidon avait une réaction morose ou embarrassée.

Aux environs de Zurich, nous nous arrêtâmes dans une grande station-service à côté de laquelle il y avait un snack-bar. Zander descendit et s'approcha de la camionnette. Il s'entretint un instant avec Vielle, puis se dirigea avec lui vers le bureau, sans doute pour téléphoner. Chihani les regarda s'éloigner mais, quand elle eut payé l'essence, elle n'alla pas les rejoindre. Elle remonta dans la voiture, se tourna vers moi et me dit :

— J'ai été surprise, tout à l'heure, par cette avalanche de questions. Vous vous y attendiez ?

— Non. Mais il ne faut pas oublier que nous sommes dimanche après-midi et que tous ces gens n'avaient rien de mieux à faire. Certaines questions étaient peut-être idiotes, mais la responsabilité nous en incombe.

— Comment ça ?

— Nous donnions aux gens l'impression que nous n'étions pas normaux. Parce que nous n'avions pas un comportement normal. Vous savez ce qu'auraient fait les gars d'une vraie unité mobile ? Ils auraient fermé leurs véhicules à clé et ils seraient allés boire leur café et manger leurs sandwiches. Il y aurait peut-être eu quelques badauds. Ils ne leur auraient pas prêté attention. Si quelqu'un avait posé des questions, il aurait eu pour toute réponse un regard appuyé, un haussement d'épaules ou un « comprends pas[1] ». S'il avait insisté, les gars de l'équipe se seraient mis à parler entre eux pour le décourager. Nous avons répondu aux questions et continué d'y répondre, tandis que les gamins bavardaient et rigolaient comme s'ils étaient en pique-nique. Rien d'étonnant à ce que les gens aient fini par poser des questions idiotes. C'est *nous* qui étions idiots. La prochaine fois que nous nous arrêterons, je suggère que les gamins fassent semblant de dormir. En tout cas, il ne faut pas qu'ils se fassent remarquer, et surtout pas qu'ils aient l'air de s'amuser. Jean-Pierre devrait conduire la camionnette et ne parler que le français.

— Je vais dire ça au patron. (Elle eut un petit sourire.) Nous devons avoir l'air très peu professionnels et vous devez souffrir.

— Je souffrirais encore plus si je pensais que cette couverture était une idée à vous. Je ne le pense pas.

— J'y étais opposée. C'était très bien pour *vous*, mais pas pour nous. Mais il m'arrive de me tromper. J'étais contre l'idée d'attaquer le garde du corps de Pacioli. J'estimais que c'était...

1. En français dans le texte.

— Brutal et inutile ?

Elle eut l'air surpris.

— Non. Je pensais que c'était une erreur. L'action coercitive devrait toujours être directe. Le retard était la faute de l'homme de la Syncom, à Rome. C'est lui qu'il aurait fallu attaquer.

— Il paraît qu'un contact prolongé avec le monde arabe a tendance à compliquer le processus de pensée. Le vôtre me semble plutôt clair.

Elle me lança un regard oblique.

— Je ne suis pas arabe et seulement à demi berbère. Vous pensez au patron. C'est lui qui aime les Arabes du désert. Il lui arrive même de trouver le Souverain sympathique.

— Pas vous ?

— C'est un sujet dont je préfère ne pas parler. Le patron le sait.

— Le patron vous a-t-il dit que nous avons rendez-vous mardi avec une unité mobile de télévision hollandaise, une vraie ?

Elle sembla tomber des nues et s'écria :

— Mais de quoi parlez-vous ?

Je le lui expliquai. Elle m'écouta en pinçant les lèvres et en soupirant. Puis elle eut un petit reniflement de mépris et me dit, comme si elle récitait un cours :

— Une couverture obligeant une ou plusieurs personnes à emprunter une identité ne correspondant pas aux capacités ou aux dons naturels de ces personnes est forcément faible.

— Vous avez certainement raison.

— Une couverture trop complexe a un effet contraire à l'effet recherché. Je ne vous condamne pas pour cette complication, mon ami. Vous avez bien réfléchi. Il vaut mieux cela que d'avoir des ennuis avec les media autrichiens. Où se trouve actuellement l'unité mobile hollandaise ?

— Partie de Yougoslavie, elle se dirige actuellement vers le nord. Je ne sais pas exactement où elle se trouve. J'ai une autre suggestion à faire. Ça vous intéresse ?

— Allez-y.

— Pourquoi ne pas laisser Jean-Pierre, les gamins et tout ce capharnaüm se débrouiller seuls ? Nous les quittons à Zurich et nous prenons l'avion demain pour Vienne. Nous louons une voiture à l'aéroport et nous rendons à la Gasthaus, près de St. Veit, où le patron a dit que nous descendions avant la réunion. Comme ça, nous serons sûrs d'arriver au rendez-vous sans problème.

— Impossible.

— Pourquoi ?

Elle me l'expliqua avec une infinie patience :

— Parce que cela ne fait pas partie du plan accepté par le Souverain. Même une demande de changements minimes le rendrait extrêmement méfiant. Vous ne le connaissez pas.

— Il est aussi terrible que son père ?

— Ah, vous avez entendu parler de celui-là ? Eh bien, le fils n'irait pas jusqu'à nous faire assassiner, mais vos amis ne le verraient pas. Il se volatiliserait avec son entourage. Il faudrait plusieurs semaines pour organiser une autre réunion. Pour le patron, un tel changement de plan serait impensable.

— Vous semblez oublier quelque chose. L'unité hollandaise et l'interview que je ferai, vous n'appelez pas ça un changement de plan ?

— Le seul changement sera qu'il y aura un film ou une bande vidéo dans la caméra. (J'avais les coudes appuyés sur le dossier du siège à côté d'elle. Chihani me tapota la main.) Il faut que je vous mette en garde, mon ami. Vous auriez tort de croire que ces gens-là sont automatiquement prêts à entendre raison. Seuls certains d'entre eux sont sains d'esprit et doués de bon sens. Parfois, je me demande même si le patron est tout à fait normal.

Elle prononça cette dernière phrase d'un ton si insouciant que je n'en saisis pas tout de suite la portée. Puis elle descendit, car Zander, qui revenait en compagnie de Vielle, lui avait fait signe de les rejoindre.

Ils montèrent tous trois dans la camionnette et y restèrent quelques minutes. Après quoi Zander et Chihani revinrent vers le break.

— J'ai décidé que nous diviserions nos forces, me dit Zander en s'installant. Comme ça nous attirerons moins l'attention. Simone nous a fait part de vos critiques sur notre comportement. Vos conseils ont été notés et seront suivis scrupuleusement. Jean-Pierre conduira la camionnette et les gamins obéiront aux nouvelles directives qui leur ont été données. Ils passeront la nuit dans un motel, de l'autre côté de Zurich, proche de l'aéroport. Quant à nous trois, nous avons des chambres réservées dans un hôtel non loin de là. C'est un de ces nouveaux établissements qui accueillent des congrès et vous y trouverez un télescripteur. Jean-Pierre viendra nous y rejoindre en taxi.

Il ne prononça plus une parole avant que nous soyons arrivés à l'hôtel en question.

Ce nouvel établissement avait l'aspect extérieur d'une pile de boîtes à œufs. Nouveau, il l'était aussi à l'intérieur, car, dès que vous aviez franchi la réception, vous faisiez tout vous-même. Il vous fallait vous débrouiller pour porter vos bagages, trouver votre chambre, vous servir à boire, sortir vos oreillers du placard. Il n'y avait pas de garçon d'étage, et, si vous vouliez une chose qui ne se trouvait pas dans la chambre, il fallait appeler la réception qui vous disait où la chercher. C'est ainsi que je trouvai un individu qui voulut bien me louer un box avec un téléscripteur dont il m'apprit à me servir.

J'appelai Ulm et donnai le nom et le numéro de l'hôtel. En échange, on me rappela le numéro de téléphone que je devais appeler à Venden dès que j'arriverais à la Gasthaus proche de St. Veit, et l'on m'indiqua le nom de la personne que je devais demander : Herr Kurt Mesner.

Zander, qui en était venu à me considérer comme *son* homme, pas le leur, surveilla jalousement ces échanges. Il ne tarda pas à s'impatienter.

— Leurs noms de guerre ne nous intéressent pas. Demandez-leur le nom qui nous intéresse, celui qu'il nous faut connaître.

Je le fis, non pas pour lui obéir mais parce que c'était la chose à faire selon la liste que Schelm m'avait dictée pour me servir d'aide-mémoire.

BOB À LINDWURM. DEMANDE NOM PRINCIPAL NÉGOCIATEUR.

La réponse fut immédiate :

LINDWURM À BOB. NOM DU NÉGOCIATEUR EST NEWELL. RÉPÉTONS NEWELL.

Je regardai Zander :

— Ce nom vous dit quelque chose ?

— Je saurai qui c'est dès que Jean-Pierre sera là. Où est-il ?

— Je suppose qu'il a du mal à trouver un taxi un dimanche, du côté de l'aéroport. Que voulez-vous que je leur réponde ?

— Dites que j'enverrai, d'ici une heure, acceptation ou refus par télex.

— Pourquoi le refuseriez-vous ? A quel titre ?

— Si ce Newell n'est pas un général de l'O.T.A.N. comme vous me l'avez indiqué, je refuserai. Si, dans nos dossiers, la photo de ce Newell ne figure pas parmi celle des hauts fonctionnaires de l'O.T.A.N. de façon que je puisse le reconnaître dès que je le verrai, je refuserai. Le Souverain me fait confiance pour lui garantir que *cet* homme est bien celui qu'il prétend être.

Je n'allais pas utiliser le mot « refus ». J'envoyai le télex suivant :

BOB À LINDWURM. NOM EN COURS VÉRIFICATION. RAPPELONS D'ICI UNE HEURE SI QUESTIONS.

Dix minutes plus tard, Vielle arrivait muni de son porte-documents, et Zander nous convoquait, Chihani et moi, dans sa chambre en nous demandant d'apporter du whisky et de l'eau gazeuse prélevés dans le petit réfrigérateur de notre chambre.

Quand nous arrivâmes, Vielle avait déjà sorti la fiche relative au général Sir Patrick Newell, du dossier de l'O.T.A.N., et Zander examinait une photographie du général, tandis que Vielle lisait à voix haute les renseignements portés sur la fiche :

— « Né en 1931. Etudes : Wellington College et Académie militaire de Sandhurst. Passe du Royal Regiment Fusiliers au Parachute Regiment. A combattu en Corée, en Malaisie, à Chypre et Aden. » Il y a aussi la liste de ses décorations avec un tas d'abréviations que je ne comprends pas.

J'intervins :

— A mon avis, la seule chose importante, c'est la confirmation qu'il est bien l'adjoint militaire du commandant des forces sud de l'O.T.A.N.

Zander me répondit :

— Ça, vous ne le trouverez pas. Adjoint militaire est une façon de dire renseignements militaires de l'O.T.A.N. L'O.T.A.N. ne fait pas connaître le nom des officiers supérieurs qui ont un rapport quelconque avec ses services secrets. (Il regarda encore la photographie, puis me la passa.) Visage intéressant. Voilà un soldat, mais voilà aussi un vrai gentleman.

Chihani me tendit un verre, puis se pencha par-dessus

mon épaule pour regarder la photographie en noir et blanc qui avait dû être prise au cours de manœuvres en Allemagne.

Il se tenait près d'un véhicule blindé de reconnaissance, et parlait à un autre homme en uniforme dont la silhouette était floue. Le visage sous le béret était bien, comme le disait Zander, celui d'un soldat, et même celui d'un Britannique. Mais, selon moi, il n'avait absolument pas l'air d'un gentleman. Peut-être l'homme un peu flou à qui il sonnait les cloches avait-il commis une faute grave, mais rien, à mon avis, ne pouvait justifier l'expression hargneuse, vindicative, sadique qu'avait le général Newell sur cette photo.

— Un visage solide, dit Chihani. Belle ossature. Ces petites rides autour des yeux... Il sourit beaucoup. Ça se voit.

J'eus soudain le sentiment que la journée avait été bien pénible.

CHAPITRE IX

Nous prîmes un déjeuner matinal à la cafétéria de l'hôtel, puis Simone nous renvoya dans nos chambres, Zander et moi. Elle se chargeait de régler la note et de d'aplanir les difficultés éventuelles. Désormais, de strictes consignes de sécurité seraient appliquées. Plus question, par exemple, de flâner dans le hall de l'hôtel, d'y acheter des journaux. Elle irait chercher le break au parking et le garerait dans un endroit discret. C'est alors, et pas avant, quand elle serait prête à nous embarquer, que l'on nous préviendrait par téléphone et que nous descendrions avec nos bagages à la main.

Tant que nous fûmes dans l'hôtel, Zander suivit les ordres, mais, à peine partis, il demanda des précisions.

— Il n'y a pas de problème fut tout ce qu'il obtint.

— Qu'est-ce que ça veut dire ? Ils n'ont pas remarqué *ça ?*

Il envoya un coup de poing rageur contre la portière.

— Le nom de la télévision, là, sur le côté ?

— Bien sûr que si, ils l'ont remarqué. Tout le monde s'y est beaucoup intéressé. Le gérant m'a même demandé qui vous étiez, tous les deux.

— Et que lui avez-vous répondu ?

— Que vous étiez les assistants d'un producteur-réalisateur français travaillant actuellement pour le compte d'une compagnie aérienne américaine ; en l'occurrence le tournage de films publicitaires sur les voyages organisés ; bref, vous n'êtes pas des personnalités de tout premier plan.

— Bien, fit-il une première fois, puis il répéta : *Bien.* Son ton manquait de conviction. Il n'aimait pas passer pour un personnage de second plan ; fût-ce pour une raison de sécurité tout à fait judicieuse. Sans doute attendait-il avec impatience, pensai-je, la rencontre au sommet au sujet de la baie d'Abra, qui le libérerait à la fois de son passé et des soins trop attentifs de Mukhabarat Zentrum.

La frontière autrichienne, nous la franchîmes sans problème, mais deux kilomètres plus loin, en pleine ville-frontière cette fois-ci, il nous arriva un pépin tout à fait inattendu. La route bifurquait et des travaux de goudronnage étaient en cours sur la voie de droite du tronçon principal. A l'embranchement, sur un petit panneau, UMLEITUNG avait été peint à la main, mais aucune flèche n'indiquait la déviation à suivre. Rien, sinon un vague plan tracé sur un morceau de carton placé sous le panneau. On l'aurait cru barbouillé par un enfant de quatre ans. Il indiquait deux chemins possibles — soit aller tout droit, soit prendre la déviation. A côté du tracé de la première route, on voyait sur le plan un cube monté sur quatre roues. A côté de l'itinéraire de déviation, on pouvait remarquer le même cube à quatre roues et une bicyclette. Il semblait donc que, si l'on voyageait dans un véhicule à quatre roues, le choix se présentait entre aller tout droit et affronter les ornières et les cailloux, ou épargner ses pneus et suivre les bicyclettes sur la route goudronnée qui contournait la ville.

La plupart des automobilistes continuaient tout droit. Et la police se tenait en embuscade juste à la sortie du virage, environ à deux cents mètres après le « plan ». Les voitures immatriculées en Autriche étaient sommées de faire demi-tour et de prendre la déviation. Apparemment, seuls les camions étaient autorisés à emprunter cette route. Quant aux véhicules immatriculés à l'étranger, comme le nôtre, ils devaient se ranger en file sur le bas-côté de la route. Là, des policiers s'employaient à percevoir les amendes. Ils semblaient se plier à une routine immuable. Tandis qu'il faisait signe de s'arrêter à chaque conducteur, le flic hurlait « *Passport* ». Puis, quand il avait en main le passeport dudit conducteur, il hurlait « Cent schillings d'amende » et tournait les talons. Le conducteur devait racheter son passeport en payant les cent schillings. Certains, comme Simone, protestaient que le plan était trompeur, mais les récriminations ne servaient à rien. Ils n'en tenaient rigoureusement aucun compte. Devant nous, un conducteur hollandais — démuni d'argent autrichien — fut obligé d'aller encaisser un traveller's chèque dans un bureau de change installé juste en face du traquenard. L'escroc qui tenait cette agence achetait les devises vingt-cinq pour cent en dessous du cours officiel. Heureusement, nous disposions d'argent autrichien.

— Payez, Simone, ordonna Zander, et continuons notre route. Oui, c'est un racket, et qui ne peut marcher que dans une ville-frontière où passent sans arrêt des touristes étrangers qui n'ont pas de temps à perdre. Avez-vous constaté qu'on ne voit ni ouvriers ni machines sur ce chantier ? Très intéressant. Ils se soucient peu que nous le remarquions. Ils ne s'inquiètent pas de leur réputation de policiers. Payons et partons d'ici.

Elle paya les cent schillings et reçut avec son passeport, un vague récépissé. Elle le tendit à Zander qui y jeta un coup d'œil, grogna de façon ironique et me le passa. Il portait la mention *Organstrafverfügung;* c'était bien un récépissé officiel, mais d'un montant de dix schillings ! La signature, évidemment, restait illisible.

— Bienvenue dans l'heureuse Autriche, claironna Simone avec hargne tout en bataillant avec le volant pour aller reprendre la déviation.

— Pourquoi se mettre en colère ? demanda Zander. Ils vous ont délivré un récépissé officiel. Et n'oubliez pas votre Histoire. L'Autriche s'est souvent montrée aussi antisémite que la Russie.

— Que vient faire l'antisémitisme dans cette affaire ?

— Aux yeux de ces policiers tous les étrangers ont sans doute une tête de juif !

— Patron, vous racontez n'importe quoi.

— Peut-être, répondit-il d'un ton rêveur, mais pensez seulement à Judenburg. Pouvez-vous me citer un autre pays d'Europe qui ait nommé un endroit la ville des juifs et ne se soit jamais, même dans la seconde partie du vingtième siècle, préoccupé de le rebaptiser ?

— Le Souverain devrait se sentir dans son élément ici.

— Oh, mais c'est le cas, ma chère. Il est même sur le point de leur pardonner l'origine autrichienne du fondateur du sionisme moderne.

Je suivis son regard dans le rétroviseur, et il surprit mon manège. Son regard pétilla. S'il adorait la taquiner, il commençait à prendre un malin plaisir à me décontenancer.

— Non, monsieur Halliday, reprit-il, je ne suis pas juif. Et je n'appartiens pas non plus à une minorité ethnique. Non, non. Moi je suis un indésirable d'un genre particulier. Une catégorie à part. Dans tous les pays, pour tout le monde, je suis le sale étranger.

— Le sale étranger de tous et de chacun ? Cette phrase semble sortie tout droit de la bouche de votre ami l'officier britannique, l'arabisant.

— Evidemment !

Un éclair de triomphe passa dans ses yeux.

— Et c'était déjà une expression passée de mode. Il me l'a avoué lui-même. Pourtant, je continue à l'apprécier, quoique votre point de vue soit certainement plus pertinent. Le sale étranger de tous et de chacun, répéta-t-il, puis il partit d'un grand éclat de rire.

C'était la première fois que je l'entendais rire à gorge déployée ; l'histoire semblait le ravir. Etrange bruit, toutefois, qui faisait plutôt penser à des sanglots.

Nous avions prévu de retrouver le groupe de Vielle à Feldkirch ; ils nous attendaient déjà quand nous arrivâmes. La camionnette avait passé sans encombre le « contrôle » de la police. Les jeunes se tenaient à carreau, et Vielle avait fait pour sa part une intéressante découverte. La camionnette comportait un casier à nourriture et à boissons fort bien isolé. Des glaçons récupérés dans les chambres au motel, une rapide expédition dans les épiceries de Feldkirch alors que nous étions sur le point de les rejoindre ; voilà qui nous permettrait d'éviter les relais pour touristes. A onze heures, nous arrivions à Innsbruck. De là, nous nous dirigeâmes vers Kufstein puis vers le sud. Nous atteignîmes Villach à cinq heures, et la Gasthaus Dr Wohak une heure plus tard.

Je n'ai jamais rien pu savoir du Dr Wohak, si ce n'est qu'il était mort et qu'il avait transformé en charmant hôtel ces bâtiments de ferme du dix-neuvième siècle. Une imposante porte cochère ouvrait sur une cour centrale suivie de deux courettes.

Le réceptionniste parlait anglais. Dès que je fus monté dans ma chambre, je lui demandai un numéro de téléphone à Velden. A l'autre bout du fil, un standardiste d'hôtel me répondit.

— Herr Kurt Mesner ? fis-je.

— Un moment, s'il vous plaît.

— Mesner.

C'était Schelm.

— Nous sommes arrivés.

— Alors nous devrions avoir une petite conversation,

vous et moi. Dînons ensemble, voulez-vous ? Si je vous envoie une voiture dans, disons, une heure, ce serait trop tôt ?

— Non, mais notre ami est devenu un rien possessif.

— Nous aussi nous pouvons devenir possessifs. Dites-lui que le principal négociateur désire vous voir pour identification avant toute rencontre importante. De son côté, ils ont bien exigé un nom et un visage qu'il puisse identifier. Maintenant c'est notre tour. S'il soulève des objections, employez cet argument.

En fait, ce jour-là, je n'eus rien à expliquer à Zander. Je fis un brin de toilette, me changeai et m'apprêtai à descendre au bar, quand on frappa un coup sec à ma porte. C'était Simone. Elle entra dans la pièce sans un mot et referma vivement la porte à clé derrière elle.

— Nous avons des ennuis, fit-elle un peu haletante.

— La presse locale ? Je vous avais prévenue qu'ils se précipiteraient.

— Ce n'est pas la presse locale. C'est bien pire. Il s'agit de la radio et de la télévision.

— Déjà ?

— Ici, le gérant aime la publicité. Dès qu'il a vu une équipe de télévision, il n'a plus tenu en place. Et voilà qu'il découvre que vous êtes un journaliste américain.

— Comment ça ?

— Grâce aux visas sur votre passeport. Aussitôt il a demandé à Jean-Pierre, qui lui se fait passer pour le patron français d'Ortofilm, pourquoi nous sommes ici et quels sont nos projets. Jean-Pierre lui a servi le mensonge convenu. Nous sommes ici afin d'interviewer le Souverain pour le compte d'une chaîne de télévision américaine.

Elle leva les bras au ciel.

— On ne pouvait pas tomber plus mal.

— Jean-Pierre a oublié son rôle ?

— Il a dit ce qui était prévu.

— Alors là je ne vous suis pas. Où est le hic ?

Elle s'assit sur une chaise.

— C'est plein de hic, et le Souverain n'a pas jugé bon de nous en informer, quoiqu'ils compromettent le rendez-vous au sommet qu'il a *lui-même* choisi.

— Quels sont-ils ?

— Il y en a tellement.

Elle se leva et commença à tourner dans la pièce

comme un fauve en cage tout en se mettant à compter sur ses doigts.

— Premièrement, il existe en Autriche une loi qui régit la construction de nouveaux bâtiments dans les montagnes et les hautes vallées. Pour protéger les sites naturels, le comment dites-vous ?

— L'environnement.

— C'est ça. Une nouvelle maison ne peut être élevée que sur le site d'une ancienne. Alors, quand quelqu'un projette de construire dans un bel endroit, il achète d'abord une vieille maison.

— Ce qu'a fait le Souverain, en somme.

— Mais pas pour construire une maison ordinaire.

— Ah, je vois. Les autorités voient d'un mauvais œil qu'il choisisse de construire une clinique.

— Non. Ce qu'elles voient d'un mauvais œil, c'est son refus de soumettre ses plans à leur approbation. Deuxièmement, il veut imposer des ingénieurs des mines français : ils superviseront les travaux de restauration des machineries, l'installation d'un équipement électrique de pompage et rendront le tout parfaitement sûr. Troisièmement, il ne permettra plus d'inspection officielle de la mine. Quatrièmement, il a employé jusqu'ici cinq architectes pour la construction de la clinique au-dessus de la mine. Sur les cinq, il en a renvoyé quatre. Tous étaient étrangers, un Italien, trois Allemands, le dernier est un Suisse. On ne connaît encore rien du projet, mais l'un des Allemands licenciés a parlé à la presse allemande. D'après lui, le Souverain ne veut pas une clinique mais une sorte de palais. Il a également déclaré que ce qui pourrait avoir des airs très romantiques en plein cœur du désert paraîtrait absolument ridicule et déplacé à Petrucher.

— Petrucher ? C'est le nom du village ?

— Non, c'est le nom de la mine. Johannes Peter Petrucher est l'archéologue amateur qui a acheté la mine désaffectée et construit la maison et le musée que le Souverain s'apprête à raser. Le plus proche village se trouve à deux kilomètres de là. Petrucher est plutôt isolée. J'ai vu des photos. Il y a plein d'arbres et cette vieille bâtisse à flanc de colline. Cela n'a rien d'un site de toute beauté.

— Mais les autorités prétendent le contraire, parce que cet étranger, le Souverain, refuse de se conformer à la règle et de soumettre ses plans avant de construire. Oui, je vois. Je parie qu'il aurait pu soumettre n'importe quels plans au départ pour les modifier ensuite tranquillement. Mais ce n'est certainement pas le genre du Souverain.

— Le patron vous a-t-il parlé de l'orgueil national ?

— Ce n'est pas le golfe Persique ici. Pourquoi ne le poursuivent-ils pas en justice ?

— Cinq avocats viennois travaillent pour lui. Qui plus est, il a engagé un professeur de droit qui a déjà représenté deux émirs du Golfe, membres de l'O.P.E.P., devant la Cour internationale chargée des droits de l'homme.

— Que viennent faire les droits de l'homme dans toute cette affaire ?

— Le Souverain prétend que le gouvernement de la province autrichienne de Steiermak, la Styrie, porte atteinte à sa vie privée. Il a refusé toute demande de déclaration ou d'interview à tous les media, presse, télévision ou radio. Cela a provoqué un terrible scandale, et la question a même été débattue au Conseil fédéral, à Vienne. Pourquoi ce cheikh serait-il autorisé à défier la loi ? S'il n'a rien à cacher, pourquoi reste-t-il muet et refuse-t-il de répondre aux questions les plus anodines ? Se pourrait-il que cette clinique qu'il prétend vouloir construire soit ensuite utilisée à des fins immorales ? Toute cette affaire a éveillé de graves soupçons, et dans certains milieux politiques souffle même un vent de contestation.

— C'est là que nous entrons en scène : nous annonçons tout tranquillement que nous sommes prêts à réaliser ce que personne avant nous n'a pu réussir, une interview du Souverain pour le compte de la télévision. Je vois. Bravo ! Comment a réagi le gérant ?

— Il est ravi, bien sûr. Il a immédiatement alerté la radio locale, qui à son tour s'est empressée d'alerter le service de radio-télévision autrichienne à Vienne. L'O.R.F., Österreichischer Rundfunk. L'O.R.F. a alors rappelé ici. Ils ont découvert que vous êtes un écrivain professionnel connu. Il s'agit donc de *vous* interviewer. Et tout de suite. Dès ce soir. Un journaliste est déjà en route pour venir s'occuper des repérages. Une équipe de reportage télévisé de l'O.R.F. le rejoindra presque aussitôt. Vous saisissez ?

— Il n'y a pas de problème. Ce sera encore l'une de ces

interviews manquées. Désolé, je n'ai rien à leur dire. Je ne connais pas le Souverain. Voilà pourquoi je me trouve ici. Pour le rencontrer. Oui, j'ai appris qu'il avait des ennuis avec sa fameuse « mine de santé ». Et tous les renseignements qu'ils pourront me fournir à ce sujet me seront précieux.

Elle m'adressa un petit sourire malin.

— Ach so! Mais si vous ne l'interrogez pas sur le scandale de la mine, Herr Halliday, quel pourrait bien être l'objet de votre interview ? En quoi cette fascinante personnalité arabe peut-elle passionner l'Amérique ?

— Il semblerait que le Souverain joue un rôle de plus en plus important dans la politique du Golfe.

— C'est tout ce que vous leur donnerez en pâture ? C'est vraiment ce que vous allez déclarer devant leurs micros ?

— J'essaierai d'y mettre un peu de brio, mais je ne peux rien dire de plus tant que je n'aurai pas rencontré le Souverain.

— C'est encore trop.

Elle avait cessé de plaisanter, et elle prit soudain un air farouche en ajoutant :

— Il faut éviter toute publicité.

— Ecoutez, lui dis-je, une voiture m'attend. Je vais dîner à Velden. Si un journaliste et une équipe ont quitté Vienne, je les retrouverai devant ma porte à mon retour. Il faut également s'attendre à recevoir, d'une minute à l'autre, des coups de téléphone de la part des journalistes de la radio. Il m'est impossible de ne rien leur dire. « Je n'ai rien à déclarer, messieurs, pas de commentaires. » Croyez-moi, c'est impensable. Ils deviendront fous furieux. Il faut leur donner *quelque chose* à se mettre sous la dent.

— Votre nom ne doit pas être mentionné publiquement tant que le patron se trouve ici.

— Parce que Rasmuk pourrait nous entendre en Italie ?

— Mais non, parce qu'ils pourraient nous entendre *ici*, voyons.

Le téléphone sonna. J'allais lui suggérer de décrocher, mais elle empoigna le récepteur avant même que j'aie pu ouvrir la bouche.

C'était la réception qui annonçait qu'une voiture venue

de Lindwurm m'attendait. Je leur fis savoir que je descendais, puis je réfléchis un moment.

— Où est le patron ? demandai-je enfin. Il se terre dans sa chambre ?

— Non, il a déjà été convoqué par le Souverain pour présenter son rapport avant la conférence.

Elle tira une enveloppe de la poche de sa chemise.

— Il vous a laissé un mot avec les instructions pour demain.

Je l'empochai sans le lire.

— Est-ce qu'il rentrera ce soir ?

— Je ne crois pas. Le Souverain occupe un chalet avec son entourage. Il y passera la nuit. Il a demandé que nous le retrouvions au chalet avec les voitures et l'équipe demain matin. Surtout pas après dix heures.

— Peut-être vaut-il bien mieux qu'il ne soit pas là. Jean-Pierre et vous-même aurez à vous débrouiller avec les gens de l'O.R.F. et autres journalistes lorsqu'ils arriveront.

— Vous avez dit que c'était inutile.

— Il est inutile d'essayer de se défiler. Au mieux, nous arriverons à retarder le moment fatidique. Jean-Pierre pourrait commencer par confier *officieusement,* au type de l'O.R.F., que je suis envoyé de New York par une chaîne de télévision afin de réaliser une interview avec le Souverain. Pourquoi moi ? Parce que je suis un écrivain doublé d'un journaliste politique qui justement écrivait un livre, non loin de là, en Italie. Quelle chaîne ? Jean-Pierre est désolé, il ne le dévoilera pas. Pourquoi ? Parce que, malgré la *promesse* qui leur a été faite, une expérience malheureuse avec le Souverain les as rendus prudents. Les types de l'O.R.F. goberont certainement cette histoire. Il devrait aussi souligner que tout bavardage inconsidéré à propos de cette interview, avant même qu'elle ait eu lieu, risquerait de tout flanquer par terre. Si toutefois l'interview se déroule comme prévu, *alors* ils pourront discuter. Il faudra qu'il voie ça avec New York, bien sûr, mais à priori rien n'empêcherait l'O.R.F., si elle le désire, de développer le film ici et d'en tirer une copie.

— Vont-ils avaler tout ça ?

— Oui, pour peu que vous y mettiez du vôtre. Jouez le rôle de la documentaliste. Vous venez seulement de découvrir les histoires qui courent dans la région concernant la mine, et vous débordez d'enthousiasme. Votre chaîne adore ce genre d'anecdote, vous aussi du reste. Si vous travailliez vraiment sur une histoire d'émir du pétrole complètement fou, qui désire se faire construire un palais oriental en plein cœur des Alpes autrichiennes, savez-vous comment vous agiriez ?

— Dites-le moi.

— Vous demanderiez aux gens de l'O.R.F. de vous éclairer. Vous essaieriez de leur soutirer la moindre petite information. Vous voudriez en savoir plus long sur cette fameuse loi autrichienne. Vous leur demanderiez de vous suggérer toutes sortes de questions embarrassantes que vous m'inciteriez à poser au lieu de mes vains propos politiques. Vous les pousseriez à bout. A tel point qu'ils finiraient par s'inquiéter. Si vous me soufflez leurs meilleures questions, toute la gloire ne risque-t-elle pas de me revenir ?

Son visage s'était éclairé.

— Oui, je comprends. Nous pourrions les blesser dans leur amour-propre. Je ferai de mon mieux. A quelle heure rentrerez-vous ?

— Je n'en sais rien. Sans doute pas très tard. S'ils veulent savoir où je me trouve, dites-leur que j'ai pris un taxi et que je suis parti à la recherche d'un bar où l'on me servira mon whisky favori.

Le véhicule que m'avait envoyé Schelm était une voiture de location Avis, conduite par un jeune homme mélancolique qui ne prononça que six mots pendant toute la durée du trajet. Je me dis qu'il devait compter parmi les jeunes assistants de Schelm.

On pénétrait dans la cour de l'hôtel de Velden où résidait Schelm, par un splendide porche baroque. Derrière, l'hôtel proprement dit ne tenait pas les promesses de la façade. Cependant, la chambre de Schelm était assez grande pour abriter des fauteuils moelleux, un lit et une desserte sur laquelle était posé un plateau à liqueurs.

Comme il me préparait un verre, il désigna de la tête la porte de communication.

Le général va nous rejoindre, déclara-t-il. Si vous n'y voyez pas d'inconvénient, Bob, j'aimerais qu'il entende depuis le début ce que vous avez à nous dire. Cela vous évitera d'avoir à répéter deux fois la même histoire ; nous avons beaucoup de problèmes à régler avant la réunion de demain.

— Quelle est son humeur ?

— Charmante, c'est le moins qu'on puisse dire. Vous vous entendrez bien. Je suppose que Zander possédait un dossier sur lui ?

— Rien que des documents officiels, et en très petit nombre.

— Mentionnaient-ils qu'il a passé deux ans comme conseiller à Oman et qu'il parle assez bien l'arabe du Golfe ?

— Si oui, ils ne m'en ont rien dit. En fait, ils ne m'ont montré de lui qu'une photo noir et blanc.

— Je vois.

Il s'approcha de la porte de communication et l'ouvrit sans se donner la peine de frapper.

— Bob est arrivé, Patrick, si vous voulez vous joindre à nous, annonça-t-il.

Le général Newell en chair et en os ne ressemblait que de très loin à la photo que l'on m'avait montrée la veille au soir. Il était de taille moyenne, il avait le teint basané, une chevelure grisonnante un peu ébouriffée et, comme l'avait si bien remarqué Simone, de bien séduisantes rides autour des yeux. A première vue, il paraissait bien trop décontracté, bien trop bienveillant pour pouvoir agresser quiconque. Il semblait également très en forme pour son âge. Le costume qu'il portait datait au minimum d'une quinzaine d'années, mais il lui allait encore très bien. Il y avait assorti une chemise au col un peu effrangé et une fine cravate bleue.

Comme nous nous serrions la main, il déclara :

— Heureux de vous rencontrer, Bob.

— Merci, général.

— J'ai beaucoup entendu parler de vous. Un détail, pourtant...

Il hésita, puis trouva la formule qui selon lui devait convenir.

— Je prends la liberté de vous appeler Bob parce que c'est là votre nom de code pour cette opération. Alors je vous ferai part d'une suggestion. Si vous m'appelez Patrick et que nous nous en tenons aux prénoms, tout sera beaucoup plus facile quand nous descendrons dîner. Nous pourrons alors continuer à parler boutique sans éveiller l'attention du serveur. Qu'en pensez-vous, Dieter ?

— Bonne idée. Mais chaque chose en son temps. Ils ont montré à Bob une photo de vous qu'ils se proposent d'utiliser à des fins d'identification. Nous ne voulons pas de salades, Bob. Auriez-vous reconnu Patrick grâce à leur photo ?

— La partie supérieure du visage est identique. Mais la partie inférieure n'a rien à voir. Pardonnez-moi, Patrick, mais sur leur photo vous semblez prêt à déchirer à belles dents quelque infortuné subalterne.

Il hocha la tête d'un air affable.

— Je connais la photo dont vous parlez. Un photographe de presse l'a prise vers Lauenburg. Je croyais avoir perdu la mauvaise habitude de me mettre en colère, mais je m'y laisse encore aller de temps à autre. Dommage qu'il ait fallu qu'ils prennent cette photo. Dès que je vois des photographes, maintenant, je m'efforce de garder la bouche fermée.

— Je préviendrai Chihani. C'est la spécialiste chargée de la sécurité. Vos yeux lui ont plu, en tout cas. Ce sont eux qu'elle regardera.

— Alors le problème est réglé, conclut Schelm. Maintenant, Bob, nous ne sommes ici que depuis quelques heures, mais le bruit court déjà parmi le personnel de l'hôtel qu'une équipe de télévision française se trouve dans la région et qu'elle prépare une interview du Souverain. Il semble que votre demande d'une équipe de soutien soit plus que justifiée.

— Même *avec* l'équipe de soutien, le rendez-vous de demain risque de se révéler aussi intime et tranquille qu'une visite de Central Park, ironisai-je. Avez-vous entendu parler du scandale qu'a déclenché l'annonce de la construction de la clinique ?

— Nous étions déjà au courant avant de venir.

Il tendit un verre au général.

— Nous désirions changer le rendez-vous, bien sûr. Nous avons essayé, mais en vain. Vous en ont-ils informé ?

— Non, mais cela ne m'étonne pas. Zander a le sentiment de m'avoir *enrôlé* — c'est l'expression qu'il a utilisée — et que je fais partie, désormais, de son camp. Il ne voudrait pas m'inquiéter maintenant, juste avant la bataille.

— Etes-vous vraiment inquiet ? Vous savez, en ce qui nous concerne, nous souhaitons un franc succès, quoique, peut-être, un succès de nature différente du sien. Croyez-vous pouvoir vous en sortir ?

— Il le faudra bien. Jusqu'ici, toutes les difficultés viennent des gens de la télévision.

Je leur donnai un bref compte rendu de ce qui s'était passé à la Gasthaus et des instructions que j'avais laissées à Simone.

— Vous pensez que ça marchera ?

— Pourvu que Vielle coopère. Malheureusement, ces deux-là ne s'entendent pas très bien.

— Et vous ne savez pas pourquoi ?

— Ce sont tous deux, me semble-t-il, de grands anxieux, des inquiets. Vielle s'inquiète sans arrêt à l'idée de perdre la face. Et elle, ce qui l'inquiète, c'est la sécurité.

— Peut-être, mais c'est plus compliqué que ça, Bob. C'est la fille du patron.

— De Zander ?

— Et de sa seconde femme, celle qui a été tuée pendant la guerre d'Algérie. Je crois qu'alors il s'appelait Brochet. Les deux jeunes Berbères sont aussi ses enfants, mais ceux-là ont été adoptés. Je vous aurais donné ces renseignements si je les avais eus en ma possession plus tôt, mais ils viennent seulement de nous être transmis. Nous avions mis beaucoup de monde sur l'affaire. A propos, la famille en Amérique maîtrise parfaitement l'espagnol.

— Bon, au moins vous m'aurez éclairé sur Vielle et sa jalousie.

Je bus une gorgée de scotch et décidai qu'il me fallait en savoir plus.

— En ce qui concerne la télévision, commençai-je, la meilleure façon de m'en sortir reste encore d'obtenir une interview avec le Souverain, de la céder aussitôt à l'O.R.F. et d'espérer qu'ils seront assez reconnaissants pour ne pas nous tenir rigueur de tous nos mensonges. J'aimerais maintenant que vous me parliez de cette équipe de soutien hollandaise. Qui la compose ? Quand arriveront-ils ici ?

Schelm consulta un calepin.

— La compagnie s'appelle Viser-Damrak T.V. Film — il épela —, son siège se trouve à Eindhoven. Le réalisateur se nomme Dick Kluvers. Ils passent la nuit à Trieste et arriveront ici demain, aux alentours de midi. Ils trouveront un de mes hommes à l'hôtel ; ce dernier leur fournira les instructions pour se rendre sur le terrain. Ce que vous m'avez raconté au sujet de l'O.R.F., toutefois, me donne à penser que tout ne sera pas si simple.

Il se leva.

— Patrick, puis-je utiliser le téléphone dans votre chambre ? J'ai un détail à régler.

Le général l'y autorisa d'un geste de la main. Schelm referma la porte derrière lui. Le général se carra dans son fauteuil et m'adressa un sourire amical.

— Un type sympathique, ce Dieter. Il donne vraiment l'impression de connaître son boulot. Et ce n'est sans doute pas qu'une impression. Vous devez trouver Zander plutôt intéressant sur le plan professionnel. Moi, il me fascine.

— Vous vous demandez comment un bon soldat comme lui en vient à brasser des affaires louches pour des gens tels que le Souverain ?

— Oh, mon Dieu non ! Les bons soldats peuvent tremper dans toutes sortes d'affaires louches. Le brave soldat Zander s'est trouvé du côté des vainqueurs dans une guerre de libération et s'est fait des amis utiles. Mais ce que je n'arrivais pas à comprendre, du moins au début, c'est comment il a pu *devenir* un bon soldat. Entre l'Abwehr et l'adjudant-chef de la Légion, il y a un grand pas. Comment l'a-t-il franchi ? Et *pourquoi ?*

Sans réfléchir, je lui resservis l'explication que m'avait fournie mon ami de l'agence le jour où j'avais reçu la lettre de Zander :

— Il ne connaissait que l'art militaire.

Le général me dévisagea comme si j'avais perdu l'esprit.

— Ce n'est certainement pas dans l'Abwehr qu'il avait pu l'apprendre.

— D'après mes renseignements, il avait été formé auparavant dans une école d'infanterie très spéciale.

— Ecole d'infanterie, mon œil. C'était un bataillon de cireurs de bottes spécialisé dans les gardes d'honneur. Ce n'est pas là qu'on apprend l'art militaire. Sa connaissance des langues lui a donné la possibilité de se retrouver dans les transmissions. Puis il s'est engagé dans l'Abwehr. Plus tard, il a procédé à l'interrogatoire des prisonniers de guerre. Ce n'est pas à proprement parler un travail de bureau, mais du moins reste-t-on les fesses posées sur une chaise. Voulez-vous que je vous expose mon point de vue, que je vous raconte comment, selon moi, il est devenu soldat ? Qui sait, avec un peu de chance vous pourriez peut-être lui demander confirmation de tout ceci.

— Ce n'est pas le genre d'homme qui aime parler de lui.

— Si ma théorie est juste, il devrait se montrer bavard en ce qui concerne la campagne de Russie durant l'hiver 44-45. Vous ne me croyez pas ? Réfléchissez. La Wehrmacht refluait alors pour se replier en Pologne. Les Russes entraient en Prusse-Orientale. Les Allemands ne prenaient plus le temps d'interroger les prisonniers, alors que faisait Zander ? N'oubliez pas qu'il avait à peine vingt ans et qu'il était sous-officier. Sans doute *Feldwebel.* L'armée allemande se trouvait désespérément à court de réservistes, et ceux qu'on lui envoyait ne valaient pas grand-chose. On y avait mis les trop vieux et les trop jeunes, les blessés renvoyés au front, des hommes fatigués et démoralisés. N'oubliez pas non plus que le front russe était alors une affectation disciplinaire pour les bataillons accusés de mauvaise conduite ou de manque d'ardeur guerrière. Et les chefs militaires allemands ont fait ce que font tous les chefs militaires à court d'effectifs. Ils ont retiré les jeunes et les bien portants des unités spécialisées et des troupes non combattantes et ils les ont expédiés en renfort, pour grossir les rangs des contingents composés de vieux et de jeunes soldats qui ne se connaissaient pas encore. Vous voyez ce que je veux dire ?

— Très bien.

— Alors, vous vous imaginez aussi ce que sont les longues retraites. Vous avez dû les suivre en tant que correspondant de guerre. Elles révèlent le meilleur et le pire chez les hommes. Paradoxalement, c'est dans la retraite que certains hommes se découvrent un don pour le commandement. Je crois que c'est ce qui est arrivé à Zander. Durant les derniers mois de la guerre, il a fait preuve de qualités de soldat qu'il ne soupçonnait pas. Voilà ce qui l'a conduit à s'engager dans la Légion étrangère. Je suis prêt à parier que c'est bien ainsi que les choses se sont passées.

— Vous avez sans doute raison. En tout cas, il a l'art de survivre. Comme soldat, il s'est toujours trouvé du côté des vaincus. D'abord le front russe, ensuite Diên Biên

Phu. Il a été plus heureux dans le civil. Du moins jusqu'à maintenant.

— Vous a-t-il confié quoi que ce soit au sujet de cette absurde histoire de mine ? Est-ce qu'il y croit ?

— Evidemment, il rapporte la version du Souverain : un traitement miracle pour l'asthme, la bronchite, la sinusite et autres affections. Il a fait ses preuves à Oberzeiring.

Le général considéra son verre avec scepticisme.

— J'en ai parlé à un médecin, observa-t-il, il était loin d'être convaincu. Il m'a déclaré que, s'il vous faut, pour soigner votre asthme, jouir d'une température constante de huit degrés, de quatre-vingt quinze pour cent d'humidité et de l'eau dégoulinant dans votre cou, rien ne vaut alors Liverpool par un dimanche de mars pluvieux. Ce médecin est de Liverpool, bien entendu.

— Mais comment justifier le succès des cures à Oberzeiring ? Y voyait-il une explication ?

— Peu charitable. Beaucoup d'asthmes, m'a-t-il confié, sont psychosomatiques. Certaines thérapies dans le genre retour à l'état fœtal peuvent guérir, surtout des patients âgés qui ont déjà tout essayé.

— Le Souverain souffre-t-il vraiment de sinusite. Je me le demande ?

— Alors vous vous êtes aussi posé cette question, hein ? Et s'il ne souffre pas de sinusite, à quoi peut bien lui servir cette vieille mine ? Aucune idée ?

Je commençais vaguement à en entrevoir une, mais à ce moment-là Schelm reparut.

— J'ai des excuses à vous présenter, Bob, dit-il. J'espère que vous voudrez bien les accepter.

— Qu'est-ce qui ne va pas ?

— D'après vous, le plan de sécurité de Simone Chihani exige qu'il ne soit fait aucune mention de vos nom et lieu de résidence afin d'empêcher Rasmuk de retrouver Zander.

— Vous pensiez de même à Milan.

— Oui. Mais j'aurais dû donner des ordres dans ce sens. Il y a eu une fuite sans importance, mais autant que vous soyez au courant. En fait, trouver cette équipe télé n'a pas été une mince affaire. Du fait de la brièveté du délai. Mes hommes ont fini par dénicher cette équipe hollandaise en Yougoslavie ; elle achevait son tournage. Mais comment les persuader d'accepter notre engagement ? Depuis plus de deux mois déjà ils vivaient à la dure pour tourner un film documentaire dans les montagnes yougoslaves. Ils ne rêvaient que de rentrer chez eux. L'argent n'était pas un argument suffisant. Il a vraiment fallu les convaincre. Nous leur avons promis que le métrage qu'ils tourneraient bénéficierait d'une sortie internationale.

Je soupirai.

— Sans préciser la chaîne américaine productrice ?

— Cet écueil a été évité. Cependant, dans le feu de la conversation, votre nom a été mentionné. Voilà ce que je voulais vérifier. Je suis désolé. Je ne pense pas que cette fuite soit bien grave, mais ils sont sans doute en train de s'offrir quelques verres ce soir à Trieste. Qu'un pilier de bar faisant commerce de ragots les pousse à parler, et dès demain, les ennuis pourraient bien nous tomber dessus.

Le général l'interrompit sèchement :

— Que suggérez-vous, Dieter ? gronda-t-il. Quel choix proposez-vous à notre homme ? Lui laissez-vous le choix ? Ne préfère-t-il pas laisser tomber l'opération sous prétexte qu'un membre de votre équipe a eu la langue trop longue ? Je m'en garderais, à votre place. C'est trop risqué. Moi, je poserais plutôt la question à Bob sous cette forme : si une bande de Hollandais loin de leur mère patrie allaient se noircir dans une boîte de Trieste, en quelle langue seraient-ils le plus susceptibles de parler — en italien ou en hollandais. Et encore, en supposant qu'ils ne finissent pas complètement comateux. Moi je dirais hollandais, Et vous, Bob ?

— Je ne crois pas que tout ceci ait une grande importance, répondis-je. Mais j'ai eu un ou deux jours pour réfléchir aux risques que court Zander.

— Parce que *nous* n'y avons pas pensé ? demanda Schelm d'un ton rogue. A moins que vous ne vouliez signifier que si nous sommes assez bêtes pour indiquer où il se trouve à une équipe de télévision hollandaise, nous pouvons tout aussi bien en faire part directement à Rasmuk ?

— Mais non. Seulement, j'ai besoin d'éclaircissements, Dieter. Depuis combien de temps travaillez-vous sur cette affaire ?

— Presque un mois. Naturellement, j'ai eu accès à toutes sortes de documents. Que voulez-vous savoir, au juste ?

— La date à laquelle le contrat pour tuer Zander a été proposé à Mukhabarat Zentrum. Vous m'aviez dit que vous ne saviez pas qui était le commanditaire.

— Je ne le sais toujours pas.

— Savez-vous qui a prévenu Zander que Mukhabarat Zentrum avait accepté le contrat, qui lui a donné le tuyau ?

— Non.

— Vous a-t-on parlé des deux attentats contre lui qui ont échoué ?

— Oui. Ils semblaient n'avoir aucun rapport avec cette opération.

— Justement. Voilà deux chefs-d'œuvre d'amateurisme. La première fois, ce sont deux gamins armés d'un pistolet qui s'enraye. La seconde, une fille qui lui lance une grenade à peine dégoupillée, ce qui lui donne le temps de se protéger. N'empêche qu'il a dû en être secoué tout de même. Je pense que Rasmuk — ou Mukhabarat Zentrum, comme il tient absolument à l'appeler — a organisé ces deux attentats.

Schelm m'observait maintenant avec une attention soutenue.

— Qu'est-ce qui vous porte à croire cela, Bob ?

— Eh bien, tout de suite après le second attentat, le Souverain a envoyé chercher Zander et l'a averti de ne plus prendre de risques, parce que Mukhabarat Zentrum avait accepté de l'assassiner, lui, mais aussi toute sa famille.

Schelm sursauta.

— Le Souverain l'a prévenu ? fit-il avec surprise.

— C'est ce qu'a prétendu Zander. L'alerte lui a été donnée par le Souverain et il a réagi avec célérité. C'est à ce moment-là qu'il s'est retiré de la circulation ; il a envoyé sa famille se cacher. Des gosses armés de grenades ne peuvent pas lui faire grand mal, l'intimider peut-être, mais Mukhabarat Zentrum est autrement plus dangereux. C'est alors qu'il a commence à travailler en secret pour le Souverain et à monter l'affaire de la baie d'Abra.

Je marquai un temps d'arrêt.

— Vous ne voyez pas d'inconvénient à ce que je reprenne un scotch ?

Schelm saisit mon verre.

— Vous n'essayez pas de nous persuader, j'espère,

qu'il n'existe *pas* de contrat pour tuer Zander. Vous vous tromperiez grandement.

— J'essaie de vous expliquer que ce contrat comporte certaines clauses pour le moins inhabituelles.

— Nous vous écoutons, assura le général.

— Vendredi dernier, quand je suis allé à Malpensa, selon les instructions que j'avais reçues, j'ai été filé. Mlle Chihani a très habilement déjoué la filature.

Schelm me tendit un verre.

— Vous nous avez déjà raconté cet épisode.

— Oui, mais je ne vous ai pas raconté l'opération en détail. J'ai beaucoup d'importance à leurs yeux, n'est-ce pas ? C'est moi qui dois mener Rasmuk à la cachette de Zander et leur permettre ainsi de l'assassiner. Eh bien, ils avaient mis trois hommes sur l'affaire, et trois hommes qui cherchaient manifestement à se faire remarquer. Je n'ai pas vu d'équipe de relais. Or il est bien connu que pour exercer une bonne filature il faut un minimum de huit personnes travaillant à tour de rôle. Qu'arrive-t-il au tout-puissant Rasmuk ? Ne le savent-ils pas ? Sont-ils à court de main-d'œuvre ou bien d'argent ?

— Selon vous Bob ?

— A mon avis ils se sont contentés de faire semblant, afin que Zander et les siens continuent à croire à une menace *imminente*. Ils le maintiennent ainsi dans l'isolement, dans la clandestinité tout le temps nécessaire à la préparation des négociations. A peine le Souverain vous aura-t-il prié de vous asseoir à sa table que Zander pourra être sacrifié. Rasmuk agira alors quand bon lui semblera.

— Bon Dieu ! murmura le général.

Schelm n'était toujours pas convaincu.

— D'après vous, nous n'avons pas su voir la vérité.

— Ou on vous l'a montrée sous un jour trompeur, Dieter. Lorsque vous m'avez mis au courant l'autre soir, vous m'avez confié que, selon les experts, le Souverain n'était tout de même pas assez fou pour venir vous proposer la baie d'Abra sans le consentement tacite de ses frères. Vos experts se sont mépris ; je pense qu'ils l'ont cru plus sensé qu'il ne l'est en réalité. Il vous a fait sa proposition sans en avoir parlé à personne. Toutefois, pour se protéger des odieuses calomnies de ses ennemis — et souvenez-vous que tout homme de bien en a —, il a échafaudé un magnifique mensonge. Le voici : Il se trouve en Autriche, pour soigner tranquillement ses sinus et parler avec ses architectes de la clinique qu'il désire construire pour son peuple, quand un journaliste de la télévision américaine débarque avec son équipe pour l'interviewer sur son projet. Ce journaliste était attendu. Mais, à sa grande surprise, voilà que se présentent aussi trois autres personnes sans rapport aucun avec l'équipe de télévision. Le premier, vous le connaissez sans doute très bien; un homme d'affaires européen qui, entre autres noms, se donne celui de Zander. Ce genre d'homme à son utilité et il m'a servi de temps à autre. Toutefois, d'habitude, il n'entre pas chez moi sans y être invité. Les deux hommes qui l'accompagnaient, il me les a présentés l'un comme étant un grand diplomate ouest-allemand et l'autre un général britannique, tous deux au service de l'O.T.A.N. Les lois de l'hospitalité m'ont obligé à les recevoir. Jugez alors de ma stupeur quand ces deux officiers de l'O.T.A.N. ont entrepris de me faire une proposition secrète. Ils désirent, disent-ils, discuter avec moi de la construction d'un grand port et d'autres installations sur mon territoire de la baie d'Abra. Ils parlent des vastes bénéfices qu'une telle entreprise apporterait à mon pauvre peuple. Je les écoute poliment et, je l'espère, dignement. Je leur déclare que je réfléchirai à leur proposition, mais je ne promets rien. Et puis, sans attendre plus longtemps, je rends compte à mes frères de ce qui est arrivé et sollicite leur avis fraternel au nom de mon peuple.

Je laissai aller mon regard de Schelm au général.

— Qui pourra jamais prouver le contraire ? Une seule personne serait crue au sein des Emirats : Zander.

— *Nous* aussi, peut-être, hasarda Schelm.

— Si la commission de Patrick décide qu'il lui faut la baie d'Abra, vous vous tairez, Dieter. Et vous veillerez à ce que je me montre discret, croyez-moi.

— Et la suite du Souverain, alors ? Si vous voyez juste, il faudra qu'il élimine tout le monde.

— Moi, je ne m'inquiéterais pas trop de son entourage, Dieter, intervint le général. Ses gens sont certainement bien entraînés à ne rien remarquer. Vous n'avez sans doute jamais vu un homme à qui l'on coupe la langue. Eux si, très certainement. La victime laisse entendre de bien étranges sons, vous savez, et pendant un bon moment, jusqu'à ce que mort s'ensuive par saignement ou par étouffement. Si Bob a vu juste, Zander est le seul témoin que le Souverain ait à redouter. Non seulement il sait que celui-ci a dupé ses frères les princes, et de quelle façon, mais il connaît aussi la nature du pot-de-vin qu'il exigera.

Il jeta un coup d'œil vers moi.

— En avez-vous la moindre idée ?

Je réfléchis.

— Le Souverain craint par-dessus tout les armes chimiques et biologiques qui pourraient précipiter son déclin, son impuissance. Peut-être réclamera-t-il une protection spéciale. Nul doute qu'une énorme somme en liquide sera également exigée dans les plus brefs délais. Je ne crois pas que Mukhabarat Zentrum ait l'habitude de faire crédit. Voilà tout ce qui me vient à l'esprit.

Schelm agitait les glaçons au fond de son verre vide.

— Si vous avez vu juste, Bob, observa-t-il, et c'est peut-être le cas, croyez-vous que Zander ait compris, lui aussi ?

— Encore récemment, je pense, il n'avait que des soupçons et se tenait simplement sur ses gardes. Comme je l'ai déjà dit à Patrick, Zander me semble particulièrement doué pour survivre. Mais le temps commence à lui filer entre les doigts, il perd son assurance et commence à se demander s'il ne lui faudrait pas désormais compter plus sur la chance que sur l'intelligence. En route pour Zürich, hier, il a parlé d'une dernière bataille. Aujourd'hui, je ne l'ai pas trouvé très en forme. Je crois qu'il se décide enfin à voir les choses en face.

Je sortis de ma poche le mot que Simone m'avait donné et le tendis à Schelm.

— C'est un mot de Zander.

Obéissant à un signe de tête du général, Schelm le lut à haute voix.

— « *Il est essentiel — en cas de réussite de notre conférence de demain — que la nature de ma modeste rétribution pour avoir lancé ce projet et amené les parties concernées à la table de négociation ne fasse surtout l'objet d'*AUCUNE *allusion, d'*AUCUN *commentaire. Veuillez insister sur ce point lorsque vous verrez vos collègues.* » Eh bien, ça concorde.

Le général grogna :

— Il ne veut pas que le Souverain sache qu'il aura droit, avec sa famille, au traitement spécial et à la protection accordés aux transfuges. A condition bien sûr que la chance soit avec lui. Rien de plus naturel. C'est bien votre avis ?

— Oui, répondit Schelm ; mais quel mensonge a-t-il bien pu raconter au Souverain, qu'a-t-il prétendu recevoir de nous en échange de ses bons services ?

— La paix et la tranquillité, assurai-je. Le Souverain s'est montré tout à fait compréhensif quand Zander lui a avoué la chose. Il a dû penser que pour ce pauvre vieux Zander la paix et la tranquillité ne signifiaient que de l'argent.

Le général me lança un regard glacial.

— Vous êtes sûr que vous ne fabulez pas, Bob ? Tout cela me semble bien romanesque.

— Peut-être un peu fantaisiste, j'en conviens. Mais ce sont les propres termes de Zander : la paix et la tranquillité.

Schelm jeta un coup d'œil à sa montre.

— Il serait vraiment temps que nous descendions dîner, pourtant, si personne n'y voit d'inconvénient, je prendrais bien un dernier verre.

Il se planta alors devant le plateau d'apéritifs, mais se contenta de le considérer d'un air pensif.

— Pourquoi, s'interrogea-t-il, le Souverain a-t-il voulu tricher ? Nous avons vendu aux Saoudiens un système complet de défense contre les armes chimiques et biologiques. Il suffisait aux Emirats d'en faire la demande. Le Souverain aurait pu en obtenir pour son usage personnel. Que désire-t-il donc, pour penser que seuls une négociation secrète unilatérale et l'appât de la baie d'Abra puissent nous décider à le lui accorder ?

— J'ai rencontré de drôles de zèbres dans ces coins-là, remarqua le général, mais ce type me semble vraiment très bizarre. Il doit se douter qu'il y a certains avantages que nous refuserons toujours de lui accorder, quel que soit le nombre de baies d'Abra qu'il veuille bien nous offrir. Avez-vous pensé, Dieter, qu'il puisse désirer une chose vue au cinéma, découverte dans un livre ou simplement rêvée ?

Schelm précipita une cuillerée de glaçons dans son verre.

— Quelque chose qui n'existe pas, Patrick ? S'il lui faut un super-jouet, aucun problème. Mais je ne crois pas que le Souverain apprécie tant les jouets.

— Et la mine d'argent, alors ?

— Ce n'est pas un jouet, Patrick. Vous l'avez remarqué vous-même. Ce que le Souverain souhaite, c'est une longue vie pour lui et une mort instantanée pour ses ennemis. L'histoire de Bob prouve que nous avons pris ce fou bien trop au sérieux. Il se moque de ceux qu'il lui faudra tuer pour obtenir ce qu'il veut. Pourtant, il y a un point dont je suis sûr. Vous affirmez qu'il y a certains avantages que nous ne lui accorderons *jamais.* C'est entendu. Mais pour la baie d'Abra, c'est au rayon cimetière qu'il nous demandera d'aller faire des emplettes.

CHAPITRE X

Je fus reconduit à la Gasthaus par le chauffeur qui était venu m'y chercher. Il ne prononça pas un seul mot pendant tout le trajet du retour. Cela me convenait parfaitement. Je voulais réfléchir, ne rien oublier, car cette fois-ci je n'aurais plus d'aide-mémoire pour me repérer. Côté sécurité, Schelm s'alignait de plus en plus sur Simone Chihani Zander.

De tout le dîner, le seul moment de relative détente — du moins en ce qui me concerne — fut celui de la pause café. Le général avait exposé ses projets quant à la manière de mener la réunion en présence du Souverain. Il tenterait d'en dire le moins possible et de pousser la partie adverse au bavardage. L'anglais du Souverain étant correct mais limité, Zander et lui parleraient sans doute arabe. Le général prétendrait n'y rien comprendre et espérait bien que l'illusion serait complète.

— Et vous, Bob, s'enquit-il, comment parlez-vous l'arabe ?

— Je ne connais que le strict minimum utile dans une prison irakienne.

— Ah bon ?

Je réfléchis un instant et lui donnai un échantillon de mes connaissances.

Sa mâchoire s'affaissa légèrement, et il regarda furtivement autour de lui pour s'assurer que personne, dans le restaurant, n'avait réagi. Il tourna les yeux vers Schelm.

— Avez-vous compris, Dieter ?

— Pas un traître mot.

Le général traduisit à voix basse.

« Si tu veux vider ta tinette avant qu'on t'en donne la permission, sale espion, tu n'as qu'à boire ta pisse et bouffer ta merde. » Ou quelque chose dans ce genre. Je ne connais pas très bien leur argot.

— Ça me paraît tout à fait clair, observa Schelm.

— Je peux vous donner d'autres exemples, susurrai-je, plein de bonne volonté.

— Merci, Bob, ça ira. Je dois avouer pourtant que je trouve votre accent très étrange, même pour de l'irakien. A mon avis, vous ne saisirez que quelques mots par-ci par-là quand Zander et le Souverain discuteront. Si jamais vous comprenez quoi que ce soit, surtout ne réagissez pas. D'accord ?

— Bien sûr, Patrick. Mais je doute que l'occasion se présente. Je ne serai certainement pas invité à suivre la conférence, pas plus que Jean-Pierre d'ailleurs. Le Souverain désire sans doute limiter au maximum le nombre des témoins.

Il haussa les sourcils.

— Oubliez-vous donc votre scénario ? Pourront assister à cette conférence autant de témoins que la pièce en contiendra. Le Souverain affirmera que, prétextant une simple interview télévisée, Zander a monté toute l'affaire pour rendre service à ses amis et trésoriers de l'O.T.A.N. Et qui dira le contraire ? Zander est seul à détenir toute la vérité, il n'en a plus pour longtemps. Il sera mort bientôt ou sous d'autres cieux. Je préférerais la seconde solution. Ce n'est peut-être pas un authentique soldat, mais il a du cran.

— Lui proposerez-vous de l'emmener ?

— Oui, s'il demande un bout de conduite, nous le ramènerons sans doute jusqu'en Allemagne avec nous. Après, il sera aux mains du service de Dieter. Pourtant, je doute que Zander accepte de quitter l'Autriche seul et prenne le risque de livrer sa petite équipe au Souverain. Il tenait à conserver la couverture d'Ortofilm jusqu'au bout de l'opération.

— Elle pourrait bien être déjà mitée.

J'ignorais alors à quel point je voyais juste.

Quand nous arrivâmes en vue de la Gasthaus, je demandai au chauffeur de me déposer. Il acquiesça et éteignit ses phares avant de se ranger au bord de la route. Je le remerciai et sortis de l'automobile. Il me salua de la main silencieusement. Comme je m'éloignais, il fit lentement demi-tour avant de rallumer ses phares. On n'aurait pas pu imaginer retour plus discret.

J'avais remarqué plus tôt que la Gasthaus possédait deux entrées. Si l'on avait conservé la clef de sa chambre, on pouvait pénétrer dans l'hôtel par le garage, monter directement l'escalier et ainsi éviter le hall. Je suivis donc cet itinéraire. En apercevant, garée à côté des véhicules d'Ortofilm, une Mercedes dont le pare-brise s'ornait d'une carte de presse O.R.F., je me félicitai de mon initiative.

A peine arrivé en haut de l'escalier, je déchantai. Dans les couloirs de la Gasthaus s'ouvraient de petites alcôves garnies de chaises inconfortables et d'un guéridon surmonté d'une plante verte. Comme j'atteignais la première alcôve et me dirigeais vers ma chambre, un jeune homme aux cheveux ébouriffés, en blazer bleu marine à boutons d'argent et pantalon gris, se leva d'une de ces chaises.

— Monsieur Halliday, déclara-t-il, je m'appelle Christian Rainer. Je travaille pour le service actualités de l'O.R.F. à Vienne. J'aimerais échanger quelques mots avec vous.

— Comme vous le voyez, j'allais me coucher, Herr Rainer.

Il hocha la tête comme s'il n'avait pas attendu meilleure réponse.

— Naturellement. Toutefois, je crois que vous devriez prendre le temps de discuter un moment. A mon avis, nous ne le regretterons ni l'un ni l'autre.

— Si c'est de l'interview de demain que vous voulez parler, je ne crois pas pouvoir vous fournir de renseignements utiles. Vous avez vu M. Vielle ?

— Et Mme Chihani. J'aurais aimé discuter avec vous autour d'un verre, mais le bar est fermé, maintenant. Voudriez-vous venir dans ma chambre ?

— Si vous êtes si pressé que ça, Herr Rainer, pourquoi ne pas parler ici ?

— Qu'à cela ne tienne. (Il se rassit.) Mais j'ai bien peur d'en avoir pour plus de deux minutes.

Je m'installai en face de lui.

— Avez-vous déjà travaillé avec cette équipe d'Ortofilm ? demanda-t-il de but en blanc.

— Non.

— Nous oui. Deux fois, en Belgique. C'est deux fois de trop. Non pas pour des questions de qualité technique, l'équipe est bonne. Non, c'est la direction.

— Donc vous ne les employez plus, quelqu'un d'autre s'en charge. Où est le problème, Herr Rainer ? Vielle vous a-t-il lui aussi donné du fil à retordre ?

— Non, monsieur Halliday. M. Vielle est tout simplement incompétent. Vous rendez-vous compte qu'il ne sait même pas s'il utilisera un support vidéo. Qu'il ne sait même pas s'il dispose d'assez de projecteurs, au cas où il devrait tourner dans la mine ? Et il assure que vous serez tout à la fois le réalisateur et l'interviewer de cette émission. Sachez que dans ce genre de situations, où le sujet est une personnalité étrangère aussi complexe à cerner, l'interviewer même le plus chevronné a besoin d'aide. Le réalisateur et lui peuvent discuter de certains détails techniques ; il est impensable de laisser tout ce travail aux cameramen et aux preneurs de son. Quel que soit leur talent, ce n'est pas là leur domaine.

Ses propos tombaient sous le sens, mais il était encore temps que j'arrête le flot de son discours.

— Vous avez parfaitement raison, Herr Rainer, dis-je. Vielle est comptable, pas réalisateur. Tout cela compterait pour rien si je n'avais pas découvert, il y a à peine trois jours, que l'équipe d'Ortofilm dont vous me parliez tout à l'heure se trouve à Mexico, rien de moins. On m'a envoyé une équipe Ortofilm de second plan. Voilà qui ne me convient pas du tout. D'ailleurs, j'en ai aussitôt averti mes employeurs. Pour des raisons de contrat, semble-t-il, ils ne peuvent se défaire des services d'Ortofilm. D'autre part, leur documentaliste, Mme Chihani, est extrêmement efficace et a presque terminé le travail préparatoire. J'ai donc simplement réclamé une autre équipe, et un réalisateur, pour tourner l'interview.

— L'O.R.F. se ferait un plaisir de vous aider, s'empressa d'affirmer Rainer. Vous pouvez compter sur l'une de nos équipes, sans problème.

— Sans problème, dites-vous ? Au contraire, il serait de taille, Herr Rainer. Votre équipe ne serait pas autorisée à approcher le Souverain. Et toutes mes bonnes paroles n'y changeraient rien. Le Souverain finirait par m'expulser à mon tour : l'interview serait annulée.

— « Le Souverain », monsieur Halliday ? Est-ce ainsi que vous le nommez ?

— L'idée vous amuse ? C'est un souverain, alors pourquoi l'appeler autrement ?

— Quel genre d'homme est-ce ?

— Si nous l'interviewons, c'est pour donner aux téléspectateurs l'occasion de s'en faire une idée par eux-mêmes. Quant à se faire une idée de sa personnalité, cela dépendra de lui. Jusqu'ici, il a toujours tenu à éviter toute publicité.

— Pour de bonnes raisons. Où avez-vous engagé votre nouvelle équipe ?

— En Hollande. Il s'agit de Viser-Damrak, d'Eindhoven. Le réalisateur se nomme Dick Kluvers.

— Je le connais. Excellent. Mais il se trouve avec son équipe en Yougoslavie. Pour le tournage d'un documentaire. Je peux vous l'assurer.

— Vous pouviez me l'assurer, Herr Rainer. Mais ils ont fini de tourner il y a déjà quelques jours. Ce soir, ils font étape à Trieste. Ils seront ici demain. Le film que l'on vous livrera sera techniquement irréprochable. Ne vous inquiétez pas. Je suppose que Vielle vous a demandé de vous charger du développement ? Et vous avez accepté ? Parfait. Alors, dès demain seize heures, postez une voiture ici, et Kluvers s'arrangera pour vous donner le film dès qu'il sera dans la boîte. Nous exigerons bien sûr de voir les premiers la copie d'étalonnage.

— Vous pourrez la voir à Graz.

— Magnifique. Je vous laisse alors vous débrouiller tous les deux.

Je m'apprêtais à partir quand il me retint par le bras.

— Vous pouvez bien me dévoiler quelques-unes des questions que vous lui poserez, monsieur Halliday ?

Là, il méritait vraiment que je l'envoie balader. J'essayai pourtant de gagner mon calme.

— Herr Rainer, comment vous dire ? Je n'ai pas l'habitude de préparer un questionnaire à l'avance. J'ai travaillé le sujet de mon mieux. Je parlerai au Souverain quelques instants avant que l'on filme. C'est ainsi que d'habitude l'interview prend forme dans ma tête. En fait, j'essaie de pousser mon interlocuteur à s'interviewer lui-même. Je parle le moins possible et pose un minimum de questions.

Il hocha simplement la tête.

— Vous avez dit, je crois, que vous trouviez Mme Chihani extrêmement efficace. C'est aussi mon avis.

— Vous m'en voyez enchanté. Mais je suis sûr que vous avez bien trop de métier, Herr Rainer, pour croire qu'une querelle entre le Souverain et un ministère autrichien puisse passionner bien longtemps un auditoire américain. Les téléspectateurs s'intéresseraient plutôt à ses rapports avec l'Ouest. Je ne voudrais donc pas que vous soyez déçu.

Il me lâcha le bras, nous nous levâmes. Puis il ajouta :

— Je ne vous ai pas demandé qui vous a commandé cette interview, et je m'en garderai bien. Si ce n'est qu'une campagne publicitaire au profit de votre fameux Souverain, et qu'une grande société comme Syncom-Sentinel paie la facture, alors vous aurez tout intérêt, en effet, à le laisser s'interviewer tout seul. Par contre, si vous espérez en tirer un document d'actualité, qui ait une quelconque valeur, vous devrez lui poser au moins une question suffisamment embarrassante pour lui délier la langue.

— Vous avez votre petite idée, bien sûr.

— Bien sûr. La voici : « Monsieur le Souverain, vous construisez, en Autriche, une clinique de traitement des affections respiratoires. C'est bien cela ? Parfait. Mais savez-vous que d'aucuns prétendent qu'il n'est nullement question de clinique, mais d'un gigantesque abri antiatomique ? Que d'autres, moins indulgents, racontent que vous ne construisez pas un simple abri antiatomique, mais une *forteresse* destinée à votre seul usage personnel pendant la Troisième Guerre mondiale ? Comment répondriez-vous à de telles accusations, monsieur le Souverain ? »

— Herr Rainer, observai-je gentiment, si j'étais le Souverain, ou bien même un politicien de moindre importance, je commencerais par noter que vous ne posez pas de questions mais prononcez une diatribe.

Il rougit.

— J'en suis tout à fait conscient, monsieur Halliday. J'essayais tout simplement de résumer en quelques mots les raisons de l'hostilité locale à l'égard de cet homme.

— Y en a-t-il d'autres ?

— Il n'emploie pas d'Autrichiens.

— Et les gardes de la mine ? N'appartiennent-ils pas à une entreprise de surveillance viennoise ?

Il renifla.

— D'anciens policiers armés de pistolets et de grenades lacrimogènes, l'équipement antiémeutes. On a beaucoup parlé d'une action des étudiants contre la mine, il y a quelques mois. Rien de tel ne s'est produit, mais les gardes demeurent. Cela ne s'appelle pas employer des Autrichiens. Je pensais, moi, aux architectes, aux ingénieurs, aux experts, aux spécialistes qu'il a employés. Tous étaient étrangers ; on se demande bien pourquoi.

— Est-ce illégal, aujourd'hui, Herr Rainer, de construire une forteresse en Autriche ?

— Oui, si vous l'intitulez clinique de traitement des affections respiratoires et refusez de soumettre les plans aux autorités compétentes.

— Comment voudriez-vous qu'il emploie une main-d'œuvre autrichienne quand on lui refuse le permis de construire ? A la place du Souverain, je ne verrais dans toute cette hostilité que préjugés raciaux et propos de piliers de bar.

Il me fit une petite révérence moqueuse.

— Bravo, monsieur Halliday. Un peu plus et je vous croyais sincère. Si Syncom-Sentinel vous a engagé pour enjoliver l'image peu flatteuse de ce sinistre personnage, vous êtes l'homme de la situation, et vous avez raison pour ce qui est des ragots. Malheureusement, ils sont fondés. Demandez à Mme Chihani, je lui ai fourni tous les détails. Vous serez peut-être étonné. J'ai pris une chambre ici et j'attendrai qu'on me remette le film en main propre. Je ne vais pas vous retenir plus longtemps. Dormez bien, monsieur.

Je lui souhaitai une bonne nuit et longeai le couloir jusqu'à ma chambre. Je n'eus pas besoin de sortir ma clef. A peine avais-je atteint la porte que Simone l'ouvrait de l'intérieur.

— Vous avez entendu ? demandai-je.

— Oui. J'ai monté une bouteille de vin avant que le bar ne ferme. J'ai pensé que vous auriez soif. Il devrait être encore frais.

— Merci, Simone, j'ai bien peur que vous n'ayez vécu une soirée pénible.

— Surtout Jean-Pierre. Il a horreur de passer pour un imbécile, et ce type ne l'a pas ménagé. Il ne vous a pas menti au sujet des preuves contre le Souverain. Un ingénieur français a parlé. Le Souverain veut un abri antiatomique qu'il soit à même de défendre contre tout intrus, les gens du cru si besoin est. Le patron sait tout cela, bien sûr. C'est lui qui s'est chargé de procurer les pompes et tout l'équipement pour assécher les infiltrations. Quiconque essaierait d'entrer dans cette clinique quand le Souverain s'y trouverait, mourrait avant même d'avoir touché le bouton de porte. Je préfère ne pas y penser. Que s'est-il passé à votre réunion de Velden ? Tout va bien ?

— L'atmosphère était très amicale.

Elle me tendit un verre de vin.

— Sont-ils prêts à accorder au patron ce qu'il attend d'eux ?

— Oh oui. Sans discussion. Restent quelques problèmes pratiques qu'il nous faudra régler.

— Alors ils ont donné leur accord de principe sans restriction ?

— Absolument.

— C'est ce qui compte.

Elle commença a ôter son pantalon.

— Comme je vous l'ai dit, l'atmosphère était très amicale. (Je bus quelques gorgées de vin tiède.) Le négociateur est un soldat de carrière aux idées modernes. Je crois que votre père et lui s'entendront bien.

Elle se figea sur place, une jambe en l'air.

— Par mon père, vous voulez dire le patron ?

— Ils m'ont appris qu'il était votre père. C'est faux ?

— Continuons à l'appeler le patron, je vous prie.

— Pour raisons de sécurité ?

— Plutôt par habitude, peut-être. Mais par prudence aussi.

Elle continua à se déshabiller.

— La situation ici, côté sécurité, poursuivis-je, n'a pas laissé de les étonner. Et surtout votre volonté de garder mon nom hors de portée des oreilles indiscrètes.

— Ne leur avez-vous pas expliqué que Rasmuk doit ignorer à tout prix votre présence ici ?

— Non. Je leur ai démontré que Rasmuk sait déjà où nous nous trouvons. Ils le savent parce que le Souverain les a postés ici. Quand donc le patron a-t-il compris que le Souverain payait pour le faire tuer ?

Elle lança son pantalon à l'autre bout de la pièce et s'assit sur le lit.

— Qui vous l'a dit ? s'enquit-elle d'un ton pressant.

— Personne. J'ai trouvé ça tout seul. J'aurais cru que le patron aurait deviné lui aussi.

Elle haussa les épaules.

— Il a longtemps refusé d'admettre la vérité. Maintenant nous ne doutons plus, certes, mais il est plus sûr — plus sûr pour nous tous — de prétendre le contraire. Tant que nous pourrons jouer aux moutons qui ne connaissent pas le chemin de l'abattoir, cela vaudra mieux. Nous aurons plus de chance de les prendre par surprise.

— Et vous, à quel moment avez-vous commencé à comprendre ?

— Quand le Souverain a modifié le lieu de rendez-vous. La conférence devait se dérouler dans une propriété aux environs de Stresa. Et puis, du jour au lendemain, ce fut ici. Rien ne semblait justifier ce changement. Peu à peu, je me suis livrée à certaines déductions, comme vous sans doute, mais lentement et à contrecœur. Seul le Souverain se sentirait plus tranquille une fois le patron mort. Le patron a d'abord refusé de m'écouter. Il a écouté Jean-Pierre qui n'a jamais vu le Souverain de sa vie. Nous avons tous été très lents. Malgré ce que nous savions du Souverain, nous avons mis des semaines à nous rendre à l'évidence. La seule précaution que le patron ait prise a été de demander l'asile pour nous tous, en échange de sa médiation dans l'affaire de la baie d'Abra.

— Nous avons discuté ce soir de la possibilité d'offrir au patron une protection personnelle immédiate dès la fin de la conférence. Il ne tient qu'à lui de la demander.

— Quelle sorte de protection ?

— Le retour en Allemagne. Là, il bénéficierait d'une protection rapprochée des plus efficaces.

— Que leur avez-vous répondu ?

— Ils ont répondu pour moi. Ils doutent que le patron accepte la proposition de rentrer seul en Allemagne, s'il risque ainsi de vous abandonner ici, vous et les jeunes, en otages. J'ai dit qu'il me semblait peu probable que nous parvenions à le convaincre de changer d'avis. Ai-je vu juste ?

— Il ne partirait jamais sans nous. Jean-Pierre ne risque rien. Pas plus que Guido et ceux de Stresa. Ils ne sont pas de sa famille, de son sang. Par contre, il insistera pour que tous les quatre nous allions nous réfugier là où on nous le proposera.

— Ce n'est pas simple. L'Autriche est neutre et plutôt susceptible sur ce point. Ces responsables de l'O.T.A.N. se trouvent ici officieusement, et parce que le Souverain a refusé de les rencontrer ailleurs. Leur offre de ramener le patron jusqu'à la frontière allemande et de lui faire bénéficier de la protection de ce pays sort même un peu de leurs attributions. Leurs passeports ne font pas état de leur fonction. Une protection efficace pour vous quatre exigerait une escorte armée jusqu'à un hélicoptère qui atterrirait et redécollerait, sans autorisation officielle, au bout d'un champ. Une fusillade avec Rasmuk pourrait aussi éclater. Ils ne peuvent pas se permettre d'avoir à expliquer de telles embrouilles aux Autrichiens.

— Même le Souverain a compris cet aspect du problème, vous savez. Et depuis le début. Le Souverain a déclaré que, dans tout autre pays, il craignait un déploiement de forces de la C.I.A. Eh oui, mon ami, riez donc, mais pas trop. Il n'y a que Rasmuk pour avoir le bras aussi long.

— Le patron croit-il toujours que la couverture d'Ortofilm va nous sortir d'affaire ?

— Il sait bien que non ; et il s'en veut d'avoir eu ces idées de vieil homme paresseux. Il a enfin compris qu'il vaudrait mieux une absence de couverture plutôt que celle-ci. Les véhicules d'Ortofilm font que l'on peut nous suivre à la trace. Le Souverain n'aura qu'à charger son premier secrétaire de donner un coup de téléphone, demain, dès notre départ, et nous serons transformés en cibles. Que proposent vos collègues ?

— Un rendez-vous au-delà de la frontière autrichienne. Dans un endroit où ils pourront organiser une protection cent pour cent efficace. Un coup de téléphone suffira.

— Où ça, au-delà de la frontière autrichienne ?

— A Tarvisio, en Italie, à environ une heure et demie de route d'ici. Mais nous devrons nous y rendre sans escorte.

— Pourtant, dès notre sortie de Petrucher, Rasmuk lancera à nos trousses un commando de choc.

— Ils ne tenteront rien à proximité de la résidence du Souverain. Ils attendront le moment propice.

— Pas longtemps. Ils se fichent pas mal, eux, de violer la neutralité autrichienne.

Plus tard, paisiblement allongé à ses côtés, je demandai :

— Dites-moi, à votre avis, comment le Souverain envisage-t-il l'interview télévisée qu'il doit m'accorder ? Je pense à son horreur des changements d'habitude que vous venez de mentionner. Comment le patron lui a-t-il fait gober celui-ci ? Evidemment, il en a encore besoin comme façade, à seule fin de dissimuler sa rencontre au sommet. S'attend-il à une véritable interview, à une mise en scène ou à un mélange des deux ? Quelle est votre hypothèse ?

Elle considérait le plafond.

— Je peux vous offrir mieux qu'une hypothèse, une certitude. Si la mise en place du tournage se déroule avec le plus grand apparat, avec le plus grand sérieux, s'il est le point de mire, que l'attention générale se porte sur sa personne, alors il y croira. Vous êtes soulagé ?

— Oui.

Elle sourit.

— Et pour vous éviter de faire des cauchemars, je vais vous confier un secret. Dans la camionnette d'Ortofilm, nous avons caché quatre bons fusils de combat et une quantité de munitions. Nous avons voulu parer à toute éventualité dès notre départ de Stresa.

Quand elle m'eut quitté, je me précipitai sur le tiroir du bureau et en sortis le paquet de cartes postales de la Gasthaus et le papier à lettres. Puis je m'assis et écrivis à Christian Rainer.

La première page débutait ainsi :

« *Cher Herr Rainer,*

Je vous écris cette lettre à une heure du matin, elle vous sera remise en main propre au petit déjeuner.

Après notre conversation, et les révélations de Mme Chihani, je me suis senti dans l'obligation de revoir mon approche de l'interview Petrucher. Je suis désormais persuadé que vous aviez raison et moi tort.

Cet homme qui, soi-disant, évite les media pour préserver sa vie privée, et parce que toute publicité l'importune, ne cherche en fait qu'à se protéger des questions insidieuses qui l'obligeraient soit à s'en tenir à un silence coupable, soit à tenter de soutenir l'insoutenable. Toutefois, face à un interviewer comme l'Américain Halliday, dont l'indulgence est assurée d'avance, il pourrait bien finir par exposer son cas tel qu'il se présente avec ce merveilleux manque d'inhibition qui en dit souvent beaucoup plus long que ne le voudrait l'interviewé. Ceci peut nous réserver de bons moments de télévision. L'intervieweur respectueux, conciliant, peut, grâce à quelques questions soigneusement formulées, réussir là où d'autres, plus inquisiteurs, plus acerbes, auront échoué. Grâce au décalage horaire entre ici et New York, j'ai pu joindre mon producteur et m'assurer de son accord sur cette nouvelle orientation que je me propose d'adopter.

Malheureusement se présentent des difficultés pratiques qui m'étaient inconnues lors de notre conversation. J'ai appris que notre équipe et ses véhicules sont désormais placés sous la stricte surveillance d'une agence de sécurité internationale (pas autrichienne), récemment engagée par ce Souverain paranoïaque, et que la surveillance sera maintenue pendant tout notre séjour dans ce pays. Etant donné la situation, je pense qu'il serait sage de modifier les arrangements prévus pour la livraison du film. L'idéal serait de faire croire à ceux qui nous surveillent que l'O.R.F. a essayé d'obtenir le film mais qu'elle y a échoué. Ceci vous épargnera des démêlés avec les hommes de loi du Souverain qui auraient tenté de vous confisquer le film par décision de justice avant que vous n'ayez pu le programmer. L'équipe d'Ortofilm (avec à son bord le film tourné par l'équipe hollandaise) quittera donc la mine Petrucher le plus vite possible demain après-midi, et se dirigera vers l'Italie via Villach et le poste-frontière d'Arnoldstein. Je me propose de vous remettre les boîtes de la façon suivante.

A deux heures j'avais terminé. J'appelai alors Barbara dans son appartement de New York. Après les politesses d'usage, je lui annonçai :

— Vous serez certainement intéressée d'apprendre que je vais réaliser demain l'interview télévisée d'un émir du pétrole ; il s'est acheté « une mine de santé » en Autriche.

— Une quoi ?

— Peu importe. Etes-vous toujours en bons rapports avec ce producteur qui s'est coulé avec son émission « L'Homme de la Semaine ».

— Oui, à peu près. J'ai toujours soutenu que vous n'étiez pas le seul responsable. Il travaille pour P.B.S. maintenant, sa situation s'est beaucoup améliorée.

— Vous croyez qu'il apprécierait un petit cadeau sans contrepartie ?

— Robert ? Est-il question de vous ou de ce fichu mémoire ?

— Rien à voir avec le mémoire. Qu'il réponde seulement à un appel de l'O.R.F. L'homme qui lui téléphonera est un réalisateur d'actualités nommé Christian Rainer. Voici ce qu'il dira.

Il était déjà deux heures et demie quand je me mis au lit.

Le petit déjeuner fut servi à sept heures trente. Je confiai ma lettre à la femme de chambre avec mission de la porter directement à Rainer. Il me téléphona presque aussitôt.

— Une très agréable surprise à cette heure matinale, monsieur Halliday.

Son ton restait toutefois très circonspect.

— Je suis ravi que vous le preniez ainsi. A propos, les arrangements pour la livraison vous conviennent-ils ?

— Si vous les croyez absolument nécessaires. Mais parlons plutôt affaires. Je dois savoir qui est votre directeur à New York.

— Certainement. Comme je vous l'ai écrit, j'ai déjà téléphoné et exposé la situation. C'est un programme P.B.S., le producteur attend votre appel ce matin, heure de New York. Je vous donnerai son nom et son numéro dans un instant. Il m'a déjà confié un message pour vous. Il désire que le film développé lui soit envoyé par avion dans les plus brefs délais, il se fiche pas mal que *je* voie ou non les épreuves.

— Je comprends parfaitement.

— Il suggère aussi, poursuivis-je, que vous régliez les problèmes de contrat et d'argent dès qu'il aura reçu le film.

— Parfait. Il me reste à mettre au point notre participation à l'affaire de demain. Puis-je me permettre une recommandation, monsieur Halliday ?

— Bien sûr.

— Vous ne le prendrez pas en mauvaise part, j'espère, si je vous avoue que les rapports qui nous sont parvenus sur vos qualités d'interviewer sont pour le moins mitigés.

— Presque tous mauvais, vous voulez dire.

— Presque, mais pas tous. J'ai une suggestion à vous faire. J'ai remarqué que certains interviewers réussissent mieux quand ils ne répètent pas. Je crois que c'est sans doute votre cas.

— Croyez-vous que cette observation s'applique aussi aux personnes interviewées ?

— J'en suis sûr.

— Alors, que pensez-vous qu'il se passera avec le Souverain ?

— C'est clair comme de l'eau de roche. Il s'est toujours tu. La première difficulté consistera à le convaincre de prendre la parole. Si vous y parvenez, alors vous aurez du mal à le faire taire. Il vous faudra sans doute beaucoup de film. Informez-en Dick Kluvers de ma part.

Il restait encore un obstacle à surmonter. Assis avec Simone et Jean-Pierre dans le break d'Ortofilm, j'expliquai ce que j'avais organisé avec Rainer.

— Cela pourrait retarder un peu l'affrontement, observa calmement Simone. Ce n'est jamais à négliger. Je trouve que c'est une bonne idée.

— Seul le patron peut en décider, déclara Jean-Pierre d'une voix sourde.

— D'accord. Que Simone l'appelle, alors. Ils n'auront qu'à parler berbère. Je parie que personne, dans l'entourage du Souverain, ne comprendra ce qu'ils se raconteront.

— Hors de question. (Jean-Pierre avait blêmi.) L'appeler maintenant, ce serait avouer que nous nous savons trahis.

— Alors il nous faudra nous décider tout seuls, comme des grands, plutôt que de rester tranquillement dans la ligne de mire. Ecoutez-moi, Jean-Pierre. Si nous disposions de véhicules blindés plutôt que du logo d'Ortofilm pour nous protéger, je vous dirais de venir. Mais il n'y a aucune raison que Guido et vous preniez ce risque. A peine la frontière passée, vous cesserez de nous suivre. D'accord ?

Il me regarda droit dans les yeux.

— Et *vous*, quelle est votre position maintenant, monsieur Halliday ? Comment comptez-*vous* rentrer chez vous ?

— Je suis payé pour servir d'intermédiaire et réaliser une interview télévisée du Souverain. J'arriverai avec Ortofilm. Logiquement, je devrais repartir avec Ortofilm.

— Vous pourriez repartir avec vos amis de l'O.T.A.N., intervint Simone. Rien ne vous empêcherait d'accepter qu'ils vous emmènent, et il n'y aurait rien d'embarrassant à ce qu'ils vous le proposent.

— Je dois remettre le film à Rainer au passage de la frontière.

— Parfait. Si nous arrivons jusqu'à la frontière, une

fois le film remis rien ne vous empêchera plus, alors, de nous quitter.

— Je verrai le tour que prendront les événements et déciderai en conséquence.

— Il m'est impossible de vous suivre sur ce point, trancha Jean-Pierre. Vous me demandez d'accepter vos décisions en l'absence du patron, et je vous donne mon accord de principe. Mais lui seul décidera quand et où vous nous quitterez. Maintenant il est plus de neuf heures, il serait temps que nous partions.

— Je dois appeler Velden, d'abord.

— La note est déjà réglée. Est-ce vraiment indispensable ?

— Oui. J'utiliserai la cabine du hall. Je ferai le plus vite possible.

Schelm écouta sans enthousiasme le plan que j'avais échafaudé pour gagner la frontière, mais il n'essaya pas de me décourager.

— Ça pourrait marcher, observa-t-il. J'espère que ça marchera.

— Est-ce que vos amis, de l'autre côté, ne pourraient pas s'approcher un peu plus de la frontière. Dépasser Tarvisio ?

— Je le leur ai demandé. Vous m'avez dit que le break d'Ortofilm était facile à repérer. Il est prévu que les carabiniers installent un barrage sur la route juste au nord d'un village nommé Coccau-Alto. Il se trouve à quatre kilomètres à peine de la frontière, et cette route est très fréquentée. Ils nous font là une grande faveur. Voici comment devra agir le chauffeur du break. Ces montagnes sont pourvues d'installations pour les sports d'hiver ; à droite part une petite route qui, pendant la saison, mène à un télésiège. Dès qu'il apercevra le barrage des carabiniers, le chauffeur devra quitter la grand-route, s'engager dans la petite et s'arrêter.

— Et puis ?

— Tous les occupants du break seront conduits aux baraquements des carabiniers. Inutile de vous inquiéter de ce qui leur arrivera ensuite, Bob.

— Combien de carabiniers seront sur place, et quel moyen de transport leur procurera-t-on ?

— Je ne dispose pas de ces détails. Pourquoi cherchez-vous à le savoir ?

— Des jeeps ne conviendraient pas ; quant aux

camions qu'utilisent les carabiniers, certains ne me paraissent pas très sûrs. Je n'aimerais pas du tout me trouver dans un de ces engins en plein cœur d'une fusillade.

— La brigade antiterroristes des carabiniers est une des plus entraînées d'Europe. De toute façon, si vous avez un tout petit peu de bon sens, Bob, vous rentrerez à Milan de votre côté. Personne ne vous tirera dessus. A l'heure actuelle, je crois que Pacioli vous attend avec un second chèque.

— Mon agent s'occupe de mes chèques, Herr Mesner. A plus tard.

La conversation téléphonique s'arrêta là-dessus.

— J'ai oublié un détail, annonçai-je en m'installant à l'avant à côté de Simone. Vous m'avez confié que des fusils et des munitions étaient cachés dans la camionnette. Pourtant elle s'arrêtera à la frontière.

— Je sais, répondit-elle. Nous les avons transportés dans le break. Ils sont dissimulés sous les bagages, derrière le siège arrière.

CHAPITRE XI

L'entrée du domaine Petrucher se trouvait sur la gauche d'un virage à mi-chemin sur la route entre Unterzeiring et Möderbrugg. Simone la dépassa d'abord sans la voir et nous dûmes faire demi-tour. Pour tout poteau indicateur, il n'y avait qu'un panneau pyrogravé cloué à un arbuste. On pouvait y lire : PETRUCHER — *Zuttrit verboten.*

Au-delà, un chemin serpentait entre de hauts talus qui bouchaient la vue. Nous roulâmes sur un chemin de terre où de gros camions avaient creusé de profondes ornières. Puis, comme nous sortions d'un virage en épingle à cheveux, le chemin s'élargit et nous retrouvâmes l'asphalte. Nous vîmes aussi s'élever devant nous un portail fermé, au milieu d'une haute clôture surmontée de rouleaux de barbelés et de pancartes rédigées en plusieurs langues qui interdisaient l'entrée. Trois gardes en uniformes gris et un chien à l'air peu amène nous surveillaient de l'autre côté du grillage. L'un des gardes consulta un morceau de papier puis fit signe aux autres. Le maître chien sut convaincre sa bête de reculer un peu ; ainsi ses collègues purent ouvrir le portail. Le chien se remit à grogner dès que la camionnette se fut engagée derrière nous.

— Jean-Pierre ne va pas apprécier, remarqua Simone. Il a peur des chiens de garde.

— Je n'aime pas tellement la tête de celui-ci. Et ce qui m'ennuie aussi c'est de n'avoir pu joindre le patron. Qui va dire aux types de l'entrée de laisser passer l'équipe hollandaise ? Et les arrangements que j'ai prévus avec Rainer ? Qui va le prévenir de l'intervention des carabiniers ?

Ce fut Chihani qui répondit.

— Vos rapports avec ces messieurs de l'O.T.A.N. vous

ont rendu bien tatillon, fit-elle d'un ton cassant. Pour le moment, inquiétez-vous de votre interview avec le Souverain et de rien d'autre, je vous prie. A propos, il faut l'appeler Votre Altesse.

— Votre Altesse tout court ? Je m'en souviendrai, fis-je.

J'apercevais au-dessus d'un rideau d'arbres le toit pointu de la maison Petrucher. L'allée formait brusquement un coude sur la gauche, et nous débouchâmes dans une clairière dégagée au bulldozer où s'alignaient deux de ces longues baraques en préfabriqué que les entrepreneurs installent sur les chantiers pour servir de bureau, de cantine et de vestiaire. Derrière étaient garées quelques voitures. La grosse Buick à l'immatriculation zurichoise appartenait sans doute à l'architecte suisse. Une Opel et une Taunus, avec des plaques autrichiennes, devaient servir aux gardes. Un peu à l'écart se trouvaient trois B.M.W. blanches, flambant neuves. Toutes trois portaient des plaques provisoires d'Allemagne de l'Ouest. Un garde avec un chien nous fit signe de nous ranger à côté de la Buick.

Maintenant, je distinguais toute la maison. Elle s'élevait sur une saillie rocheuse au pied d'une colline à laquelle elle semblait s'accrocher. L'exploitation des mines de la vallée, au début, se fit à ciel ouvert — il suffisait de suivre les veines qui couraient à flanc de coteau. Les premières excavations étaient devenues ce que les mineurs appellent les galeries d'accès. Ensuite était intervenu le forage des puits avec les inévitables problèmes de drainage, de ventilation, de herschage et d'étayage. Et le Dr Petrucher avait tellement tenu à explorer les antiques merveilles de sa mine qu'il avait construit sa maison sur des fondations en retrait de la colline boisée. Ainsi, la galerie d'accès à la mine s'ouvrait-elle au beau milieu du grand salon. Cette disposition obligeait évidemment à placer toutes les fenêtres sur la façade de la maison.

A gauche du bâtiment principal s'élevait une petite annexe. Sur le mur, une personne, peut-être le petit-fils de Petrucher, avait peint le mot MUSEUM en caractères gothiques. On pouvait le déchiffrer, mais avec peine. Comme Simone terminait sa manœuvre et coupait le contact, le garde flanqué de son chien s'effaça pour laisser passer son supérieur : personnage martial ceint d'un baudrier reluisant où venait s'attacher l'étui de son revolver. Il m'adressa quelques mots d'allemand que je ne compris pas. Simone se chargea d'assurer la traduction.

— Le patron veut me voir dans la maison, annonça-t-elle en sortant de la voiture. Vous et Jean-Pierre pouvez rester ici ou aller vous asseoir dans le musée. Comme vous voudrez, mais ne vous avisez pas de vous promener. Les jeunes garderont les autos.

Elle répéta les instructions à l'intention de Mokhtar et Jasmin, puis se dirigea vers la camionnette pour parler à Jean-Pierre avant d'informer le capitaine des gardes qu'elle était prête à le suivre.

Je sortis du break et m'approchai de Jean-Pierre.

— Vous venez visiter le musée ? demandai-je.

— Non, merci. (Il m'indiqua d'un regard éloquent le garde avec son chien.) Il y a deux de ces animaux ici, peut-être davantage. Les types qui les tiennent en laisse croient les maîtriser, mais j'ai déjà vu ce qui arrive quand ça tourne mal. Le sang coule à flots, et tout le monde vous assure que c'est bien la première fois !

— Si jamais il y a quelque chose d'intéressant à voir là-dedans, je vous préviendrai.

Le musée se composait d'une vaste salle carrée de pierre garnie de deux vitrines. Une lourde porte en bois, un sol dallé, une lampe au kérosène pendue au plafond complétaient le décor. La lampe ne semblait pas avoir été nettoyée ou allumée récemment, mais elle contenait toujours du kérosène. Il flottait dans la pièce une vague odeur d'abandon. Les objets s'alignaient dans les deux vitrines. D'autres, trop grands ou trop lourds, étaient appuyés contre l'un des murs aveugles.

L'une des vitrines ne contenait que des squelettes découverts dans la mine. De petits mammifères — chats, chiens et rongeurs de toutes tailles —, mais aussi un ou deux oiseaux et un squelette humain incomplet. J'essayai de déchiffrer l'étiquette jaunie qui lui correspondait, mais l'encre délavée et le texte rédigé en allemand m'en empêchèrent. L'autre vitrine abritait des objets. Ceux-là aussi provenaient de la mine et étaient, fort logiquement, presque tous des outils de mineurs dont le manche en bois avait disparu. Il y avait des pics, des pelles, des marteaux et des picots rangés selon un ordre chronologique très particulier. Je découvris en effet, après quelques tâtonnements, qu'à côté de chaque étiquette portant une date se trouvait une pièce de monnaie. Le système de datation du Dr Petrucher s'appuyait sur une réflexion logique. Si l'on trouve un objet, une pièce de monnaie par exemple, que l'on peut dater avec une certaine assurance, alors il est *probable* que les objets ramassés autour soient de la même époque.

Mais le plus intéressant, c'était encore le plan de la mine que le Dr Petrucher avait essayé d'ébaucher. Il était accroché très haut sur le mur du fond, et je dus monter sur une chaise pour lire une sorte de dessin en coupe d'une énorme éponge. Le Dr Petrucher avait essayé d'évaluer la taille du chantier, mais les difficultés qu'il avait rencontrées pour établir des estimations plus exactes que de simples suppositions semblaient lui avoir coûté bien de la peine. Pourtant, son expérience professionnelle lui avait appris comment donner un caractère d'authenticité à de modestes conjectures. Il admettait ne livrer là qu'une série d'hypothèses rédigées en latin. *Magnitudo quod cogitari potest,* avait-il écrit en petites lettres ornementées et avec une timidité feinte au-dessus de ses estimations. Traduites du latin, elles donnaient ceci : *Plus grande profondeur mesurable* — 280 mètres ; *Plus grande largeur* — 400 mètres ; *Cubage d'air quand elle n'est pas inondée* — 8 millions de mètres cubes ; *Cubage d'air à l'intérieur en cas d'inondation maximum (1904)* — 2 millions de mètres cubes.

— Votre impression, monsieur Halliday ? demanda Zander.

J'avais laissé la grande porte ouverte pour me donner de la lumière, mais il était entré en tapinois. A la position particulière de ses mains, je devinai tout de suite que ses pensées défilaient dans sa tête à grande allure, ses yeux me souriaient. Mais ce qui me surprit le plus, ce furent sa chemise, sa cravate et son complet de mohair gris impeccablement coupé.

— Mon impression ? Cette mine a l'air d'une éponge, répondis-je.

— Voyez-y plutôt un poumon, monsieur Halliday, et vous comprendrez tout.

Je descendis de ma chaise.

— Simone vous a mis au courant ? Vous êtes d'accord avec nos plans ?

— Je crois que vous avez fort bien travaillé, monsieur Halliday, fort bien travaillé pour nous. J'ai soutenu que nous vous avions enrôlé. Vous voyez bien ? J'avais raison. L'idée de vous servir des gens de la télévision autrichienne comme escorte est tout à fait charmante.

— Charmante, dites-vous ? Vous pensez donc que ça ne marchera pas.

— Jusqu'à un certain point cela peut marcher...

Son petit sourire atténuait la condescendance qui perçait dans sa voix.

— Si ça marche au point de nous conduire entiers jusqu'à la frontière italienne, la réussite me paraîtra déjà exceptionnelle.

— Peut-être, marmonna-t-il d'un air absent.

— Peut-être quoi ? Je commençais à m'énerver.

— Peut-être ne prévoient-ils pas d'organiser la tuerie en Autriche. A leur place je ne m'y hasarderais pas. Ils ont surtout intérêt à quitter le pays sans faire de bruit.

— Alors nous n'avons pas vraiment besoin d'une escorte ? C'est cela ?

— Non, non, monsieur Halliday. Cette escorte nous sera d'une grande utilité. Elle leur apprendra que nous la jugeons nécessaire et que nous pensons connaître leurs intentions. Nous adopterons des dispositions qu'ils interpréteront comme un réflexe de prudence tout naturel. Ne vous inquiétez pas. Vous n'avez rien à vous reprocher.

— Je ne me faisais aucun reproche.

— Parfait, parfait. (Il écarta le sujet d'un geste de la main.) Maintenant, il est indispensable que vous compreniez, pour le bon déroulement de votre interview avec Son Altesse, la signification particulière de cette mine pour elle.

— En tant qu'abri antiatomique, vous voulez dire.

— Comme un abri antiatomique, certainement. Mais aussi comme une protection contre les armes bactériologiques.

— Je vous demandais simplement confirmation, monsieur Zander, parce que l'autre jour vous présentiez l'endroit comme une clinique du style d'Oberzeiring.

— Ça, c'était vrai l'autre jour, fit-il en balayant l'objection d'un revers de main. Maintenant, je dois vous exposer les faits. D'abord, pensez à la situation géographique. L'Autriche est neutre, et il est fort peu probable qu'elle subisse jamais une attaque directe. Tout le danger pour elle, durant l'ultime guerre mondiale, viendra de la dévastation de ses voisins. Dans cette région les vents dominants soufflent de l'ouest, donc ici, sur les pentes est de ces collines, les retombées de toutes sortes seront minimes. Parlons de la mine, maintenant. Vous avez étudié les estimations de superficie du vieux Petrucher. Que vous est-il venu à l'idée ? Pourquoi étiez-vous intéressé ?

— Je pensais que si le minerai n'avait pas présenté une très haute teneur en argent, personne, au Moyen Age, ne se serait donné la peine de gratter tout ça. Leurs procédés d'extraction par fusion ne devaient pas être bien rentables.

— Mais il y avait *beaucoup* d'argent ici, et ils ont extrait le minerai en bien plus grande quantité que le Dr Petrucher ne l'a jamais supposé. Les installations, maintenant qu'elles ont été asséchées jusqu'au niveau le plus profond, contiennent environ quarante pour cent d'air supplémentaire par rapport aux calculs de Petrucher. Je vous ai conseillé d'y voir un poumon, monsieur Halliday.

— Oui, c'est vrai.

— Parfait. Quand la dernière guerre mondiale éclatera et que les deux blocs auront commencé à utiliser les armes nucléaires et biologiques sur une grande échelle, comment comptez-vous vous en sortir ?

— En prenant une bonne cuite, je crois.

— Je parle sérieusement, monsieur Halliday. Tenteriez-vous de vous emprisonner dans une combinaison protectrice et, quand les filtres du masque facial auraient cessé de fonctionner, de retenir votre respiration ?

— A votre tour de plaisanter, hein ? Je suppose qu'une combinaison de plongée en eau froide et des quantités de bouteilles d'oxygène pourraient me dépanner, à condition de renoncer à boire et à manger.

— Oui, aussi longtemps que votre réserve d'air durerait, cela pourrait vous dépanner. Mais combien de temps pourrions-nous vous accorder ? Une semaine ?

— Trop aimable. Mais cela ne suffirait pas, n'est-ce pas ?

— Non. Six mois au moins seraient nécessaires avant que l'air extérieur ne redevienne respirable et inoffensif. Cette mine vous fournirait, à vous et à vingt de vos amis ou serviteurs, une très large quantité d'air respirable, pendant une période minimale de huit mois.

— Mais comment ? (Je désignai l'éponge sur le mur.) Qu'est-ce qui entre par les puits d'aération ? De l'air pollué ? Non, parce qu'on les aurait sans doute fermés. Et les pompes ? Comment continueraient-elles à fonctionner ? Grâce à des génératrices de secours ? D'où viendraient l'air et l'essence qui leur permettraient de fonctionner pendant huit mois ? Et les pannes ? Y a-t-il des installations de rechange ?

Il tentait de m'arrêter en agitant les mains frénétiquement.

— Je vous en prie, je vous en prie, je vous demande d'y voir un poumon. Grâce aux pompes installées au fond et qui maintiennent toute la mine asséchée, celle-ci a pris ce que l'on pourrait appeler une profonde respiration, une respiration qui compte douze millions de mètres cubes d'air pur. Maintenant, examinons un cas d'extrême urgence. Il pourra se produire demain, peut-être. Plus d'électricité. Les pompes s'arrêtent. Lentement, très lentement, les parties profondes de la mine s'enfonceront de nouveau sous les eaux et, au fur et à mesure, l'eau se mettra à chasser l'air de la mine par les puits d'aération. Ils seront équipés de valves à clapet et de filtres, bien sûr, par mesure de précaution, mais grâce à la montée progressive de l'eau le flot d'air s'en ira régulièrement vers l'*extérieur*. La mine ressemblera alors à un poumon qui expire ; grâce à sa taille gigantesque, cela lui prendra huit mois. Même si le courant électrique est rétabli rapidement, les pompes resteront silencieuses. Elles se tairont pour que l'eau souterraine, pure, provenant des sources profondes, puisse continuer à affluer, à déplacer l'air frais, propre, et à le faire circuler dans les galeries supérieures pour permettre aux hommes de respirer.

— Qui a eu cette idée ? Le Souverain ?

Le sourire se fit narquois.

— Le Souverain est doté d'un esprit des plus ingénieux, comme vous semblez l'avoir compris, mais dans le domaine particulier de la science et de la technologie il ne fonctionne que de façon très rudimentaire. Il a d'abord acheté la mine comme un simple refuge contre les microbes et les agents bactériologiques qui risqueraient d'agresser sa virilité. Il se proposait d'agir à peu près comme vous le suggériez il y a quelques instants. Il aurait fermé les puits d'aération et aurait compté sur ses provisions de nourriture, d'eau minérale et d'aphrodisiaques pour passer l'épreuve. Ces aménagements extrêmements astucieux lui ont été suggérés par le premier ingénieur des mines que j'avais trouvé pour le conseiller.

— Celui qui a été tout déballer devant les media ?

— Non. Il est parti parce qu'il n'appréciait pas l'utilisation qui serait faite de son travail. Il croyait à cette histoire de clinique. Quand il a découvert que ce n'était qu'un prétexte, il a démissionné. Mais sans faire de scandale. Celui qui l'a remplacé était tout différent. Ne croyez pas que l'idée de ce premier ingénieur ait eu quoi que ce soit de génial ou de remarquable. Pensez à un bassin de radoub. Vous commencez par pomper l'eau pour réparer votre bateau. Ensuite, quand vous voulez le remettre à flot, vous arrêtez les pompes, ouvrez les soupapes et laissez remonter l'eau. Le Souverain, toutefois, a éprouvé quelques difficultés à comprendre ce principe élémentaire. Cet ingénieur a manqué de respect à Son Altesse. Il a été renvoyé, et il en a conçu une certaine rancune.

— Qu'a-t-il fait ? A-t-il traité le Souverain d'imbécile ?

— Il a déclaré, devant témoins, que Son Altesse ne connaissait rien à l'hydraulique. Quelle bêtise. Quel plaisir peut-on tirer à révéler l'évidence rien que par emportement. En fait, Son Altesse essayait de comprendre pourquoi son exemple ne pouvait être suivi dans d'autres mines désaffectées.

— Ne me dites pas qu'il envisageait la défense civile pour tous.

— Non, il pensait qu'il pourrait peut-être en tirer un quelconque profit en vendant l'idée à ses frères Souverains. En fait, très peu de vieilles mines peuvent être ainsi aménagées. Dès qu'elles cessent d'être exploitées, la plupart s'effondrent. Cependant, certains de ces vieux chantiers calcaires, dans la région, s'apparentent plutôt à des grottes naturelles.

— Pensez-vous que je puisse aller jeter un coup d'œil là-dessous avant que l'équipe hollandaise n'arrive ? Si c'était possible, j'aimerais tourner l'interview en sous-sol.

— Ce sera peut-être possible, mais vous ne descendrez certainement pas maintenant. (L'ironie avait disparu.) Son Altesse se tient sur ses gardes. Pour atteindre l'entrée de la mine, il vous faudrait traverser la pièce où il s'entretient avec son architecte. Il ne fera votre connaissance qu'au moment où je vous introduirai pour l'audience, suivi à distance par les représentants de l'O.T.A.N., devant ses témoins, le Premier secrétaire et le conseiller financier. Vous comprenez ?

— Bien sûr. Rien n'a été organisé. C'est l'improvisation !

— Oui, monsieur Halliday. (Il me décocha un regard dur.) Et nous ne dirons et ne ferons rien pour démentir cette impression. Il incarne la sagesse et la connaissance, et nous devons le traiter avec le respect dû à son rang !

— En ignorant, pour le moment, qu'il est la crapulerie et le meurtre incarnés. Je vois.

— Non, vous ne voyez *pas,* monsieur Halliday. (Ses yeux étincelèrent.) Nous ne l'ignorons pas. Nous l'*oublions.* Ainsi j'améliorerai un peu les chances de ma famille, sans oublier les miennes, de rester en vie. Tant qu'il nous croit innocents, nous conservons un petit avantage. Nous pourrions, encore sait-on jamais, les prendre par surprise. Mais seulement si nous faisons figures d'innocents. L'innocence, rappelez-vous, est humble. Votre désapprobation, votre dégoût devant sa perfidie importent peu et, à l'heure qu'il est, s'avèrent intempestifs. Oubliez-les, je vous prie. (Il jeta un coup d'œil à sa montre.) J'espère que vos amis de l'O.T.A.N. n'arriveront pas en retard.

— Il leur reste encore un quart d'heure, monsieur Zander. Ne commençons pas à nous ronger les ongles. Vous venez de me demander d'oublier mes sentiments. Parfait. Mais vous, n'oubliez pas, je vous prie, que j'ai une interview à mener. Et qu'il s'agira d'une tâche bien plus complexe que le rapide échange de questions et de réponses dont nous avions discuté à Stresa. Il faudra que je fasse parler le Souverain, et je ne tiens pas à ce qu'il se perde en considérations techniques. Je veux le montrer tel qu'il désire paraître, puis laisser entrevoir à la dérobée le vrai M. Roublard qui se cache en dessous.

— Je vous souhaite bonne chance, monsieur Halliday.

Je ne répondis pas à son sourire.

— Vous pouvez faire plus, patron, l'assurai-je. Que pensez-vous qu'il exigera en échange de la baie d'Abra ? quel prix ? quelle monnaie ? Des bombardiers ? des tanks ? une flotte de Boeing sur mesure ? un porte-avions privé ? La lune ?

Il y réfléchit.

— Je crois que le prix demandé sera exorbitant, oui, mais dans quelle mesure, jusqu'à quel point pourront-ils le négocier, je n'en sais rien. Comme vous le savez, je ne suis plus dans ses bonnes grâces. D'autre part, ce qui peut me paraître, à moi, formé à la vieille école, impossible pourrait bien être considéré tout à fait différemment par des esprits plus jeunes. Rien ne les empêcherait de penser que, une fois toutes les précautions nécessaires prises, n'importe quel prix ou presque puisse se voir réglé.

— Se voir réglé ?

J'étais sûr maintenant qu'il savait quel serait le prix demandé.

Il remarqua que j'avais compris et il sourit.

— Les questions d'hydraulique ne sont pas les seules à dépasser l'entendement de Son Altesse. Si l'illusionniste est assez malin, Son Altesse se laissera un moment tromper. Mais je dois vous prévenir, ne vous imaginez pas que vous ayez affaire à un naïf. S'il vous prend la fantaisie de poser des questions sur la baie d'Abra ou simplement de la mentionner en présence de cette équipe de télévision, vous n'obtiendrez aucune réponse. Parlez de la mine, parlez de son projet de clinique en but à de graves difficultés, parlez de sinusite si vous voulez. Alors il pourra vous répondre si tel est son bon plaisir.

Dehors, les chiens de garde s'étaient mis soudain à aboyer. Zander consulta sa montre une nouvelle fois.

— Je crois que vos amis sont en avance de quelques minutes, déclara-t-il, et il sortit pour s'en assurer.

Je le suivis lentement, en fermant la porte du musée derrière moi.

Rainer estimait que je faisais partie de ces interviewers qui se débrouillent mieux quand ils ne répètent pas : une façon de voir les choses qui ne manquait pas d'intérêt. Tandis que je restais planté là à me demander si je devais fermer la porte ou bien laisser ce soin au garde, il m'apparut que je tenais l'occasion rêvée d'en vérifier le bien-fondé. Pour l'heure, je n'avais pas cherché une seule question à poser au Souverain. Une fois que je l'aurais présenté au téléspectateurs, peut-être allions-nous rester assis l'un en face de l'autre, à nous éclaircir la voix. Peut-être finirait-il par tellement s'ennuyer qu'il en viendrait à m'interviewer. Ce cher M. Rainer apprécierait-il cette prestation ?

Simone et Zander se tenaient à côté de la camionnette d'Ortofilm, encadrés par deux gardes. Une vieille

Porsche gris acier, avec Schelm au volant, remontait l'allée. La voiture était immatriculée en Belgique. Elle s'arrêta le long de la camionnette. Schelm et le général en sortirent tout en regardant autour d'eux avec circonspection. Simone se retourna et me lança un regard furibond. Je négligeais mes devoirs. Je m'approchai et fis les présentations.

— Mademoiselle Chihani, monsieur Zander, permettez-moi de vous présenter le général Newell et Herr Mesner.

Le général sourit à Simone et adressa à Zander un signe de tête amical. Zander répondit par un salut un peu raide. Je me demandais comment le général pouvait interpréter le petit sourire affecté. Schelm restait perplexe ; une certaine irritation perça dans sa voix.

— Je suppose, déclara-t-il après un court silence, que M. Zander tient compte de la promesse faite par M. Halliday. Nous n'allons pas nous mettre à débattre de l'identité des uns et des autres, j'espère.

— Non, cela ne devrait pas s'imposer. (Zander lui adressa un regard dur.) Que vous vous appeliez non pas Mesner mais Schelm importe peu. Le général Newell est certainement le bon. Vous êtes d'accord, Simone ?

— Absolument.

— Alors je propose que nous nous approchions de la maison pour que l'on constate que nous sommes présents et que nous attendons. Son Altesse s'entretient avec son architecte ; cette audience ne durera guère ; nous devons discuter du protocole. Par ici, général, je vous prie.

Les deux hommes avancèrent de front, tandis que le reste de notre petit groupe s'étirait derrière eux.

— Arrêtons-nous là pour le moment, déclara Zander à une dizaine de mètres de la maison. Les gardes du corps de Son Altesse parlent tous anglais. Il vaudrait mieux qu'ils n'entendent pas nos propos.

Les deux gardes du corps arabes flanquaient la grande porte d'entrée aux multiples verrous. Ils paraissaient à l'étroit dans leur costume. Ils pointaient leurs fusils vers nous et se préparaient à nous commander de faire halte. Zander les priva de cette joie en tournant le dos à la gueule des fusils et en nous indiquant d'un geste de l'imiter.

— Des anciens de la Légion arabe munis de passeports

des Emirats, expliqua-t-il tranquillement. Assez bien entraînés et relativement sûrs quand les ordres ne sont pas trop compliqués ; il peuvent aussi avoir la gâchette facile. Celui qui a la peau très brune et la cravate bleu vif prétend pouvoir lire sur les lèvres. Il se fait certainement des illusions, mais je n'ai jamais eu l'occasion de vérifier, quand il se trouve dans les parages je préfère me montrer prudent. (Il adressa au général un regard rayonnant, ses mains levées semblaient presque le bénir.) Bien, je suis vraiment heureux de vous rencontrer enfin. J'ai cru comprendre que votre entretien d'hier soir avec M. Halliday a été, comme disent les communiqués, franc et cordial.

— Nous avons aussi parlé ce matin, intervint Schelm. J'ai demandé à l'équipe hollandaise de se présenter ici aux environs de midi. S'ils sont retenus, cela sera indépendant de notre volonté. Nos amis italiens se posteront aussi près que possible de la frontière.

Zander lui adressa un sourire triste, un de ceux qui m'étaient parfois destinés.

— Oui, Herr Mesner, je comprends. Je tiens d'ailleurs à débattre avec vous de ces difficultés, nous verrons cela plus tard. Pour le moment, mettons-nous au travail. Voici le protocole convenu pour notre audience. Son Altesse n'attend qu'un groupe restreint de visiteurs. Il s'agit de M. Halliday et de son équipe de télévision. Compris ? M. Halliday sera d'abord reçu en présence du Premier secrétaire et du conseiller financier. Des rafraîchissements seront servis. A ce moment-là, je demanderai l'autorisation de vous introduire, général, et vous, Herr Mesner, honorables étrangers de ma connaissance qui sollicitez une audience avec Son Altesse. Vous avez des propositions ultra-confidentielles et d'une certaine urgence à lui soumettre, et espérez que sa présence en Europe excusera en partie la précipitation de votre intrusion. Son Altesse manifestera un étonnement bon enfant. Je le persuaderai alors qu'il n'a rien à perdre à se prêter à cette extravagance et que ces étrangers et leurs propositions pourraient lui faire passer le temps pendant que les préparations pour le grand événement de la journée — l'interview télévisée — se dérouleront sous la direction de M. Halliday en consultation avec le Premier secrétaire et le conseiller financier.

— Si l'un des deux m'accompagne tandis que l'autre

reste sur place afin d'écouter les propositions de ces fous d'étrangers ? demandai-je.

— Ni l'un ni l'autre ne décide quoi que ce soit. Son Altesse donne les ordres. Ils obéissent. Aujourd'hui, les ordres sont d'accompagner M. Halliday et de lui faire visiter la galerie supérieure de la mine. C'est là que les malades de la clinique seront soignés dès que les Autrichiens voudront bien entendre raison et lui accorder son permis de construire. Eux et vous serez prévenus en temps utile. En fait, dès que Son Altesse aura terminé d'expliquer au général ce qu'il désire, et que le général lui aura posé toutes les questions auxquelles il lui faudra répondre devant sa commission. A propos, comme rafraîchissement on vous servira du thé à la menthe.

— Qui ouvrira le feu, au sujet de la baie d'Abra ? s'enquit le général.

— Moi, assura Zander. Dès que M. Halliday et les deux conseillers auront disparu, vous serez introduits. Je vous présenterai. Son Altesse ne s'embarrassera pas pour énoncer ses conditions. Et l'on ne tournera pas autour du pot. Vous oublierez ma présence. Tout comme Son Altesse. Après les présentations, mon rôle sera achevé. Je deviendrai superflu. Peut-être me demandera-t-on encore de suggérer la meilleure voie, de *son* point de vue, pour poursuivre les discussions. Je proposerai l'un des directeurs de Syncom-Sentinel dans le Golfe. Si j'étais vous, je rejetterais cette suggestion et proposerais l'un des ambassadeurs du Benelux à Abu Dhabi.

— Et s'il accepte, que se passera-t-il ensuite ?

— Il n'acceptera rien sur-le-champ, général. Vous serez prié de vous retirer un moment pour qu'*il* puisse considérer *votre* proposition. Plus tard, vous serez rappelé pour discuter des arrangements concernant une prochaine rencontre. Je ne serai plus là et l'on vous priera probablement de rompre toutes relations avec moi. On vous demandera aussi quel était ou quel est mon prix.

— Halliday nous a remis votre message à ce sujet, annonça Schelm. Nous nous contenterons de lui dire qu'il s'agit d'une importante somme d'argent. Ça va ?

— Merci. J'aurai une autre requête, mineure cette fois, à vous présenter, mais cela peut attendre, nous en reparlerons après votre première audience. Nous devrons patienter, bien sûr, pendant que M. Halliday fera son interview. Je partirai ensuite avec lui.

— Et pas avec les Hollandais ? Ne serait-il pas plus prudent de procéder à une rapide modification ?

Le général s'était manifestement pris de sympathie pour le bon soldat Zander.

— Non, général, je partirai en compagnie de M. Halliday et de ma famille. La présence de cette équipe hollandaise était justifiée. Notre équipe s'était révélée incompétente, celle des Hollandais était acceptable pour les Autrichiens. Le Premier secrétaire l'a reconnu. Dès lors, il deviens impossible de modifier notre plan. (Il consulta sa montre.) Nous allons être convoqués d'un moment à l'autre. Si Son Altesse a retenu son architecte aussi longtemps, c'était pour ne pas risquer de paraître impatiente.

— Que faisons-nous pendant que l'on vous reçoit, Halliday et vous ? demanda Schelm. Nous attendons ici ?

— Vous pourriez déambuler et admirer la vue de l'autre côté du parking. Il ne laissera pas M. Halliday l'importuner bien longtemps. Vous seuls pouvez exaucer ses désirs les plus chers. Croyez-moi. Et voilà ! Vous voyez ? Nous y allons, sans une seconde de retard.

La grande porte s'était ouverte et l'architecte apparut. Carré et grassouillet, il portait sous le bras un rouleau de plans. L'homme qui l'escorta jusqu'au perron était obèse et portait une coiffe arabe avec son complet gris.

— L'homme au keffieh, expliqua Zander, est le Premier secrétaire.

Comme il nous dépassait en toute hâte pour rejoindre sa voiture, l'architecte marmonna un salut poli en allemand. Je fis semblant d'y répondre et, me tournant un peu, en profitai pour surprendre le regard de Zander. Je le regrettai aussitôt. Le sourire affecté n'était plus qu'un trou au milieu de la figure, et les yeux étrécis semblaient ceux d'un prédateur prêt à tuer ; ils semblaient emplis de jubilation. Il était plus apaisant de considérer la masse imposante du Premier secrétaire.

Il continuait à étudier notre groupe pour en identifier les membres. Puis il pointa un index sur Zander et lui fit signe d'avancer.

— Vous pouvez amener l'Américain, Robert Halliday, annonça-t-il.

CHAPITRE XII

Une maison construite à flanc de colline, qui abrite la galerie d'accès d'une ancienne mine et dont toutes les fenêtres s'ouvrent sur la façade, ne peut que présenter certains inconvénients dans la vie quotidienne. Le Dr Petrucher, ou le malheureux architecte qu'il avait engagé, avait résolu le problème en alignant les pièces sur deux rangées, une à l'étage et une au rez-de-chaussée. Il les avait reliées latéralement par des portes — deux pour chaque pièce sauf celles des extrémités — et verticalement par un escalier de fer en spirale installé dans la cuisine. La maison s'enorgueillissait, oh surprise, de toilettes, mais pour s'y rendre en partant du salon il fallait traverser trois pièces du rez-de-chaussée jusqu'à la cuisine, puis grimper l'escalier et retraverser deux chambres. Je ne découvris ceci que plus tard. Ma première impression fut d'avoir visité un décor de cinéma où la façade d'un pavillon de chasse autrichien se serait trouvée posée, par mégarde, contre un coin de plateau utilisé pour le tournage de luttes à mort sur corniches rocailleuses. Dans le hall, un gigantesque bloc de calcaire nu ressortait du mur du fond à hauteur d'homme, de sorte qu'il fallait le contourner pour atteindre le salon.

Nous nous arrêtâmes devant la porte. Le Premier secrétaire respirait bruyamment et transpirait beaucoup. Il s'épongea le visage avec un immense mouchoir et me dit en m'étudiant attentivement :

— On m'a assuré que vous ne portiez aucune arme, monsieur Halliday. Est-ce exact ?

— Tout à fait exact.

— Lors de l'entrevue, dès que Son Altesse remarque votre présence, vous devez incliner la tête.

— J'essaierai de m'en souvenir.

— Suivez-moi.

Il gratta à la porte avec l'une des bagues qui ornaient ses doigts et attendit. Je surpris le regard de Zander. Il m'avertissait en termes clairs de ne pas jouer au plus malin. Si le Premier secrétaire de Son Altesse déclarait que je devais m'incliner, il fallait que je m'y résigne. Et je n'avais qu'à oublier ma susceptibilité.

Dans la pièce une sonnette aigrelette tinta. Le Premier secrétaire ouvrit la porte avec un grand moulinet du bras.

— Votre Altesse, annonça-t-il, selon les instructions que vous aviez données à votre homme d'affaires français durant le mois de Shawwal, celui-ci vous recommande, humblement, le journaliste et reporter de télévision, M. Halliday.

Et comme j'hésitais, sans savoir si je devais contourner ou non le ventre du Premier secrétaire, Zander me poussa en avant et le secrétaire s'effaça pour nous laisser passer.

— Attention à la marche, murmura-t-il.

Il y avait, en fait, deux marches : deux marches creusées, traîtres à souhait. Cette maison était grotesque, mais cette pièce l'expliquait tout entière. Tout au bout s'élevait une vaste cheminée ; à gauche s'ouvrait l'entrée de la mine. Surmontée d'une massive architrave de pierre et protégée par deux portes de tôle, elle dominait la pièce.

Le Souverain s'était placé, pour nous recevoir, entre la cheminée et l'entrée de la mine ; pour l'occasion, il avait revêtu le costume traditionnel. Sa robe et sa coiffe étaient blanches. Toutefois, la lumière qui tombait des deux fenêtres permettait de voir étinceler les fils d'or tissés dans l'*aqal* de soie noire qui ceignait son front. Pour un homme de haute taille, barbu, bien bâti et sans trop de graisse, la robe arabe coupée dans des tissus de prix peut être très flatteuse. A l'autre bout de la pièce, le Souverain paraissait très impressionnant. Seulement, lorsque l'on commençait à s'approcher et que l'on apercevait ce beau visage avec sa lèvre supérieure pleine de colère et ses yeux exprimant que personne, jamais, ne l'avait vraiment compris, on se sentait assailli de doutes.

Les psychopathes peuvent se révéler excellents comédiens, difficiles à cerner. Ce qui m'étonna, néanmoins, fut qu'un homme aussi rusé et expérimenté que Zander ait pu difficilement accepter que ce personnage digne et courtois n'était qu'un salaud, un traître, un fou meurtrier qui comptait, au plus vite, le faire mettre à mort.

Même la très prudente Simone avait hésité avant de l'admettre. Peut-être parce qu'il prêtait si facilement le flanc au mépris, ils avaient tous deux oublié combien les méchants et les fous peuvent se révéler dangereux. Sans doute Schelm avait-il mis le doigt sur le problème quand il avait assuré qu'un contact prolongé avec le monde arabe pouvait modifier le jugement des Occidentaux. Qui sait si moi, l'étranger qui avais découvert le pot aux roses parce que ne disposant pas de tous les éléments, je ne me félicitais pas d'une clairvoyance et d'un discernement qui ne m'appartenaient pas.

Tandis que nous approchions, le Souverain n'accorda pas un regard à Zander. Il me dit :

— Bienvenue, monsieur Halliday, dans la célèbre mine Petrucher.

Il avait l'accent britannique et une voix de ténor léger.

Je me débrouillai pour exécuter la révérence attendue, sans l'exagérer. Dans l'ombre du Souverain, un petit homme en noir — le conseiller Financier, pensai-je — fit claquer ses doigts doucement et un garde du corps entra avec un plateau d'argent à deux étages reliés par des chaînettes. Sur les deux plateaux s'alignaient de petits verres de thé à la menthe. Le Souverain s'assit sur une chaise à haut dossier, à la place d'honneur d'une longue table, et d'un geste nous indiqua de l'imiter. Quand nous fûmes tous installés autour de la table et que le thé eut été servi, le Souverain m'adressa un petit signe de tête.

— Maintenant, monsieur Halliday, déclara-t-il, nous sommes disposés à écouter votre requête.

Mais de quoi diable parlait-il ? Quelle requête ? Je posai les yeux sur Zander, quêtant son assistance, mais il fixait avec respect l'auréole qui nimbait la tête du Souverain. Manifestement, on me mettait à l'épreuve pour voir si j'étais capable d'exécuter des sauts périlleux sans me casser la figure. Je repensai alors que Simone m'avait recommandé d'insister sur le cérémonial, et je fis de mon mieux.

— Ce que j'ai à dire, Votre Altesse, s'apparente plus à une suggestion qu'à une requête. Comme le Premier secrétaire vient de vous le rappeler, votre ordre d'obtenir mes services a été donné il y a plusieurs mois. Votre Altesse se doutait alors déjà de l'usage qu'elle pourrait en faire ici. Ma suggestion est que, dans votre grande clairvoyance, vous aviez déjà prévu les difficultés politiques que pouvait provoquer votre décision de construire dans ce pays une clinique pour assurer santé et bien-être à vos sujets. Une interview télévisée dénonçant l'absurdité des obstacles dressés contre vous, un court film mis à la disposition de la chaîne P.B.S. en Amérique et de toutes les télévisions des pays limitrophes de l'Autriche pourraient retourner la situation. Vous pourriez vous *contrôler* l'opinion, ici.

— La contrôler ? Comment ?

— Le public autrichien regarde tout autant la télévision allemande et suisse-allemande que les émissions autrichiennes. L'O.R.F. n'oserait ni refuser de diffuser votre interview à une heure de grande écoute, ni couper les passages qui ne lui conviendraient pas. Et, au cas où vous penseriez que le public américain ne s'intéresse pas aux cliniques autrichiennes, permettez-moi d'attirer votre attention, Votre Altesse, sur un facteur que dans cette équation votre modestie a pu vous dissimuler. Aujourd'hui, le golfe Arabique joue un rôle essentiel dans le monde. Et pourtant, quels sont les porte-parole de ces Etats que mes concitoyens puissent voir et entendre ? Des Saoudiens sans envergure et pro-occidentaux, cooptés par des factions au sein de l'O.P.E.P. Quand, doivent-ils se demander, nous donnera-t-on à entendre un homme à la voix indépendante ? Quel genre d'hommes dirigent ces lointains pays désertiques ? Permettez qu'ils *vous* voient et *vous* entendent, Votre Altesse.

Il resta silencieux, et pendant un moment je pensai que j'avais un peu forcé la dose. Après tout, j'étais simplement une couverture tendue par Zander et il le savait pertinemment. Alors, à quoi rimait tout ce baratin sur les voix du désert ? Les deux hommes avec qui il désirait vraiment parler et traiter faisaient le pied de grue dehors.

Il finit par acquiescer d'un petit signe de tête.

— Oui, monsieur Halliday, vous parlez juste. Je suis d'accord avec vous. Malheureusement, une autre affaire, tout à fait inattendue, me requiert à l'instant.

Zander décida qu'il était temps pour lui de me prêter main-forte.

— Si je puis me permettre cette audace, Votre Altesse. Cette affaire inattendue est, comme vous nous le rappelez, urgente. Mais ces deux obligations doivent-elles s'opposer l'une à l'autre ? L'équipe de M. Halliday arrive à l'instant, m'a-t-on dit. Mais il lui faudra effectuer ses préparatifs techniques. Cela prendra du temps. Autre chose. Soucieux de l'impact que le film doit avoir sur l'opinion publique autrichienne, M. Halliday a demandé que l'interview se déroule dans la galerie supérieure de la mine.

— Est-ce possible ? (Le Souverain se tourna vers moi.) Vous pourriez me filmer dans la galerie supérieure ? Dans la mine, vraiment ?

— Si l'alimentation en courant électrique est assurée, Votre Altesse, nous pouvons filmer l'interview. Je puis aussi vous assurer que si un responsable de votre entourage peut nous donner accès à la galerie supérieure tandis que vous traitez votre urgente affaire, et que mon équipe et moi pouvons y installer nos éclairages et notre matériel, nous serons alors à votre disposition.

Il y eut de nouveau un long silence, puis il se mit à donner des ordres en arabe. Mes minces connaissances me permirent de comprendre que c'étaient des ordres, mais je n'en saisis pas la teneur. Soudain, il se leva et sortit majestueusement de la pièce sans plus m'accorder un seul regard. Bien évidemment, au moment où il avait quitté son siège, il s'était produit tout un remue-ménage autour de la table pour se lever et le suivre.

— Qu'est-ce qui ne va pas ? demandai-je à Zander. Tout semblait pourtant se dérouler à merveille.

— Mais rien du tout, assura-t-il. Vous n'avez tout simplement pas l'habitude de l'autocratie. Il a apprécié votre ton, alors les ordres ont été modifiés. Maintenant il va recevoir dans une autre pièce les étrangers qui m'ont accompagné. Après cette petite cérémonie, le Premier secrétaire et le conseiller financier seront à votre disposition munis des clefs de la mine. Attendez ici quelques minutes et ils reviendront vous chercher. Dites-leur ce que vous voulez et, dès que possible, mettez cette équipe hollandaise au travail. Vous avez promis un service immédiat. Vous avez intérêt à tenir parole. A tout à l'heure.

Je bus mon thé à petites gorgées, tout en guettant la suite des événements par la fenêtre.

Je vis Zander et le Premier secrétaire sortir. Ce dernier convoqua le général et Schelm à l'audience de sa voix de stentor. Les gardes du corps s'effacèrent pour les laisser passer, mais se remirent aussitôt au garde-à-vous quand les chiens se déchaînèrent une nouvelle fois au-delà du parking. J'en conclus que Dick Kluvers et le matériel de Viser-Damrak venaient d'arriver. Après un nouveau moment d'attente, je vis une petite voiture et un camion grimper la colline. Ils vinrent se garer à côté des véhicules d'Ortofilm. Un homme à l'opulente chevelure gris-blond, en survêtement — Kluvers manifestement —, sortit de la voiture et considéra le camion d'Ortofilm où se trouvaient Jean-Pierre et les jeunes. Je fus soulagé de voir Simone se glisser hors du break pour aller à sa rencontre. Jean-Pierre se serait montré désagréable — je ne voulais surtout pas d'un réalisateur de mauvaise humeur. Je n'en vis pas plus, car à cet instant le Premier secrétaire et le conseiller financier vinrent se mettre à ma disposition.

Tout d'abord, déclarai-je, je tenais à visiter la galerie supérieure de la mine. Aucun problème. Le Premier secrétaire avait les clefs et entreprit d'ouvrir les portes de tôle. Je découvris derrière une porte de vestibule dont un mur était occupé par un assez gros tableau électrique et l'autre par toutes sortes de plans et de dessins. Le secrétaire abaissa une série d'interrupteurs puis ouvrit la porte du fond. Il en poussa le battant d'un geste théâtral.

Sous nos pieds des lumières brillaient, mais j'aperçus d'abord un incroyable enchevêtrement d'échafaudages et de poutrelles. Puis, comme je m'avançais pour suivre le secrétaire, je commençai à me représenter la conformation des lieux. Nous nous trouvions dans une galerie dont le sol était couvert de plaques de métal striées plus ou moins planes. Puis la galerie s'élargissait en caverne au plafond rocheux. Ce plafond était soutenu par des poutrelles obliques toutes cimentées dans le rocher. Ensuite l'on trouvait le puits de mine. Il n'était pas vertical mais descendait en zigzag, et l'on voyait un escalier aux marches de fer s'y enfoncer.

— Tout ceci est l'œuvre de Son Altesse, annonça fièrement le Premier secrétaire.

— Avec un petit coup de main, je suppose. Sommes-nous dans cette fameuse galerie supérieure où devrait se dérouler l'interview ?

— Oh non, monsieur Halliday. Elle se trouve en bas de l'escalier. Il compte cent dix marches. C'est là que l'on respire le bon air pur.

— Je vois.

Je réfléchis un instant. A l'endroit où nous nous tenions, il y avait déjà pas mal d'écho. En bas, il risquait d'y en avoir encore plus. A cela s'ajoutait un bruit presque continu d'eau qui ruisselle, de quoi rendre fou les preneurs de son. Un autre bruit se fit entendre — un mugissement aigu qui semblait monter du centre de la terre.

— Qu'est-ce que c'est ? dus-je hurler pour me faire comprendre.

— Les pompes, me cria-t-il à l'oreille. Elles se mettent en marche automatiquement quand les sources ont rempli les puisards, tout au fond.

— Peut-on les arrêter une heure ou deux, ou est-ce impossible ?

Il me fit signe de revenir dans le vestibule et manœuvra deux coupe-circuit au tableau. Le mugissement cessa immédiatement.

— Ces pompes maintiennent les puisards à sec, expliqua-t-il, mais on peut les débrancher pendant des jours sans dommage.

— Ce ne sera peut-être pas le seul problème, lui dis-je. Il y a quelques instants, j'ai vu arriver l'équipe technique dirigée par M. Kluvers. J'aimerais que ses techniciens et lui-même puissent descendre avec nous dans la galerie. C'est à eux que revient de juger ce qui est techniquement possible ; ainsi nous gagnerons du temps.

— Je me charge de les amener ici, s'empressa de déclarer le conseiller financier, et il disparut aussitôt. J'avais déjà remarqué qu'il ne partageait pas l'enthousiasme du Premier secrétaire concernant la mine. Sans doute souffrait-il de claustrophobie ; une bonne raison, parmi tant d'autres, de ne pas apprécier Petrucher. J'avais moi aussi une bonne raison, le souci de persuader Kluvers et son équipe, fatigués par un tournage difficile en Yougoslavie, qu'il était nécessaire, pour réussir l'interview du Souverain, de descendre cent une marches de métal glissantes avec projecteurs, câbles, trépieds.

Tandis que nous attendions, le Premier secrétaire m'expliqua les grandes lignes des nouvelles installations de la mine. Je n'écoutai pas aussi attentivement que je l'aurais dû. Je me demandais comment donner plus d'attrait au musée. Et j'en étais toujours là quand Dick Kluvers arriva accompagné de son cameraman et du preneur de son. Tous trois parlaient couramment l'anglais. Kluvers fit preuve d'une agréable franchise.

— Je ne comprends rien à cette histoire, déclara-t-il. Quand nous nous sommes présentés à Velden, selon les instructions, nous avons trouvé un guide et un type nommé Rainer qui nous attendaient. Rainer travaille à la télévision autrichienne, et c'est lui qui développera le film. Mais ce n'est pas lui qui nous paye. Ni New York. Nous serons payés par une banque de Munich, en espèces. Vous aussi ?

— Non. Moi je suis payé par Syncom-Sentinel, par chèque.

— Mon contrat est plus intéressant, alors.

— Oui, sans doute. Mais nous n'avons pas le temps de discuter contrats. J'aimerais savoir si nous pouvons réaliser cette interview en bas, dans ce qu'ils appellent la galerie supérieure. Je crains que cela ne pose trop de problèmes, mais j'aimerais que vous en jugiez avant que nous ne songions à une solution de rechange.

— Quel genre de problèmes ?

— Des bruits d'eau qui ruisselle et l'écho, surtout ; et autres désagréments possibles. Il y a le courant en bas.

Le cameraman grommela.

— Peut-on effectuer des branchements ? Avec toute cette eau qui ruisselle. Dans les mines humides, la haute tension est souvent inaccessible pour que les petits malins ne se tuent pas en essayant d'y toucher.

Le Premier secrétaire le rassura aussitôt.

— Il y a des prises de courant à protection spéciale dans la galerie. On y branche les radiateurs pour réchauffer les mains et les pieds de Son Altesse. Mais vos éclairages les remplaceront efficacement.

— Pourquoi ne descendrions-nous pas tout de suite jeter un coup d'œil ? proposai-je. Après nous pourrons prendre une décision.

La descente vers la galerie supérieure fut plutôt désagréable ; nous entrions dans un monde d'humidité, de froid et de boue. Après une descente de cinq étages, nous découvrîmes enfin la galerie supérieure.

La partie éclairée mesurait environ dix-huit mètres de long sur trois mètres cinquante de large. Le sol était recouvert d'un caillebotis posé sur des poutrelles d'acier. Et, surprise, il était preque sec. Une fois en bas, nous en comprîmes la raison. Le toit rocheux de la galerie avait été doublé d'un faux plafond de plastique légèrement incurvé. Toute l'eau était entraînée vers des conduits de drainage qui couraient sur les côtés. Au beau milieu de la salle s'alignaient quatre chaises longues ressemblant à des pièces de mobilier médical. L'une d'elles, plus vaste que les autres, était incontestablement celle du Souverain. Je remarquai aussi que sous le faux plafond de plastique l'écho était très atténué.

— Pour le son cela ne devrait pas trop mal se passer, observa Kluvers.

— On entend toujours les gouttes, fit remarquer le preneur de son.

Le cameraman examinait les prises de courant.

— On pourrait l'éclairer, assura-t-il. Est-ce que ce tunnel là-bas est équipé de lampes ? Il ne faut pas de trou noir en arrière-plan.

Le secrétaire poussa un bouton et nous fit découvrir le tunnel à l'autre extrémité. Si nous pouvions y tourner, la qualité du décor à elle seule justifiait le tournage. Kluvers paraissait tout à fait de mon avis.

— Nous pourrions expliquer les bruits de ruissellement par un plan sur les gouttes dans l'escalier. Mais le problème restera de descendre tout l'équipement ici. (Il considéra ses chaussures couvertes de boue.) Qu'est-ce qu'il met, ce cheik, quand il descend ici ? Des bottes en caoutchouc ?

Au mot « cheik », le Premier secrétaire avait très nettement tressailli.

— Son Altesse l'Emir, énonça-t-il d'un ton guindé, emprunte l'ascenseur, bien entendu, quand il désire visiter la galerie supérieure. Habituellement, je l'emprunte moi aussi. Pour un homme de mon âge, ces escaliers sont une véritable épreuve. Mais j'ai pensé que vous seriez intéressés par la vieille entrée, le charme qui s'en dégage.

— Vous voulez dire qu'il y a un ascenseur ici ?

— Je vous en avais informé, monsieur Halliday, soupira-t-il. Je vous l'ai montré sur le plan.

— Je suis désolé, avouai-je. Je n'avais pas bien compris. Où se trouve ce monte-charge ? Comment s'y rend-on ?

— Au fond du tunnel. Il débouche en haut du puits, derrière le musée. Je vais vous montrer.

C'était vraiment un monte-charge, lent, bruyant et un

peu inquiétant avec sa mince balustrade pour toute protection contre le béton armé qui couvrait les parois du puits. Mais il ferait l'affaire.

— Nous pourrons être prêts dans moins d'une heure, déclara Kluvers. Comment voulez-vous tourner votre interview ?

Je me souvins des conseils de Simone.

— Il faut que cela ait beaucoup d'allure, répondis-je. La grande chaise, là, doit être considérée comme un trône. Son Altesse doit être persuadée qu'elle s'adresse au monde entier et que le monde est suspendu à ses lèvres. Je me recroquevillerai devant lui dans l'une des petites chaises. Prenons surtout grand soin du décorum. Je ne veux pas que vos cameramen viennent lui fourrer des cellules ou des centimètres sous le nez, ou qu'ils lui demandent de changer de place une fois qu'il sera installé. Que tout soit parfaitement en ordre lors de son entrée sur scène. Je jouerai les doublures si cela peut vous rendre service. Au moment où vous voudrez recharger la caméra, touchez-moi simplement le bras. Je commencerai par lui conseiller d'ignorer l'objectif, alors, s'il continue à discuter pendant que vous rechargez, ne vous inquiétez pas. Il faut que j'arrive à le faire parler en toute liberté. Que le clap reste le plus silencieux possible. Je ne veux lui fournir aucune raison, aucun prétexte de se prétendre fatigué ou lassé, ou même traité avec trop peu de respect et de considération.

— Mais pour qui se prend-il ? Pour *quoi* se prend-il ?

— Voilà, du moins je l'espère, ce qu'il nous dira.

— Je brûle de le rencontrer.

Nous pouvions parler ouvertement puisque le Premier secrétaire nous avait laissés seuls un moment. Il se disputait avec le cameraman et le preneur de son qui désiraient pouvoir se soulager et ne comprenaient pas pourquoi on leur demandait de passer par la fenêtre de la cuisine pour atteindre l'escalier en spirale qui menait à la seule salle de bains de la maison, au lieu d'emprunter la porte d'entrée et de monter à l'étage comme des êtres normaux. Quand on leur eut expliqué qu'il n'existait pas d'autre escalier, mais qu'il y avait des toilettes dans les baraquements provisoires au-delà du parking, une nouvelle difficulté surgit. Le preneur de son partageait la terreur de Jean-Pierre pour les chiens de garde. Je finis par convaincre le Premier secrétaire d'ordonner aux gardes de mettre les chiens au chenil pendant la durée de notre visite.

Je venais de gagner une drôle de bataille, mais cette victoire me valut aussitôt la sympathie de l'équipe. Ce ne fut pas un mince avantage. Ils étaient désormais prêts à m'aider pour que tout se passe le mieux du monde avec le Souverain.

Vers deux heures, je vis s'ouvrir la grande porte de la maison, et Zander sortit en compagnie du général et de Schelm. Ils attendirent un moment sur le perron que le Premier secrétaire les rejoigne. Une courte discussion suivit, puis Zander regarda autour de lui, avec l'air de me chercher. Je me levai et il me fit signe d'approcher. Comme je m'avançais vers leur groupe, le général et Schelm s'éloignèrent. A leur comportement, on devinait aussitôt qu'ils n'avaient pas envie de parler de leur séance avec le Souverain, même entre eux.

Arrivé au niveau de Zander je demandai :

— Tout s'est bien passé pour eux deux ?

— Je les avais prévenus qu'ils resteraient sous le choc un bon moment. Je ne crois pas qu'ils m'aient pris suffisamment au sérieux. Premier secrétaire, avez-vous des ordres pour monsieur Halliday ?

Le premier secrétaire s'éclaircit la gorge. Pour une raison ou pour une autre, la présence de Zander le rendait nerveux.

— Son Altesse s'est retirée pour prendre une légère collation et se reposer. Le directeur de votre équipe semblait penser que l'interview pourrait être filmée dans la galerie supérieure après une heure de préparation. Exagérait-il ?

— Non. Je crois même que tout pourrait être prêt un peu plus tôt.

— Inutile. Son Altesse a dit dans une heure.

— Parfait, conclus-je, nous serons prêts dans une heure.

Mais je ne pus m'empêcher de jeter à nouveau un coup d'œil en direction de Schelm et du général, et j'ouvrais la bouche pour poser une question quand Zander me coupa la parole sans ménagement.

— Non, monsieur Halliday. Ces messieurs ont de graves problèmes en tête. Vous ne pouvez les aider. Laissez-les plutôt seuls. Occupez-vous de votre interview.

Les yeux aussi m'indiquaient clairement de m'occuper

de mes affaires. Je hochai donc la tête et retournai au parking.

— Nous disposons de quarante-cinq minutes pour tout préparer, annonçai-je.

— Comment sera-t-il habillé ? demanda le cameraman.

— Quand je l'ai vu tout à l'heure, il portait le costume arabe d'un homme de sa condition.

— Tout *blanc,* vous voulez dire ? Avec le bandeau noir ? Aucune couleur ? Ne pouvez-vous lui demander de porter un complet et la coiffe typique comme le gros type qui nous a montré l'ascenseur ?

— Si j'essaie de lui suggérer quoi que ce soit, c'en est fini de l'interview.

Kluvers intervint :

— Mais vous voulez le visage, c'est ça ? Le visage et la coiffe ?

— Exactement. Je veux d'abord un premier plan ; que l'on voie la tête, les épaules et cette étrange chaise. Puis un gros plan, aussi rapproché que possible. Un gros plan qui montre sa barbe, ses yeux, ses lèvres, ses dents et sa langue tandis que nous l'entendrons raconter ce qu'il a à dire, dans le meilleur des cas.

— Selon Rainer, il nous faudra peut-être beaucoup de film.

— J'espère qu'il ne s'est pas trompé. Sait-on jamais. De toute façon, nous devrions nous y mettre.

Kluvers se leva.

— Vous avez entendu. Mettons-nous au travail. Avec un peu de chance nous pourrons ramasser notre argent à Munich demain et rentrer chez nous après-demain.

Ils firent trois voyages dans le monte-charge. Je pris un pull dans ma valise, puis descendis dans la galerie par l'escalier pour ne pas les déranger. Je les regardai installer le matériel et essayai de trouver par quel bout prendre cette interview. D'abord, bien sûr, je le présenterais, puis j'expliquerais que nous nous trouvions dans les entrailles d'une antique mine d'argent désaffectée, au cœur de la Styrie, en Autriche. Un petit discours sur les raisons de notre présence ici, puis je poserais ma première question : « Votre Altesse, j'aimerais commencer par vous demander... » Et je n'avais rien de plus à dire.

A trois heures, je quittai la grande chaise où je m'étais installé pour aider le cameraman et le preneur de son à régler leurs problèmes techniques, allai m'asseoir sur le siège d'où je mènerais mon interview et commençai vraiment à regarder ma montre avec anxiété. Cinq minutes plus tard, la plainte stridente du monte-charge se fit entendre. Mais cette fois-ci il ne redescendrait pas chargé de projecteurs et de câbles. D'après Simone, le Souverain n'avait qu'une bonne habitude, la ponctualité. A moins qu'il eût décidé de faire attendre une personne, il n'arrivait jamais plus d'un quart d'heure en retard à un rendez-vous. Le monte-charge se tut un instant, puis il commença à descendre.

Dès qu'il apparut au bout du tunnel, j'entendis le cameraman jurer entre ses dents et commencer à modifier ses éclairages. Le Souverain avait abandonné son costume arabe, keffieh compris, en faveur d'un complet trois pièces bleu, agrémenté d'une cravate sombre. On avait dû le prévenir de l'aversion de la télévision pour certaines couleurs, car il portait aussi une chemise bleue. En fait, la règle de la chemise bleue pour les interviewés n'est plus de rigueur avec les nouvelles pellicules. Mais, si l'on tenait compte du teint olivâtre du Souverain, le bleu pâle ne pouvait pas être mieux choisi. Pourtant, ce qui attira mon attention, comme je m'approchais, courbé, pour l'escorter jusqu'à son trône, ce fut la rougeur de ses joues. Je remarquai aussi que le Premier secrétaire, qui se dandinait derrière lui, paraissait inquiet. Les idées commencèrent à défiler à toute allure dans ma tête.

Un peu plus tôt, Kluvers et moi avions renoncé à l'idée de maquiller notre sujet. Le Souverain risquait d'y voir une insulte à sa virilité. Nous nous contenterions, si la chaleur des projecteurs le faisait transpirer, de proposer un peu de poudre pour atténuer le luisant de sa peau. La pensée qu'il ait pu décider de lui-même de se maquiller ne nous avait pas effleurés. Pourtant, quand il entra dans la lumière des projecteurs, je pus constater que la rougeur de ses joues ne devait rien au maquillage. Il était simplement excité.

Ce n'était certainement pas l'idée d'être interviewé pour la télévision qui le mettait dans un état pareil. Une seule explication me vint à l'esprit : il avait dû se piquer.

C'est alors que je décidai d'user d'un des plus vieux trucs de l'interviewer. Si la personne que vous interrogez occupe une position hiérarchique quelconque, il faut lui donner de l'importance. Si le sujet est assez flatté pour ne pas relever l'erreur, vous avez gagné ; s'il vous reprend, il vous reste tout de même un bon point. Le seul risque que vous courez, c'est de tomber sur quelqu'un qui en profite aussitôt pour vous rendre ridicule en vous faisant remarquer que vous avez manqué à la plus élémentaire des politesses. Avec le Souverain, décidai-je, c'était un risque mineur à prendre. Aussi, quand le réalisateur eut crié « Action » et que le chauffeur homme à tout faire eut fait retentir le clap sur « Petrucher prise un », je commençai par présenter le Souverain non pas comme « Son Altesse l'Emir de », mais « Son Altesse *Royale* l'Emir ».

Je crus un instant qu'il ne relèverait pas. Mais non. Comme j'entamais la première et seule question qui m'était venue à l'esprit pour démarrer l'interview, une demande banale sur les raisons qui l'avaient amené à acheter la mine où nous nous trouvions, il leva une main pour m'interrompre.

— Non, monsieur Halliday, observa-t-il. N'allez pas si vite en besogne. Ce n'est pas Son Altesse *Royale.*

— Toutes mes excuses. Je ne voulais pas...

Mais il me coupa la parole.

— Notre famille est noble et très ancienne, mais pas de sang royal. Nous laissons ce douteux privilège aux dynasties royales.

— Comme la famille royale saoudite, Votre Altesse ?

Mais il vit le piège. Il n'allait pas déclarer publiquement son mépris pour la famille royale saoudite.

— Non, monsieur Halliday. Je pensais plutôt à la dynastie iranienne des Pahlavi, déclara-t-il avec un sourire. Le père du second et dernier shah était un ânier qui ne savait ni lire ni écrire, mais qui devint soldat, renversa la dynastie qu'il était payé pour servir et finit par se nommer non seulement shahanshah, mais aussi vice-régent de Dieu et centre de l'Univers. Voilà, à mon avis, qui était très royal.

Il avait commencé à s'étrangler de joie, puis il toussa, essaya d'avaler sa salive et soudain s'abandonna au plus délirant des fous rires.

CHAPITRE XIII

Cela dura une bonne minute. Je vis Kluvers, accroupi à côté du preneur de son, m'adresser des signes pour me demander s'il fallait couper, mais je secouai la tête. Il fit alors mine d'avaler une pilule, haussa les sourcils et ouvrit bien grand les yeux en fixant l'homme sur lequel étaient braqués tous les projecteurs. Je haussai les épaules. Il était maintenant évident que le Souverain était complètement « parti », mais comment et pourquoi, c'était impossible à déterminer. Peut-être allions-nous le découvrir ; ce n'était même plus nécessaire. Nous avions déjà impressionné sur film une scène tout à fait fantastique. Peu à peu, le rire perdit de sa folie et laissa la place à un gloussement haletant. Enfin, il s'arrêta aussi brusquement qu'il avait démarré. Le Souverain reprit sa respiration, se passa la langue sur les lèvres et rectifia le nœud de sa cravate.

Le Premier secrétaire s'était doucement rapproché.

— Son Altesse trouve parfois, dans le monde, bien trop de raisons de rire, me souffla-t-il. Ce film, bien sûr, devra sortir sans publicité.

— Absolument, répondis-je.

Il *sortirait* effectivement sans publicité. Mais si le secrétaire pouvait penser que Rainer, ou n'importe quel autre producteur, laisserait tomber au montage ce merveilleux échantillon du Souverain devisant sur les puissants déchus, la fin des rois, il risquait d'être déçu.

Le Souverain, toujours empourpré mais un peu plus calme, annonça qu'il était prêt à poursuivre.

— Mais je vous en prie, monsieur Halliday, ajouta-t-il, gardez pour vous les bons mots à l'américaine à propos des dynasties. Mon sens de l'humour n'y résiste pas.

— Je m'en souviendrai, Votre Altesse. Peut-être pourrions-nous parler de cette ancienne mine d'argent. Vous l'avez achetée, si j'ai bien compris, pour remplacer la maison qui la surmonte par une clinique, et utiliser les installations de l'ancienne mine comme à Oberzeiring, pour le traitement des affections respiratoires. C'est bien cela ?

— Pour la bronchite et ce genre de maladies. Oui.

— Est-ce que ces affections sont très courantes dans le pays chaud et sec sur lequel vous régnez ?

— Elles sont courantes, sous une forme ou une autre, dans tous les pays. Personne ne l'ignore.

— Je n'en suis pas si sûr, Votre Altesse. Et je tente là de tirer profit de vos connaissances particulières pour informer les téléspectateurs de tous les pays. Vous-même souffrez de sinusite, m'a-t-on dit.

— Et d'allergies. Dans mon cas, les deux sont liées.

— Combien de médecins comptez-vous dans votre entourage, Votre Altesse ?

— Aucun pour le moment.

— A Oberzeiring, il y a certains cas auxquels ce genre de traitement est contre-indiqué. Vous proposez-vous, ici, de suivre les mêmes pratiques médicales ?

— Contre-indiqué ? Mon anglais n'est pas irréprochable, je crains.

— En gros, Votre Altesse, il s'agirait des cas où le traitement ferait plus de mal que de bien.

Il tenta sans grand succès de prendre un air badin.

— J'espère ne pas faire de mal, monsieur Halliday.

— Votre Altesse, considérez-vous qu'un malade atteint de troubles cardiaques, d'une grave maladie de foie, d'emphysème avancé ou de tuberculose tirerait profit d'un traitement dans votre clinique ?

Il réfléchit soigneusement avant de prononcer son verdict.

— Pour ce qui est de l'emphysème avancé, je crois que ce serait excellent et sans doute aussi pour la tuberculose. Pour la maladie de foie, je n'en suis pas convaincu.

— A Oberzeiring, Votre Altesse, *tous* les patients atteints des maladies que je viens de mentionner sont considérés comme des cas où ce genre de traitement est contre-indiqué. Ne vous en a-t-on pas informé lorsque l'on vous a soigné là-bas ? Un médecin ne vous y a-t-il pas examiné ?

— Vous oubliez que j'étais soigné pour la sinusite et les

allergies. Manifestement, vous avez parlé à des médecins.

— Votre Altesse, toutes les informations que je viens de donner, je les ai lues dans un petit dépliant sur Oberzeiring. Dépliant trouvé dans ma chambre d'hôtel. Qui vous a parlé d'Oberzeiring ?

— Un médecin, en Suisse. Je lui ai été très reconnaissant de la cure, bien sûr, mais ce qui m'intéresse surtout en médecine, le sujet que j'ai étudié à fond, quoique en amateur naturellement, c'est le système nerveux central.

— Un domaine d'étude fort peu habituel pour les amateurs, Votre Altesse. Est-ce que l'une de vos difficultés à obtenir le permis de construire pour votre clinique tient au fait qu'aucune autorité médicale autrichienne ne la supervisera ?

— Mes hommes de loi à Vienne me l'ont signalé. Mais ceci serait une clinique privée.

Je crus qu'il allait entrer dans les détails, mais il s'arrêta là. Alors j'abandonnai la question. Il me semblait avoir déjà plus que rempli mes obligations envers Herr Reiner. Un étudiant amateur du système nerveux central, à la tête d'une clinique, c'était aussi beau qu'un chirurgien amateur dans l'équipe d'un centre hospitalier. Il ne restait que quelques points que je désirais éclaircir pour ma satisfaction personnelle.

— Vous n'ignorez certainement pas, Votre Altesse, que de nombreuses personnes, dans cette province et à Vienne, doutent de votre bonne foi. Elles refusent d'admettre que vous projetez de construire une clinique.

— Bien sûr, je sais cela. On ne cesse de me le rappeler.

— Ce refus semble émaner de *votre* propre refus de soumettre les plans de reconstruction aux autorités régionales concernées. Pourriez-vous expliquer vos raisons à nos téléspectateurs ?

Il agita un doigt dans ma direction.

— Aucune autorisation n'a été exigée pour dépenser les énormes sommes d'argent que j'ai consacrées à ce sous-sol. C'était une mine abandonnée, inondée, et, là où l'eau ne l'avait pas envahie, dangereuse à cause des boisages pourris datant de près d'un siècle. J'ai changé tout cela. J'ai installé des pompes et des machines, ce qui se fait de mieux et de plus moderne. J'ai mis de l'acier et du béton. J'ai rendu cet endroit sûr et utilisable. Nous y sommes assis et ne risquons rien. Personne n'a levé le petit doigt pour m'en empêcher. Et pourtant, maintenant que je propose de remplacer une affreuse maison abandonnée par une structure moderne dessinée par un architecte de renom, je m'en vois refuser l'autorisation.

— Mais, Votre Altesse, comment peuvent-ils vous accorder le permis de construire si vous ne leur soumettez pas les plans de votre architecte ?

— Mes plans concernent la clinique. S'ils refusent d'écouter les arguments de mes hommes de loi sur la nécessité de remplacer une petite structure par une autre à peine un peu plus grande, que puis-je faire ? Comment puis-je expliquer quoi que ce soit à une bureaucratie sans visage ?

Je détournai l'attaque sur un autre front.

— Vous savez certainement, Votre Altesse, que l'un de vos anciens employés, un ingénieur, a déclaré publiquement que votre intention ne correspondait pas à celle que vous aviez annoncée. Votre véritable intention, assure-t-il, n'est pas de construire une clinique, mais un abri antiatomique privé pour votre famille et votre entourage.

Il s'attendait à cette question.

— Les employés renvoyés pour incompétence, fit-il avec un sourire, tentent souvent de calomnier leurs anciens employeurs.

Kluvers me fit signe qu'il allait falloir recharger la caméra. J'acquiesçai, mais continuai à discuter comme si de rien n'était. Nous avions utilisé beaucoup de pellicule avec la crise de fou rire, mais je ne voulais pas arrêter le flot de ses propos ; quoique, où nous en étions, il ne me restât plus à poser que quelques questions qu'il éluderait probablement.

— En quoi s'est-il montré incompétent, Votre Altesse ?

— Il ne connaissait rien à l'hydraulique, alors qu'il se prétendait expert en la matière. Il a commis d'énormes erreurs.

Je me souvins que cet homme, un ingénieur français, était celui qui avait perdu patience avec le Souverain et déclaré en public qu'*il* ne connaissait rien à l'hydraulique. Le Souverain n'était pas le premier à se comporter de la sorte : accabler l'employé de ses propres insuffisances.

— Des erreurs de calcul dans une entreprise telle que celle-ci, Votre Altesse, ont dû vous coûter très cher.

Le temps qu'il m'énonce toute une série de chiffres, et

la caméra rechargée, s'était remise à tourner. Le second clap intervint si discrètement que le Souverain ne parut pas le remarquer. Réaliser une interview avec une personne exclusivement tournée vers elle-même règle bien des problèmes.

— Vous voyez, monsieur Halliday, ce que son ignorance m'a coûté ? Et pourtant il continue à m'accuser. Cet homme est fou.

— Cependant, beaucoup de gens, des journalistes, des magistrats, semblent le croire. Certains vont même jusqu'à en faire une question politique.

Il se pencha en avant inopinément, et j'entendis le brusque mouvement du cameraman qui essayait de rectifier le cadrage et la mise au point. Je priai pour qu'il ait réussi à garder le visage du Souverain dans l'objectif. Ses joues s'étaient enflammées, ses lèvres se tordaient d'excitation.

— Et vous le croyez, vous, monsieur Halliday ? demanda-t-il. Croyez-vous que je sois assez stupide pour construire un abri antiatomique à trois mille kilomètres de mon palais ?

— Votre Altesse, je ne pense pas que les questions de bêtise ou de bon sens doivent intervenir dans une discussion générale concernant la défense civile en cas d'attaque nucléaire. Pourtant, l'idée d'utiliser cette mine comme abri antiatomique paraît étrange, j'en conviens.

— Plus qu'étrange, je dirais. En cas de guerre nucléaire, nous serions avertis, m'a-t-on dit, seulement une demi-heure avant. Comment pourrais-je arriver jusqu'ici en une demi-heure ?

— La même idée m'est venue à l'esprit, Votre Altesse. Mais comme je l'ai dit, le bon sens n'entre pas ici en ligne de compte. Toutes sortes de scénarios circulent sur la façon dont pourrait éclater une guerre nucléaire. J'ai entendu dire que le début d'un conflit majeur entre les superpuissances, même avec des moyens conventionnels, sera précédé d'un avertissement à tous ceux qui auraient accès à un abri antiatomique. A pied, en voiture. *Ou* en avion. J'essaie de me montrer objectif, bien sûr, mais sur ce sujet personne n'y parvient. La menace de guerre nucléaire provoque des réactions très différentes chez chacun de nous.

— Et vous ? s'enquit-il. Comment réagissez-vous à l'idée d'une guerre nucléaire, monsieur Halliday ?

— Votre Altesse, oserai-je vous avouer que je n'y pense pas. En cas de bombardement atomique, même limité, entre les superpuissances, nous, les habitants des pays occidentaux à forte densité de population, serons morts ou mourrons dans l'heure.

— Même si le premier coup est frappé à l'Est, avec une possibilité de frapper une seconde fois ?

— Je ne connais rien aux objectifs militaires, Votre Altesse. Je ne sais pas ce qui est visé en premier, les silos à missiles, les villes, les sous-marins ? Je crois, pourtant, que dans une guerre nucléaire ceux qui survivront aux quelques premières heures du conflit seront les malchanceux.

— Tout à fait d'accord. Mais je ne crois pas que vous aurez votre guerre nucléaire. Je crois en l'efficacité de la dissuasion. Les Soviétiques et les Américains continueront à se regarder en chiens de faïence, les petits pays constructeurs de bombes loucheront nerveusement pardessus leur épaule. Moi, c'est la guerre conventionnelle que je crains.

— Les gros hélicoptères, le napalm, Votre Altesse ?

— Mais non, ce sont maintenant les armes des guerres rurales, coloniales, des petites campagnes du tiers monde. Non, quand je parle de nouvelle guerre conventionnelle, je fais allusion à la guerre chimique. *Pas* à la guerre biologique. Les retombées biologiques peuvent être aussi mortelles que les retombées nucléaires. Les nouvelles armes chimiques, elles, sont contrôlables. Avec elles, vous pouvez tuer votre ennemi sans risquer de vous tuer avec. Vous pouvez exterminer où vous le désirez et puis nettoyer les dégâts, tout rendre aussi vivable qu'avant. Pourvu d'avoir la technique.

— Les deux camps, pendant la Seconde Guerre mondiale, possédaient cette technique, Votre Altesse. Pourtant, ni l'un ni l'autre n'ont employé de gaz toxiques ou d'armes chimiques d'aucune sorte, même s'ils les fabriquaient.

Il fit claquer ses doigts d'un air dédaigneux.

— Je ne parle pas du phosgène, c'était un jouet. Je ne considère pas non plus que le tabun entre dans la catégorie des armes chimiques modernes. Ce à quoi je fais allusion... (Il s'interrompit avec un petit mouvement de tête effarouché.) Mais non, je crois qu'il vaut mieux que je n'aborde pas ce sujet. Je ne voudrais effrayer personne.

— Nous n'avons pas l'intention, Votre Altesse, de chercher à percer des secrets d'Etat ni de semer la peur. Je suis convaincu que vous, en tant que Souverain, détenez de nombreux secrets qu'il serait dangereux de révéler dans l'intérêt même du public. Je le comprends fort bien et n'essaierai pas de vous forcer à nous les confier.

Mon emphase fit son effet. Et je fus témoin de son embarras : désir de paraître d'une part, et de l'autre la désagréable intuition qu'il valait mieux changer de sujet. Quelque chose l'excitait, et il avait besoin de l'avouer à une personne qui l'écouterait d'une oreille complaisante. Je crois qu'il avait complètement oublié que la caméra tournait. Il cherchait le moyen de résoudre son dilemme. Soudain, il crut entrevoir la solution.

— Evidemment, commença-t-il prudemment, ces sujets ne sont pas tous hautement confidentiels. Certains, même, sont connus du grand public. Avez-vous entendu parler, par exemple, du groupe des produits chimiques organophosphoreux que l'on appelle les anticholinestérases ?

— Non, vraiment pas, Votre Altesse. (J'observai attentivement son visage et sentis que, si je me taisais pour attendre ses explications, il risquait de se reprendre. Je lançai alors une petite plaisanterie à mes dépens.) Attendez, que j'essaie de deviner. Est-ce que je me tromperais beaucoup si j'affirmais qu'ils sont, pour ce qui est des êtres humains, plutôt contre-indiqués ?

Il ne comprit pas tout de suite, mais quand la lumière se fit dans son esprit, je crus que nous aurions droit à un nouvel accès de fou rire. Pourtant, après deux ou trois éclats de rire tonitruants, il ne laissa plus entendre qu'un petit hennissement convulsif.

— Oh mon Dieu, oui, finit-il par déclarer, très contre-indiqués. Les Américains et les Britanniques les nomment les gaz asphyxiants et prétendent ne pas les ranger dans la catégorie des armes de combat. Foutaises — comme vous dites — d'ailleurs, ils disposent d'énormes stocks d'un gaz qu'ils appellent Sarin. Ils l'appellent ainsi parce que le nom chimique est trop compliqué. Sarin n'est qu'un nom de code. La version soviétique du même gaz se nomme Soman. On pense même qu'elle est plus efficace, plus effroyable. Pourquoi leur faudrait-il une substance plus efficace encore, je n'en sais rien. Ces deux gaz attaquent le système nerveux central. On pense que l'absorption d'une seule gouttelette d'un milligramme de Sarin devrait paralyser un adulte en pleine santé et provoquer sa mort en moins d'une minute. Pourtant, l'absorption n'est pas indispensable. Le simple contact d'une gouttelette avec n'importe quelle partie du corps provoquera la mort. La mort est juste plus instantanée en cas d'absorption.

— Vous dites que ces gaz asphyxiants *devraient* être tellement foudroyants, Votre Altesse. Or vous avez vous-même étudié le système nerveux central. Voulez-vous nous suggérer par là qu'il pourrait subsister un doute sur la valeur militaire de ces gaz ? N'êtes-vous pas *certain* qu'ils soient foudroyants ?

Il s'empressa de me rassurer.

— Oh, absolument certain, monsieur Halliday. Ils ont fait l'objet d'expérimentations. Sarin et Soman ont tous deux tué des grands singes, des moutons et d'autres mammifères de laboratoire, tout à fait instantanément. Spasmes, paralysie, mort, voilà l'enchaînement. C'est sur les êtres humains que nous manquons de résultats d'expériences. Jusqu'ici, les seules informations ont été obtenues à la suite d'accidents. Et elles sont rares. Aux Etats-Unis et en Angleterre, les autorités ont chaque fois fort bien étouffé l'affaire. Les fuites n'offraient que fort peu de valeur militaire et aucun intérêt pour la recherche scientifique. L'accident le plus grave, qui s'est produit dans la ville de Sverdlovsk en Union soviétique, avait pris trop d'ampleur pour qu'on puisse l'étouffer. Plus d'une centaine de personnes ont été tuées par des gouttelettes amenées par le vent et beaucoup plus encore sont tombées gravement malades. La propagande soviétique a tenté d'incriminer un virus, mais personne n'y a cru. Encore une fois, aucune information scientifique n'a été diffusée.

— Vous dites que ces substances peuvent être absorbées par la peau ? Cela signifie-t-il que les masques à gaz ne sont pas efficaces ?

— Seule une protection de l'ensemble de l'organisme pourrait vous protéger, monsieur Halliday, une combinaison spéciale qui pourrait être scellée puis lavée pour la décontaminer. Je crois que les nouveaux tanks sont construits dans cette perspective. Il faut une protection qui puisse être scellée pendant un certain temps et puis nettoyée avec les produits chimiques appropriés.

— Et un avion pressurisé, est-ce qu'on pourrait le rendre sûr ?

Il feignit de ne pas avoir entendu.

— La meilleure solution, bien sûr, serait un antidote.

— Y a-t-il des antidotes ? En existe-t-il déjà ?

— Ils sont gardés secrets, manifestement, et n'ont pas été expérimentés sur les êtres humains. Comprenez bien que les substances comme le Sarin et le Soman sont des produits chimiques de synthèse, comme nos insecticides modernes. On ne les trouve pas dans la nature. Mais ce que peuvent faire des produits chimiques, d'autres peuvent le défaire. Ce n'est qu'une question de technique.

— Je vois, Votre Altesse. Donc, excepté les récipients hermétiques et les combinaisons scellées, la protection maximale consisterait surtout en antidotes, avec la conviction que ce sont les bons et que l'ennemi n'emploie pas des gouttelettes encore plus foudroyantes dont on ignore la parade.

— Vous oubliez un point précis, monsieur Halliday. Les antidotes, il faut aussi savoir comment les utiliser, à quel moment et avec quelles précautions les appliquer.

— Des expérimentations doivent donc être menées.

— Absolument. On ne peut pas apprendre à des singes à manipuler des antidotes.

Il commençait à se fatiguer. Le moment arrivait de conclure.

— Votre Altesse, au cours de vos recherches personnelles sur les mystères du système nerveux central des mammifères, vous avez dû assister à certaines de ces expériences. Lorsqu'une gouttelette d'un milligramme de Sarin, par exemple, est insérée dans la bouche d'un grand singe, qu'arrive-t-il exactement ?

Mon intérêt pour le témoignage vécu ranima son enthousiasme.

— Oui, monsieur Halliday, je peux vous le dire, mais n'attendez pas de moi que je vous révèle où j'ai eu le privilège d'assister à cette démonstration.

— Non, bien sûr que non.

— Eh bien, la gouttelette est pulvérisée dans la bouche à l'aide d'un instrument qui ressemble aux atomiseurs de parfum que les femmes occidentales transportent dans leur sac à main. Il est simplement fixé au bout d'une longue baguette et, bien sûr, n'est pas en or. Le milligramme est pulvérisé. Pas un bruit. Pendant un instant, rien. Puis chaque muscle du corps semble se contracter pour atteindre l'état que les médecins appellent par un nom à eux. Ce n'est pas « spasme », quoique je pense que cela le décrive aussi.

— Fibrillation ? Est-ce le terme médical que vous cherchez ?

— Oui, c'est ça. Fibrillation. L'animal s'écroule, bien sûr. Puis il commence à vomir et à déféquer en même temps. Ensuite viennent les convulsions, beaucoup de convulsions. Ce qui est intéressant, c'est que la véritable cause de la mort est habituellement la simple asphyxie. Les muscles qui conditionnent les mouvements respiratoires s'arrêtent de travailler.

— Evidemment, vous n'avez aucun moyen de savoir si les êtres humains réagiraient de la même façon.

— Non, pas encore.

— Une mort bien douloureuse, diriez-vous, Votre Altesse ?

— Douloureuse peut-être, mais très rapide. En une minute tout est terminé.

— Merci, Votre Altesse. Ce que vous aviez à nous déclarer était à la fois fort intéressant et très utile. Je suis sûr que les téléspectateurs du monde entier vous seront reconnaissants de leur avoir dévoilé vos réflexions sur les graves problèmes de la vie, de la mort, qui nous concernent tous.

Je fis signe à Kluvers de couper, attendit de l'entendre prononcer le mot et me précipitai vers le Souverain pour le couvrir de compliments. Le Premier secrétaire, remarquai-je, paraissait contrarié. C'était très compréhensible. Le Souverain, et cela se comprenait aussi, semblait tout à fait content de lui. L'épreuve était terminée. Il en était sorti vivant. On le félicitait, on le flattait. Les doutes, si jamais il pouvait y être sensible, viendraient plus tard, quand il essaierait de se souvenir de ce qu'il avait raconté, ou quand le Premier secrétaire trouverait assez de courage pour lui citer quelques-unes de ses paroles.

— Quand la verra-t-on sur les écrans ? demanda-t-il.

La question rituelle à laquelle il lui fut répondu d'un ton évasif — réponse tout aussi rituelle que la question.

L'équipe avait éteint les projecteurs et commencé à

transporter le matériel à l'endroit que nous avions choisi pour les plans de coupe. Le Souverain avait dû en conclure qu'ils se préparaient à partir. Avec un salut gracieux il se leva et s'apprêta à prendre congé de nous ! Le Premier secrétaire m'attira prestement dans un coin.

— Son Altesse doit recevoir quelqu'un d'autre là-haut, déclara-t-il. Vous ne le reverrez pas. Mais avant que vous ne partiez, monsieur Halliday, je voudrais vous voir. Cette interview, comme nous le savons tous deux, n'était qu'un arrangement à ne pas prendre trop au sérieux. Votre contribution vous donne droit à des honoraires supplémentaires. Je ne voudrais pas que vous partiez avant de les avoir reçus.

— Comme vous voudrez, Premier secrétaire.

Il enfila le tunnel d'un pas pressé vers le monte-charge. Le Souverain s'y trouvait déjà et commençait à s'impatienter. Je me retournai et surpris Kluvers qui me considérait avec une drôle d'expression.

— Et c'est cela que l'on vous avait commandé ? demanda-t-il. Un boulot d'exécuteur ?

— Vous estimez que je lui ai posé des questions déloyales ou inconsidérées ?

— Je crois que la seule personne autorisée à poser des questions à cet homme devrait être un psychiatre.

— Des tas de gens partageraient votre opinion. Mais ils ne le crient pas sur les toits. Avez-vous entendu parler d'un groupe d'hommes d'affaires qui s'appelle Mukhabarat Zentrum ?

— Les terroristes, vous voulez dire ? Rasmuk ?

— Son Altesse leur a versé un acompte de plusieurs millions dernièrement.

Cette nouvelle l'ébranla.

— Nous n'aurions jamais dû accepter ce boulot, observa-t-il d'un ton amer. Nous aurions dû rentrer directement chez nous.

— Pour certains d'entre nous, rentrer directement chez soi ne sera pas une mince affaire, déclarai-je. Si nous terminions ces prises de vues ?

— Nous sommes presque prêts.

— Rainer vous a-t-il prévenu que je lui confierai le film à développer ?

— Oui, et je lui ai donné notre générique. Cela vous convient ?

— Vous acceptez toujours de faire équipe avec moi, c'est bien sûr ?

Il sourit.

— Je n'ai pas dit que c'était une mauvaise interview. Je l'ai simplement trouvée effrayante. Je me demande d'ailleurs ce qu'il en restera quand elle passera à l'écran.

— Moi aussi. A propos, j'aimerais que les deux boîtes soient emballées séparément et numérotées un et deux. D'accord ?

— Aucun problème.

— J'aimerais aussi que vous m'aidiez un peu côté emballage.

— Comment ça ?

Il poussa un petit soupir quand je lui expliquai, mais il accepta.

Nous prîmes les plans de coupe comme l'avait voulu le cameraman, sur un fond de paroi calcaire humide et d'escalier de métal ruisselant d'eau. Quand tout fut terminé, Kluvers fit signe à son équipe de remballer le matériel.

C'est alors seulement que j'aperçus Simone dans l'escalier. Elle était restée en bas de la quatrième volée de marches à écouter l'interview. Ses légers vêtements étaient trempés et elle frissonnait, mais elle ne semblait ni gênée ni même consciente de cet inconfort.

— Si jamais cette interview passe à la télévision, déclara-t-elle, il est fini.

— Et cela vous ennuie ? Il projette de vous *tuer* vous, et le patron, et les jeunes.

— Il en a le projet, oui.

Elle parut prendre conscience du froid ambiant, et je la menai dans une partie de la galerie où les projecteurs avaient réchauffé l'atmosphère.

— Est-ce que le patron savait, demandai-je, qu'en échange de la baie d'Abra il demanderait qu'on lui laisse expérimenter les gaz asphyxiants sur des êtres humains ?

— Pas au début. Mais le patron connaissait la fascination du Souverain pour ces armes, alors il a manœuvré comme vous, mais plus progressivement. Il a posé des questions insidieuses, il a discuté un peu et a poussé le Souverain à parler. A un moment, le patron a cru que le Souverain avait tout simplement peur et que tout ce qu'il désirait c'étaient les antidotes secrets. Un faux espoir. Il veut les gaz. Il veut le pouvoir de tuer comme par magie.

— Evidemment, l'O.T.A.N. les lui refusera.

— Parce qu'il accorde des interviews inconvenantes devant les caméras de la télévision ? Peut-être. Dans ce cas, il s'adressera aux Russes.

— Pour *leur* proposer la baie d'Abra ? C'est dément. Aucun de ses frères Souverains ne l'accepterait.

— Vous ne comprenez pas, mon vieux. La baie d'Abra, c'était un appât pour l'Ouest. Et il les a amenés jusqu'à la table de négociations, non ? Ils devront réfléchir à ce prix, sans aucun doute, mais ils se montreront froidement calculateurs. Et ce ne seront pas des messieurs comme votre beau général Newell et votre délicat Herr Schelm qui auront le dernier mot. Le Souverain devra prévoir un autre appât pour les Russes. Envisager une approche radicalement différente. Une offre simple et directe de matériel expérimental en échange d'une légère pression entre voisins et amis sur l'Autriche, pour qu'elle lui laisse sa vieille mine gorgée d'eau et lui permette de construire ce qu'il veut au-dessus ? Vous me suivez ?

— Par matériel expérimental, vous voulez dire des cobayes humains, je suppose. Les prisonniers de ses geôles ?

— Ils aimeraient autant être morts de toute façon. Et ils ne se soucieraient guère de l'identité de leur bourreau.

— Comment savez-vous que l'O.T.A.N. tienne à ce que ces expériences soient réalisées ?

Mon innocence lui arracha un sourire rêveur.

— Mon cher ami, tous ceux qui s'occupent d'armes chimiques ont toujours désiré que soient menées des expériences sur l'animal humain. Le problème, c'est que personne ne veut en accepter la *responsabilité*, personne ne veut même se compromettre à en demander les moyens. Mener des enquêtes sur de malencontreux accidents ne suffit pas non plus. Des médecins finissent toujours par s'en mêler, pour sauver des vies. Si l'on tente des expériences sur une petite échelle, comme au Yémen, l'autre bloc s'en sert aussitôt de campagne de dénigrement politique. Et sur un point, le Souverain avait raison. Tester des antidotes, dont la manipulation peut se révéler délicate, sur des animaux n'est pas chose facile.

Kluvers s'approcha.

— Nous sommes prêts à partir, annonça-t-il. Il vaudrait mieux que nous vous donnions le film dans votre camion, vous ne croyez pas ? Ce serait peut-être plus sûr ?

Dans le monte-charge qui nous ramenait à la surface, je confiai à Simone ce que j'avais prévu pour le film. Elle parut enchantée.

— Vous apprenez vite la leçon, observa-t-elle. (Elle riait presque.)

En émergeant du monte-charge, derrière le musée, nous aperçûmes Zander qui parlait avec Jean-Pierre sur le parking. Comme il l'avait prédit, la seconde réunion entre le Souverain, le général et Schelm se déroulait sans lui. Simone partit lui faire son rapport. Je restai avec Kluvers et le regardai emballer le film comme je le lui avais demandé. Quand les paquets eurent été étiquetés, je m'approchai de la porte du camion.

Simone avait suivi mes instructions et Jasmin se tenait à côté du break avec mon imperméable roulé sous un bras et son sac en cuir repoussé sur l'autre. Je lui fis signe et elle s'approcha. Deux des paquets que nous avions confectionnés et hardiment marqués un et deux allèrent dans les poches de mon imperméable. Les deux autres, également numérotés mais plus discrètement, disparurent dans le sac en cuir repoussé. J'avais ouvert mon manteau comme pour le replier, de sorte que personne, un peu plus haut près de la maison, n'ait pu apercevoir la seconde manœuvre.

Tandis que Jasmin retournait au break et que je serrais la main à tous les Hollandais, Simone nous rejoignit sous prétexte de m'imiter. Mais ses adieux étaient pour la galerie. Elle tapota les paquets dans les poches de mon imperméable et s'arrangea pour prendre un air suffisant. Elle avait aussi un message à me transmettre.

— Le patron dit que nous devons partir bientôt. Il est presque quatre heures et nous devons profiter du jour.

— Laissons les Hollandais partir en premier pour voir ce qu'il se passe. Cinq minutes. D'accord ?

— Bon. Accordé. Moins ils auront de doutes ici, mieux cela vaudra.

Nous saluâmes de nouveau Kluvers et l'équipe de Viser-Damrak, et les regardâmes descendre vers le portail. Là, ils furent arrêtés par les gardes, et nous assistâmes à une discussion agitée agrémentée de grands moulinets de bras et d'index pointés dans notre direction. Kluvers et son équipe durent attendre devant le portail tandis que le capitaine des gardes montait pour me haranguer en allemand.

Zander nous avait rejoints.
— Ce capitaine chargé de la sécurité, expliqua-t-il, a reçu des ordres du premier secrétaire. Le film de l'interview que vous avez menée avec le Souverain doit être retenu pour passer à la censure.
— Je devais le remettre personnellement à l'O.R.F., la télévision autrichienne, pour le faire développer.
— Il sera remis plus tard, après avoir été censuré.
— Il ne peut pas être censuré avant d'avoir été développé, braillai-je hors de moi. J'exige de voir le premier secrétaire.
Obligeamment, Zander traduisit cette dernière phrase. Le capitaine me fit signe et nous remontâmes vers la maison. Les deux gardes du corps en service se raidirent en nous voyant approcher. Apparemment, ils ne parlaient pas allemand et n'appréciaient guère le capitaine. Toutefois, quand il expliqua par gestes que je devais rester là tandis qu'il entrait pour faire son rapport, ils le laissèrent passer.
Je restai planté là un bon bout de temps avant que le Premier secrétaire n'apparaisse. Il me dévisagea et s'adressa à moi, comme s'il ne m'avait jamais vu auparavant.
— Nous voulons le film, déclara-t-il. Ce sont les ordres de Son Altesse. Il lui appartient. Il ne quittera pas ces lieux. Donnez-le immédiatement.
— Il doit être développé par l'O.R.F. Vienne. Tout a été prévu.
Je serrai mon imperméable contre ma poitrine.
— Il sera développé comme bon nous semblera. Donnez-le-moi immédiatement.
Il descendit les marches, me menaçant de son ventre imposant.
— Je ne voudrais pas devoir recourir à la force pour vous obliger à restituer le bien de Son Altesse.
— Nous sommes en territoire autrichien, Premier secrétaire, non pas dans le Golfe.
— Et le film n'en appartient pas moins à Son Altesse. Assez plaisanté, je vous en prie, monsieur Halliday. Vous avez été engagé et payé pour vos services. Si vous ne voulez pas me remettre le film que vous avez tourné, j'userai de la force.
J'hésitai encore un peu, puis haussai les épaules et lui tendis le paquet marqué un.

Il le prit, arracha le papier pour vérifier qu'il se trouvait bien une boîte de film en seize millimètres à l'intérieur, puis tendit de nouveau la main.

— Donnez-moi tout, je vous prie. Il y a une seconde bobine. J'ai vu le cameraman recharger sa caméra.

Avec un soupir, je vidai la seconde poche de mon imper et lui donnai le paquet marqué deux.

— Où allez-vous le faire développer ? demandai-je tandis qu'il déchirait l'emballage pour vérifier ce second paquet.

— Cela ne vous regarde pas, monsieur Halliday. Vous avez été payé. Maintenant vous pouvez vous en aller.

Je commençai par lui obéir, puis me retournai.

— Un dernier conseil, Premier secrétaire, dis-je. N'essayez pas de le brûler. Ce genre de film ne brûle pas facilement et dégage une odeur épouvantable. Si vous voulez le détruire rapidement, ouvrez simplement la boîte et laissez entrer la lumière. Mes amitiés à Son Altesse.

Je repris ma descente, cette fois-ci sans me retourner. Je ne pensais pas que le Premier secrétaire en savait assez pour se rendre compte, dès l'ouverture des boîtes, que le film que je lui avais remis était vierge.

Du haut du parking, le capitaine fit signe aux gardes du portail de laisser passer. Les deux véhicules hollandais redémarrèrent et sortirent dès l'ouverture des portes. Le capitaine m'adressa un aimable signe de tête. Moi aussi je pouvais m'en aller si je voulais. Tout comme mes amis.

— Le break partira en premier, annonça Zander. Jean-Pierre suivra. Nous resterons l'un derrière l'autre jusqu'à ce que nous sachions à qui nous avons affaire. Où interviendront vos amis de l'O.R.F., monsieur Halliday ?

— Au croisement avec la route du bas. Il y a une pancarte de bois qui marque le domaine Petrucher à quelques mètres de ce côté de la route. Ce sera le point de repère, je pense. Nous tournerons à droite vers Judenburg. Ils nous encadreront entre une voiture et un gros camion de tournage de l'O.R.F. Près de Judenburg, quand nous atteindrons la grande route, nous prendrons à droite et nous dirigerons vers Klagenfurt. Avant de traverser Klagenfurt, nous prendrons l'Autobahn pour Villach. Rainer se trouvera dans la voiture. Il aura ordonné à ses chauffeurs de nous garder en sandwich entre leurs véhicules, comme pour nous empêcher de disparaître avec un document auquel ils tiendraient. Si une autre voiture essaie de nous dépasser ou de se faufiler entre ses véhicules et les nôtres, ils la coinceront. Il faut s'attendre à conduire pare-chocs contre pare-chocs, et peut-être aussi à froisser un peu de tôle. Mais si l'O.R.F. ne s'en inquiète pas, où est le problème ?

— Où proposez-vous de remettre le film ?

— A la frontière. Juste au-delà d'Arnoldstein, dans un village nommé Thöl.

— Bien, nous verrons si nous pouvons arriver jusque-là. Simone, vous conduirez. Et ne laissez pas les Autrichiens nous serrer de trop près.

Nous montâmes tous à bord et suivîmes les traces des Hollandais jusqu'au portail. Il était resté ouvert pour nous, mais les maîtres chiens avaient reparu avec leurs bêtes qui grondaient et essayaient de mordre les roues sur notre passage.

Nous descendîmes le chemin en zigzag jusqu'à la route. Quand nous en approchâmes, une voiture de tournage bleu vif de l'O.R.F., avec un toit renforcé surmonté d'un gyrophare ambré, recula et bloqua le virage. Nous pilâmes sur place ; je baissai l'une des vitres arrière et mis le nez dehors. Rainer était assis à côté du chauffeur. Je lui fis un signe d'assentiment et, en guise de réponse, il leva une main. Alors la voiture de tournage avança et nous la suivîmes. Jean-Pierre, dans la camionnette, ne roulait qu'à deux mètres derrière nous. Le camion O.R.F. qui fermait la marche paraissait énorme.

Se déplacer en convoi, surtout quand les véhicules qui le composent ont des possibilités d'accélération et de freinage très différentes, n'est pas aussi facile qu'une division blindée peut le laisser croire.

A quatre véhicules, l'effet d'accordéon se fit sentir très vite. Puis Rainer décida d'aller moins vite — de maintenir les cinquante kilomètres à l'heure, et tout alla mieux. Quand nous atteignîmes le tronçon de route relativement droite au-delà d'Unterzeiring, les conducteurs commençaient tous à attraper le coup.

Le commando Rasmuk nous prit en filature, sans aucune difficulté, tout près de Judenburg, au moment où nous tournions sur la route de Klagenfurt.

CHAPITRE XIV

Les membres du commando occupaient une Citroën CX beige immatriculée à Vorarlberg. Nous les entendîmes klaxonner furieusement quand ils essayèrent de dépasser le camion O.R.F. sans toutefois y parvenir. La route qui traverse Neumarkt et Friesach pour rejoindre Klagenfurt est une nationale à trois voies. Il y a bien des tronçons où les véhicules rapides peuvent doubler les véhicules lents, mais ils sont rares, et cette possibilité dépend souvent du bon vouloir des conducteurs. Le chauffeur du camion O.R.F., à l'arrière de notre convoi, se montra en l'occurrence fort discourtois. Il faisait, ou feignait de faire, de petits efforts plaisants pour dépasser la camionnette d'Ortofilm. Le conducteur de la Citroën fit encore trois tentatives, et de plus en plus bruyantes, pour dépasser le camion avant de décider qu'il attendrait un moment plus propice.

Ce fut Zander qui les identifia. Il sut dès lors que nous avions affaire à l'équipe de choc de Rasmuk et non pas à un simple Autrichien impatient. Après le premier coup de klaxon, il adressa quelques mots par-dessus son épaule aux jeunes qui se trouvaient assis sur la banquette arrière en ma compagnie. Jasmin fouilla sous le siège où se trouvaient les boîtes de munitions. Elle en sortit un étui de cuir contenant l'un de ces télescopes qui ressemblent si bien à la moitié d'une paire de jumelles. Zander régla soigneusement la lentille.

La route comptait de nombreux virages et il était possible, de temps en temps, de voir la Citroën apparaître derrière le camion. Finalement, Zander annonça :

— Je connais le passager à l'avant. C'est un homme nommé Raoul Bourger. Vous vous souvenez de lui, Simone ?

— Je ne m'en souviens que trop bien, patron.

Il se retourna sur son siège, posa le télescope sur l'appui-tête pour surveiller les occupants de la Citroën.

— Le père de Bourger, expliqua-t-il à mon intention, était pied-noir. Il a trouvé la mort lors de la bataille d'Alger, en janvier soixante. Son fils, Raoul, avait alors quatorze ans. L'année suivante, il descendit quatre officiers de la gendarmerie. Tout seul, quoiqu'il y ait eu des témoins de ce massacre. L'affaire était un secret de polichinelle.

— Mais il ne fut pas arrêté ?

— Oh, il bénéficiait de hautes protections. Puis il a essayé de se tuer, mais son pistolet s'est enrayé.

— Il n'a pas renouvelé cette tentative, ajouta vivement Simone. Certains, du reste, doutent qu'il s'y soit jamais essayé.

— Vous étiez jalouse de la sollicitude dont il fut l'objet, mon enfant.

— Comment une petite fille de neuf ans peut-elle être jalouse d'un Netchayev de quatorze ?

Il sourit.

— Vous étiez jalouse, mon petit. Ne soutenez pas le contraire. Cela arrive souvent aux petites filles de neuf ans. De toute façon, je n'ai pas été le seul à essayer de l'aider. Beaucoup ont essayé. Il se contentait de sourire poliment. Il nous détestait, bien sûr, parce que son vrai père était mort et que nous, qui n'avions pas combattu dans les rues d'Alger, nous étions vivants.

Il souriait peut-être poliment par-devant, rétorqua-t-elle, mais par-derrière il singeait votre pitié. Un Netchayev à la noix, voilà ce qu'il est. Un joli petit tueur dépourvu de prétentions intellectuelles, privé de belles formules politiques. Vous l'auriez adopté si sa mère n'avait pas fait obstacle à la chose.

— C'est un mensonge, Simone, vous êtes une insolente.

Dans sa rage, elle cessa de s'intéresser à la conduite de son véhicule. J'intervins pour tenter de les calmer tous les deux !

— Ainsi donc, comme il n'avait pas réussi, ou ne s'était pas assez acharné à se donner la mort, il en est venu tout naturellement à tuer les autres. Une belle page de l'histoire contemporaine, non ?

Simone se contenta de répondre par un petit rire méchant.

Zander soupira.

— Les amis, les proches ont versé de l'argent à la famille et se sont occupés de son éducation, dit-il d'un ton sombre. Plus tard, il est entré dans les affaires.

— Quel genre d'affaires ? demandai-je. A leurs débuts, du moins. Dans une entreprise comme celle de Rasmuk, le bas de l'échelle existe-t-il, ou bien les jeunes qui ont du talent se retrouvent-ils d'emblée au sommet ?

Il abaissa le télescope et, avant de se tourner vers moi, le passa à Mokhtar pour qu'il puisse lui aussi jeter un coup d'œil à la Citroën. Son regard me prévint qu'il n'avait que faire de mes sarcasmes.

— Monsieur Halliday, déclara-t-il, la vengeance n'est pas un plaisir qui dure. Elle n'est pas aussi douce et agréable qu'on aime à le dire, même pas pour des garçons de quatorze ans qui se complaisent dans la vendetta. La vengeance peut être fatale. (Il reprit le télescope et me le tendit.) Jetez un coup d'œil. C'est utile de connaître le visage de l'ennemi.

De ma place, il m'était pratiquement impossible de maintenir le télescope immobile quand la Citroën émergeait dans les virages.

— Comment décririez-vous Raoul Bourger ? demanda Zander.

— Il a une moustache noire. Et le conducteur aussi, me semble-t-il.

— Ils ont tous des moustaches noires, coupa Simone, agacée. Même moi, je peux le voir, rien que dans le rétroviseur.

— Avez-vous remarqué le nombre impressionnant de moustaches noires dans l'entourage du Souverain ? s'enquit Zander comme je lui rendais le télescope. Certains voudraient porter la barbe, mais le Souverain se réserve cette marque de virilité. Il n'a pas d'autre preuve à exhiber. Pas d'enfant. Juste une barbe. Quoi qu'il en soit, la moustache est à la mode. Dans certains milieux du Moyen-Orient, les moustaches noires sont désormais de rigucur, ct, si la couleur naturelle du poil tire plutôt sur le châtain ou le roux, on le teint.

— Patron, intervint Simone, je sais que vous avez toujours pensé qu'il valait mieux se distraire avant la bataille, mais ne croyez-vous pas devoir à M. Halliday quelques paroles sensées. Il a déjà fait un bon bout de chemin avec nous. Il a le droit de savoir où tout cela va le mener. Rasmuk ne figurait pas dans son contrat.

Il astiqua le télescope avec son mouchoir tandis qu'il réfléchissait, puis observa encore une fois l'ennemi.

— Vous savez pourquoi je vous ai choisi parmi tant d'autres, monsieur Halliday ? Avez-vous bien perdu toutes vos illusions ?

— Vous me l'avez expliqué. J'avais de vieux contacts avec la C.I.A. Ils pouvaient être réactivés par l'envoi de lettres charmantes ou bien de bombes par colis postal. Je suis un journaliste-pigiste qu'une offre de cinquante mille dollars pour un travail facile devait allécher, surtout pour une cause qui en appellerait à une conception infantile de la justice. Et j'en connaissais suffisamment sur les techniques de télévision pour rentrer dans vos projets et servir de couverture : une couverture qui n'a pas tenu le coup une minute — bref, une opération que vous avez imaginée dans un moment de moindre inspiration. Quant à savoir si je me suis bien débarrassé de toutes mes illusions, monsieur Zander, voilà une question qui vous concerne en premier chef ! Si un commando Rasmuk est à nos trousses, la couleur exacte de leurs moustaches m'importe aussi peu que la marque de leurs lotions après rasage.

Manifestement, il n'avait pas entendu un traître mot de mon intervention. Dès mon allusion à la télévision, il s'était mis à brandir le télescope comme s'il s'agissait d'une matraque en caoutchouc. Puis il couvrit ma voix de ses vociférations :

— J'ai déjà reconnu mon erreur avec cette histoire de couverture, brailla-t-il. Vous aviez raison, au vu des événements, mais *seulement* au vu des événements. Nous n'aurions rencontré aucun obstacle, aucun gros obstacle, hormis deux difficultés : d'abord, celle, imprévisible, qui oppose le Souverain aux autorités autrichiennes en ce qui concerne les plans de la mine Petrucher. Mais nous aurions pu nous en sortir s'il n'y avait pas eu une deuxième difficulté : vous.

— Je ne vous suis plus, patron, dis-je.

C'était vrai. Je ne pouvais surprendre son regard, pas même dans le rétroviseur ; je me sentais en état d'infériorité.

— La première clause, poursuivit-il, énonçait clairement que l'intermédiaire devait non seulement s'y entendre un peu en matière de télévision, être connu comme interviewer, mais surtout qu'il devait manquer de talent. Ne pas être totalement incompétent, mais considéré malgré tout comme étant de troizième zone. Cette description vous convient parfaitement.

— C'est toujours agréable d'entendre un compliment.

Il ne tint pas compte de ma remarque et poursuivit :

— Jusqu'à aujourd'hui. Aujourd'hui, où vous auriez dû être plus minable que jamais, vous avez fait preuve de talents insoupçonnés. On peut se demander pourquoi.

— Ce genre d'accidents arrive.

— Ils ne devraient pas. Ils nous compliquent l'existence. Puis-je vous rappeler vos propres paroles à Stresa. Vous justifiiez la nécessité de cette équipe de soutien. Vous deviez poser quelques questions stupides au Souverain et tirer de lui quelques plates réponses. N'est-ce pas ce que vous aviez promis ?

— Je suis désolé. Je ne connaissais pas le Souverain à ce moment-là.

— Il était compréhensible de l'entretenir sur ses problèmes avec les autorités autrichiennes, mais, d'après Simone, vous avez alors entrepris de le traquer de façon impitoyable. Fort astucieusement, vous l'avez présenté comme un riche et autocratique se targuant de connaissances médicales qu'il est loin de posséder. Vous l'avez présenté comme un dilettante que l'on ne devrait pas autoriser à ouvrir une clinique. De plates réponses, hein ?

— Nous n'avions pas répété. L'homme a creusé sa propre tombe.

— Vous n'aviez pas besoin de l'ensevelir. Vous n'aviez pas besoin de profiter de son énervement et de son désarroi pour le pousser dans ses derniers retranchements. Vous avez agi en irresponsable.

— Est-ce que c'est Kluvers et son équipe qui vous inquiètent ?

— Ils n'ont aucune preuve filmée. Ils ne savent rien de compromettant. Mais *vous* pourriez parler ; être cru exactement comme nous. Voilà pourquoi nous sommes poursuivis par un commando de tueurs. Ils attendent que nous quittions cette route fréquentée, encombrée de camions qui nous protègent, pour nous tuer.

— Vous voulez dire que je figure maintenant sur leur liste, avec le reste de la famille ?

— Si vous n'y avez pas encore été porté, cela ne saurait

tarder. Oui, ces bouchers, là derrière, sont peut-être déjà prévenus. Ils utilisent beaucoup leur radio. Simone a eu grand tort de conspirer avec vous derrière mon dos.

— C'est absurde, fit-elle d'un ton sec. Le monde doit savoir que le Souverain est un tueur fou, un danger public. Mais comment l'opinion publique peut-elle en être informée si personne n'a le cran de dévoiler la vérité ?

— Du baratin, Simone, et vous le savez. Le Souverain n'a aucun pouvoir réel. Ce n'est qu'un gêneur.

— Vous recommencez à penser comme un vieil homme, patron. De nos jours, les gêneurs peuvent déclencher des guerres.

J'intervins vivement. La vigilance de la conductrice se relâchait.

— Vous n'oublieriez pas un détail, tous les deux ? demandai-je. Le Premier secrétaire croit que c'est lui qui détient le film de l'interview.

Zander explosa :

— Ah ! Croyez-vous l'avoir convaincu qu'il détient le vrai film ? Laissez-moi vous dire quelque chose. S'il n'y avait pas eu ce capitaine autrichien chargé de la sécurité, aucun film n'aurait pu quitter le domaine. Ils auraient procédé à une fouille en règle. Tout le monde y serait passé, même les Hollandais. Mais cet Autrichien avait peur. Il avait vu les camions de l'O.R.F. garés sur la route. Le gyrophare ne peut être utilisé qu'avec une autorisation spéciale de la police. Il a pensé que vous, ou les Hollandais, pourriez déposer une plainte.

— Je n'ai donc pas fait *que* des bêtises. J'ai tout arrangé pour que ces voitures de l'O.R.F. nous attendent avec leurs gyrophares. Vous devriez m'en être reconnaissant, patron. Vous devriez me remercier. De sages actions ont remplacé les sages réponses que vous attendiez du Souverain.

Mon insolence parut lui plaire.

— D'accord. Mille mercis, monsieur Halliday. Mais n'oubliez pas ceci. L'une des BMW blanches est déjà en route pour le laboratoire de développement couleur le plus proche. Le Premier secrétaire saura bien assez tôt que vous l'avez dupé. Vous feriez bien de commencer à réfléchir. Quel plan aviez-vous arrêté pour aujourd'hui ? Je veux parler de votre plan pour remettre le film ?

— Quand nous arriverons à proximité de la frontière, nous devrons nous arrêter. A ce moment-là, je sortirai et donnerai à Rainer le paquet marqué un. Celui qui contient la séquence essentielle sur Petrucher.

— Et le deuxième paquet, alors ? Vous le gardez pour vous ?

— Je pensais vous le donner, à vous et à Simone.

— A nous ? Et pourquoi ?

— Vous vous enfuyez, non ? Je pensais que les fuyards emportaient toujours avec eux un petit quelque chose, un petit quelque chose pour que leurs hôtes se montrent plus chaleureux, mieux disposés envers eux.

Le petit gloussement silencieux de Simone l'agaça.

— On nous offre l'asile politique. C'est tout, dit-il d'un ton grincheux.

— Pourtant, le général devrait se montrer reconnaissant. Cette seconde bobine devrait lui faciliter la tâche, l'aider à convaincre cette commission de l'O.T.A.N. devant laquelle il doit se présenter que le Souverain n'est pas un interlocuteur ordinaire à qui l'on puisse confier autre chose qu'une tapette à mouches en guise d'armement sophistiqué !

— Peut-être. Quoique je doute que le général ait besoin de notre aide. Continuez à nous exposer *votre* plan. Une fois que vous aurez donné son film à ce fameux Rainer, sorti vos valises du coffre et quitté la voiture pour vous planter, avec eux, sur le bord de la route, que se passera-t-il ? Dans l'hypothèse où nous serions encore de ce monde... Supposons que la plupart d'entre nous le soient. Que ferez-vous, ensuite ?

— Je demanderai à Rainer de m'emmener jusqu'à Vienne. De là, je prendrai un avion pour New York. Il me faudra peut-être prendre une correspondance à Francfort, mais j'arriverai sans doute à l'aéroport Kennedy demain, au plus tard pour le petit déjeuner. Il s'était complètement retourné pour me faire face.

— Vous n'y arriverez pas, monsieur Halliday. D'aucune manière.

— Non ?

— Oh, vous parviendrez peut-être jusqu'à l'aéroport de Vienne, mais il y aura là un membre de Mukhabarat Zentrum. Il vous attend. Ils vous ont vu donner le film à l'O.R.F. Ils auront prévenu le Souverain par radio. Même s'il n'a pas encore reçu le rapport du labo sur le film vierge que vous avez donné au Premier secrétaire, il ne prendra pas de risques inutiles. Réfléchissez, monsieur Halliday.

— M'offrez-vous de rester avec vous et votre groupe, patron ?

— Vous en seriez bien avisé, oui.

— Et, si nous nous en sortons, me suggérez-vous de demander l'asile politique dans mon propre pays ?

Il regarda Simone.

— Lui ai-je suggéré une telle ineptie ?

— Non, patron. Mais vous n'êtes pas assez clair. Il nous a rendu beaucoup de services. Vous l'admettez vous-même. Je crois que nous devrions lui parler plus franchement de sa situation. Nous n'avons rien à y perdre.

— Peut-être pas. (Il reprit le télescope et jeta un nouveau coup d'œil à l'ennemi.) Parlez franchement. Allez-y.

Je pus surprendre le visage de Simone dans le rétroviseur. Elle m'adressait un timide sourire.

— Monsieur Halliday, commença-t-elle, ce film que vous allez remettre à l'O.R.F., il est clair qu'ils vont en faire un scoop. Mais quand ? Rapidement ?

— Difficile à dire. C'est de l'actualité brûlante bien sûr, mais d'un autre côté ils ne disposent d'aucun plan de coupe. Tout se trouve à la fin de la deuxième bobine, celle qui leur manque. Ils dénicheront sans doute quelques vieilles photos de la mine. Sans doute ont-ils aussi un portrait de moi. Il leur faudra procéder à un doublage rigoureux des propos du Souverain, l'enregistrer, réaliser le commentaire *off* sur image. Tout cela devrait prendre au moins vingt-quatre heures avant qu'ils puissent passer le film à l'antenne.

— D'ici là, le Souverain aura été prévenu que votre interview n'a pas été détruite. Il le saura d'une façon ou d'une autre. Ce qu'il ignorera, c'est si les deux parties seront projetés. Ses hommes de loi à Vienne ne perdront pas de temps, mais que fera le Souverain de son côté ?

— Il prendra son avion privé pour ficher le camp avant que la presse autrichienne ne reparte en campagne contre lui.

— Et pendant ce temps-là l'O.R.F. niera sincèrement connaître l'existence d'une seconde bobine du film. Ils ne disposent que de ce que vous leur avez donné.

— Alors Mukhabarat Zentrum recevra de nouvelles

instructions urgentes, intervint Zander. S'ils vous ont raté à Vienne, il faut qu'ils vous coincent à New York ou dans Bucks County.

— Patron, coupa Simone vivement, c'est à *moi* que vous avez demandé de conseiller monsieur Halliday, rappelez-vous.

— Mon enfant, j'énonçais l'évidence même.

— M. Halliday n'a pas besoin de vous pour ça.

— Je n'en suis pas si sûr, déclarai-je. Quel est le moyen le plus évident de me sortir du pétrin ? Je veux dire le meilleur moyen, le moins pénible.

— Oh, il n'y a pas de moyen évident de s'en sortir. (Elle sourit.) Il faut prendre un risque ! Un seul. J'espère qu'il ne sera pas trop pénible, mais c'est tout de même un risque à courir. Après avoir remis le premier paquet à Rainer, vous restez avec nous. Peut-être vivrez-vous des moments difficiles un peu plus tard, mais vous ne serez pas forcément abattu.

— Pas *forcément* ?

— Mon ami, nous ne sommes pas infaillibles, vous savez. Si vous partez avec Rainer, vous serez tué à coup sûr. Sans doute à Vienne, comme le pense le patron. Pourquoi avoir l'air étonné ? Le patron est condamné à mort pour avoir *servi* le Souverain. Quant à vous, vous avez porté un grave préjudice à ce même homme. Vous l'avez montré tel qu'il est. Quelle pitié pouvez-*vous* escompter de sa part ? Aucune. Mais si vous restez avec nous, vos chances augmenteront. Il faut partir gagnant. Voilà ce qui compte. Prenez le second paquet de film et glissez-le dans votre poche. S'il est trop gros pour entrer dans une poche de costume, alors défaites la couture d'une poche intérieure et portez-le dans la doublure. Si notre plan pour les heures à venir réussit, alors vous pourrez appeler votre bon ami Herr Schelm pour qu'il vous donne un petit coup de main. A mon avis, il ne s'y refusera pas.

— Quel genre de coup de main ? Nos relations amicales sont bonnes, mais dans son travail je doute qu'il soit d'une générosité exemplaire.

— Il pourrait trouver très utile d'accéder à votre demande. Tout ce que vous lui demanderez, ce sera d'obtenir des copies du film numéro deux et qu'il veille à les faire parvenir sous pli confidentiel aux ministres des Affaires étrangères des Emirats et de l'Arabie Saoudite ainsi qu'à tous les ambassadeurs en poste dans les capitales du Golfe. S'il préfère ne pas impliquer l'O.T.A.N. dans cette affaire, vous pourriez vous servir de vos connaissances dans les milieux de la télévision new-yorkaise.

Je réfléchis un moment. La première boîte n'intéresserait guère le producteur P.B.S., mais, avec la seconde bobine en plus, il pourrait en tirer quelque chose. Une émission sur les armes chimiques, entrecoupée de séquences montrant un émir du pétrole complètement fou enterré dans une vieille mine d'argent qu'il aurait transformée en abri antiatomique ne manque pas d'intérêt. En insistant très légèrement sur le rire hystérique et le gros plan de l'homme claquant du bec à l'idée d'assister aux dernières convulsions de ses victimes, on obtenait un documentaire assez sensationnel. On pouvait aussi y ajouter un vieux communiqué international — sur le protocole de Genève de 1925 — un peu dépoussiéré, pour remettre le sujet au goût du jour.

— Qu'est-ce qui vous fait croire, demandai-je, que le Souverain appréciera toute cette contre-publicité ?

— Il l'aura en horreur, évidemment.

— Alors pourquoi ordonnerait-il à Rasmuk de ne plus s'occuper de moi ?

— Il aura d'autres chats à fouetter. Ce sera à lui de se tenir sur la défensive. Rasmuk n'aime pas les clients qui dépensent sans compter pour se retrouver ensuite incapables de régler l'addition. Quant aux mesures que prendront les frères Souverains à son égard, c'est une autre affaire. Il peut se faire qu'ils supportent certains fous. Mais ils ne supporteront pas un fou qui délire en public et qui les place en mauvaise position.

— Selon vous, plus je soulignerai la sottise du Souverain, mieux cela vaudra.

Zander la menaça de son télescope.

— Vous voyez, Simone ? Un peu de franchise, disiez-vous. Nous n'avons rien à perdre. Une minute après, le type se vante de pouvoir résoudre nos problèmes. Notre sauveur, en quelque sorte !

Le télescope était pointé sur moi maintenant. Je m'enfonçai dans mon siège.

— Ce n'est pas ce que j'ai dit ou voulu dire, patron, et vous le savez fichtrement bien. J'ai prétendu simplement que tout ce qui pourra discréditer le Souverain, eh bien, ce sera toujours autant de gagné pour nous.

Elle me considéra presque avec pitié.

— Vous ne connaissez vraiment rien à rien. Quand le Souverain sera discrédité, la question primordiale sera la suivante : « Qui a montré la route à notre frère, qui a guidé ses pas ? » Et la réponse unanime me désignera comme le coupable. Quant à Mukhabarat Zentrum, ils auront à affronter un sérieux problème de relations publiques. Il est de notoriété publique maintenant, voyez-vous, qu'ils ont perçu des gages exorbitants pour me tuer moi et ma proche famille.

— Qui le sait ?

— Tous ceux qui ont une quelconque importance dans les milieux d'affaires du Golfe, et même ceux qui n'en ont aucune. Je crois qu'un agent secret s'est infiltré dans leurs rangs. Même votre ami Herr Schelm semble au courant, au point de connaître leur tarif. Un officier du Deuxième Bureau ! S'*il* est au courant, lui, n'importe qui peut l'être. Pensez-vous que Mukhabarat Zentrum puisse accepter d'essuyer un pareil échec. Qui, après un fiasco aussi monumental, fera encore appel à leur service ? En ce qui concerne leur cupidité, Simone a raison, mais jusqu'à un certain point. Que le Souverain ne soit plus à même d'acquitter ses factures passe maintenant au second plan. Leur réputation est en jeu. M'assassiner, moi et ma famille, *sans* avoir l'assurance d'être payés peut constituer une très bonne opération de prestige. Cela prouverait qu'abandonné par ses commanditaires Mukhabarat Zentrum continue d'agir en toute loyauté. Voulez-vous que je me mette à jouer les prophètes, monsieur Halliday ?

— Je préférerais être consolé. J'aimerais, par exemple, que l'on me dise, avec un sourire des plus convaincants, que la commission du général, à l'O.T.A.N., ne fera pas du pied sous la table au Souverain en vue d'obtenir la baie d'Abra. A défaut de consolation, je saurai me satisfaire de vos prophéties !

— Oublions l'O.T.A.N. deux minutes, et occupons-nous de nos affaires. Voici mes prévisions : si les hommes de Mukhabarat Zentrum ne me tuent pas aujourd'hui, jamais ils ne me tueront, ni personne de ma famille. Voilà ! Qu'en pensez-vous ?

— J'ai déjà entendu des choses plus ridicules.

— Ecoutez. S'ils échouent avec moi aujourd'hui, ils devront attendre, corriger leurs plans. Quand ils découvriront que ma famille et moi avons complètement disparu de la circulation, ils en revendiqueront la responsabilité. Et qui la leur déniera ? Vous, Herr Schelm ? Le général Newell ? Je ne le crois pas.

— Et en ce qui me concerne, patron, quelles sont vos prédictions ?

— S'ils ne vous tuent pas aujourd'hui, ils trouveront commode de vous oublier. Personne, jamais, ne soupçonnerait cet échec et ne pourrait le retenir contre eux. Dès lors que votre interview connaîtra une certaine publicité, ici ou ailleurs, vous serez, si Dieu vous prête vie, doublement en sécurité. Sur ce point, Simone ne se trompe pas. Ils n'aiment pas ces contrats qui trouvent leurs motivations dans des règlements de compte personnels, quand bien même les clients paieraient le prix fort. Mukhabarat Zentrum s'estime valoir plus que cela. Là-dessus, je peux vous rassurer. Le sang-froid est d'un grand secours, quoique j'aie entendu dire qu'un excès de flegme pouvait nuire à la sécurité. Quelle est votre opinion sur ce problème ?

— Je vous la donnerai demain.

— Je comprends. Aujourd'hui seul compte. Alors, soyons sérieux. Que voyez-vous derrière nous, maintenant ?

Je jetai un coup d'œil et aperçus, comme prévu, la camionnette d'Ortofilm.

— Toujours la même chose. Rien n'a changé.

— Regardez de nouveau. Avec attention.

— Guido conduit la camionnette, maintenant. C'est cela que vous voulez dire ? Je ne vois pas Jean-Pierre.

— Il a sauté de la camionnette lorsque nous avons été bloqués par les travaux sur la route, à Neumarkt. Il est agile pour son âge. Je crois que personne ne l'a vu.

— J'en conclus qu'un changement de plan est intervenu.

— Pas dans l'immédiat. Je vous en prie, n'allez pas vous imaginer que je ne vous sois pas reconnaissant des mesures prises par vous afin d'assurer notre sécurité. Elles nous ont été d'un grand secours pour *nous* permettre de choisir le lieu de l'affrontement à la place de l'ennemi. Le plan initial ne sera pas radicalement bouleversé ; nous y apporterons seulement quelques modifications. Jean-Pierre me connaît bien. Avant que vous ne quittiez la Gasthaus, ce matin, il a pris quelques dispositions d'urgence. Il pensait qu'elles pourraient me convenir en cas de coup dur. Initiative tout à fait compréhensible de sa part. Nous travaillons ensemble depuis des années, ne l'oubliez pas.

— Quelle est la première modification ?

— Je veux que nous nous arrêtions et que vous donniez le paquet numéro un à M. Rainer, de l'O.R.F., avant d'atteindre Arnoldstein. Juste après Villach, un pont enjambe la voie ferrée. La remise du film se fera à deux cents mètres au-delà du pont. Etes-vous convenu d'un signal ?

— Trois courts appels de phares. Mais pourquoi avoir choisi cet endroit précis ? Nous pourrions nous rapprocher de dix kilomètres de la frontière italienne, tout en gardant l'escorte de l'O.R.F.

Il me répondit avec son sens de l'humour si particulier.

— L'escorte de Mukhabarat Zentrum la remplacera. (Quand Simone soupira bruyamment, il ajouta :) Ne vous inquiétez pas, monsieur Halliday. Ils n'oseront pas nous attaquer à cet endroit-là.

— Ceci veut dire que le véritable problème consistera à enfoncer un barrage routier pour arriver à Tarvisio.

— Oh, cela serait fort déplaisant. (Il paraissait tout à fait choqué par cette idée.) Nous serions alors aux prises avec deux groupes d'ennemis, l'un derrière et l'autre devant. Non, non ! Préoccupons-nous d'abord de l'Autobahn jusqu'à Villach.

— Mais les fusils et les munitions ? demanda Simone. Ne devrait-on pas les charger et nous tenir prêts à tirer ?

— Je m'occupe de tout cela. J'aurai un fusil et un chargeur à portée de main. Mais si le moindre incident survient, s'ils essaient de nous jouer des tours sur l'Autobahn, si la police s'en mêle, nous ne devons pas découvrir cet arsenal. Voilà, nous arrivons à St Veit. Dès que nous nous arrêterons au feu, monsieur Halliday, vous et moi échangerons nos places. A mon signal, il faudra faire vite.

— D'accord.

— Il serait bon que Jasmin vous donne les deux films maintenant, poursuivit-il. Vous devriez cacher le paquet numéro deux sur vous avant que nous n'entrions sur l'Autobahn.

Il s'adressa dans sa langue maternelle à Jasmin ; celui-ci aussitôt me tendit les deux paquets.

Déchirer la doublure d'une poche intérieure tout en gardant le manteau sur le dos ne fut pas une besogne facile. Finalement, Mokhtar me prêta un couteau à cran d'arrêt pour défaire la couture.

— Pourquoi dois-je maltraiter un si beau costume, me plaignis-je.

— La suite vous dira pourquoi, répliqua Zander. Et vous feriez mieux de me passer l'autre paquet, celui pour l'O.R.F. Il se trouvera plus en sécurité dans la boîte à gants. Il n'est pas question que vous le laissiez tomber quand nous changerons de place. Avez-vous votre passeport sur vous ou dans votre porte-documents ?

— Dans mon autre poche intérieure.

— Parfait. Et votre argent, vos cartes de crédit ?

— Elles forment une bosse désagréable. Pourquoi ?

— Il faut que vous les ayez à portée de la main.

J'ai horreur que l'on me traite comme un enfant débile ; je tendis pourtant humblement le paquet de l'O.R.F. et vérifiai si j'étais toujours porteur de mon passeport, de mes traveller's chèques, de mes cartes de crédit. Zander pouvait se montrer exaspérant, mais il avait une façon de commander l'obéissance à laquelle on résistait difficilement. Nul doute que le général aurait pu m'en expliquer la raison.

Nous traversâmes St. Veit sans rencontrer un seul feu rouge. Zander commença à s'agiter, car nous n'avions pas encore changé de place. Nous entrions dans les faubourgs de Klagenfurt, à deux kilomètres à peine de l'embranchement de l'Autobahn pour Villach, quand nous dûmes nous arrêter pour laisser reculer une énorme grue sortant d'un chantier de construction. Nous commencions tout juste à ralentir que Zander tenait déjà sa portière entrouverte et m'ordonnait de l'imiter. En fait, le changement ne prit même pas dix secondes. Les manœuvres de la grue nous retinrent pendant deux bonnes minutes.

Zander en profita pour sortir un des fusils, enveloppé dans ce qu'un douanier peu zélé aurait pu prendre pour du matériel de camping. Il remit également de l'ordre dans les boîtes de munitions. Ma connaissance des armes à feu est limitée à celles que j'ai vu utiliser dans les conflits que j'ai couverts comme correspondant de guerre. Il me *semble* que les fusils dont nous disposions ce jour-là étaient des Armalite AR 15. Les bons tireurs ne les apprécient guère, car ils sont imprécis, surtout au-delà de deux cents mètres. Toutefois, leurs balles de petit calibre peuvent causer de terribles dommages dans un organisme. Le point d'impact n'est pas un trou bien net. Les chargeurs comptaient vingt-cinq cartouches. Je le sais : ce détail figurait en toutes lettres sur les chargeurs.

L'Autobahn Klagenfurt-Villach comporte quatre voies, séparées au centre par une glissière d'acier. Sur de courts tronçons, quand les bretelles d'entrée et de sortie la rejoignent, elle compte deux voies supplémentaires. Le plan de Rainer pour empêcher toute tentative d'approche des véhicules d'Ortofilm s'avéra très simple. Dès que nous entrâmes sur l'Autobahn, la voiture de tournage de l'O.R.F., son gyrophare toujours en marche, alla se placer sur la voie rapide et s'y tint sans accélérer. Je regardai en arrière et vis que le camion de l'O.R.F. l'avait imitée. Les furieux coups de klaxon qui nous assourdissaient ne provenaient plus de la Citroën Rasmuk, mais, bien évidemment, des usagers habituels de l'Autobahn. Dix-sept heures trente ; le début de l'heure de pointe. Les employés des usines, des bureaux de Klagenfurt résidant dans la banlieue de Wörther See étaient pressés de rentrer. Manifestement, le commando Rasmuk avait compris que l'O.R.F., pour d'étranges raisons, offrait sa protection à Ortofilm. Une vérification par radio avec le chef de l'opération Rasmuk avait probablement instruit les membres du commando de rester en contact.

Zander était impressionné par la façon dont l'O.R.F. menait la danse.

— Votre Rainer, observa-t-il, doit être un type amusant.

— Pas particulièrement amusant, mais très décidé. Il veut ce film, et il ne nous abandonnera pas tant qu'il ne l'aura pas. Il restera avec nous jusqu'à la frontière, si vous le désirez.

Il ne releva pas ma dernière remarque et répondit :

— Eh bien, il fait passer un mauvais quart d'heure à Bourger et ses hommes. Parfait. Un ennemi agacé risque de commettre des erreurs. Y a-t-il dans ce porte-documents une chose à laquelle vous teniez particulièrement ?

— Un carnet d'adresses que j'aimerais autant ne pas perdre.

— Jasmin peut le prendre dans son sac à main.

— Pourquoi pas ? J'en conclus, par ailleurs, que vous comptez abandonner ce carrosse.

— Simple vérification d'usage en cas d'abandon du matériel à l'ennemi. Vous aviez aussi emporté les mémoires de Netchayev.

— Vous m'aviez promis de m'en parler un jour.

— J'ai acheté le manuscrit original à un marchand, il y a quelques années de cela, à Bâle. Il ne lui attribuait pas une grande valeur. Il le rangeait parmi ce qu'il appelait ses éphémères politiques — de vieilles lettres et autres documents qui n'éveillent qu'un intérêt fugace chez les spécialistes. Il y voyait peut-être même un pastiche écrit dix ans environ après la mort de Netchayev. L'un des soi-disant experts de Paccioli pensait de même. Pourtant, moi je le crois authentique. Du coup, j'ai eu honte à m'en servir d'appât.

— Qu'est-ce qui vous porte à penser qu'il est authentique ?

— Netchayev m'a toujours intéressé. Etes-vous de ceux qui croient les soldats et les hommes d'affaires incapables de réflexions profondes ?

— Je demandais simplement ceci : pourquoi avoir choisi Netchayev comme sujet de réflexion. Pourquoi pas Kropotkin ou Malatesta ? Netchayev n'était qu'un illuminé.

— Simone serait d'accord avec vous, mais le professeur Arnold Toynbee pensait différemment. Avez-vous lu sa correspondance avec Daisaku Ikeda ?

— Je n'en ai jamais entendu parler.

— Et vous êtes homme de lettres ! Bravo. Toynbee compare Netchayev à Robespierre et à Lénine. Tous trois ont commis l'erreur — intellectuelle et morale — de croire que la violence est légitime quand vous avez pour fin le bonheur de l'humanité. Robespierre et Lénine ont vécu assez longtemps pour voir, sans l'admettre pourtant, que les paradis terrestres qu'ils avaient créés n'aboutissaient qu'à deux genres de terreur différents. Si Netchayev avait vécu lui aussi, il aurait sans doute pris ce fameux train qui arriva à Saint-Pétersbourg en 1917. Il s'y serait trouvé *à la place* de Lénine. Ne vous inquiétez pas pour cet exemplaire-ci de ses Mémoires. Je vous en enverrai un autre, et mieux traduit. Nous arrivons à Villach maintenant, et nous devons nous tenir sur nos gardes. Il y a une bretelle, hein Simone ?

— On vient de la prendre. L'Autobahn s'arrête ici. Il reste environ trois kilomètres à faire.

Nous nous retrouvions sur une route à trois voies. La voiture de tournage de l'O.R.F. revint se placer juste devant nous, dans la position qu'elle occupait avant que nous entrions sur l'Autobahn. Le gros camion reprit son rôle de serre-file. Un essaim de conducteurs furibonds profita aussitôt de l'occasion pour lancer leurs véhicules sur la voie du milieu ; il n'y avait plus trace de la Citroën. Zander avait ressorti le télescope. Au bout d'un moment, il nous signala que la Citroën restait collée derrière le camion de l'O.R.F.

— Bourger n'est pas pressé, observa-t-il. Il attend la suite des événements.

Nous traversions une zone de petites usines, de scieries aux abords de Villach. Je remarquai que les panneaux routiers devenaient plus nombreux et commençaient à indiquer Arnoldstein, la frontière et un bureau de douane destiné aux gros véhicules.

— Doucement, Simone. Doucement et tranquillement, avertit Zander. Il faut leur faire croire que nous connaissons parfaitement la région.

— Vous vous énervez pour rien, patron, répliqua-t-elle. *Je* sais exactement où nous nous trouvons. Nous approchons du pont qui enjambe la voie ferrée. Nous ne pouvons pas nous arrêter n'importe où ici.

Au-delà du pont s'amorçait une rue bordée de vieux immeubles et de petites boutiques ; puis s'élevaient deux stations d'essence, et l'on trouvait ensuite un routier précédé d'un vaste parking.

— Là-bas, annonça Zander.

Elle fit trois appels de phares et se rangea sur le côté. Je vis Rainer tourner vivement la tête tandis que son chauffeur s'arrêtait et commençait à reculer. Quand ils stoppèrent de nouveau, Rainer prononça quelques mots et le chauffeur éteignit le gyrophare.

— Jusqu'ici, ça va, observa Zander. Maintenant, monsieur Halliday, c'est *votre* ami. Allez lui donner son film et remerciez-le pour son aide fort efficace. Dites-lui que nous pouvons nous débrouiller tous seuls à présent.

— Est-ce bien certain ! Rien n'a changé. Le commando Rasmuk est toujours à nos trousses. Si j'en crois vos propos, Raoul Bourger, l'enfant tueur, ne s'est pas assagi en vieillissant. Mais sans doute croyez-vous possible de négocier, d'*acheter* notre fuite ?

Il n'appréciait toujours pas mes questions irrespectueuses.

— Mukhabarat Zentrum ne s'embarrasse pas de commandos composés de personnes « assagies », monsieur Halliday, rétorqua-t-il. Laissez-moi faire mon boulot. Le vôtre consiste à vous débarrasser de vos amis de la télévision sans faire d'histoires. Prenez tout votre temps. Ne vous précipitez pas. Mais débarrassez-vous de Rainer.

— Comme vous voudrez.

Je pris le film dans la boîte à gants et sortis de la voiture. Je voyais bien que notre arrêt inopiné avait éveillé la suspicion de Rainer. Le matin même, je lui avais demandé de nous escorter jusqu'à la frontière, à Thöl. Et maintenant je m'arrêtais juste avant d'y arriver. Pour prendre de l'essence ? Non. Nous venions de dépasser deux stations-service. Pour boire un café ? ce bon vieux jus à l'autrichienne arrosé de crème ? Absurde. Non, à ses yeux, je devais pour quelques obscures raisons essayer de couper astucieusement à mes engagements. Ou alors je n'avais pas réussi à obtenir le moindre centimètre de film, et j'avais retardé au maximum l'instant de vérité. Quelle que soit la mauvaise raison, il n'avait pas l'intention de me faciliter la tâche.

— Où se cache donc cette agence de sécurité internationale dont vous avez fait si grand cas ? demanda-t-il comme je m'approchais de lui. Jusqu'à présent, je n'ai vu que cette Citroën là-bas ; elle a commencé à nous suivre dès la sortie de Judenburg. Pourquoi nous sommes-nous arrêtés ? Ils m'ont l'air plutôt inoffensifs.

— Voilà pourquoi nous nous sommes arrêtés. Je ne veux pas vous faire perdre votre temps. Il est devenu inutile de nous protéger. Le casse-tête était de se sortir des pattes du Souverain. Ses gardes ont essayé de confisquer le film.

— Y sont-ils parvenus ?

Je lui donnai le paquet.

— Vous connaîtrez la réponse lorsque vous aurez fait développer ceci. Son Altesse raconte toute l'histoire. Je crois que cela vous plaira. J'ai suivi vos conseils.

— Quant aux questions à poser ?

— Non. Je tenais à poser mes propres questions. Mais j'ai suivi vos conseils, je n'ai procédé à aucune répétition. Et ça a bien marché, je crois. J'ai écouté, il a parlé. Les résultats sont plutôt surprenants. Tout est là. En tout cas tout ce qui vous intéresse. Avez-vous pu joindre New York ?

— Oui, tout est réglé. Que vouliez-vous dire par « tout ce qui vous intéresse » ? Il y a autre chose ?

— Les plans de coupe vous feront défaut pour les changements de séquence dans la galerie de la mine. Je suis désolé.

— Ils vous les ont pris ?

— Ils ont pris deux bobines. Il fallait bien leur donner quelque chose. Ce que vous avez là, c'est ce que vous avez demandé, et un tas d'autres choses, sans doute les meilleures. Plus vite vous les porterez au labo, mieux cela vaudra. Je vous conseille de vous dépêcher. Les hommes de loi vont se lancer à vos trousses. C'est sûr. Mais programmez ce film rapidement et ils seront bien obligés de rabattre leur caquet. Le Souverain s'est coulé tout seul. Je ne lui ai posé aucune question à laquelle un avocat puisse faire objection.

Il avait ouvert l'emballage du paquet. Alors, il se décida. Il jugea, à juste titre, que l'un dans l'autre je m'étais comporté de façon honnête. Il pouvait donc à son tour se montrer aimable avec moi.

— Je suis content que cette interview précipitée ait réussi, déclara-t-il. C'est toujours risqué, mais c'est un risque qui mérite parfois d'être pris.

Nous nous serrâmes la main, je remerciai son chauffeur pour sa patience. Rainer utilisa le micro radio de la voiture, sans doute pour prévenir le chauffeur du camion que la mission désormais accomplie avec succès, ils pouvaient tous rejoindre leur base. Alors, en dépit des mises en garde répétées de Zander comme quoi je ne dépasserais jamais l'aéroport si j'essayais de partir de mon côté, je me demandais si je n'étais pas complètement stupide, s'il ne serait pas plus intelligent de changer d'avis encore une fois ici même et, comme j'en avais eu d'abord l'intention, de demander à Rainer de me ramener à Vienne.

Zander se tenait à côté de la camionnette d'Ortofilm et discutait très sérieusement avec Guido ; dès que je revins vers le break, je le vis se retourner vivement. La Citroën s'était garée derrière le camion O.R.F., mais à l'instant un des moustachus se dirigeait vers Zander.

Il avait dans les trente-cinq ans, un beau visage anguleux qui n'avait pas vraiment besoin de la moustache pour souligner la virilité du personnage. Il portait un élégant costume de coupe italienne un peu froissé. Il évoluait avec l'aisance naturelle propre à ceux qui se savent regardés et admirés. Quand Zander lui fit face, il leva légèrement les mains pour montrer qu'elles étaient vides et sourit. Il avait des dents magnifiques.

J'avais alors atteint le break et vis que Simone suivait la scène, elle aussi.

— C'est Bourger, annonça-t-elle. Avec son grand sourire, celui qu'il exhibe toujours quand il veut une chose qui ne lui appartient pas. Vous feriez mieux d'attendre ici avec moi. Laissez-les se débrouiller.

Je m'installai à côté d'elle. Elle les observa dans le rétroviseur. La voiture de tournage de Rainer fit marche arrière en vrombissant et reprit l'Autobahn pour Vienne.

— Quand vous lui parliez il y a un instant, fit-elle, et que vous lui donniez le film, j'ai cru un moment que vous alliez changer d'avis et ne pas suivre le conseil du patron. J'ai cru que vous alliez repartir avec Herr Rainer.

— J'y ai pensé, c'est vrai.

— Bourger a eu la même idée. Il avait posté un homme dans la cabine téléphonique du café ; il vous surveillait. Si vous aviez décidé de partir avec Rainer, il n'y a aucun doute qu'ils l'auraient aussitôt signalé à leur contact de Vienne. Alors Bourger a attendu. Maintenant il sait que vous allez rester avec nous, que tous ses œufs sont dans le même panier, il va donc passer à l'action.

— Pensez-vous qu'un marché puisse être conclu ?

— Si marché il y a, j'en serais très étonnée. Si cette possibilité s'était jamais offerte, elle aurait été étudiée il y a des mois déjà. (Elle haussa les épaules.) Je ne peux pas dire que la chose soit totalement impensable. Avec un type comme le Souverain dans l'affaire, tout reste possible. Mais soyez bien sûr d'une chose. Quels que soient ses ordres, Bourger poussera le patron à lui rendre la tâche plus facile, à lui et à son équipe. Vous savez, j'ai toujours été une enfant très observatrice et j'ai découvert les trois traits de caractère dominants chez Bourger. Pourquoi souriez-vous ?

— Je ne souriais pas. Je pensais à vous, à l'âge de neuf

ans, en train d'observer Bourger. Qu'avez-vous découvert ?

— Qu'il est très vaniteux, bien sûr, mais je l'étais tout autant. Il était aussi très — quel est le mot ? — nonchalant. Et il confondait toujours ruse et intelligence. Il ne comprenait pas que les imbéciles peuvent apprendre la ruse.

— Il a tué quatre policiers sans se faire arrêter. Et il travaille avec Rasmuk. Il doit bien avoir quelques qualités.

— Oui. Vous n'avez pas besoin d'être intelligent, modeste ou énergique pour faire un bon assassin. Tout ce qu'il vous faut, ce sont quelques cases vides dans la tête et un certain goût du travail bien fait. Le patron revient.

J'ouvris la porte pour sortir et lui laisser la place, mais il me fit signe de ne pas bouger et monta à l'arrière.

— Bourger vous envoie ses amitiés, Simone, annonça-t-il, et il m'a prévenu. Il a ordre de nous conduire jusqu'en Italie. Il assure, en s'imaginant faire preuve d'humour, qu'il sera notre « berger ». Pour rendre ses propos crédibles, il m'a expliqué ques ses chefs avaient supposé que nous repartirions pour l'Italie. Pas à cause de Stresa, mais parce qu'ils me soupçonnent d'avoir conclu un marché afin d'obtenir la protection de l'O.T.A.N. Pourquoi ? Parce qu'ils ne peuvent pas croire qu'un homme de mon expérience ait jamais suffisamment fait confiance au Souverain pour lui tourner le dos ne serait-ce qu'une minute. Il prétend être très affecté de la situation dans laquelle il se trouve avec de vieux amis comme nous.

— Je vois ses larmes d'ici. Est-il en contact radio avec son équipe italienne ?

— D'après ce qu'il dit, certainement.

— Alors ils nous attendent bien de ce côté-ci de Tarvisio, dans le défilé de Thöl. Même des émetteurs-récepteurs très puissants ne porteraient pas au-delà de ces montagnes. (Elle me regarda.) Vous voyez ? Nous aurions rencontré Rasmuk bien avant d'atteindre vos carabiniers.

Zander leva les mains.

— Simone, nous avons besoin du jour pour la suite des opérations. Ecoutez-moi attentivement. J'ai demandé à Bourger, le plus amicalement du monde, quels étaient ses ordres au cas où nous nous dirigerions vers le nord, vers l'Allemagne. Il a déclaré qu'il resterait notre berger, mais qu'une équipe de Linz, déjà alertée, descendrait pour nous intercepter. Il nous supplie de ne pas tenter ce voyage. Je lui ai demandé, comme si je doutais de sa compétence, qu'elle était sa puissance de feu. Il a déclaré qu'en pauvres bergers mercenaires ils ne disposaient en tout et pour tout que de modestes revolvers.

— Comment ça, modestes ?

— Des trente-huit Spécial Police. Sa tâche depuis le début, et il l'a répété, consistait seulement à observer et rendre compte. On lui a confié cette mission parce qu'il connaissait mon visage et le vôtre.

— L'avez-vous cru, patron ?

— Oui.

Je m'étais tourné pour lui faire face et surpris le doute dans son regard, mêlé d'un soupçon de crainte.

— Pourquoi le croyez-vous, patron ?

Je vis briller le défi au fond de ses prunelles.

— Il ne m'a pas demandé ce dont *nous* disposions. Il ne veut pas connaître des détails qu'il lui déplairait de signaler à ses comparses ; il n'aime pas cette mission. Il sait que j'ai conservé en Afrique du Nord des amis qui n'apprécieraient pas de le voir mêlé à mon assassinat.

— Vous ne pensez pas qu'il bluffe ?

— Non. Il ne fera pas de zèle. Nous allons l'ignorer, suivre notre plan. Quand il nous aura perdus, il invoquera une excuse quelconque et nous retrouverons Jean-Pierre. Maintenant, allons-y. Et souvenez-vous, roulez d'abord très doucement. Guido connaît les consignes, mais sa tâche ne sera pas facile.

Elle n'ajouta rien, se contenta de mettre le contact et démarra. Je n'en continuai pas moins à observer Zander. Il s'en rendait compte et n'aimait pas cela.

— Pourrais-je connaître les grandes lignes de ce plan ? demandai-je. Ne vaudrait-il pas mieux que j'en sois informé ?

Il se retourna et entreprit de faire des signes à Guido au volant de la camionnette.

— D'abord, semer notre berger, annonça-t-il. Si j'ai besoin de vous, je vous préviendrai.

Simone quitta le parking des routiers, et la camionnette d'Ortofilm vint se mettre dans notre roue. Simone accéléra ensuite très progressivement, et Guido se maintint très près. Nous arrivions à un croisement. Un panneau indicateur tourné vers la gauche donnait les noms de deux petites villes et signalait, en allemand, en serbo-croate et en italien, que cette route était interdite aux véhicules non munis d'autorisation.

L'embranchement se trouvait un demi-kilomètre plus loin. Là, un immense panneau expliquait clairement la situation aux voitures se dirigeant vers le sud.

Pour aller en *Italien, Italia, Italie,* via Arnoldstein, Maglern et Thöl, il fallait rester sur la file de droite. Pour aller en *Jusgoslawien, Jugoslavija, Yougoslavie,* via Radendorf et le Wurzenpass, il fallait prendre à gauche. Les deux frontières se trouvaient à peu près à la même distance.

Nous prîmes à gauche, et puis, comme la route se rétrécissait, Simone se mit soudain à accélérer.

CHAPITRE XV

D'abord la camionnette se maintint à notre hauteur. La route était droite et suivait le fond d'une vallée encadrée de hautes pentes abruptes et boisées. Devant nous, la montagne s'élevait telle la muraille d'une forteresse impénétrable. La circulation — fluide — se composait surtout de petits camions transportant des produits fermiers. Si je n'avais pas aperçu un panneau indiquant que cette route menait à un col, j'aurais juré que nous nous engagions dans une impasse.

La vallée se resserrait sans cesse et la pente se faisait de plus en plus abrupte. La camionnette peinait maintenant à cinquante mètres derrière nous. La Citroën, avec notre « berger » à son bord, déboîta pour la dépasser et se rapprocher de nous. Je me demandai combien de temps il faudrait au commando Rasmuk, en Italie — désormais averti, nul doute, de notre changement d'itinéraire et de notre passage d'une autoroute internationale fréquentée et surveillée par la police, à une petite route de montagne relativement calme où tout pouvait arriver —, pour déplacer son embuscade de quelques kilomètres. A peu près le temps qu'il me faudrait, pensai-je, pour remplir un formulaire et se voir délivrer un visa à la frontière Yougoslave. Je me tournai vers Zander.

— Sans vouloir vous importuner en vous rappelant que nous ne trouverons pas d'escorte de carabiniers pour nous accueillir de l'autre côté de cette frontière, je tiens à vous signaler tout de suite que je n'ai pas de visa pour la Yougoslavie.

Il ne me prêta aucune attention. Il ne quittait pas la camionnette des yeux. Ce fut Simone qui me répondit :

— Nous n'allons pas en Yougoslavie. (Son regard allait et venait du rétroviseur à la route.) Nous n'allons pas en Italie non plus. Le patron connaît cette route. Il l'a parcourue à pied à la fin de la dernière guerre. Ici, nous nous occupons de Bourger. Puis nous repartirons vers le nord, pour l'Allemagne. C'est ce que le patron a prévu avec votre Herr Schelm cet après-midi, pendant le tournage. Oh oui, je sais. Bourger nous a prévenus : un gang nous guette à Linz, mais quelle importance s'il a perdu notre trace ? Plein nord sur l'Allemagne, c'est la route la plus sûre pour nous, car elle sera pour eux plus difficile à couvrir.

L'intonation de sa voix était posée, neutre, mais elle ne devait pas être entièrement convaincue par son laïus, pas plus que je n'étais convaincu que son père — prétendu prisonnier de guerre — ait pu parcourir cette route à pied. S'il l'avait parcourue en 1945, c'était en qualité d'Abwehr Feldwebel, affublé d'un pauvre costume civil et avec les papiers d'identité d'un travailleur étranger. Il devait suivre, avec d'autres, les panneaux indiquant la direction d'un camp de réfugiés en zone américaine.

— Comment comptez-vous vous occuper de Bourger ? demandai-je.

— Nous allons le semer, bien sûr.

Elle essaya de paraître agacée par ma lenteur d'esprit, mais n'y réussit pas très bien. Zander sentit le doute dans sa voix.

— Arrêtez de discuter et regardez la route, ordonna-t-il d'un ton sec. Nous arrivons au premier virage et devons profiter de chaque seconde.

La route tourna brusquement à droite puis fit un virage à gauche sur un rayon d'un demi-kilomètre. Simone rétrograda deux fois et grimpa en poussant le moteur, en faisant crisser les pneus. Derrière nous, Guido vint se placer au milieu de la route et y resta.

Tout en haut s'enroulait, vers la droite, un virage en épingle à cheveux, et je découvris qu'il me permettait de plonger mon regard jusqu'en bas de la pente et d'apercevoir la camionnette qui montait péniblement. Ce fut à cet instant que le conducteur de la Citroën essaya de forcer le passage, et les deux véhicules tanguèrent et zigzaguèrent sous le choc. La Citroën dut pourtant reprendre sa place derrière la camionnette. Zander fit « Ha ! » et continua à donner aux jeunes ce qui devait être un résumé de l'action, en berbère.

Le chauffeur de Rasmuk tenta une nouvelle fois sa chance. Il lança la voiture sur la voie d'en face et grimpa sur l'accotement pour gagner de la hauteur et donner de l'élan à un assaut qui devait prendre la camionnette par le flanc et la retourner. Un peu plus tôt, la manœuvre aurait réussi, mais avec une telle déclivité il ne parvint pas à percuter avec suffisamment de puissance le véhicule de Guido. La camionnette fit simplement une embardée ; Guido maîtrisa son véhicule qui reprit aussitôt le milieu de la route.

Zander continua à commenter l'action, mais cette fois-ci en anglais.

— Ils vont abandonner cette méthode, déclara-t-il. Le camion que nous venons de croiser va les obliger à se ranger. Commencez dès maintenant, Simone, à chercher le chemin sur votre gauche. Il y a un calvaire de pierre, un vieux Bildstock au toit pointu. Prenez-le comme point de repère. Le chemin est peut-être inutilisé depuis fort longtemps et difficile à repérer. Il devrait se trouver à un peu moins d'un kilomètre d'ici.

La voiture de Rasmuk s'était rabattue pour laisser passer le camion que nous venions de croiser. Je me demandai une fois encore si Bourger avait décidé, après ses tentatives avortées, d'attendre un moment plus propice pour résoudre le problème d'une autre façon.

La Citroën se rapprocha de la camionnette et déboîta lentement vers la gauche. Puis Bourger sortit le buste par la fenêtre avant-droite et cala ses coudes contre le rebord. Dans ses mains apparut un pistolet mitrailleur gros et court. Il le poussa doucement en avant et, de la main gauche, vint bloquer le canon contre le bord du pare-brise. Puis il tira une longue rafale au centre de la porte arrière gauche de la camionnette.

Touché. Je vis le pare-brise de la camionnette voler en éclats et une large tache rouge, qui avait été la chemise bleue de Guido, disparaître derrière le tableau de bord, tandis que tout basculait. Puis la camionnette sembla se remettre d'aplomb et fila le long de l'accotement avant de percuter une des bornes en béton qui bordaient l'extérieur du virage. Toutefois, le chauffeur de Bourger ne se donna pas la peine d'attendre si longtemps. Dès que la camionnette eut quitté le milieu de la route, la Citroën la dépassa et fonça pour nous rattraper.

Je regardai Zander. Son visage était blême, contracté, et son éternel petit sourire effrayant.

— Guido s'est porté volontaire, articula-t-il, s'est porté

volontaire en toute connaissance de cause. (Comme personne ne répondait, il effleura l'épaule de Simone.) Ils ont tué Guido.

— J'ai entendu la rafale, patron. (Ses efforts pour rester calme étaient insuffisants : elle bouillait de rage.) Notre magnifique berger vous avait assuré qu'ils ne disposaient que de revolvers. Vous l'avez cru, patron ?

— Non, mais je pensais qu'ils garderaient en réserve leur véritable puissance de feu, et ce afin de nous surprendre au moment crucial. Jean-Pierre sera contrarié. Il a toujours désapprouvé l'idée de mêler Guido aux opérations sur le terrain. Guido était ambitieux. Il voulait travailler sur le terrain. Il me l'avait souvent demandé.

— Dans quoi ? demandai-je. La guerre de gangs ?

— Les négociations secrètes, le genre d'occupations qu'il savait très rentables, pour avoir travaillé avec nous.

— Tout ce que je sais de lui, c'est qu'il a préparé le déjeuner l'autre jour dans la maison clandestine de Stresa. Quel genre de tâche exécutait-il pour vous à Paris ?

— Comptable, un jeune homme de première force dans sa partie, le bras droit de Jean-Pierre dans le domaine fiscal. Il sera très regretté. (Il s'interrompit, comme frappé soudain par la banalité de ses paroles, puis poursuivit vivement :) L'arme de Bourger, quel genre de fusil était-ce ? Vous avez pu l'identifier ?

— Peut-être un Uzi. Difficile à dire.

— C'est bien possible.

Mais il ne se préoccupait pas du fusil. Il se demandait si nous pensions comme lui — qu'il avait commis plusieurs grossières erreurs de jugement, sous-estimé l'ennemi, gaspillé une vie humaine inutilement. Il essayait d'évaluer le capital confiance dont il pouvait encore jouir. Les jeunes jacassaient tout en sortant les fusils. Il lança un ordre d'un ton sec qui les fit taire immédiatement. Pas de perte de confiance en lui de ce côté-là. Pour eux, sans aucun doute, Guido ne comptait pas plus que le chauffeur de Pacioli ; celui qu'ils avaient battu et bourré de coups de pied pour le compte de leur patron.

— J'aperçois le calvaire, annonça Simone. Là, juste devant, avec le toit pointu. Voulez-vous toujours que je tourne à cet endroit ?

— Evidemment.

Il semblait surpris qu'elle puisse poser une telle question.

— Mais ils vont nous rattraper, maintenant. Ils vont nous voir prendre le virage.

— Peut-être pas. Ecrasez l'accélérateur. Nous pourrions encore les semer.

— Ils sont plus rapides que nous. Ils vont nous voir, c'est sûr. Et il n'y a pas d'abri sur cette colline avant d'atteindre les arbres.

— Alors roulez jusqu'aux arbres. Si nous pouvons nous cacher, nous réussirons au moins à occuper le terrain avant eux.

Le chemin dans lequel nous nous engageâmes menait autrefois à une ferme accrochée à flanc de coteau. Les ornières demeuraient sous les mauvaises herbes — elles témoignaient du passage de charrettes, non pas de celui des tracteurs —, les minuscules carrés de terre cultivables qui subsistaient sur les pentes rocailleuses en dessous du rideau d'arbres avaient été envahis par les hautes herbes et les broussailles. A deux ou trois cents mètres de la route que nous venions de quitter, nous longeâmes les murs sans toit d'une grange de pierre. Non loin de là s'élevaient l'âtre de brique et la cheminée d'une ancienne maison de bois. Un panneau d'information touristique, surmonté d'un joli petit toit de bardeaux et flanqué d'une poubelle, donnait aux voyageurs une série d'informations, de conseils et d'instructions. Les caravanes n'étaient pas autorisées à stationner, et le camping n'était permis que dans les endroits indiqués. Les feux étaient strictement interdits, ainsi que la chasse sans autorisation. Un index pointé découpé dans du contre-plaqué nous indiquait la direction d'un sentier de randonnée qui montait à travers les bois jusqu'à une route des crêtes (Höhenweg, 1 063 mètres) au long des collines de Karawamken. Sur le sentier de randonnée et la route des crêtes, les bicyclettes et les motos étaient interdites. Il n'était pas question des breaks.

Le sentier escaladait le flanc de la montagne en diagonale. Nous dépassâmes en zigzaguant un nouvel index pointé et traversâmes un champ planté d'arbustes. A partir de là, les arbres devenaient plus gros et plus serrés. Le sentier se rétrécissait jusqu'à devenir une saillie.

Simone, qui se battait avec le volant, faillit caler parce

qu'elle avait négligé de repasser en première, mais elle se reprit à temps. L'assassinat de Guido l'avait ébranlée, mais seulement ébranlée. Si j'avais été à sa place, nous aurions déjà versé dans le fossé. La peur me faisait perdre tout mon sang-froid. L'homme que nous nommions « patron » était devenu, à mes yeux, un incapable cynique et suffisant. Les fusils de combat que les jeunes bichonnaient derrière moi seraient inutiles, car les munitions n'allaient pas convenir ou les percuteurs manqueraient. Je le savais. Nous avions été précédés par un deuxième commando Rasmuk. Il nous attendait tranquillement sur le terrain que notre sage patron avait choisi d'occuper, soigneusement posté en embuscade et prêt à nous massacrer jusqu'au dernier.

Le break fit une embardée, la voiture heurta un arbre par le flanc et s'arrêta. Je jetai un coup d'œil derrière nous et vis la Citroën de Bourger quitter la route et s'engager dans le chemin à notre poursuite. Simone avait eu raison, notre patron s'était bercé d'illusions stupides.

— Attention, fit-il. Nous abandonnons la voiture ici et nous déployons rapidement. (Pour Simone, il poursuivit :) N'ouvrez-pas le feu avant que j'en donne le signal. Notre berger doit éprouver sa plus grande surprise, le choc le plus brutal lorsque le mouton fait volte-face et se met à mordre. (A mon intention, il ajouta :) Nous allons escalader la colline, nous éloigner de l'automobile. Ne l'utilisez pas pour vous mettre à couvert. Si vous pouviez nous aider à porter quelques munitions, ce serait parfait, mais ne vous embarrassez de rien d'autre. Quand ils atteindront le sentier de randonnée, ne bougez plus. Aplatissez-vous sur le sol derrière le plus gros arbre que vous puissiez trouver et restez absolument immobile.

Tous les quatre avaient maintenant empoigné un fusil, et une tache d'huile s'élargissait déjà sur l'une des manches du magnifique costume en mohair de Zander. Je pris l'une des boîtes de munitions et commençai à grimper. Sous les arbres, la colline était tapissée de broussailles sous lesquelles s'étendait un lit d'aiguilles de pin pourrissantes et assez glissantes. La boîte de munitions était plus lourde que je ne l'avais pensé. Au bout d'environ cent mètres d'escalade, je m'arrêtai pour reprendre mon souffle et regardai en arrière.

Le commando Rasmuk avait stoppé au pied des panneaux ; le conducteur effectuait un demi-tour. Ses trois passagers étaient déjà sortis du véhicule et levaient le nez dans notre direction. Ils tenaient tous en main le même type de pistolet mitrailleur et portaient, accrochés au revers de leur manteau, un genre de micro-émetteur C.B. Bourger s'était muni d'une paire de jumelles. Il la porta à ses yeux, ce qui eut pour effet de me faire détaler. Les autres s'égaillaient déjà au-dessus de moi. Je ne pouvais les voir, mais je les entendais. Je me hissai jusqu'à une petite clairière. Nulle part autour de moi ne s'élevaient d'arbres dont le tronc eût été assez épais pour arrêter des balles capables de transpercer la carrosserie d'une camionnette. Nul doute qu'à ce moment-là je devais chercher des yeux un séquoïa géant. Je me contentai d'un trou dans le sol, ou plutôt d'une légère dépression, derrière les vestiges d'un chevalet de forestier.

Soudain, un grand silence tomba. Je scrutai le paysage autour de moi et n'aperçus pas un seul de mes compagnons. Je ne les entendais même plus. J'en oubliai même le coin de la boîte de film qui m'entrait dans l'estomac. Avant, j'avais peur. A présent, je paniquais, je sortis de mon trou.

J'entendis un « Pssst ! » péremptoire non loin de moi, et Simone chuchota :

— Gardez la tête baissée.

— Où sont les autres ?

— A notre droite. Gardez la tête baissée et restez tranquille.

En me déplaçant légèrement vers la gauche, je découvris que je pouvais voir sous le chevalet sans lever la tête : Bourger et l'un de ses hommes escaladant la colline en aval du sentier, en direction du break. Ils avançaient lentement, avec circonspection. Je supposai que les deux autres membres du commando avaient déjà dépassé le sentier et grimpaient à flanc de montagne pour nous prendre à revers. Ils savaient en gros où nous nous cachions. Ils avaient vu le break s'arrêter sur le sentier. De là, nous avions pu poursuivre notre chemin à pied. Ils savaient que nous n'avions pas choisi cette solution, car de l'endroit où ils se trouvaient une longue portion du chemin restait à découvert. Si nous l'avions suivi, nous nous serions nous aussi trouvés à découvert. Comme ils ne nous y voyaient pas, nous nous camouflions donc quelque part à flanc de coteau. Il ne leur restait plus qu'à ratisser le terrain, nous débusquer et finir la besogne.

Bourger, qui s'était approché du break, s'agenouilla pour regarder dessous. Le véhicule penchait d'un côté. Sans doute voulait-il vérifier s'il restait en état de marche ou si nous avions embouti le carter. Puis il s'avança encore et regarda à l'intérieur.

Tous nos bagages y étaient restés, mais rien ne laissait deviner qu'à peine quelques minutes plus tôt il s'y trouvait aussi des fusils et des munitions. L'impression générale que, je le compris en un éclair, Zander avait soigneusement mise en scène portait à croire que le meurtre de Guido nous avait tous rendus assez stupides pour nous pousser à nous engager dans une impasse, à abandonner notre voiture et à essayer de nous cacher dans les bois. Bourger ne pouvait pas se douter que j'avais été le seul membre du groupe à faire preuve de stupidité. Ensuite, il fouilla du regard la colline et adressa quelques mots à l'homme qui l'accompagnait. Puis il avança lentement sur le chemin et s'y tint, les bras levés, comme s'il indiquait un large mouvement de tenailles à quelqu'un qu'il apercevait plus haut sur la colline.

Je compris le but de sa manœuvre. Il était possible, à ses yeux, que l'un ou plusieurs d'entre nous soient armés. Des hommes au passé comme celui de Zander, s'était-il dit, manifestent souvent un goût prononcé pour les armes à feu. De toute façon, il verrait s'il pouvait déclencher la fusillade. Les risques d'être touché avaient dû lui paraître suffisamment limités en regard du bénéfice qu'il en tirerait. Une fois que sa ruse aurait réussi et que nous nous serions laissé avoir en trahissant notre position sur la colline, il ne lui resterait plus qu'à faire un petit signe de tête à ses hommes. Ils se chargeraient du reste. Ce serait une opération rapide, propre, à porter au crédit de Rasmuk et, bien sûr, de Raoul Bourger. Cette tactique a longtemps été employée dans l'infanterie. Il arrive cependant qu'elle échoue face à un ennemi très discipliné qui sait lui aussi quand ouvrir le feu et comment tourner la situation à son avantage.

Quand même, je m'étonnai que Zander ait pu résister à la tentation de se débarrasser sur-le-champ de l'assassin prodige. Il me fallut un moment pour comprendre pourquoi il n'avait pas tiré. Tuer Bourger et l'homme qui l'accompagnait n'aurait servi qu'à avertir les deux autres membres du commando. Ils auraient compris aussitôt la marche à suivre. La Citroën avait été garée en sécurité derrière les murs de pierre de la vieille grange. Ils n'auraient eu qu'à se servir de la radio de bord, appeler des renforts et surveiller le sentier jusqu'à ce qu'ils arrivent. L'équipe italienne, qui attendait maintenant de l'autre côté de la frontière, arriverait sur les lieux en moins d'une heure. Nous aurions pu rester sur place ou rejoindre la route des crêtes, de toute façon nous ne serions pas sortis vivants de cet endroit.

Non. C'était *notre* côté qui allait devoir ouvrir le feu, et soudain je nous entendis déclencher le tir.

Simone appelait Bourger. Elle l'appelait en arabe et je ne compris pas précisément les mots qu'elle prononçait, mais je pus en saisir le sens général.

— Frère Bourger ? cria-t-elle. Frère Raoul ? Combien vous paie Rasmuk pour nous tuer ?

Sa voix résonnait étrangement dans la colline. Et si je ne l'avais pas vue grimper la pente seulement chargée d'un fusil et de son sac bourré de munitions, j'aurais pensé qu'elle parlait dans un porte-voix.

L'effet sur Bourger fut surprenant. Il se jeta sur le côté et atterrit en boule, puis roula sur lui-même. En quelques secondes, il avait déjà disparu derrière le bord du sentier. Au même moment, une rafale tirée par l'un de ses hommes posté sur notre flanc gauche brisa les branches basses d'un arbre, à quelques mètres de là.

— Oh, frère Raoul, hurla Simone, pourquoi vos maîtres désirent-ils nous ôter la vie ? Ils ne seront jamais payés, vous savez, jamais. Pourquoi prenez-vous tant de risques pour si peu ?

Elle s'était déplacée. Je pouvais le deviner à sa voix. Une autre rafale éclata sous les arbres, suffisamment près, cette fois-ci, pour me couvrir d'aiguilles de pin. Puis je vis Bourger se précipiter de l'autre côté du sentier, juste en dessous de nous. Il adressait des signes à quelqu'un qui se tenait sur notre gauche.

Simone éclata de rire.

— Oh, frère Raoul, cria-t-elle, faites attention. Faites attention ou vous allez tirer sur vos amis.

Mais il n'ignorait pas les dangers des tirs croisés et pressait déjà sur le bouton du micro C.B. accroché à son revers.

Les deux hommes qui se frayaient un chemin le long de la colline pour arriver derrière nous devaient se trouver très près, car, bien qu'il parlât très doucement dans son micro, je pouvais entendre sa voix couiner dans leurs récepteurs. L'un d'eux ne se tenait plus qu'à quelques mètres au-dessus de moi.

Un bref silence suivit. Puis Zander ouvrit le feu.

Je gardai la tête baissée et fixai le sentier. Car les buissons n'offraient qu'un très mince couvert et je craignais que l'homme qui se trouvait au-dessus de moi n'aperçoive mon visage si je regardais en l'air. Je vis donc Bourger mourir. Il ne parut pas touché. Son corps atterrit simplement sur le sentier comme s'il avait été jeté là par un géant qui n'en n'aurait plus eu besoin.

Le bruit de fusillade ne dura que cinq secondes. Puis le silence retomba. Tout près de moi, par-dessus le bourdonnement de mes oreilles, j'entendis le double cliquettement d'un chargeur que l'on introduit.

— Ça va ? me demanda Simone.

— Oui. Et vous ?

Elle se dressa sur ses pieds et désigna le haut de la colline du bout de son fusil.

— Il est mort ? Mieux vaudrait nous en assurer. Je vous couvre, si vous voulez bien aller y jeter un coup d'œil.

Je me faufilai tant bien que mal vers l'endroit qu'elle désignait. La première chose que j'aperçus fut le pistolet-mitrailleur de l'homme. Il gisait au-delà. La moitié de sa tête avait été emportée et le sang continuait à bouillonner en jaillissant d'une artère de son cou.

— Il est assez mort comme ça ! déclarai-je. Et Bourger aussi. C'est vous qui l'avez eu ?

— Non, le patron. Les jeunes ont dû s'occuper des autres, mais nous allons attendre les ordres ici.

Nous restâmes là sans rien dire jusqu'à ce que Zander nous appelle du sentier.

— Monsieur Halliday, Simone, nous pouvons tous partir, annonça-t-il. Nous laisserons nos fusils là-haut pour que la police les trouve et descendrons les Uzi. Mais faites vite, je vous prie, le temps nous est compté.

— Et la boîte de munitions ? demandai-je.

— Laissez-la où elle est, ordonna Simone. Soyez gentil de descendre cet Uzi. Mais prenez-le par la bretelle. Pas question de laisser des empreintes digitales.

Elle effaçait les siennes avec une poignée de mouchoirs en papier.

Je couvris de terre les poignées de la boîte de munitions avant de ramasser l'Uzi.

— Est-ce que la police ne va pas se demander comment quatre hommes armés de quatre fusils se sont débrouillés pour s'entre-tuer et finir dans ces positions ? demandai-je.

— Certainement. Ils vont aussi se demander qui a tiré les autres balles, celles qu'ils trouveront dans les troncs d'arbres ici et dans la camionnette que conduisait Guido. Ils ne sont pas près de comprendre l'histoire. Voici pourquoi nous devons disparaître en vitesse maintenant, pour ne pas les aider à résoudre ces énigmes.

Je descendis vers le sentier. Zander, des aiguilles de pin piquées dans son costume de mohair, essuyait le fusil qu'il tenait à la main avec un mouchoir de soie. Quand il aperçut l'Uzi que je transportais, il indiqua d'un coup de tête celui qui traînait déjà sur le sol à côté du cadavre de Bourger.

— Peut-être prendrez-vous celui-ci aussi, monsieur Halliday. Nous les laisserons dans leur voiture. Cela aidera à embrouiller les enquêtes de la police.

— Alors, *nous* ne prenons pas leur voiture ?

— Non, je ne crois pas que nous en aurons besoin.

Les yeux étaient las. Il paraissait étrangement vieux, et je me demandai depuis combien de temps gagner une bataille par la force des armes ne l'intéressait plus.

Je ramassai le second Uzi.

— A cause de la camionnette d'Ortofilm où Guido a trouvé la mort, commençai-je, le break d'Ortofilm ne risque-t-il pas d'intéresser tout particulièrement la police ? La situation est certainement bien assez grave sans qu'en plus on nous arrête pour nous interroger. L'O.R.F. associera aussitôt Ortofilm avec mon nom et celui de Jean-Pierre. Je ne connais pas son opinion, mais moi je n'ai aucune envie d'avoir à m'expliquer ici, en Autriche.

Il soupira.

— Je vois que vous avez perdu confiance, monsieur Halliday. J'en suis désolé, mais il fallait sans doute s'y attendre. Vous n'étiez pas préparé à assister à cette tuerie. Toutefois, laissez-moi vous rassurer sur un point. *Vos* angoisses ne sont pas fondées. Nous avons prévu toutes les éventualités. En ce qui vous concerne, Jean-Pierre se chargera de fournir des explications à la police. Maintenant, je vous prie, descendez et rangez ces pistolets-mitrailleurs avec les autres. Mokhtar et Jasmin sont déjà en bas. Attendez avec eux. Simone et moi vous rejoindrons dans une minute.

Je suivis ses instructions. Puis, comme Simone, guidée par Zander, ramenait le break en marche arrière vers l'entrée du sentier, une grosse berline Ford avec un autocollant d'agence de location sur le pare-brise arriva de la route en bringuebalant. Jean-Pierre se trouvait au volant.

Quand il me vit, il s'arrêta.

— Sont-ils sains et saufs ? me demanda-t-il.

— Nous le sommes tous les cinq, mais nous laissons quatre cadavres derrière nous. Avez-vous vu la camionnette avec Guido ?

— Oui. La police s'en occupe et une ambulance venait d'arriver. Evidemment, je n'ai pas pu m'arrêter. Est-il gravement blessé ?

— Nous n'avons pas pu nous arrêter non plus, mais nous l'avons vu touché. Ils lui ont tiré dessus pour pouvoir le doubler.

— Ils sont morts à présent. C'est bien ainsi.

— Sans doute. Où avez-vous loué ceci ? A Judenburg ?

Mais il n'avait plus de temps à m'accorder. Il avait aperçu le patron et s'était empressé d'aller lui parler. Quelques instants plus tard, Zander donnait des ordres. Aussitôt, Mokhtar et Jasmin entreprirent de sortir nos sacs du break et de les entasser dans le coffre de la voiture de location. Quand Zander me fit signe de rejoindre la conférence, il ne restait plus, à l'arrière du break, que le porte-habits de Jean-Pierre.

Zander me lança un de ses habituels regards pleins de dureté auxquels il m'avait habitué.

— Nous sommes convenus du scénario suivant, finit-il par déclarer. Il semble raisonnable de vous demander si vous avez des remarques à formuler. Voilà, écoutez-moi attentivement. Après que votre ami de l'O.R.F. eut pris livraison du film de votre interview, nous avons décidé de fêter notre succès. Mais sans Jean-Pierre et Guido. Ils étaient chargés de ramener le véhicule d'Ortofilm à Genève. Jean-Pierre nous a vus pour la dernière fois dans un bar, occupés à boire du vin. Nous avions projeté de prendre le train pour Vienne. Il ne sait pas si nous avons mis notre plan à exécution, mais il s'est senti un peu vexé d'être exclu de nos libations. Alors, il a proposé à Guido un petit changement d'itinéraire. Au lieu de se rendre tout droit à Genève via Milan et le tunnel du Mont-Blanc, ils feraient d'abord un détour par la route panoramique vers Ljubjana et Trieste. C'était convenu. Puis, en approchant de la frontière, au Wurzenpass, Jean-Pierre a remarqué que Guido, dans la camionnette, avait cessé de le suivre. Il s'est arrêté et a attendu. Tout d'abord il ne s'est pas inquiété. Guido est jeune. Il peut changer une roue tout seul. Mais, au bout d'une heure, il a commencé à penser à un accident. Alors, il a rebroussé chemin. Il est aussi abasourdi que la police devant ce spectacle. Avez-vous des remarques à faire, monsieur Halliday ?

— Oui, c'est idiot.

— Pourquoi ?

— Où sommes-*nous* en ce moment, je veux dire maintenant ? A faire la bringue dans un bar d'Arnoldstein ou dans un train en route pour Vienne ?

— Quelle importance ? Ce soir nous devrions avoir rejoint l'Allemagne. Après...

Il haussa les épaules.

— Quelle était l'heure de départ du train que nous avons pris ? En supposant qu'il ait jamais existé un train partant d'Arnoldstein ou de Villach que nous *ayons* pu attraper ? N'oubliez pas, je vous prie, que je n'ai pas l'intention de disparaître et de prendre une nouvelle identité avec l'aide officielle des Etats-Unis.

— Pas plus que Jean-Pierre.

— Mais il a des réponses toutes prêtes aux questions que l'on va lui poser. Et elles ne sont pas si mauvaises. Au moins elles ont l'avantage d'être simples et relativement convaincantes. Je n'en ai aucune qui tiendrait le coup plus d'une minute. Si vous vous imaginez que lorsque les Autrichiens iront demander de l'aide au F.B.I. ils n'obtiendront pas une coopération enthousiaste, vous vous trompez. J'ai de temps à autre énoncé quelques vérités désagréables concernant le F.B.I. et ils ont la mémoire longue là-bas.

— Vous n'avez commis aucun crime, déclara Simone. Que vous ne vous souveniez pas comment vous avez atteint l'Allemagne en partant d'Arnoldstein, parce que vous cuviez votre vin, peut être humiliant pour vous, mais ne suffira pas à vous faire extrader. Et puis, pourquoi voudraient-ils causer tant de désagréments à Robert Halliday, cet homme généreux qui a sauvé une mine d'argent autrichienne des griffes d'un étranger fou ? Ces quatre hommes, là-haut, ont tous des casiers judiciaires. Manifestement, ils ont attaqué Guido parce qu'ils l'ont confondu avec quelqu'un d'autre. Qui ça ? Certainement la personne ou les personnes qui les ont attaqués à leur tour et tués. M. Halliday ne pouvait rien savoir de ces histoires.

— Elle a raison, bien sûr, intervint Jean-Pierre, quoique je n'aie pas le temps de vous expliquer le pourquoi du comment. Plus je perds du temps ici, moins mon histoire tient debout. Au revoir, monsieur Halliday. (Il me serra la main.) Bonne chance et bon voyage.

Il ne salua pas les autres, il se contenta de leur sourire en inclinant légèrement la tête, puis grimpa dans le break et s'éloigna. Il aurait des nouvelles du patron, sans aucun doute, mais quand toute l'affaire se serait tassée. Jusque-là, il devait s'occuper du bureau de Paris et, peut-être, de trouver un remplaçant à Guido.

Nous laissâmes s'écouler cinq minutes après son départ. Puis nous partîmes à notre tour.

A l'endroit où Guido avait quitté la route, la police avait installé des barrières clignotantes et canalisait la circulation sur une seule file. Nous eûmes le temps, comme nous roulions au pas, d'apercevoir Jean-Pierre en grande conversation avec la police. Les infirmiers, pour leur part, transportaient la civière où gisait Guido. Un jeune homme en blouse blanche, qui semblait être un interne, soutenait un goutte-à-goutte de plasma sanguin.

— Vous voyez, patron ? observa Simone. Guido n'est pas mort. Jean-Pierre veillera à ce qu'il reçoive les meilleurs soins.

— Oui, je vois. Certaines blessures, même des blessures dans le dos, peuvent sembler plus graves qu'elles ne le sont en réalité. Nous pouvons garder bon espoir.

Il occupait le siège du passager à côté d'elle. Quand nous atteignîmes Villach en roulant vers le nord, il dormait.

Nous poursuivîmes notre route sans nous arrêter jusqu'à l'aéroport de Salzbourg, où nous rendîmes la voiture de location. De là, nous prîmes un taxi jusqu'à la frontière allemande et passâmes la douane à pied, nos sacs à la main. Personne ne s'intéressa à nous. Du côté allemand, nous trouvâmes un café ouvert la nuit qui servait des casse-croûte. Je commençai par donner un coup de téléphone, puis revins m'asseoir avec les autres pour manger un sandwich arrosé d'une bière.

Son long somme dans la voiture avait reposé Zander. Il but et mangea avec appétit. Mon manque d'intérêt pour la nourriture ne passa pas inaperçu.

— Vous avez l'air fatigué, monsieur Halliday.

— Je suis fatigué.

— Vous vous êtes comporté avec courage. Vous allez bien dormir.

— Sûr.

Il jeta un coup d'œil à un groupe de routiers qui buvaient du café à une table voisine, mais ils ne nous prêtaient aucune attention, pas même à Simone. Il poursuivit.

— Ce général que j'ai rencontré hier, le général Newell, vous a-t-il plu ?

— Beaucoup. Il m'a paru un homme capable.

— Il m'a fait une curieuse remarque.

— Ah bon ?

— Il a dit que j'avais un sourire étrange.

— Patron, coupa Simone, je crois que des voitures viennent nous chercher.

— Il secoua la main légèrement. Les voitures pouvaient attendre.

— Le général a déclaré que j'avais un sourire qu'il n'avait vu qu'une seule fois dans sa vie. C'était le sourire d'un adjudant qu'il avait connu, un instructeur en chef dans une école de combat. Curieux, hein ? Il m'a raconté que les soldats arrivaient à l'école pour leurs cours et croyaient que, parce que leur instructeur avait un sourire agréable, leur expérience le serait aussi. Mais cela ne se passait jamais de cette façon.

— Non ?

— Non. Ils finissaient toujours par découvrir que ce sourire n'était qu'une façade. Curieux, non, qu'il m'ait fait cette remarque ? Je ne me suis jamais considéré comme un homme souriant, au contraire. Vous devriez l'avoir noté, monsieur Halliday, depuis le temps. Je ne souris presque jamais. Quoi qu'il en soit, j'ai apprécié le général Newell. C'est un homme avec qui il m'aurait plu de servir dans l'armée. (Il se leva.) Oui, Simone, vous avez raison. Les voitures sont arrivées. Au revoir, monsieur Halliday. J'ai apprécié votre collaboration.

Il éleva les bras, et un instant je crus qu'il allait me serrer la main.

Puis il se détourna. Simone et les jeunes agitèrent la main en guise d'adieu et lui emboîtèrent le pas. J'eus aussi droit à un petit salut de la part de l'homme qui les escortait. C'était cet homme très calme qui m'avait conduit de la Gasthaus à Velden et retour trente-six heures plus tôt. Au moment où ils disparaissaient, Schelm s'approcha de ma table et s'assit en face de moi.

— Je suis heureux de vous retrouver sain et sauf, déclara-t-il. J'ai réservé une chambre d'hôtel pour vous non loin d'ici et une place sur le vol de midi de la Lufthansa en partance pour New York, si cela vous convient. Je vous conseille d'essayer de l'attraper. Voici le billet. La police autrichienne signale deux incidents, à proximité de la frontière yougoslave, qui auraient fait quatre morts par balles et un blessé grave. La radio locale parle d'un règlement de compte des Brigades Rouges italiennes près du Wurzenpass. Voulez-vous me raconter ce qui s'est passé hier après votre départ ?

Je lui fis un récit aussi bref que possible. Il me considéra d'un œil pensif.

— Qu'est-il arrivé à votre costume ? demanda-t-il. On vous croirait sur le point d'accoucher.

— Ce n'est pas un costume neuf, et il n'a pas l'habitude de me voir me rouler dans les buissons des collines autrichiennes. La doublure est déchirée.

Je repensai à la suggestion de Simone de donner la deuxième bobine de film à mon bon ami Schelm. Afin qu'il en distribue des copies aux personnes intéressées. Finalement, cela ne me paraissait plus être une très bonne idée. Si, en dépit du prix exigé et de tous les arguments que l'on pouvait lui opposer, l'O.T.A.N. continuait à caresser le projet de négocier la baie d'Abra ; une interview où le Souverain se révélait être un fou et un psychopathe meurtrier ne serait pas plus appréciée qu'une boîte d'asticots. Elle pourrait se perdre facilement. Je pourrais bien ne jamais la revoir. Mieux valait ne pas la lâcher.

— Où comptez-vous envoyer la famille Zander ? demandai-je.

La question choqua suffisamment son sens de la propriété pour le distraire, un instant du moins, du problème de mon costume et de son étrange bosse qui pointait vers l'avant. Sur la route de l'hôtel — il l'avait choisi proche de l'aéroport de Munich —, je fis semblant de somnoler et faillis presque m'endormir. Quand il me déposa, il me signala qu'il me faudrait prendre la navette pour rejoindre Francfort et m'embarquer sur le vol de New York ; il enverrait une voiture à dix heures. Ainsi je pourrais au moins dormir trois heures.

J'en avais terriblement besoin, mais j'étais décidé à ne pas prendre ce risque. Alors je me douchai, me rasai et changeai de costume. Quand ce fut fait il était presque sept heures, et je pus commander le petit déjeuner. Je quittai l'hôtel à sept heures et demie, et laissai un mot pour Schelm l'avertissant que j'avais décidé de prendre un vol plus matinal, espérant dormir dans l'avion. J'atteignis Francfort avec deux heures d'avance sur l'horaire de départ. Ceci me donna tout le temps dont j'avais besoin. Je m'embarquai sur le vol Lufthansa en partance pour New York sans le moindre problème.

A l'aéroport Kennedy, les services d'immigration me laissèrent passer avec un petit signe de tête mort d'ennui. La douane, par contre, se tenait prête et m'attendait en se frottant les mains.

— Vous n'avez pas d'autres bagages, monsieur Halliday ?

— Non, tout est là.

— Sur ce formulaire, vous déclarez n'avoir rien acheté pendant votre séjour en Europe. Est-ce exact ?

— C'est exact.

— Avez-vous *acquis* quoi que ce soit pendant votre séjour à l'étranger ? Un article du commerce ou un cadeau, par exemple ?

— Je n'ai rien. Voulez-vous que j'ouvre mes valises ?

— Ceci est un contrôle volant. Nous aimerions que vous veniez un instant dans notre bureau pour examiner votre déclaration. Vous n'y voyez pas d'objection, n'est-ce pas ? Si vous n'avez rien, nous ne trouverons rien. N'est-ce pas ?

Ils s'y mirent à trois pendant une demi-heure. Je dus passer à la fouille aussi, mais ils se contentèrent de me tâter de la tête aux pieds, sans plus.

— Cela vous ennuierait-il de m'expliquer la raison de ce manège ? demandai-je quand ils eurent terminé. Et n'essayez plus de me parler de contrôle volant. Je ne suis peut-être plus journaliste, mais je peux encore me faire entendre. Jusqu'ici je me suis montré coopératif, je ne me suis pas mis à hurler que l'on violait mes droits de citoyen. Alors pourquoi ne pas vous montrer francs avec moi ? Que cherchez-vous ?

Le chef hésita, puis haussa les épaules.

— De l'argent « blanchi » dissimulé dans une boîte de film en seize millimètres. Voilà ce que l'on nous a signalé. Information reçue. Nous devions vérifier.

— Quelqu'un s'est fichu de vous. Est-ce que j'ai une tête à passer de l'argent en fraude ?

— De nos jours, monsieur Halliday, tout le monde a ce genre de tête. Vous seriez étonné.

— Et qu'auriez-vous fait si vous aviez trouvé sur moi une boîte de film exposé ?

— Nous l'aurions saisie pour examen. Et, compte tenu de vos dénégations formelles, nous aurions été en droit de vous soupçonner. Nous aurions pensé à un tuyau donné par malveillance. Si nous avions trouvé un film sur vous, nous aurions parié pour du porno.

Le lendemain, Barbara me téléphona pour m'avertir que le paquet par avion en provenance de Francfort était arrivé à son bureau en parfait état. Je lui demandai d'appeler le producteur pour qu'il envoie quelqu'un le chercher et le fasse développer.

Il me téléphona le lendemain matin.

— C'est du boulot magnifique, Bob, déclara-t-il ; encore meilleur que la première partie, mais nous avons un problème.

— De quel ordre ? Légal ?

— Pas exactement. Avez-vous reçu des nouvelles de notre ami Rainer depuis votre retour ?

— Non.

— Eh bien, un montage de la première partie est passé sur les chaînes autrichiennes hier. L'impact a été énorme.

— Parfait. Aucune réaction ?

— Malheureusement, Bob, ces gens du Golfe, des Emirats, ne sont pas aussi ravis que vous. Ils ont déposé une protestation officielle à Vienne arguant que l'un des honorables membres de leur conseil fédéral, votre Souverain, a été amené par la ruse à répondre à cette interview et injustement diffamé.

— Personne ne l'a obligé à quoi que ce soit. Vous l'avez visionné. Je me suis contenté de lui poser quelques questions.

— C'est bien ce que répliquent les Autrichiens. Mais ce ne sont pas les Autrichiens qui nous tracassent. Ils sont assez grands pour se débrouiller tout seuls. Mais saviez-vous que Syncom-Sentinel est notre principal et plus dévoué souscripteur ?

— Non, je l'ignorais. Je croyais que vous dépendiez de la charité publique.

— On dépend de ce qu'on peut. Syncom est généreux, très généreux. Ce qui complique les choses. Ils connaissent l'existence de la seconde partie de l'interview, celle que vous avez cachée aux Autrichiens.

— Et ils ne veulent pas qu'elle passe à l'écran.

— Exactement.

— Aussi, intrépide producteur, vous irez leur déclarer tout de go qu'aucune multinationale ne peut vous censurer, que vous avez un devoir envers le public et qu'ils peuvent garder leurs souscriptions à la manque ? C'est ça ?

— Ce n'est pas si simple, Bob. Ils ont attiré notre attention sur un rapport de l'Agence France Presse tombé hier soir. Il annonce que Son Altesse le Souverain est entré dans un sanatorium suisse. Nous avons vérifié ; à première vue, il ne s'agit pas de l'une de ces cliniques où l'on désintoxique les riches camés et les ivrognes avant de les relâcher dans le monde. C'est un hôpital pour malades mentaux, cher mais sérieux, nous a-t-on dit. Toute cette histoire de mine d'argent avec les Autrichiens a dû déclencher l'alarme dans le Golfe. Un autre rapport est arrivé d'Abu Dhabi annonçant que l'un de ses cousins a été désigné pour le remplacer pendant ce qu'ils nomment son « indisposition ». S'il avait été roi, je suppose que le cousin aurait été désigné pour exercer la régence. Mais vous voyez le problème ?

— En passant le film maintenant, nous persécuterions un homme malade incapable de se défendre. Nous exposerions un maniaco-dépressif, qui n'est responsable ni de ses actes ni de ses paroles et, de ce fait, hospitalisé, à la risée et à la haine publiques. C'est cela ?

— Oui, et je suis désolé, Bob. Vous aviez fait du bon, du très bon boulot. Dommage que vous soyez tombé sur un dingue.

— Oui.

Barbara se déclara navrée, elle aussi. L'émission aurait pu arranger mes affaires, côté finances bien sûr. Toutefois, le deuxième versement de vingt-cinq mille dollars que débloqua Pacioli la consola.

Je n'eus plus aucune nouvelles de Schelm. Cette tentative d'utiliser ses contacts américains et le Service des douanes, pour en finir avec l'interview de la mine Petrucher en faisant procéder à la saisie du film, avait été son cadeau d'adieu. Environ trois mois plus tard, un magazine d'actualités présentait un article sur la baie d'Abra. Le genre d'article qui ne s'adresse qu'à ceux qui savent lire entre les lignes. Des rapports, disait-il, établissant que des discussions s'étaient tenues à Rome entre des officiers de la Défense des Emirats et des représentants de l'O.T.A.N. au sujet de l'aménagement de la baie d'Abra en base navale, avaient été catégoriquement démentis par Abu Dhabi.

A la fin du même mois, je reçus une carte postale. Elle représentait la Gasthaus Dr Wohak. Au verso était écrit ce bref message :

Le patron dit que je peux vous faire savoir que nous nous portons tous bien. Peut-être, très prochainement, pourrai-je vous écrire pour vous demander sincèrement si des nouvelles de nous vous intéressent toujours. S.

D'après le cachet de la poste, la carte avait été expédiée de New York.

Il est probable que, si les Laboratoires Zander existent toujours, le prochain message sera posté de Miami. Il devrait arriver d'un jour à l'autre.

Le temps se chargera de Zander, comme il se chargera de moi, inéluctablement et, gageons-le, sans faire beaucoup plus de bruit. Pour sa famille, toutefois, la route à parcourir est encore longue... A cette lettre, je ne sais vraiment pas comment répondre.

IMPRESSION : HÉRISSEY À ÉVREUX (24-10).
DÉPÔT LÉGAL : NOVEMBRE 1992. N° 18249 (59543)

Collection Points

SÉRIE ROMAN

R1. Le Tambour, *par Günter Grass*
R2. Le Dernier des Justes, *par André Schwarz-Bart*
R3. Le Guépard, *par Giuseppe Tomasi di Lampedusa*
R4. La Côte sauvage, *par Jean-René Huguenin*
R5. Acid Test, *par Tom Wolfe*
R6. Je vivrai l'amour des autres, *par Jean Cayrol*
R7. Les Cahiers de Malte Laurids Brigge *par Rainer Maria Rilke*
R8. Moha le fou, Moha le sage, *par Tahar Ben Jelloun*
R9. L'Horloger du Cherche-Midi, *par Luc Estang*
R10. Le Baron perché, *par Italo Calvino*
R11. Les Bienheureux de La Désolation, *par Hervé Bazin*
R12. Salut Galarneau !, *par Jacques Godbout*
R13. Cela s'appelle l'aurore, *par Emmanuel Roblès*
R14. Les Désarrois de l'élève Törless, *par Robert Musil*
R15. Pluie et Vent sur Télumée Miracle *par Simone Schwarz-Bart*
R16. La Traque, *par Herbert Lieberman*
R17. L'Imprécateur, *par René-Victor Pilhes*
R18. Cent Ans de solitude, *par Gabriel Garcia Marquez*
R19. Moi d'abord, *par Katherine Pancol*
R20. Un jour, *par Maurice Genevoix*
R21. Un pas d'homme, *par Marie Susini*
R22. La Grimace, *par Heinrich Böll*
R23. L'Age du tendre, *par Marie Chaix*
R24. Une tempête, *par Aimé Césaire*
R25. Moustiques, *par William Faulkner*
R26. La Fantaisie du voyageur, *par François-Régis Bastide*
R27. Le Turbot, *par Günter Grass*
R28. Le Parc, *par Philippe Sollers*
R29. Ti Jean L'horizon, *par Simone Schwarz-Bart*
R30. Affaires étrangères, *par Jean-Marc Roberts*
R31. Nedjma, *par Kateb Yacine*
R32. Le Vertige, *par Evguénia Guinzbourg*
R33. La Motte rouge, *par Maurice Genevoix*
R34. Les Buddenbrook, *par Thomas Mann*
R35. Grand Reportage, *par Michèle Manceaux*
R36. Isaac le mystérieux (Le ver et le solitaire) *par Jerome Charyn*
R37. Le Passage, *par Jean Reverzy*
R38. Chesapeake, *par James A. Michener*
R39. Le Testament d'un poète juif assassiné *par Elie Wiesel*
R40. Candido, *par Leonardo Sciascia*

R41. Le Voyage à Paimpol, *par Dorothée Letessier*
R42. L'Honneur perdu de Katharina Blum
par Heinrich Böll
R43. Le Pays sous l'écorce, *par Jacques Lacarrière*
R44. Le Monde selon Garp, *par John Irving*
R45. Les Trois Jours du cavalier, *par Nicole Ciravégna*
R46. Nécropolis, *par Herbert Lieberman*
R47. Fort Saganne, *par Louis Gardel*
R48. La Ligne 12, *par Raymond Jean*
R49. Les Années de chien, *par Günter Grass*
R50. La Réclusion solitaire, *par Tahar Ben Jelloun*
R51. Senilità, *par Italo Svevo*
R52. Trente Mille Jours, *par Maurice Genevoix*
R53. Cabinet Portrait, *par Jean-Luc Benoziglio*
R54. Saison violente, *par Emmanuel Roblès*
R55. Une comédie française, *par Éric Orsenna*
R56. Le Pain nu, *par Mohamed Choukri*
R57. Sarah et le Lieutenant français, *par John Fowles*
R58. Le Dernier Viking, *par Patrick Grainville*
R59. La Mort de la phalène, *par Virginia Woolf*
R60. L'Homme sans qualités, tome 1, *par Robert Musil*
R61. L'Homme sans qualités, tome 2, *par Robert Musil*
R62. L'Enfant de la mer de Chine, *par Didier Decoin*
R63. Le Professeur et la Sirène
par Giuseppe Tomasi di Lampedusa
R64. Le Grand Hiver, *par Ismaïl Kadaré*
R65. Le Cœur du voyage, *par Pierre Moustiers*
R66. Le Tunnel, *par Ernesto Sabato*
R67. Kamouraska, *par Anne Hébert*
R68. Machenka, *par Vladimir Nabokov*
R69. Le Fils du pauvre, *par Mouloud Feraoun*
R70. Cités à la dérive, *par Stratis Tsirkas*
R71. Place des Angoisses, *par Jean Reverzy*
R72. Le Dernier Chasseur, *par Charles Fox*
R73. Pourquoi pas Venise, *par Michèle Manceaux*
R74. Portrait de groupe avec dame, *par Heinrich Böll*
R75. Lunes de fiel, *par Pascal Bruckner*
R76. Le Canard de bois (Les Fils de la Liberté, I)
par Louis Caron
R77. Jubilee, *par Margaret Walker*
R78. Le Médecin de Cordoue, *par Herbert Le Porrier*
R79. Givre et Sang, *par John Cowper Powys*
R80. La Barbare, *par Katherine Pancol*
R81. Si par une nuit d'hiver un voyageur, *par Italo Calvino*
R82. Gerardo Laïn, *par Michel del Castillo*
R83. Un amour infini, *par Scott Spencer*
R84. Une enquête au pays, *par Driss Chraïbi*
R85. Le Diable sans porte (tome 1 : Ah, mes aïeux !)
par Claude Duneton

R86. La Prière de l'absent, *par Tahar Ben Jelloun*
R87. Venise en hiver, *par Emmanuel Roblès*
R88. La Nuit du Décret, *par Michel del Castillo*
R89. Alejandra, *par Ernesto Sabato*
R90. Plein Soleil, *par Marie Susini*
R91. Les Enfants de fortune, *par Jean-Marc Roberts*
R92. Protection encombrante, *par Heinrich Böll*
R93. Lettre d'excuse, *par Raphaële Billetdoux*
R94. Le Voyage indiscret, *par Katherine Mansfield*
R95. La Noire, *par Jean Cayrol*
R96. L'Obsédé (L'Amateur), *par John Fowles*
R97. Siloé, *par Paul Gadenne*
R98. Portrait de l'artiste en jeune chien, *par Dylan Thomas*
R99. L'Autre, *par Julien Green*
R100. Histoires pragoises, *par Rainer Maria Rilke*
R101. Bélibaste, *par Henri Gougaud*
R102. Le Ciel de la Kolyma (Le Vertige, II)
par Evguénia Guinzbourg
R103. La Mulâtresse Solitude, *par André Schwarz-Bart*
R104. L'Homme du Nil, *par Stratis Tsirkas*
R105. La Rhubarbe, *par René-Victor Pilhes*
R106. Gibier de potence, *par Kurt Vonnegut*
R107. Memory Lane
par Patrick Modiano, dessins de Pierre Le-Tan
R108. L'Affreux Pastis de la rue des Merles
par Carlo Emilio Gadda
R109. La Fontaine obscure, *par Raymond Jean*
R110. L'Hôtel New Hampshire, *par John Irving*
R111. Les Immémoriaux, *par Victor Segalen*
R112. Cœur de lièvre, *par John Updike*
R113. Le Temps d'un royaume, *par Rose Vincent*
R114. Poisson-chat, *par Jerome Charyn*
R115. Abraham de Brooklyn, *par Didier Decoin*
R116. Trois Femmes, *suivi de* Noces, *par Robert Musil*
R117. Les Enfants du sabbat, *par Anne Hébert*
R118. La Palmeraie, *par François-Régis Bastide*
R119. Maria Republica, *par Agustin Gomez-Arcos*
R120. La Joie, *par Georges Bernanos*
R121. Incognito, *par Petru Dumitriu*
R122. Les Forteresses noires, *par Patrick Grainville*
R123. L'Ange des ténèbres, *par Ernesto Sabato*
R124. La Fiera, *par Marie Susini*
R125. La Marche de Radetzky, *par Joseph Roth*
R126. Le vent souffle où il veut, *par Paul-André Lesort*
R127. Si j'étais vous..., *par Julien Green*
R128. Le Mendiant de Jérusalem, *par Elie Wiesel*
R129. Mortelle, *par Christopher Frank*
R130. La France m'épuise, *par Jean-Louis Curtis*
R131. Le Chevalier inexistant, *par Italo Calvino*

R132. Le Dialogue des Carmélites, *par Georges Bernanos*
R133. L'Étrusque, *par Mika Waltari*
R134. La Rencontre des hommes, *par Benigno Cacérès*
R135. Le Petit Monde de Don Camillo *par Giovanni Guareschi*
R136. Le Masque de Dimitrios, *par Eric Ambler*
R137. L'Ami de Vincent, *par Jean-Marc Roberts*
R138. Un homme au singulier, *par Christopher Isherwood*
R139. La Maison du désir, *par France Huser*
R140. Moi et ma cheminée, *par Herman Melville*
R141. Les Fous de Bassan, *par Anne Hébert*
R142. Les Stigmates, *par Luc Estang*
R143. Le Chat et la Souris, *par Günter Grass*
R144. Loïca, *par Dorothée Letessier*
R145. Paradiso, *par José Lezama Lima*
R146. Passage de Milan, *par Michel Butor*
R147. Anonymus, *par Michèle Manceaux*
R148. La Femme du dimanche *par Carlo Fruttero et Franco Lucentini*
R149. L'Amour monstre, *par Louis Pauwels*
R150. L'Arbre à soleils, *par Henri Gougaud*
R151. Traité du zen et de l'entretien des motocyclettes *par Robert M. Pirsig*
R152. L'Enfant du cinquième Nord, *par Pierre Billon*
R153. N'envoyez plus de roses, *par Eric Ambler*
R154. Les Trois Vies de Babe Ozouf, *par Didier Decoin*
R155. Le Vert Paradis, *par André Brincourt*
R156. Varouna, *par Julien Green*
R157. L'Incendie de Los Angeles, *par Nathanaël West*
R158. Les Belles de Tunis, *par Nine Moati*
R159. Vertes Demeures, *par Henry Hudson*
R160. Les Grandes Vacances, *par Francis Ambrière*
R161. Ceux de 14, *par Maurice Genevoix*
R162. Les Villes invisibles, *par Italo Calvino*
R163. L'Agent secret, *par Graham Greene*
R164. La Lézarde, *par Edouard Glissant*
R165. Le Grand Escroc, *par Herman Melville*
R166. Lettre à un ami perdu, *par Patrick Besson*
R167. Evaristo Carriego, *par Jorge Luis Borges*
R168. La Guitare, *par Michel del Castillo*
R169. Épitaphe pour un espion, *par Eric Ambler*
R170. Fin de saison au Palazzo Pedrotti, *par Frédéric Vitoux*
R171. Jeunes Années. Autobiographie 1, *par Julien Green*
R172. Jeunes Années. Autobiographie 2, *par Julien Green*
R173. Les Égarés, *par Frédérick Tristan*
R174. Une affaire de famille, *par Christian Giudicelli*
R175. Le Testament amoureux, *par Rezvani*
R176. C'était cela notre amour, *par Marie Susini*
R177. Souvenirs du triangle d'or, *par Alain Robbe-Grillet*

R178. Les Lauriers du lac de Constance, *par Marie Chaix*
R179. Plan B, *par Chester Himes*
R180. Le Sommeil agité, *par Jean-Marc Roberts*
R181. Roman Roi, *par Renaud Camus*
R182. Vingt Ans et des poussières
par Didier van Cauwelaert
R183. Le Château des destins croisés, *par Italo Calvino*
R184. Le Vent de la nuit, *par Michel del Castillo*
R185. Une curieuse solitude, *par Philippe Sollers*
R186. Les Trafiquants d'armes, *par Eric Ambler*
R187. Un printemps froid, *par Danièle Sallenave*
R188. Mickey l'Ange, *par Geneviève Dormann*
R189. Histoire de la mer, *par Jean Cayrol*
R190. Senso, *par Camillo Boito*
R191. Sous le soleil de Satan, *par Georges Bernanos*
R192. Niembsch ou l'immobilité, *par Peter Härtling*
R193. Prends garde à la douceur des choses
par Raphaële Billetdoux
R194. L'Agneau carnivore, *par Agustin Gomez-Arcos*
R195. L'Imposture, *par Georges Bernanos*
R196. Ararat, *par D.M. Thomas*
R197. La Croisière de l'angoisse, *par Eric Ambler*
R198. Léviathan, *par Julien Green*
R199. Sarnia, *par Gerald Basil Edwards*
R200. Le Colleur d'affiches, *par Michel del Castillo*
R201. Un mariage poids moyen, *par John Irving*
R202. John l'Enfer, *par Didier Decoin*
R203. Les Chambres de bois, *par Anne Hébert*
R204. Mémoires d'un jeune homme rangé
par Tristan Bernard
R205. Le Sourire du Chat, *par François Maspero*
R206. L'Inquisiteur, *par Henri Gougaud*
R207. La Nuit américaine, *par Christopher Frank*
R208. Jeunesse dans une ville normande
par Jacques-Pierre Amette
R209. Fantôme d'une puce, *par Michel Braudeau*
R210. L'Avenir radieux, *par Alexandre Zinoviev*
R211. Constance D., *par Christian Combaz*
R212. Épaves, *par Julien Green*
R213. La Leçon du maître, *par Henry James*
R214. Récit des temps perdus, *par Aris Fakinos*
R215. La Fosse aux chiens, *par John Cowper Powys*
R216. Les Portes de la forêt, *par Elie Wiesel*
R217. L'Affaire Deltchev, *par Eric Ambler*
R218. Les amandiers sont morts de leurs blessures
par Tahar Ben Jelloun
R219. L'Admiroir, *par Anny Duperey*
R220. Les Grands Cimetières sous la lune
par Georges Bernanos

R221. La Créature, *par Étienne Barilier*
R222. Un Anglais sous les tropiques, *par William Boyd*
R223. La Gloire de Dina, *par Michel del Castillo*
R224. Poisson d'amour, *par Didier van Cauwelaert*
R225. Les Yeux fermés, *par Marie Susini*
R226. Cobra, *par Severo Sarduy*
R227. Cavalerie rouge, *par Isaac Babel*
R228. Tous les soleils, *par Bertrand Visage*
R229. Pétersbourg, *par Andréi Biély*
R230. Récits d'un jeune médecin, *par Mikhaïl Boulgakov*
R231. La Maison des prophètes, *par Nicolas Saudray*
R232. Trois Heures du matin à New York
par Herbert Lieberman
R233. La Mère du printemps, *par Driss Chraïbi*
R234. Adrienne Mesurat, *par Julien Green*
R235. Jusqu'à la mort, *par Amos Oz*
R236. Les Envoûtés, *par Witold Gombrowicz*
R237. Frontière des ténèbres, *par Eric Ambler*
R238. Les Deux Sacrements, *par Heinrich Böll*
R239. Cherchant qui dévorer, *par Luc Estang*
R240. Le Tournant, *par Klaus Mann*
R241. Aurélia, *par France Huser*
R242. Le Sixième Hiver
par Douglas Orgill et John Gribbin
R243. Naissance d'un spectre, *par Frédérick Tristan*
R244. Lorelei, *par Maurice Genevoix*
R245. Le Bois de la nuit, *par Djuna Barnes*
R246. La Caverne céleste, *par Patrick Grainville*
R247. L'Alliance, tome 1, *par James A. Michener*
R248. L'Alliance, tome 2, *par James A. Michener*
R249. Juliette, chemin des Cerisiers, *par Marie Chaix*
R250. Le Baiser de la femme-araignée, *par Manuel Puig*
R251. Le Vésuve, *par Emmanuel Roblès*
R252. Comme neige au soleil, *par William Boyd*
R253. Palomar, *par Italo Calvino*
R254. Le Visionnaire, *par Julien Green*
R255. La Revanche, *par Henry James*
R256. Les Années-lumière, *par Rezvani*
R257. La Crypte des capucins, *par Joseph Roth*
R258. La Femme publique, *par Dominique Garnier*
R259. Maggie Cassidy, *par Jack Kerouac*
R260. Mélancolie Nord, *par Michel Rio*
R261. Énergie du désespoir, *par Eric Ambler*
R262. L'Aube, *par Elie Wiesel*
R263. Le Paradis des orages, *par Patrick Grainville*
R264. L'Ouverture des bras de l'homme
par Raphaële Billetdoux
R265. Méchant, *par Jean-Marc Roberts*
R266. Un policeman, *par Didier Decoin*

R267. Les Corps étrangers, *par Jean Cayrol*
R268. Naissance d'une passion, *par Michel Braudeau*
R269. Dara, *par Patrick Besson*
R270. Parias, *par Pascal Bruckner*
R271. Le Soleil et la Roue, *par Rose Vincent*
R272. Le Malfaiteur, *par Julien Green*
R273. Scarlett si possible, *par Katherine Pancol*
R274. Journal d'une fille de Harlem, *par Julius Horwitz*
R275. Le Nez de Mazarin, *par Anny Duperey*
R276. La Chasse à la licorne, *par Emmanuel Roblès*
R277. Red Fox, *par Anthony Hyde*
R278. Minuit, *par Julien Green*
R279. L'Enfer, *par René Belletto*
R280. Et si on parlait d'amour, *par Claire Gallois*
R281. Pologne, *par James A. Michener*
R282. Notre homme, *par Louis Gardel*
R283. La Nuit du solstice, *par Herbert Lieberman*
R284. Place de Sienne, côté ombre
par Carlo Fruttero et Franco Lucentini
R285. Meurtre au comité central
par Manuel Vázquez Montalbán
R286. L'Isolé soleil, *par Daniel Maximin*
R287. Samedi soir, dimanche matin, *par Alan Sillitoe*
R288. Petit Louis, dit XIV, *par Claude Duneton*
R289. Le Perchoir du perroquet, *par Michel Rio*
R290. L'Enfant pain, *par Agustin Gomez-Arcos*
R291. Les Années Lula, *par Rezvani*
R292. Michael K, sa vie, son temps, *par J. M. Coetzee*
R293. La Connaissance de la douleur
par Carlo Emilio Gadda
R294. Complot à Genève, *par Eric Ambler*
R295. Serena, *par Giovanni Arpino*
R296. L'Enfant de sable, *par Tahar Ben Jelloun*
R297. Le Premier Regard, *par Marie Susini*
R298. Regardez-moi, *par Anita Brookner*
R299. La Vie fantôme, *par Danièle Sallenave*
R300. L'Enchanteur, *par Vladimir Nabokov*
R301. L'Ile atlantique, *par Tony Duvert*
R302. Le Grand Cahier, *par Agota Kristof*
R303. Le Manège espagnol, *par Michel del Castillo*
R304. Le Berceau du chat, *par Kurt Vonnegut*
R305. Une histoire américaine, *par Jacques Godbout*
R306. Les Fontaines du grand abîme, *par Luc Estang*
R307. Le Mauvais Lieu, *par Julien Green*
R308. Aventures dans le commerce des peaux en Alaska
par John Hawkes
R309. La Vie et demie, *par Sony Labou Tansi*
R310. Jeune Fille en silence, *par Raphaële Billetdoux*
R311. La Maison près du marais, *par Herbert Lieberman*

R312. Godelureaux, *par Eric Ollivier*
R313. La Chambre ouverte, *par France Huser*
R314. L'Œuvre de Dieu, la part du Diable, *par John Irving*
R315. Les Silences ou la vie d'une femme, *par Marie Chaix*
R316. Les Vacances du fantôme, *par Didier van Cauwelaert*
R317. Le Levantin, *par Eric Ambler*
R318. Beno s'en va-t-en guerre, *par Jean-Luc Benoziglio*
R319. Miss Lonelyhearts, *par Nathanaël West*
R320. Cosmicomics, *par Italo Calvino*
R321. Un été à Jérusalem, *par Chochana Boukhobza*
R322. Liaisons étrangères, *par Alison Lurie*
R323. L'Amazone, *par Michel Braudeau*
R324. Le Mystère de la crypte ensorcelée
par Eduardo Mendoza
R325. Le Cri, *par Chochana Boukhobza*
R326. Femmes devant un paysage fluvial, *par Heinrich Böll*
R327. La Grotte, *par Georges Buis*
R328. Bar des flots noirs, *par Olivier Rolin*
R329. Le Stade de Wimbledon, *par Daniele Del Giudice*
R330. Le Bruit du temps, *par Ossip E. Mandelstam*
R331. La Diane rousse, *par Patrick Grainville*
R332. Les Éblouissements, *par Pierre Mertens*
R333. Talgo, *par Vassilis Alexakis*
R334. La Vie trop brève d'Edwin Mullhouse
par Steven Millhauser
R335. Les Enfants pillards, *par Jean Cayrol*
R336. Les Mystères de Buenos Aires, *par Manuel Puig*
R337. Le Démon de l'oubli, *par Michel del Castillo*
R338. Christophe Colomb, *par Stephen Marlowe*
R339. Le Chevalier et la Reine, *par Christopher Frank*
R340. Autobiographie de tout le monde, *par Gertrude Stein*
R341. Archipel, *par Michel Rio*
R342. Texas, tome 1, *par James A. Michener*
R343. Texas, tome 2, *par James A. Michener*
R344. Loyola's blues, *par Erik Orsenna*
R345. L'Arbre aux trésors, légendes, *par Henri Gougaud*
R346. Les Enfants des morts, *par Henrich Böll*
R347. Les Cent Premières Années de Niño Cochise
par A. Kinney Griffith et Niño Cochise
R348. Vente à la criée du lot 49, par *Thomas Pynchon*
R349. Confessions d'un enfant gâté
par Jacques-Pierre Amette
R350. Boulevard des trahisons, *par Thomas Sanchez*
R351. L'Incendie, *par Mohammed Dib*
R352. Le Centaure, *par John Updike*
R353. Une fille cousue de fil blanc, *par Claire Gallois*
R354. L'Adieu aux champs, *par Rose Vincent*
R355. La Ratte, *par Günter Grass*
R356. Le Monde hallucinant, *par Reinaldo Arenas*

R357. L'Anniversaire, *par Mouloud Feraoun*
R358. Le Premier Jardin, *par Anne Hébert*
R359. L'Amant sans domicile fixe
par Carlo Fruttero et Franco Lucentini
R360. L'Atelier du peintre, *par Patrick Grainville*
R361. Le Train vert, *par Herbert Lieberman*
R362. Autopsie d'une étoile, *par Didier Decoin*
R363. Un joli coup de lune, *par Chester Himes*
R364. La Nuit sacrée, *par Tahar Ben Jelloun*
R365. Le Chasseur, *par Carlo Cassola*
R366. Mon père américain, *par Jean-Marc Roberts*
R367. Remise de peine, *par Patrick Modiano*
R368. Le Rêve du singe fou, *par Christopher Frank*
R369. Angelica, *par Bertrand Visage*
R370. Le Grand Homme, *par Claude Delarue*
R371. La Vie comme à Lausanne, *par Erik Orsenna*
R372. Une amie d'Angleterre, *par Anita Brookner*
R373. Norma ou l'exil infini, *par Emmanuel Roblès*
R374. Les Jungles pensives, *par Michel Rio*
R375. Les Plumes du pigeon, *par John Updike*
R376. L'Héritage Schirmer, *par Eric Ambler*
R377. Les Flamboyants, *par Patrick Grainville*
R378. L'Objet perdu de l'amour, *par Michel Braudeau*
R379. Le Boucher, *par Alina Reyes*
R380. Le Labyrinthe aux olives, *par Eduardo Mendoza*
R381. Les Pays lointains, *par Julien Green*
R382. L'Épopée du buveur d'eau, *par John Irving*
R383. L'Écrivain public, *par Tahar Ben Jelloun*
R384. Les Nouvelles Confessions, *par William Boyd*
R385. Les Lèvres nues, *par France Huser*
R386. La Famille de Pascal Duarte, *par Camilo José Cela*
R387. Une enfance à l'eau bénite, *par Denise Bombardier*
R388. La Preuve, *par Agota Kristof*
R389. Tarabas, *par Joseph Roth*
R390. Replay, *par Ken Grimwood*
R391. Rabbit Boss, *par Thomas Sanchez*
R392. Aden Arabie, *par Paul Nizan*
R393. La Ferme, *par John Updike*
R394. L'Obscène Oiseau de la nuit, *par José Donoso*
R395. Un printemps d'Italie, *par Emmanuel Roblès*
R396. L'Année des méduses, *par Christopher Frank*
R397. Miss Missouri, *par Michel Boujut*
R398. Le Figuier, *par François Maspero*
R399. La Solitude du coureur de fond, *par Alan Sillitoe*
R400. L'Exposition coloniale, *par Erik Orsenna*
R401. La Ville des prodiges, *par Eduardo Mendoza*
R402. La Croyance des voleurs, *par Michel Chaillou*
R403. Rock Springs, *par Richard Ford*
R404. L'Orange amère, *par Didier van Cauwelaert*

R405. Tara, *par Michel del Castillo*
R406. L'Homme à la vie inexplicable, *par Henri Gougaud*
R407. Le Beau Rôle, *par Louis Gardel*
R408. Le Messie de Stockholm, *par Cynthia Ozick*
R409. Les Exagérés, *par Jean- François Vilar*
R410. L'Objet du scandale, *par Robertson Davies*
R411. Berlin mercredi, *par François Weyergans*
R412. L'Inondation, *par Evguéni Zamiatine*
R413. Rentrez chez vous Bogner !, *par Heinrich Böll*
R414. Les Herbes amères, *par Chochana Boukhobza*
R415. Le Pianiste, *par Manuel Vázquez Montalbán*
R416. Une mort secrète, *par Richard Ford*
R417. La Journée d'un scrutateur, *par Italo Calvino*
R418. Collection de sable, *par Italo Calvino*
R419. Les Soleils des indépendances, *par Ahmadou Kourouma*
R420. Lacenaire (un film de Francis Girod), *par Georges Conchon*
R421. Œuvres pré-posthumes, *par Robert Musil*
R422. Merlin, *par Michel Rio*
R423. Charité, *par Éric Jourdan*
R424. Le Visiteur, *par György Konrad*
R425. Monsieur Adrien, *par Franz-Olivier Giesbert*
R426. Palinure de Mexico, *par Fernando Del Paso*
R427. L'Amour du prochain, *par Hugo Claus*
R428. L'Oublié, *par Elie Wiesel*
R429. Temps zéro, *par Italo Calvino*
R430. Les Comptoirs du Sud, *par Philippe Doumenc*
R431. Le Jeu des décapitations, *par Jose Lezama Lima*
R432. Tableaux d'une ex, *par Jean-Luc Benoziglio*
R433. Les Effrois de la glace et des ténèbres
par Christoph Ransmayr
R434. Paris-Athènes, *par Vassilis Alexakis*
R435. La Porte de Brandebourg, *par Anita Brookner*
R436. Le Jardin à la dérive, *par Ida Fink*
R437. Malina, *par Ingeborg Bachmann*
R438. Moi, laminaire, *par Aimé Césaire*
R439. Histoire d'un idiot racontée par lui-même
par Félix de Azúa
R440. La Résurrection des morts, *par Scott Spencer*
R441. La Caverne, *par Eugène Zamiatine*
R442. Le Manticore, *par Robertson Davies*
R443. Perdre, *par Pierre Mertens*
R444. La Rébellion, *par Joseph Roth*
R445. D'amour P. Q., *par Jacques Godbout*
R446. Un oiseau brûlé vif, *par Agustin Gomez-Arcos*
R447. Le Blues de Buddy Bolden, *par Michael Ondaatje*
R448. Étrange séduction (Un bonheur de rencontre)
par Ian McEwan
R449. La Diable, *par Fay Weldon*
R450. L'Envie, *par Iouri Olecha*

R451. La Maison du Mesnil, *par Maurice Genevoix*
R452. La Joyeuse Bande d'Atzavara
par Manuel Vázquez Montalbán
R453. Le Photographe et ses Modèles, *par John Hawkes*
R454. Rendez-vous sur la terre, *par Bertrand Visage*
R455. Les Aventures singulières du soldat Ivan Tchonkine
par Vladimir Voïnovitch
R456. Départements et Territoires d'outre-mort
par Henri Gougaud
R457. Vendredi des douleurs, *par Miguel Angel Asturias*
R458. L'Avortement, *par Richard Brautigan*
R459. Histoire du ciel, *par Jean Cayrol*
R460. Une prière pour Owen, *par John Irving*
R461. L'Orgie, la Neige, *par Patrick Grainville*
R462. Le Tueur et son ombre, *par Herbert Lieberman*
R463. Les Grosses Rêveuses, *par Paul Fournel*
R464. Un week-end dans le Michigan, *par Richard Ford*
R465. Les Marches du palais, *par David Shahar*
R466. Les hommes cruels ne courent pas les rues
par Katherine Pancol
R467. La Vie exagérée de Martín Romaña
par Alfredo Bryce-Echenique
R468. Les Étoiles du Sud, *par Julien Green*
R469. Aventures, *par Italo Calvino*
R470. Jour de silence à Tanger, *par Tahar Ben Jelloun*
R471. Sous le soleil jaguar, *par Italo Calvino*
R472. Les cyprès meurent en Italie, *par Michel del Castillo*
R473. Kilomètre zéro, *par Thomas Sanchez*
R474. Singulières Jeunes Filles, *par Henry James*
R475. Franny et Zooey, *par J. D. Salinger*
R476. Vaulascar, *par Michel Braudeau*
R477. La Vérité sur l'affaire Savolta, *par Eduardo Mendoza*
R478. Les Visiteurs du crépuscule, *par Eric Ambler*
R479. L'Ancienne Comédie, *par Jean-Claude Guillebaud*
R480. La Chasse au lézard, *par William Boyd*
R481. Les Yaquils, *suivi de* Ile déserte, *par Emmanuel Roblès*
R482. Proses éparses, *par Robert Musil*
R483. Le Loum, *par René-Victor Pilhes*
R484. La Fascination de l'étang, *par Virginia Woolf*
R485. Journaux de jeunesse, *par Rainer Maria Rilke*
R486. Tirano Banderas, *par Ramón del Valle-Inclán*
R487. Une trop bruyante solitude, *par Bohumil Hrabal*
R488. En attendant les barbares, *par J. M. Coetzee*
R489. Les Hauts-Quartiers, *par Paul Gadenne*
R490. Je lègue mon âme au diable, *par Germán Castro Caycedo*
R491. Le Monde des merveilles, *par Robertson Davies*
R492. Louve basse, *par Denis Roche*
R493. La Couleur du destin
par Carlo Fruttero et Franco Lucentini

R494. Poupée blonde
par Patrick Modiano, dessins de Pierre Le-Tan
R495. La Mort de Lohengrin, *par Heinrich Böll*
R496. L'Aïeul, *par Aris Fakinos*
R497. Le Héros des femmes, *par Adolfo Bioy Casares*
R498. 1492. Les Aventures de Juan Cabezón de Castille
par Homero Aridjis
R499. L'Angoisse du tigre, *par Jean-Marc Roberts*
R500. Les Yeux baissés, *par Tahar Ben Jelloun*
R501. L'Innocent, *par Ian McEwan*
R502. Les Passagers du Roissy-Express
par François Maspero
R503. Adieu à Berlin, *par Christopher Isherwood*
R504. Remèdes désespérés, *par Thomas Hardy*
R505. Le Larron qui ne croyait pas au ciel
par Miguel Angel Asturias
R506. Madame de Mauves, *par Henry James*
R507. L'Année de la mort de Ricardo Reis, *par José Saramago*
R508. Abattoir 5, *par Kurt Vonnegut*
R509. Comme je l'entends, *par John Cowper Powys*
R510. Madrapour, *par Robert Merle*
R511. Ménage à quatre, *par Manuel Vázquez Montalbán*
R512. Tremblement de cœur, *par Denise Bombardier*
R513. Monnè, Outrages et Défis, *par Ahmadou Kourouma*
R514. L'Ultime Alliance, *par Pierre Billon*
R515. Le Café des fous, *par Felipe Alfau*
R516. Morphine, *par Mikhaïl Boulgakov*
R517. Le Fou du tzar, *par Jaan Kross*
R518. Wolf et Doris, *par Martin Walser*
R519. La Course au mouton sauvage, *par Haruki Murakami*
R520. Adios Schéhérazade, *par Donald Westlake*
R521. Les Feux du Bengale, *par Amitav Ghosh*
R522. La Spéculation immobilière, *par Italo Calvino*
R523. L'homme qui parlait d'Octavia de Cadix
par Alfredo Bryce-Echenique
R524. V., *par Thomas Pynchon*
R525. Les Anges rebelles, *par Robertson Davies*
R526. Nouveaux Contes de Bustos Domecq
par Jorge Luis Borges et Adolfo Bioy Casares
R527. Josepha, *par Christopher Frank*
R528. L'Amour sorcier, *par Louise Erdrich*
R529. L'Europe mordue par un chien, *par Christophe Donner*
R530. Les hommes qui ont aimé Evelyn Cotton, *par Frank Ronan*
R531. Agadir, *par Mohammed Khaïr-Eddine*
R532. Brigitta, *par Adalbert Stifter*
R533. Lune de miel et d'or, *par David Shahar*
R534. Histoires de vertige, *par Julien Green*
R535. Voyage en France, *par Henry James*
R536. La Femme de chambre du Titanic, *par Didier Decoin*

R537. Le Grand Partir, *par Henri Gougaud*
R538. La Boîte noire, *par Jean-Luc Benoziglio*
R539. Le Prochain sur la liste, *par Dan Greenburg*
R540. Topkapi, *par Eric Ambler*
R541. Hôtel du lac, *par Anita Brookner*
R542. L'Aimé, *par Axel Gauvin*
R543. Vends maison, où je ne veux plus vivre, *par Bohumil Hrabal*
R544. Enquête sous la neige, *par Michael Malone*
R545. Sérénissime, *par Frédéric Vitoux*
R546. Fleurs de ruine, *par Patrick Modiano*
R547. Les Girls du City-Boum-Boum, *par Vassilis Alexakis*
R548. Les Rives du fleuve Bleu, *par Emmanuel Roblès*
R549. Le Complexe polonais, *par Tadeusz Konwicki*
R550. La Patte du scarabée, *par John Hawkes*
R551. Sale Histoire, *par Eric Ambler*
R552. Le Silence des pierres, *par Michel del Castillo*
R553. Une rencontre en Westphalie, *par Günter Grass*
R554. Ludo & Compagnie, *par Patrick Lapeyre*
R555. Les Calendes grecques, *par Dan Franck*
R556. Chaque homme dans sa nuit, *par Julien Green*
R557. Nous sommes au regret de..., *par Dino Buzzati*
R558. La Bête dans la jungle, *par Henry James*
R559. Nouvelles démesurées, *par Adolfo Bioy Casares*
R560. Sylvie et Bruno, *par Lewis Carroll*
R561. L'Homme de Kiev, *par Bernard Malamud*
R562. Le Brochet, *par Eric Ambler*